Anwalt der Gerechtigkeit

Das Buch

Max Menuchen hat 1943 bei einem entsetzlichen Pogrom in Litauen seine ganze Familie verloren. Als einziger Überlebender baute er sich nach dem Krieg in den USA eine neue Existenz auf und ist heute ein anerkannter Professor. Doch den schrecklichsten Tag seines Lebens konnte er nie vergessen. Eines Tages sieht Max einen Mann, der seinem damaligen litauischen Peiniger Marcelus Prandus wie aus dem Gesicht geschnitten ist: dessen erwachsenen Sohn. Auch Prandus lebt in Amerika, seine Familie ahnt nichts von seiner Vergangenheit. Max findet keine Ruhe mehr. Prandus soll für seine Untaten büßen. Doch er weiß auch, wie langsam die Mühlen der Justiz mahlen. Der schwer kranke Prandus würde den Prozessbeginn kaum mehr erleben. Max Menuchen entscheidet sich für seine Art der Rache – eine grausame Rache …

Der Autor

Alan M. Dershowitz ist Juraprofessor in Harvard. Immer wieder schaltet er sich engagiert in Diskussionen um aktuelle Themen ein. Nebenbei arbeitet er als Journalist, Lektor und Autor zahlreicher Sachbücher und Romane.

ALAN M. DERSHOWITZ

Anwalt der Gerechtigkeit

ROMAN

Aus dem Amerikanischen
von Nikolaus de Palézieux

List Taschenbuch

GRANDE

List Taschenbücher erscheinen im
Ullstein Taschenbuchverlag, einem Unternehmen
der Econ Ullstein List Verlag GmbH & Co. KG, München
Deutsche Erstausgabe
1. Auflage 2001

Titel der amerikanischen Originalausgabe: Just Revenge
(First published by Warner Books,
New York, N. Y. All Rights Reserved.)
Published by arrangement with
Linda Michaels Limited, International Literary Agents.
Übersetzung: Nikolaus de Palézieux
Redaktion: Lothar Strüh
Umschlagkonzept und -gestaltung:
HildenDesign, München – Stefan Hilden
Titelabbildung: Corbis Images / »Die Kinder von Auschwitz«
Lamuv Verlag Archiv Alwin Meyer
Gesetzt aus der Bembo
Satz: Dörlemann Satz, Lemförde
Druck und Bindearbeiten: Clausen & Bosse, Leck
Printed in Germany
ISBN 3-548-68009-7

Dieses Buch ist den Mitgliedern meiner Familie gewidmet, die von den Nazis und ihren Kollaborateuren ermordet wurden. Mein Urgroßvater Abraham Mordechai Ringel – nach dem ich benannt wurde – hatte vier Söhne. Mein Großvater mütterlicherseits, Naftuli, kam vor dem Krieg nach Amerika. Sein Bruder Jakov versuchte verzweifelt, ihm nachzufolgen, wurde aber von der Quote der jüdischen Einwanderer ausgeschlossen und deshalb ermordet, zusammen mit all seinen Kindern und Enkeln, außer einem Sohn, der nach Palästina auswanderte. Ein weiterer Bruder, Anshel, wurde mit seinen vier Töchtern ermordet. Ein anderer Bruder, Nussen, floh vor den Nazis nach Sibirien, wo er den Krieg überlebte; zwei seiner Enkel wurden ermordet, vier starben an Hunger und Krankheit. Mögen die Ringel-Familie und ihre Millionen von Mitopfern niemals der Vergessenheit anheim fallen.

Danksagung

Viele Familienmitglieder und Freunde bekamen Entwürfe zu diesem Buch zu lesen. Meine Tochter Ella und meine Frau Carolyn waren in alle Stadien meines Schreibens einbezogen, auch in die Herausgabe. Meine Söhne Elon und Jamin versorgten mich mit der Art wohlwollender Kritik, auf die ich mich allmählich immer mehr verließ. Mein Bruder Nathan, meine Schwägerin Marilyn, mein Neffe Adam, meine Nichte Rana, meine Mutter Claire, meine Schwiegermutter Dutch, mein Schwiegervater Mortie, mein Schwager Marvin und meine Schwägerin Julie steuerten allesamt ihre einzigartigen An- und Einsichten bei. Meine lieben Freunde Michael und Jacki Halbreich, Sandy McNabb, Sue Levcroff, Alan Rothsfeld, Alex McDonald, Ken und Gerry Sweder, Bob Nozick, Stev Gould, Rick Patterson, Alan Stone und Mark Wolf hoben die Vorzüge dieses Buches übertrieben hervor, während sie die Fehler entsprechend geringer darstellten, und bugsierten mich so sachte in Richtung nötiger Verbesserungen. Meine ältesten Freunde – Murray und Malkie Altmann, Bernie und Judy Beck, Zolly und Katie Eisenstadt, Carl und Joan Meshenberg, Hal und Sandy Miller-Jacobs, Josh und Rochelle Weisberger, Barry und Barbara Zimmerman – waren so aufrichtig wie immer. Von ihrer Weisheit habe ich so viel gelernt. Schließlich wie immer mein Dank an Maura Kelley, die das Manuskript während sämtlicher Nachtstunden abtippte, und an John Orsini, der stets die Antworten fand.

Ein besonderer Dank an Frances Jalet-Miller und Jessica Papin für ihre fantastische Hilfe bei der Herausgabe und an Larry Kirshbaum für seine kräftige, aber liebevollen Zuwendung. Meine Agentin Helen Rees führte mich mit ihrer gewohnten Ermutigung durch den gesamten Entstehungsprozess.

Schließlich aber gilt mein ewiger Dank den vielen Überlebenden und den Kindern der Überlebenden, von denen ich so viel über die Schrecken des Holocaust erfuhr. Mein Cousin Israel Ringel versorgte mich mit Informationen über unsere Familie. Ich hoffe, dass ich ein Buch geschrieben habe, das einige wenige Menschen dazu bringen wird, die Opfer jenes schlimmsten Verbrechens, das je von einer Gruppe von Menschen einer anderen zugefügt wurde, besser zu verstehen und mit ihnen mitzufühlen; ein Verbrechen, dessen Urheber nur zu oft ungestraft davonkamen oder sogar noch belohnt wurden.

Und wenn ihr uns Leid zufügt,
sollen wir uns nicht rächen?
Shakespeare, Kaufmann von Venedig, III., 1.

Prolog

Massachusetts: Mai 1999

Der alte Mann bewegte sein zitterndes rechtes Bein von der Bremse auf das Gaspedal, als er seinen 1989er Volvo genau dahin steuerte, wo das achtjährige Kind gleich die Straße überqueren würde. In weniger als einer Minute würde der lächelnde, blonde Knabe, der auf dem Weg zum Schulbeginn der zweiten Klasse der Sancta Maria Grundschule war, nichts als ein blutiger Haufen gebrochener Knochen sein. Kaum eine Stunde darauf würde seine Familie die schreckliche Nachricht erhalten, dass ihr Kind und Enkel überfahren worden war.

Der alte Mann hinter dem Steuer – der Mann, der im Begriff war, ein unschuldiges Kind zu ermorden – schien zu einer solchen Gewalttat alles andere als fähig. Während seiner nun bald vierzig Jahre in Amerika hatte er nie das Gesetz gebrochen, nie willentlich jemanden verletzt. Nun aber würde das schon lange an ihm nagende Rachebedürfnis endlich gestillt werden. Endlich war der Moment gekommen. Er hatte vor kurzem etwas so Schreckliches, Unentschuldbares erfahren, dass er nun willens war, sämtliche Gesetze oder Gebote zu brechen und jede Strafe auf sich zu nehmen – alles, um endlich seine gerechte Rache zu haben.

Als der alte Mann beobachtete, wie der beleibte Wachmann das Kind über die Straße winkte, drückte er seinen Fuß immer tiefer aufs Gaspedal. Der flachsblonde Junge hüpfte auf die Straße, wobei er einen Baseballhandschuh und einen Ball hielt. Der alte Mann trat das Gaspedal voll durch. Als der Wagen auf den erschrockenen Achtjährigen zuschoss, explodierten die Bilder in der Vorstellung des alten Mannes; die Bilder, die ihn inzwischen dazu gebracht hatten, dass er ein Kind ermorden konnte.

Teil 1

Die Familie Ringel

Kapitel 1

Cambridge, Massachusetts.
Sieben Monate früher: Oktober 1998

»Toll, dich von der Uni zu Hause zu haben«, sagte Abe Ringel, wobei er seine zwanzigjährige Tochter Emma umarmte. »Aber du siehst müde aus.«

»Du hast auch schon wieder ein paar graue Haare mehr«, stellte die junge Jurastudentin fest, als sie ihrem Vater über die widerspenstige Kappe strich. Abe war knapp fünfzig und sehr empfindlich, was das Dunkle unter seinen Augen oder die Lichtung über seiner Stirn betraf. Er hatte immer jugendlich ausgesehen, auch während seiner frühen Vierziger, aber die letzten Jahre hatten doch ihren Tribut gefordert.

Er hielt seine Tochter noch etwas länger im Arm und raunte ihr zu: »Ich habe dich wirklich vermisst, mein Engel.«

»Hör schon auf. Ich war doch bloß einen Monat weg, und Yale ist von Harvard auch nur zweieinhalb Autostunden entfernt – obwohl es Lichtjahre weiter ist, was die Rechtslehre betrifft.« Emma konnte sich ihre Sticheleien gegenüber einem der berühmtesten und loyalsten Absolventen der Juristischen Fakultät von Harvard einfach nicht verkneifen.

»Ich werde mich keinesfalls auf einen Streit mit einer Jurastudentin im ersten Semester einlassen, besonders einer aus Yale. Ihr Jungspunde diskutiert doch noch im

Schlaf.« Abe lächelte. »Erzähl mir lieber von deinen Kursen. Habt ihr schon den Fall gehabt, als die schiffbrüchigen Seeleute einen Schiffsjungen aufgegessen haben? Das war der erste Fall, den wir im Strafrecht durchgenommen haben. Das werde ich nie vergessen«, sagte Abe wehmütig und fast mehr zu sich selbst.

»So ein Zeug lernen wir nicht in Yale, Daddy«, gab Emma einigermaßen scharf zurück. »Das ist doch Jurassic Park. Wann hat schon ein Seemann das letzte Mal einen Schiffsjungen verspeist?«

»Darum geht es nicht, Emma. Es geht ums Prinzip.«

»Ja, ja. So was lernen wir in Rechtsgeschichte. Da haben wir sogar einen deiner alten Fälle gelesen. Langweilig!«

»Tatsächlich? Welchen denn?«

»Nein, Daddy, nicht wirklich. Mein Gott, du bist so was von nicht auf Draht. Das war doch nur ein Scherz. Aber wir haben das Urteil von Dred Scott über die Sklaverei studiert.«

»Und du meinst wohl, ich hätte den Sklavenbesitzer vertreten?«

»Das hättest du doch, oder etwa nicht?«

»Nur, wenn man ihm ein Verbrechen zur Last gelegt hätte«, gab Abe lächelnd zurück. »War nur ein Witz. Aber mir fällt unsere Abmachung ein; lass uns also aufhören, über die Juristerei zu reden. Erzähl mir lieber von dir. Hast du irgendwelche netten Jungen kennen gelernt?«

»Ich treffe mich nicht mit Jungen, sondern mit Männern«, antworte Emma kokett, wobei sie sich verführerisch streckte.

»Das reicht jetzt«, murmelte Abe und wandte sich ab.

»O ja«, fuhr Emma fort; dass sich ihr Vater gerade nicht wohl in seiner Haut fühlte, war ihr egal, »der Kurs ist voller netter Männer. Übrigens auch netter Frauen.«

»Soso, verrat mir mehr.«

»So weit kommt es noch. Ich bin längst ehemündig, und laut Gesetz brauche ich dir sowieso nichts zu erzählen.«

Kaum hatte Emma diese Worte ausgesprochen, kam Abes Frau Rendi schnaufend hereingejoggt. »Ist dein Vater schon wieder mal neugierig?«

»Was gibt es sonst noch Neues?«, erwiderte Emma lächelnd, als sie aufstand, um Rendi zu umarmen. »Mein Gott, du stinkst ja ganz schön. Muss ein ziemlich intensives Training gewesen sein. Ich habe dich schon vermisst. Jetzt will ich dir was über mein Sexleben – hoppla, mein soziales Leben erzählen. Weil ich weiß, dass du Dad nichts davon weitersagst.«

»Eher würde ich ins Gefängnis gehen. Wie Susan McDougal. Wir können dann ja später plaudern. Ich habe dich auch vermisst, Emma. Deine neue Aufmachung gefällt mir.«

»Daddy hat sie nicht einmal bemerkt.«

»Was es sonst Neues gibt? Dein Vater würde nicht mal merken, wenn ich mir den Kopf kahl scheren würde«, sagte Rendi und spielte mit dem rotbraunen Haar, das in Wellen auf ihre Schultern herabfiel und den braunen Teint und die markanten Züge ihres Gesichts einrahmte. Als sephardische Jüdin, die mehrere Jahre für den Mossad, den israelischen Geheimdienst, gearbeitet hatte, war Rendi ein Bollwerk der Stärke, in körperlicher wie psychischer Hinsicht.

»Vielleicht werde ich mir ja den Kopf rasieren. Mal sehen, ob Daddy das mitkriegt. Meinen Nasenring hat er jedenfalls nicht bemerkt«, sagte Emma, wobei sie das Gesicht von Abe wegdrehte.

»Ich stehe eben nicht auf so was«, sagte Abe und sah Emma kurz von der Seite an.

Abe und Rendi hatten kurz nach dem zweiten Prozess gegen Joe Campbell geheiratet. Dieser Fall hatte Abes Leben in jeder Hinsicht verändert. Er hatte den Basketballspieler erfolgreich vor einer Verurteilung wegen Vergewaltigung bewahrt, obwohl er schon während des Prozesses immer mehr den Verdacht gehabt hatte, dass Campbell Jennifer Dowling sehr wohl vergewaltigt hatte. Und dann hatte Campbell auch noch versucht, Emma an ihrem achtzehnten Geburtstag zu vergewaltigen, und sie dabei beinahe getötet. Es dauerte fast ein Jahr, bis Emma ihrem Vater vergeben hatte und anfangen konnte, ihr Leben wieder in die Hand zu nehmen. Und obwohl immer noch einige Spannungen in der Beziehung von Vater und Tochter zu spüren waren, hatte diese Krise Abe enger mit Rendi verbunden, die damals seine Dauergeliebte und Ermittlerin gewesen war und Emma während der Gefühlsverwirrungen gegenüber ihrem Vater beigestanden hatte. Die Hochzeit hatte das Leben von Abe und Rendi nur wenig verändert, außer dass sie nun zusammen in Abes großem und modernem Haus in Cambridge lebten. Immer noch stritten sie, fast wie Kinder, über fast jeden einzelnen Fall, an dem sie arbeiteten. Aber sie liebten einander leidenschaftlich und beide liebten Emma.

Emma hörte sich zuweilen mehr wie ein Teenager denn wie eine zweiundzwanzigjährige Jurastudentin an; dann nämlich, wenn sie ihren Vater neckte. Wie ein Uhrwerk, dessen Zeiger im Moment der Explosion stehen geblieben waren, war auch ihre Beziehung irgendwie angesichts Emmas Todeserfahrung stehen geblieben. Emma hatte sich ihren widerstreitenden Gefühlen, was die Rolle ihres Vaters in der schrecklichen Campbell-Sache anging, niemals wirklich gestellt. Stattdessen hatte sie eine psychische Distanz zu ihrem Vater aufgebaut, eben durch ihre jugendlichen Neckereien.

»Was führt dich denn schon so früh im Semester nach Hause?«, fragte Abes Frau.

»So früh?«, fuhr Abe dazwischen. »Es ist doch schon wieder ein Monat her.«

»Nein, mal im Ernst. Ist alles okay?«

»Bestens. Ich liebe Yale. Die Lehrer sind so Klasse, besonders die Frauen. Sie sind die besten. Meine Strafrechts-Professorin war Assessorin am Obersten Gerichtshof für Richter Breyer. Anschließend hat sie als Anklägerin bei Vergewaltigungen gearbeitet. Ich habe ihr von meinem Fall erzählt.«

»Warum musstest du ihr das denn erzählen?«, fragte Abe mit besorgtem Blick.

»Ich musste nicht, ich wollte«, betonte Emma, wobei sie sich umwandte und ihren Vater ansah. »Sie hat zu Beginn der ersten Vorlesung darum gebeten, dass alle, die irgendwelche Erfahrungen auf diesem Gebiet haben, sie das wissen lassen sollten. Ein Typ in unserem Kurs war fünf Jahre lang Bulle gewesen. Eine Frau hatte einen Monat gesessen, nachdem sie sich geweigert hatte, gegen ihren Freund in einer Marihuana-Sache auszusagen. Und ich bin fast vergewaltigt worden. Deshalb muss sich doch keiner schämen, Daddy.«

»Das weiß ich, aber es bringt eben auch ein paar böse Erinnerungen wieder nach oben, außerdem geht es niemanden etwas an.«

»Doch, mich geht es an, und ich gehe damit so gut um, wie ich nur kann: indem ich darüber rede. Was soll ich denn sonst tun? Ich würde ihm am liebsten seinen …«

»Das reicht, Emma. Du brauchst nicht noch deutlicher zu werden. Ich habe dich verstanden, aber es gefällt mir nicht. Rache zu nehmen würde dir auch kein besseres Gefühl verschaffen.«

»Wie willst du das wissen?«, gab Emma zurück, wobei sie urplötzlich gereizt wurde. »Immerhin haust du zu deinem Lebensunterhalt schuldige Verbrecher raus, die dann ungeschoren davonkommen! Eigentlich solltest du das um meinetwillen bleiben lassen, du bist schließlich mein Vater.«

»Glaub mir«, sagte Abe mit Nachdruck, »ich weiß, wie stark das Bedürfnis nach Rache sein kann. Ich sehe es in den Gesichtern der Opfer – und ich spüre es in den hasserfüllten Briefen, die ich von ihnen kriege. Aber dieser Rachedurst zerstört sie, wenn sie nicht davon loskommen. Du willst doch wohl nicht wie diese verbitterten Gestalten enden, die man ständig im Fernsehen sieht und die nach der Todesstrafe für den Typen schreien, der ihre Tochter umgebracht hat.«

»Du weißt doch gar nicht, wie es sich anfühlt, wenn man verletzt worden ist und keine Genugtuung erhält. Joe Campbell fertig zu machen würde mir jedenfalls ziemlich gut tun.«

»Vergiss es. Es ist ungesetzlich und ich habe keine Lust, meine eigene Tochter zu verteidigen.«

»Ich mach's ja nur in meiner Fantasie«, sagte Emma mit müdem Lächeln. »Ich bin kein Mensch, der mit Taten reagiert. Ich bin ein Mensch, der darüber redet. Deshalb habe ich auch meiner Professorin unseren Fall erzählt.«

»Was genau hast du ihr gesagt?«

»Ich habe ihr erzählt, wie du Campbell vertreten und ihn rausgehauen hast, obwohl du wusstest, dass er es getan hatte.«

»Ich habe es *vermutet*! Ich habe es nicht gewusst. Ich habe es nur *vermutet*. Denk dran, er hat es abgestritten.«

»Ja. Ich weiß doch, wie so was geht, ich hab eben nur was dagegen. Du wusstest, dass er schuldig war. Und trotzdem hast du ihn frei gekriegt. Und dann …«

»Ich weiß, was dann passiert ist«, sagte Abe niedergeschlagen, wobei er den Kopf hängen ließ. »Du brauchst mich nicht daran zu erinnern. Ich hab immer noch Alpträume deswegen.«

»Ich auch«, schoss Emma zurück, wobei ihre Stimme höher und lauter wurde. »Deshalb muss ich ja darüber reden – und irgendetwas unternehmen.«

»Was heißt das: irgendetwas unternehmen?«, fragte Abe besorgt. Emma rollte die Augen. »Schon gut. Keine Dummheiten. Ich schreibe nur etwas für meinen Kurs darüber. Ich will darauf hinaus, dass gute Anwälte keine schlechten Menschen verteidigen sollten.«

»Aber das System …«

»Es war immerhin das System, das dich dieses Schwein hat frei kriegen lassen. Siehst du denn nicht, wie *unrecht* das ganze System ist?«

»Können wir uns darüber nicht ein anderes Mal unterhalten? Ich möchte jetzt nur über dich reden, nicht über das System.«

»Wir reden die ganze Zeit über mich. Ich war dabei, dir zu sagen, was ich Professor Stith erzählt habe. Mir ist das wichtig.«

»Tut mir Leid. Bitte red weiter. Ich will es hören.«

»Ich habe ihr erzählt, dass du aufgrund unseres Falls nie wieder jemanden verteidigen wolltest, von dem du weißt, dass er schuldig ist.«

»Ich hoffe, du hast klargestellt, dass ich dabei meine Prinzipien nicht geändert habe. Ich glaube immer noch …«

»Ich weiß, was du glaubst. Ich habe ihr gesagt, dass ich

mich mit kleinen Siegen zufrieden geben müsste, wenn ich mich mit dem Attila aller Verteidiger auseinandersetze.«

»*So* unangreifbar bin ich nun auch wieder nicht. Die meisten Strafverteidiger …«

»Mir sind die meisten Strafverteidiger egal«, gab Emma zurück, wobei sie sich nach Kräften bemühte, Abes dozierenden Tonfall nachzuahmen. »Ich rede nur von dir. Du bist meine besondere Mission. Wenn ich erst mal meinen Abschluss habe, werde ich dich noch mal richtig umdrehen.«

»Du hast mich schon bekehrt, mein Engel. Du brauchst nicht weiter darauf herumzureiten.«

»Ich hab dich noch nicht vollständig bekehrt; noch nicht. Alles, was ich bislang tun kann, ist, deine Prinzipien zu untergraben.«

»Reicht es denn nicht, aus mir einen Heuchler und Scheinheiligen gemacht zu haben?«

»Das ist nur der Anfang. Irgendein toter Weißer hat mal gesagt, dass die Heuchelei der Tribut ist, den das Laster an die Tugend zahlt.«

»Ich freue mich, dass du immer noch tote weiße Männer zitierst, mein Engel.«

»Fast jeden, den wir im Studium durchnehmen, ist ein toter weißer Mann. Ich weiß deine Heuchelei zu schätzen. Und ich wäre nicht wirklich zufrieden, bis ich dich nicht ganz überzeugt habe, dass das Prinzip, Schuldige zu verteidigen, falsch ist. Ich weiß, dass du unserem Deal nur wegen dem zugestimmt hast, was mir passiert ist, und das ist ganz schön herablassend.«

»Jetzt mach mal einen Punkt. Schließlich liegt die Wurzel dieser ›Herablassung‹ in der Tatsache begründet, dass ich dein Vater bin; also habe ich ein Recht dazu.«

Die Narben, die der Fall Campbell hinterlassen hatte, hatten Abe dazu gebracht, jeden Fall noch einmal genau abzuwägen, bevor er ihn übernahm. Zwar war er noch immer ein eifriger – manche würden sogar sagen: wild entschlossener – Strafverteidiger im Dienste seiner Klienten. Aber inzwischen war er doch sorgfältiger in der Auswahl ebendieser Klienten. »Ich hoffe, du hast deiner Professorin Stith auch gesagt, dass ich nie einen Mordfall ablehne, unabhängig von der Schuld desjenigen, den ich zu verteidigen habe«, fügte Abe hinzu.

»Tod ist was anderes«, sagte Emma, womit sie genau die Worte zitierte, die ihr Vater ihr so oft gepredigt hatte. »Wenn der Staat jemanden umbringen will, dann sollte es jemanden geben, der es ihm schwer macht.«

Abgesehen von den gelegentlichen Todesstrafefällen gab es fast bei jedem Fall eine innerfamiliäre Auseinandersetzung darüber, ob Abe ihn übernehmen sollte. Ehe er sich für einen lohnenden Fall entschied, versuchte Abe, sich von der Unschuld des Angeklagten zu überzeugen. Das war nicht immer leicht. Er erinnerte sich, wie sehr er zu Anfang von der Unschuld Joe Campbells überzeugt gewesen war. Inzwischen aber war sich Abe seines frühen Schwachpunkts deutlicher bewusst – »des blinden Flecks des Verteidigers«. Diesem blinden Fleck war er nicht länger ausgesetzt. Jetzt konnte er die Sachlage klarer erkennen, und wenn es auf einen Schuldspruch hinauslief, übergab er den Fall seinem früheren Partner Justin Aldrich oder einem anderen Strafverteidiger.

»Ich habe reichlich Lehrgeld – und mehr als das – gezahlt, bis ich zu der Überzeugung gelangt bin, dass es besser ist, wenn zehn Schuldige freikommen, als dass ein einziger zu Unrecht verurteilt wird. Ich habe einfach zu viele von den ›zehn Schuldigen‹ verteidigt«, gestand Abe

Emma und Rendi zu. »Also habe ich mir das Recht verdient, jetzt auch ein paar Unschuldige zu verteidigen.«

»Ich würde nie jemanden strafrechtlich verfolgen, von dessen Unschuld ich überzeugt bin; warum sollte dann Ähnliches nicht auch für Strafverteidiger gelten?«, beharrte Emma weiter auf ihrem Standpunkt.

»Weil der Unschuldige nicht verfolgt werden darf. Der Schuldige aber *muss* verteidigt werden«, gab Abe zurück.

»Aber nicht unbedingt von dir, Dad.«

»Ist schon gut, du hast mich überzeugt. Eine gute Anwältin weiß, wann sie sich wieder setzen kann, nachdem sie gewonnen hat. Lass uns die Debatte beenden, sonst überleg ich's mir noch anders.«

»Ich kriege jede Menge Rückendeckung von meinen Profs.«

»Was kann man von einem Haufen ehemaliger Staatsanwälte auch anderes erwarten?«

»Mach mal halblang. Es sind auch ein paar Strafverteidiger darunter, die wieder zu Bewusstsein kommen.«

»Jetzt mach *du* mal halblang. Ein Strafverteidiger zu sein, ist schließlich keine Krankheit.«

»Na ja, zumindest ist es nicht ansteckend. Das kann ich dir versprechen.«

»Mein lieber Mann, du bist ganz schön gut – und schnell. Aber lass uns zu dir zurückkommen. Wie geht es deiner Zimmergenossin ... wie heißt sie noch mal?«

»Du weißt sehr wohl, wie sie heißt; du magst ihren Namen bloß nicht. Angela Davis Bernstein. Eine wirkliche Revolutionärin.«

»Irgendwann arbeitet sie auch für Cravath, Swaine & Moore – wie alle anderen auch.«

»Nie im Leben! Höchstens klagt sie diese Leute an – aber für sie arbeiten? Niemals! Ich werde das auch nicht tun. Ich habe mich für ein Praktikum im Sommer bei Linda Fairstein beworben, der Chefanklägerin für Sexualverbrechen in New York.«

»Nach allem, was du durchgemacht hast?«, fragte Abe schockiert.

»Ich bin eben anders«, fuhr Emma fort. »Ich lerne aus meinen Fehlern.«

»Es war doch nicht dein Fehler«, beharrte Rendi.

»Mit diesem Kerl auszugehen, war mein Fehler. Was er mir dann antun wollte, nicht. Wie auch immer, kein Mensch würde es wagen, eine Frau zu vergewaltigen, die Vergewaltiger strafverfolgt.«

»Darüber solltest du nicht mal Späße machen«, sagte Abe.

»So gehe ich aber mit dem Schmerz um, Daddy. Und im Übrigen meine ich es ernst. Wir könnten ihn kastrieren ...«

»Es reicht jetzt mit deinen OP-Fantasien. Vielleicht hättest du auf die medizinische Fakultät gehen sollen. Meine Tochter, die Ärztin. Mit Sicherheit hätte das Großmama Ringel glücklich gemacht.«

»Ich kann doch kein Blut sehen.«

»Ach übrigens, ich kenne Linda Fairsteins Ehemann. Ein guter Mann. Strafverteidiger.«

»Ich wette, er verteidigt nur Unschuldige.«

»Genau wie ich, mein Engel. Wenn ich einen finde. Man findet sie aber eben nicht so leicht. Mein Laden ist ganz schön geschrumpft, seit ich deiner Abmachung zugestimmt habe.«

»Davon merkt man aber nichts. Was ist das?«, fragte Emma und zeigte auf ein neues Bild an der bereits übervollen Wohnzimmerwand.

»Ein Chaim Soutine.«

»Es ist hässlich.«

»Das Leben ist hässlich. Er hat es so gemalt, wie er es gesehen hat.«

»Es gefällt mir, aber ich möchte es nicht in meinem Schlafzimmer haben.«

»Ich habe es dir ja auch nicht angeboten. Was hast du denn in deinem Schlafzimmer hängen?«

»Ein paar Poster von Keith Haring, deine alte Lithografie von Ben Shahn mit Martin Luther King und ein Beatles-Poster.«

»Und du erzählst mir was von Jurassic Park. Du selbst bist doch noch ganz tief in den Siebzigern.«

»Ich mag die Siebziger.«

»In den Siebzigern warst du noch ein Kleinkind. Was weißt du denn davon?«

»Mom hat immer davon erzählt. Sie meint, dass die sechziger Jahre eigentlich erst richtig in den Siebzigern losgegangen sind. In den Achtzigern hat dann alles wieder aufgehört.«

Emma wandte ihr Gesicht ab und versuchte, ihre Tränen zu verbergen. Ihre Mutter Hannah war 1987 bei einem Autounfall gestorben, seither war nichts mehr so wie früher. Rendi war eine wunderbare Stiefmutter; mehr noch, sogar eine Freundin, aber keiner konnte je Hannah ersetzen. Abe sah die Tränen, legte seinen Arm um Emmas schmale Schultern, holte sein Taschentuch heraus und wischte die kullernden Tränen fort.

»In den Achtzigern hat alles aufgehört«, wiederholte er. »Und in den Neunzigern war dann ein neuer Anfang.«

Emma hielt einen Moment inne, zog die Schultern zusammen und tauchte unter Abes Arm weg. »Daddy, ich habe einen Freund für morgen Abend zum Sabbatessen eingeladen. Ich hoffe, das geht in Ordnung. Er hat in

Amsterdam schon ein Studium abgeschlossen und studiert jetzt Menschenrechte.«

»Das ist ja fantastisch. Max kommt auch.«

»Perfekt. Jacob wird Max lieben. Sie sind beide so europäisch. Ich kann es kaum erwarten, dass du ihn kennen lernst. Mach aber bloß keinen Wirbel. Ich sterbe, wenn du ihn verscheuchst.«

»Ich werde mein bestes Benehmen an den Tag legen.«

»Du musst noch ein bisschen mehr tun als das«, sagte Emma und zwickte Abe in die Wange.

Kapitel 2

Die folgende Nacht

»Der ist ja einfach sagenhaft!«, rief Rendi. »Wo hast du den denn gefunden?«

»Er hat mich in der Bibliothek gefunden.«

»Na ja, das ist nicht weiter überraschend. Du bist ja auch einfach sagenhaft. Ist er witzig?«

»Auf seine europäische Art. Weißt du, nicht witzig in der Art von Dad, der über alles seine Späßchen macht.«

»Was du nicht sagst!«

»Es ist ja nicht so, dass ich Dads Humor nicht mag. Nur benutzt er seine Scherze, um ernsthafte Auseinandersetzungen zu umgehen. Vermutlich mache ich es umgekehrt genauso. Jacob ist da anders. Er liebt wirklich ernsthafte Diskussionen – über jedes Thema.«

»Auch über Gefühle?«

»Auch über Gefühle.«

»Na ja, dann ist er vermutlich ganz anders als dein Dad. Bist du dir denn sicher, dass er wirklich ein Mann ist?«

»Dessen bin ich nun wirklich sicher. Aber er ist ein sehr ungewöhnlicher Mann. Wir reden über alles, die ganze Nacht lang.«

»Und Sex?«, fragte Rendi, wobei sie leiser sprach und die Augenbrauen zusammenzog.

»Sehr gefühlvoll. Sehr europäisch. Sehr stilvoll.«

»Hört sich ja an, als könnte ich von dir noch was lernen.«

»Lass uns das lieber nicht weiter ausbauen. Sogar du und ich haben unsere Grenzen«, sagte Emma lachend.

»Bist du in Jacob verliebt?«

»Ich weiß nicht.«

»Du musst dich nicht unbedingt schon dem großen L-Wort stellen«, schlug Rendi vor.

»Es ist toll, so wie es ist.«

»Eine Sache, die ein Semester lang anhält?«

»Vielleicht noch länger, vielleicht auch nicht. Für jetzt jedenfalls ist es gerade richtig.«

»Falls Abe die Sache nicht vermasselt. Vertraust du Jacob, wenn er bei Ward Clever ist?«

»Gott sei Dank ist Max da. Er wird Daddy unter Kontrolle halten.«

Max Menuchen war in die Familie Ringel durch Abes Mentor, Haskell Levine, eingeführt worden. Haskell, der vor einigen Jahren, kurz nach der Campbell-Sache, gestorben war, war Bostons größter Anwalt gewesen und zugleich Abes Lehrer an der Juristischen Fakultät von Harvard. Er war kurz vor dem Ausbruch des Zweiten Weltkrieges aus Litauen nach Boston eingewandert und hatte seither zur Familie gehört.

Obwohl weder Abe noch Rendi besonders religiös waren, blieben sie dennoch jeden Freitagabend zum traditionellen Sabbatessen zu Hause. Gewöhnlich hatten sie Gäste, und Haskell war regelmäßig dabei gewesen. Noch immer durchdrang sein Geist die Diskussionen.

Seit Haskells Tod war Max Menuchen die Verbindung der Ringels zu ihren jüdischen Wurzeln im alten Land. Während Abes Großeltern aus dem südöstlichen Teil Polens ausgewandert waren, stammten Hannahs Eltern aus einer Kleinstadt in Litauen, nicht weit von Wilna. Emma fühlte früher durch Haskell und nun durch Max eine geistige Verbindung zu ihrer Mutter. Max sprach mit dem gleichen leichten europäischen Akzent, mit der gleichen herzlichen Höflichkeit und der gleichen Liebe zur Tradition wie Haskell. Auch sein rätselhaftes Lächeln ähnelte dem des verstorbenen Anwalts und zeugte von Erfahrungen, die zu schmerzlich waren, als dass sie an die Oberfläche hätten dringen dürfen. Max kleidete sich sogar ähnlich, trug altmodische, konservative Anzüge, ordentlich gebügelt, dazu weiße Hemden und dunkle Krawatten.

Trotz dieser offensichtlichen Gemeinsamkeiten war Max aber doch ganz anders als Haskell. Früher hatte Emma Max mal so beschrieben, dass er drei Seiten hätte und Haskell nur eine. »Max sagt ständig ›auf der einen Seite‹ und dann ›auf der anderen Seite‹ und dann ›aber auf der anderen Seite‹. Haskell, der Anwalt, war dagegen eher einseitig.«

Max war ein häufiger Gast bei den freitäglichen Abendessen bei den Ringels, besonders, wenn Emma da war. Emma liebte Max. Hannah war eine wunderbare Geschichtenerzählerin gewesen und Max erinnerte Emma stets an ihre Mutter, wenn er seine biblischen Geschichten erzählte. Max war Bibel-Professor an der Divinity School in Harvard. Emma freute sich immer schon auf die neueste Wendung von Max hin zu den alten Geschichten, die sie in der Sonntagsschule gelernt hatte. Auch hatte er nie nur eine einzige Interpretation parat, sondern verwies immer noch auf eine zweite und eine dritte Art, die einfachsten Geschichten zu betrachten. Überhaupt liebte Emma Max' ernsthafte Annäherung an das Leben. Sie wünschte oft, ihr Vater könnte etwas mehr wie seine beiden älteren Freunde und Mentoren sein, und sie suchte sich sogar Freunde, die mehr wie Haskell und Max waren als wie ihr eigener Vater.

Jacob Brunner, der Student im höheren Semester, mit dem Emma gegenwärtig liiert war, studierte Menschenrechte mit dem Ziel, Richter am Haager Gerichtshof zu werden. Dieses Jahr studierte er in Yale.

Emma und Rendi gesellten sich zu den anderen im Wohnzimmer und waren überrascht, Max und Jacob in ein lebhaftes Gespräch vertieft anzutreffen, während der für gewöhnlich wortreiche Abe still dasaß und den beiden Europäern lauschte.

»Abe Ringel hüllt sich in Schweigen! Weitere Einzelheiten dazu später!«, rief Emma scherzend aus.

»Wir müssen eine großartige Unterhaltung verpasst haben«, schaltete sich Rendi ein. »Klär uns doch mal auf.«

»Nur wenn du uns darüber aufklärst, was ihr beiden Mädels drüben im Schlafzimmer getratscht habt«, gab Abe zurück.

»Immer noch die ›Mädels‹, Daddy. Lernst du denn nie dazu?«

»Ich werde ja wohl noch meine eigene Tochter und meine Frau als ›Mädels‹ bezeichnen dürfen, wenn mir danach ist.«

»Aber nicht vor anderen Leuten«, sagte Max mit tadelndem Unterton. »Wir wollen doch nicht, dass dieser junge Mann meint, du wärest ein – wie sagt Emma doch gleich?«

»Jurassic, Onkel Max.«

»Ja, Jurassic. Ich liebe das Wort. Es ist sehr elegant. Meinen Sie nicht auch, Jacob?«

»Emma glaubt zuweilen, dass auch ich ein Jurassic wäre, nur weil ich auf die Dreißig zugehe.«

»Nehmen Sie sich besser in Acht. Bald wird Sie Ihnen nicht mehr vertrauen können«, witzelte Rendi.

»Wie meinen Sie das?«

»Hat Ihnen Emma denn nicht erzählt, dass man in Amerika keinem über dreißig trauen kann?«

»Das ist doch wohl ein Witz, oder?«, fragte Jacob mit erstauntem Lächeln.

»Es ist ein Witz«, sagte Emma mit Nachdruck, nahm Jacobs Hand und führte ihn an den schön gedeckten Esstisch, auf dem Kerzen, eine *Challah*, das Weißbrot, und *gefillte Fisch* standen.

Noch ehe er sich setzte, begann Abe die traditionelle Melodie von *Shalom Aleichem* zu summen, die Begrüßung des Sabbats. Rendi und Emma fielen mit ein. Auch Jacob versuchte die Melodie aufzugreifen, nur Max setzte sich still hin. Anschließend zündeten Rendi und Emma die Kerzen an, wobei sie ihre Augen mit den Händen bedeckten. Abe sprach den Segen über den Wein und lud Jacob ein, den Segen über die *Challah* zu sprechen.

Nachdem diese Rituale abgeschlossen waren, begann die Unterhaltung.

»Erzählen Sie uns von Ihrer Familie«, forderte Abe Jacob auf, wobei er kurz zu Emma sah, um festzustellen, ob er womoglich etwas Falsches gesagt hätte.

»Mein Vater flüchtete 1939 von Polen nach Amsterdam. Er kannte Anne Franks Familie. Auch er hat sich versteckt und überlebte so den Krieg. Er ist dann in Holland geblieben, wo er meine Mutter traf, die auch überlebt hatte.«

»Was machen Ihre Eltern?«, fragte Rendi.

»Mein Vater ist Juwelier und meine Mutter lehrt Mathematik an der Highschool.«

»Erzählen Sie uns von der jüdischen Gemeinde in Amsterdam«, bat Max.

»Die meisten sind Überlebende wie meine Eltern. Ein paar amerikanische Rückkehrer, ein paar Israelis in der Diamantenbranche. Und dazu jetzt viele Russen und Ukrainer.«

»Auch Litauer?«, wollte Max wissen.

»Nicht viele. Es gab nur sehr wenig Überlebende aus den baltischen Staaten. Stammt Ihre Familie von dort her?«

»Ja«, antwortete Max kurz angebunden.

»Hat sie überlebt?«

»Nein.«

»Keiner?«, hakte Jacob nach.

»Ich bin der Einzige.«

»Das tut mir Leid«, sagte Jacob.

Max nickte. Eine kurze Stille folgte, dann ging die Unterhaltung weiter.

Abe wusste, dass Max der einzige Überlebende seiner Familie war, aber sogar er – der er doch seit Jahren Max' Freund war – kannte keinerlei Einzelheiten. Früher einmal hatte er Haskell Levine über die Familie von Max befragt, aber Haskell hatte Max versprochen, niemals dessen Familientragödie mit anderen Leuten zu bereden.

Das Sabbatmahl schloss mit einer der biblischen Geschichten von Max.

»Ich habe mir ein paar Gedanken gemacht«, begann Max, so wie er es immer tat, wenn er über die Bibel sprach. »Würde unsere biblische Tradition es gutheißen, dass mein lieber Freund Abe einige von diesen schrecklichen Leuten verteidigt, wie er es ständig tut?«

»Das ist nicht fair. Hat dir Emma das eingetrichtert?«, unterbrach Abe. Emma und Max lächelten beide; Abe protestierte. »Wieso redest du nicht über den Garten Eden oder irgendetwas Abstraktes? Hör auf, auf mir herumzuhacken.«

»In Ordnung, ich bin schließlich dein Gast«, gab Max mit seinem charakteristischen, rätselhaften Lächeln zurück. »Wenn du darauf bestehst, werden wir über den Garten Eden sprechen. Erinnert sich einer von euch, welches das erste Verbot Gottes war?«

Emma hob die Hand, als wäre sie in der Schule.

»Solche Formalitäten brauchen wir nicht, red nur«, sagte Max.

»Nicht vom Baum der Erkenntnis zu essen.«

»Richtig. Und was hat Gott Adam gesagt, was passieren würde, falls er doch davon kostete, Jacob?«

»Ich glaube, Gott sagte, er würde sterben.«

»Stimmt. Nun hat er aber von diesem Baum gegessen. Aber er starb nicht. Warum hat Gott die angekündigte Strafe nicht vollzogen?«

»Ich weiß es«, sagte Abe.

»Dann sag es uns.«

»Weil Adam keinen Strafverteidiger hatte, und man kann kein Todesurteil vollstrecken, ohne dass der Angeklagte einen Verteidiger hat.«

»Sieh mal an«, sagte Max lächelnd, »ich wusste doch, dass wir zu meiner ersten Frage zurückkommen. Ich danke dir, Abe.«

»Du hast mich reingelegt.«

»So, wie die Schlange Eva reingelegt hat«, sagte Max.

»Stopp«, meinte Emma. »Dad hat Unrecht. Es gab einen Strafverteidiger. Was meint ihr denn, warum Gott die Schlangen schuf?« Sie lachte, als sie Rendi diesen Trumpf zuspielte.

»Sehr witzig. Zuerst war ich ein Dinosaurier, jetzt bin

ich eine Schlange. Eine nette Art, von dem Mann zu reden, der dir deine juristische Ausbildung bezahlt.«

»Von dem Geld, das du damit verdient hast, Leute zu verteidigen, die noch unterhalb der Schlangen rangieren. Ich wette, du hättest auch die Schlange verteidigt – und auch sie rausgeboxt.«

Max räusperte sich. Emma und Abe verstanden dies als Zeichen, dass der alte Mann eine ernste Antwort auf seine ursprüngliche Frage geben wollte.

»Auf der einen Seite ist offensichtlich, dass Abraham Gott bat, die Sünder von Sodom zu verschonen, auch wenn kein rechtschaffener Mensch unter ihnen wäre.«

»Na bitte«, warf Abe schnell ein, »Abraham – mein Namensvetter – war der erste Strafverteidiger und er sprach sich für die Schuldigen aus.«

»Auf der anderen Seite liegt klar zutage, dass Abraham verlor. Es gab keine Rechtschaffenen in Sodom«, sagte Max.

»Klingt ganz wie deine Klientenliste«, fuhr Emma dazwischen.

»Aber auf der anderen Seite wird deutlich«, machte Max weiter, wobei sein Tonfall verriet, dass er nun zum Schluss seiner Betrachtung kam, »dass die Rabbis Abraham wegen seines Eintretens für die Schuldigen lobten und Noah verurteilten, weil der nicht mit Gott gerungen habe, als Gott ihm sagte, dass er die Welt zerstören wollte. Die Antwort ist also: Ja, unsere Tradition heißt gut, was *unser* Abraham für den Lebensunterhalt tut.«

»Aber auf der vierten Seite …«, beschwerte sich Emma.

»Es gibt nie mehr als drei Seiten«, sagte Abe und bildete mit seinen Fingern ein Victory-Zeichen.

Die Unterhaltung zog sich bis spät in die Nacht hin, bis Max endlich um Verständnis bat, dass er gehen wollte.

Nachdem Abe und Rendi ihn zur Tür begleitet hatten, flüsterte Abe seiner Frau zu: »Lass uns nach oben gehen. Ich will gar nicht erst wissen, wie das mit dem Schlafen heute Nacht für Jacob arrangiert ist.«

»Das weißt du doch längst«, zog Rendi ihn auf, während sie ihn mit kokettem Lächeln ins Schlafzimmer führte.

Kapitel 3

Ein halbes Jahr später:
April 1999

»Worum soll ich Daddy dieses Jahr bitten?«, fragte Emma Rendi, während sie den Keller nach der Schachtel mit den religiösen Geräten für den Passah-Seder durchstöberten. Als jüngste Teilnehmerin an diesem Seder würde Emma gemäß der Tradition eine besondere Matze finden und sich dafür etwas wünschen. Diese Matze wurde vorher vom Familienvater, der die Seder-Feier leitete, versteckt.

»Meinst du nicht, dein Vater hat dir schon genug geschenkt, Emma? Die Ausbildung, den Wagen ...«

»Natürlich hat er das, aber er macht mir doch so gerne Geschenke. Manchmal wünschte ich, er gäbe mir mehr von sich selber.« Emma seufzte. »Lass uns ihm nicht auch noch das Vergnügen nehmen, mir zumindest Sachen zu schenken. Ich denke, ich werde ihn wohl um einen neuen Computer bitten.«

»Dein Vater kriegt Ausschlag, sobald er das Wort Computer nur hört.«

»Nur wenn er ihn selbst anfassen muss. Er will immerhin, dass ich am Computer Nachforschungen für ihn anstelle. Er meint, es wäre ausschließlich für unschuldige Klienten. Worüber ich mir allerdings nicht so sicher bin.«

»Dann solltest du wirklich einen neuen haben«, sagte Rendi. »Um welche Zeit erwartest du Jacob?«

»Spät. Er nimmt den Zug. Ich habe Daddy dazu gebracht, dass er Max einlädt. Er hat seit mehr als fünfzig Jahren bei keinem Seder mehr mitgemacht. Aus irgendeinem Grund mag er so was nicht. Aber Dad hat ihn diesmal überredet. Jacob unterhält sich gerne mit Max. Ich denke, Max ist der wahre Grund, warum Jacob zum Passahfest lieber zu uns kommt als zurück nach Amsterdam zu fliegen.«

»Ich vermute doch, dass die Entscheidung auch was mit dir zu tun hat.«

»Das hoffe ich auch«, sagte Emma, wackelte mit dem Hintern und lachte.

Emma und Rendi verbrachten den Rest des Tages damit, das Ostermahl zuzubereiten.

Pünktlich um sechs klingelte Max. Abe ging zur Tür.

»Max, du siehst ja schrecklich aus. Stimmt was nicht?«

»Nein, mir geht es gut.« Er brachte ein entschuldigendes Lächeln zustande. »Der Seder macht mich nervös.«

»Mach dir keine Sorgen. Es ist einfach ein Essen bei uns. Ein paar Segenssprüche, ein paar Lieder und dazu Diskussionen. Nichts Besonderes. Wieso bist du nervös?«

»Ich weiß nicht. Es ist schon so lange her.«

»Entspann dich. Es wird dir gefallen. Du kannst Emma dabei helfen, meine Matze zu finden. Bis dahin brauchen Rendi und Emma deine klugen Ratschläge, wie man den Seder-Tisch deckt. Du bist hier der Einzige, der dieses ganze Ritual schon als Kind gelernt hat.«

Max ging in die Küche, wo Rendi einer widerwilligen Emma beizubringen versuchte, wie man die Matze-Bällchen formte.

Ein paar Minuten später traf auch Jacob ein.

»Lasst uns anfangen«, sagte Abe und führte seine Gäste zur Tafel.

Obwohl der Seder gemächlich voranschritt, mit geistlichen Gesängen, lebhafter Unterhaltung und gelegentlichen Gebeten, war es offenkundig, dass Max sich unwohl fühlte. Während des Essens entschuldigte er sich dreimal, um ins Bad zu gehen. Er schwitzte heftig und zitterte. Am überraschendsten aber war, dass er vollkommen still blieb. Es war nicht der Max der Sabbatessen. Und es gab auch keine biblischen Geschichten, keine philosophischen Fragen. Nur nervöse Stille. Irgendetwas stimmte nicht. Aber Abe wusste genug, um nicht nachzufragen, besonders vor anderen Leuten.

Nach dem traditionellen Mahl aus Hühnersuppe, Lamm, mit Honig gesüßten Karotten, reichlich Wein und Matzen war es Zeit für das uralte Ritual, den Propheten Elias willkommen zu heißen.

»In Ordnung, Emma«, verkündete Abe heiter, »es ist jetzt Zeit für unseren besonderen Gast.«

Emma erhob sich und ging zur Haustür.

Plötzlich fing Max an zu schreien. »Nein! Nein!« Mit einem Satz schoss er aus seinem Sessel empor und stellte sich Emma in den Weg. Die Hände des alten Mannes zitterten, als er Emma ziemlich unsanft bei den Schultern packte. »Mach die Tür nicht auf, Emma«, sagte er streng. »Geh nicht mal in ihre Nähe.«

»Warum nicht?«, fragte Emma ungläubig, während sie sich von Max losmachte und weiter in Richtung Tür ging.

»Sie werden dich umbringen. Bleib von der Tür weg!«, schrie Max und jagte mit der Schnelligkeit und Kraft eines wesentlich jüngeren Mannes hinter Emma her. Als die erschrockene Emma seinem Griff auswich, drehte sich Max mit einem verzweifelten Blick zu Abe. »Halt sie auf«, flehte er. »Lass sie nicht an die Tür!«

»Max, was ist los?«, fragte Abe.

»Sie werden sie mitnehmen!« Mittlerweile schluchzte Max fast und sein europäischer Akzent kam immer deutlicher zum Vorschein.

»Wir werden unsere Sarah Chava nie mehr wiedersehen. Bitte, Großvater Mordechai, bitte halte sie auf«, beharrte Max weiter.

Abe legte seine Hände auf Max' Schultern und schüttelte ihn kräftig durch.

»Was redest du denn da, Max? Hier ist niemand, der Sarah Chava heißt. Das ist Emma. Und hier ist auch kein Großvater Mordechai. Sieh mich an, Max. Ich bin Abe, dein Freund. Wieso bist du so erregt? Was ist los? Draußen ist doch niemand.«

»Doch, da ist jemand!«, schrie Max. »Sie sind da. Sie warten schon auf uns. Verstehst du denn nicht? Sie werden uns umbringen. Prandus und seine Leute. Mach die Tür nicht auf. Lauf weg. Ich kann dich nicht retten.«

»Bitte, Max, beruhige dich. Du machst uns Angst«, bat Rendi.

Mit weit aufgerissenen Augen wandte sich Max Emma zu und rief, wobei er auf Abe und Rendi zeigte: »Sie können dich nicht beschützen. Lauf weg, versteck dich. Lass sie dich nicht kriegen!«

Voller Verzweiflung eilte Rendi schließlich zur Haustür und riss sie weit auf.

»Sieh doch, kein Mensch ist draußen.«

Plötzlich sackte Max zusammen wie eine Marionette, deren Fäden man gekappt hatte. Er lag da und rang nach Luft, während Emma den Telefonhörer abnahm.

»Nein, ruf niemand an. Mir geht es gut«, sagte Max, nun wieder mit gewohnter Stimme. Er setzte sich auf und starrte auf die leere, weit geöffnete Haustür. Dann fing er an zu wimmern. Seine Hysterie schlug unvermittelt in pure Verlegenheit um, als er bemerkte, wo er war und was er soeben angerichtet hatte.

»Es tut mir wirklich Leid, Abe, Rendi, Emma, Jacob«, sagte er, stand ganz langsam auf und rückte die Krawatte wieder gerade. »Ich bin wieder in Ordnung. Jetzt werde ich nach Hause gehen, damit ihr euren Seder zu Ende bringen könnt.«

Abe sah Max in die Augen. »Du gehst nirgendwohin. Wir können doch nicht so tun, als wäre nichts geschehen. In dir ist etwas, das herausmuss. Etwas, das du seit Jahren eingeschlossen hattest und das nun endlich aufgeplatzt ist. Du musst es uns sagen. Max, wir sind doch deine Familie. Hier gibt es keine Geheimnisse.«

»Ich kann nicht.«

»Bitte«, flehte Rendi. »Bitte sag es uns. Wir wollen dir doch helfen, aber das können wir nicht, solange du alles für dich behältst.«

»Ich weiß eure Anteilnahme zu schätzen, aber ich habe meine Vergangenheit bislang nur bewältigt, indem ich sie für mich behielt. Bitte, respektiert meine Privatsphäre. Und respektiert meine Entscheidung.«

»Nein«, gab Emma mit fester Stimme zurück, legte den Arm um Max' Schultern und führte ihn zu einem Sessel. »Du hast mich wirklich sehr erschreckt. Du schuldest es mir – und uns –, dass du erzählst, wovor du solche Angst hattest. Wir lieben dich. Und wenn du Kummer hast, haben auch wir Kummer. Bitte, Onkel Max.«

Max schwieg – wie es ihnen vorkam, eine Ewigkeit – und Tränen rollten seine Wangen hinab. Er sah Emma an und bemerkte auch ihre Tränen. Rendi und Jacob weinten ebenfalls. Schließlich wandte Max seinen Blick Abe zu, dem hartgesottenen Strafverteidiger, der alles mit angesehen hatte. Er sah, wie Abe sich die Augen mit dem Handrücken wischte.

»Nun gut«, sagte Max ruhig. »Ihr habt ein Recht zu erfahren, warum ich so reagiert habe. Ich hatte schon vorher, ehe ich hier ankam, Angst davor, wie ich mich fühlen würde. Mehrfach habe ich den Hörer in die Hand genommen, um abzusagen. Ich wusste aber, dass euch das beunruhigen würde, also bin ich gekommen. Schon als ich mitbekam, wie ihr den Seder vorbereitet habt, wusste ich, dass es schwierig werden würde. Es ähnelte so sehr dem letzten Passahmahl meiner Familie, genau dem, von dem ich jede Nacht geträumt habe. Ich dachte an meine Schwester, Sarah Chava, an meinen Großvater Reb Mordechai. Deshalb habe ich ihre Namen gerufen.« Max hielt inne, als würde er seine Entscheidung noch einmal überdenken. Dann – mit besorgtem, aber entschlossenem Blick – fuhr er fort: »Ich werde euch von Sarah Chava erzählen, von Reb Mordechai und dem Rest meiner Familie.«

Teil II

Max' Geschichte

Kapitel 4

Erinnerungen an Wilna,
Litauen: April 1942

Rendi schenkte Max eine Tasse Tee ein, während der alte Mann darüber nachsann, wo er mit seiner Geschichte anfangen sollte. Endlich nahm er einen Schluck, sah hinüber zum Passahfest-Tisch und fing an.

»Als ich euch beobachtete, wie ihr alles zum Seder vorbereitet habt, sah ich plötzlich meinen Großvater Reb Mordechai, am Tag vor unserem letzten Passahfest. Er war oben auf dem Speicher unseres Hauses und suchte nach der besonderen Kiste mit den religiösen Utensilien für unseren Seder.

Wir müssen ein seltsames Bild abgegeben haben«, sagte Max mit einem warmen Lächeln, während er die Szene vor Augen hatte. »Ein beleibter alter Mann mit einem rauschenden weißen Bart und Pelzhut, der auf dem dunklen Speicher herumkrabbelt, während sein achtzehn Jahre alter Enkel – in schwarzem Anzug, mit Yarmulke, gerollten Locken an den Schläfen und dem Ansatz eines seither nie mehr rasierten Bartes – eine flackernde Kerze hielt.

Ich erinnere mich noch daran, als wäre es gestern gewesen. Wie Großvater die Passahfest-Schachtel fand und sie aufmachte. Wie die Flamme der Kerze sich im großen silbernen Kelch spiegelte.

Dieser Kelch war seit 1492 in der Familie meiner Großmutter Blima gewesen, als die spanischen Juden –

von denen meine Großmutter abstammte – gezwungen worden waren, zum Christentum überzutreten. Großmutters Familie hatte so getan, als wäre sie konvertiert, praktizierte ihr Judentum aber heimlich weiter, bis sie schließlich nach Litauen auswandern konnte. Die Christen nannten sie ›Marranos‹, eine Verunglimpfung, abgeleitet vom spanischen Wort für ›Schwein‹. In dieser Zeit hatte ein Silberschmied einen sehr schönen Kelch geschaffen, der von außen aussah, als gehörte er zur christlichen Religion. Die versteckten inneren Unterteilungen aber enthielten alle religiösen Werkzeuge, die man zur Ausübung des Judentums brauchte, einschließlich winziger Kerzen und sogar einer Miniatur-Thora-Rolle.

Jedes Jahr, wenn Großpapa aufs Neue den Kelch auspackte, fragte er mich: ›Max, erfüllt es dich nicht mit Stolz, von einer Familie abzustammen, die etwas Derartiges hervorgebracht hat?‹ Immer erinnerte er mich daran, wie meine Vorfahren ihr Leben riskierten und dass sie allesamt umgebracht worden wären, falls die Inquisition die versteckten Schätze entdeckt hätte.

Dann versprach Großpapa jedes Mal, dass er, falls ich unsere Tradition fortsetzen wollte, mir diesen Kelch überlassen würde. Mir – und nicht meinem Vater.

Ihr könnt euch nicht vorstellen, wie viel es mir ausmachte, wenn ich hörte, wie mein Großpapa und mein Vater sich über Religion stritten.«

Max gab nun mehr als fünfzig Jahre alte Diskussionen wieder, als hätten sie gerade erst stattgefunden, und schloss dabei die Augen. Gelegentlich sprach er Abe oder die anderen direkt an, um ihnen Teile des Dialogs zu erklären, von denen er glaubte, sie blieben andernfalls unklar.

»Es war ja nicht so, dass mein Vater David ein Atheist gewesen wäre«, sagte Max zu Emma. »Ganz und gar nicht. Er war lediglich ein mäßig religiöser Jude, der die Ansicht vertrat, dass ein Jude ein vollständig weltliches Leben führen könnte. Er war gegen anachronistische Rituale, die einzig dazu geschaffen waren, die Juden vom Umgang mit Nichtjuden abzuhalten. Mein Vater lehrte Alte Geschichte an der Universität Wilna. Er hatte viele christliche Freunde, Kollegen und Studenten. Einige von ihnen brachte er sogar mit nach Hause. Aber Großvater Mordechai wollte nicht, dass seine Kinder mit Nichtjuden auf gutem Fuße standen. ›Denk an Chava‹, mahnte er immer. Dabei bezog er sich auf eine Figur in Shalom Aleichems Kurzgeschichte von Tevje, dem Milchmann, der einen christlichen Jungen heiratete. Diese Mahnung war besonders auf meine jüngere Schwester gemünzt, die Sarah Chava hieß, nach zweien ihrer Urgroßmütter.

Sarah Chava war damals sechzehn Jahre alt, obwohl sie jünger aussah«, erzählte Max mit entrücktem Blick. »Mit ihrem olivenfarbenen Teint war sie eine echte Schönheit, die schon in diesem Alter jede jüdische Mutter in der Nachbarschaft neidisch machte. Sie hatte das herrlichste Lächeln, die ausdrucksvollsten Augen, und wenn sie sprach, erstrahlte ihr ganzes Gesicht vor Freude. Sarah Chava hatte alles, was ein zukünftiger Ehemann sich nur wünschen konnte: einen guten familiären Hintergrund, Reichtum, Schönheit und Intelligenz. Sie sollte einen Sohn des Großrabbis der Yeshiva, der Talmudschule von Wilna, heiraten.«

Während Max seine Schwester beschrieb, grub sich der Schmerz in seine ausdrucksvollen Gesichtszüge. Er schloss die Augen, als wollte er seine Erinnerung an Sarah Chavas Gesicht durch keine optische Ablenkung stören lassen. Erst nach einer kurzen Pause kam er zu seiner Geschichte zurück.

»Das Thema, Verbindungen mit Nichtjuden einzugehen, war zur Streitfrage geworden, seit die Christen nicht mehr mit Juden verkehren durften. Mein Vater war von der Universität verbannt worden und lehrte nun private jüdische Klassen, die aus den Schulen ausgewiesen worden waren. Ich erinnere mich noch, wie ich ehrfürchtig zusah, während mein Vater diese Klassen zu Hause unterrichtete. Ich hatte meinen Vater zuvor nie bei der Arbeit gesehen. Die Studenten behandelten ihn wie einen Gott, als er so im Esszimmer stand und Themen diskutierte, von denen ich kaum etwas verstand.

Obwohl mein Vater ein weltliches Leben führte – er zog sich modern an, rasierte sich, las Bücher in mehreren Sprachen –, versuchte er nie, meine Schwester oder mich dahin gehend zu beeinflussen. Wir beide hatten beschlossen, eher in die Fußstapfen unseres Großvaters zu treten. Und in meinem Fall hieß das, die weltliche Erziehung zugunsten der zum Rabbi aufzugeben.

Emma, ich weiß, dass dir dies alles schwer verständlich sein wird«, sagte Max und hielt inne, um die Reaktion seiner jungen Freundin abzuwarten. »Aber ich habe einer arrangierten Hochzeit zugestimmt, als ich sogar noch jünger war als du jetzt.«

»Wie alt warst du damals?«

»Ich war siebzehn und meine Frau war fünfzehn. Damals war das ganz normal.«

»Mit fünfzehn mochte ich noch nicht einmal Jungen.«

»Niemand hat Leah gefragt oder mich, ob wir bereit wären oder einander mochten. Ich hatte sehr viel Glück. Leah war ein wundervolles Mädchen.«

»War sie hübsch?«

»Sie war hübsch, und als sie schwanger war, strahlte sie regelrecht.«

»Wie alt war sie, als sie schwanger wurde?«

»Leah gebar Efraim neun Monate nach unserer Hochzeit und sie war schon mit dem zweiten Kind schwanger, als wir den Seder zelebrierten. Sie wollte gerne sechs Kinder haben«, sagte Max, wobei er den Kopf senkte.

»Großvater Mordechai hat Efraim geliebt, weil er der erste Großenkel war und die nächste Generation der Menuchens darstellte«, fuhr er fort. »Großvaters Leidenschaft galt der Familie. Für ihn war *Jichus* alles. *Jichus* war das Familienerbe, das so weit wie möglich zurückverfolgt wurde, mit so vielen großen Rabbis, wie die Familie für sich beanspruchen konnte. *Jichus* war für alle in Wilna von Bedeutung und es gab sogar einen offiziellen *Jachsin* – einen Mann, der Familienstammbäume zurückverfolgte und deren Echtheit beglaubigte, was die Abkunft von Rabbinern betraf. Sogar in Krisenzeiten bestimmte der *Jichus* einer Familie deren sozialen Standort und es gab nur wenige Familien mit einem besseren *Jichus* als die Menuchens.

Großvater Mordechais siebzigster Geburtstag fiel auf den Tag von Efraims Beschneidung. Ich werde niemals sein Gebet vergessen, in dem er darum bat, dass seine Kinder, Enkel und Urenkel alle das magische Alter von siebzig erreichen mögen, wie es ihm selbst vergönnt war. Ich umarmte Großvater Mordechai und sagte, ich will, dass er ewig lebt. Großmama Blima, die immer sehr vorsichtig war, machte sofort eine abwehrende Bemerkung und wedelte dabei aufgeregt mit ihrer Hand.«

»Warum das?«, unterbrach Rendi.

»Sie vertrieb die bösen Geister. Sie hatte Sorge, dass wir ein *k'nayna hura* herbeilocken könnten – den bösen Blick.«

»Großmama Ringel sagte immer *k'nayna hura*«, meinte Emma, wobei sie ihrem Vater zulächelte.

»Der böse Blick ging damals, in jener schlechten Zeit, überall in Wilna und Umgebung herum«, fuhr Max fort. »Viele jüdische Anführer, vor allem politische Aktivisten, waren schon verschwunden. Mr Bloom, der Zionistenchef, der um die Ecke wohnte, war eingesperrt worden. Gelegentlich gab es Schießereien. Eine Grippewelle hatte einige Menschenleben gefordert. Und es gab schlimme Gerüchte. Aber unsere Familie hatte den Tod noch nicht direkt getroffen.

Juden durften nur innerhalb ihrer Nachbarschaft bleiben. Für mich war das wundervoll. Wir lebten in einem geräumigen Haus aus Holz, dessen Balken knarrten, als würden sie von den Geistern der Rabbis der Familie Menuchen verfolgt, die in diesem Haus gewohnt und in der riesigen Bibliothek viele Generationen lang Hof gehalten hatten.«

»Wie lange war das Haus schon im Besitz eurer Familie?«

»Seit dem sechzehnten Jahrhundert. Aber es war eher ein ganzes Anwesen mit einem großen Haus. Vater und Mutter lebten mit Sarah Chava oben. Leah und ich wohnten unten mit unserem Baby. Großvater Mordechai und Großmama Blima wohnten hinten im umgebauten Kutschenhaus. Die weit verzweigte Familie lebte in der Nachbarschaft und besuchte oft unser ›Haus‹, wie das Anwesen der Menuchens genannt wurde. Mehr als je zuvor diente es in jener Zeit als Gemeinschaftszentrum, als Synagoge, Schule und Veranstaltungshalle. Für mich war es das Paradies, weil alle, die ich liebte, den größten Teil des Tages unter einem Dach waren.

Als die Zeit für das Passahmahl näher kam, sorgten die Vorbereitungen für ein immer geschäftigeres Treiben. Großmama Blima übernahm die Organisation, wobei sie jeder Frau und jedem Mädchen eine Aufgabe zuwies. Sie zeigte ›Surila‹ – so nannte sie Sarah Chava –, wie man jede einzelne Rosine aufschnitt, um so viel Aroma wie möglich in den gefüllten Kohl zu bekommen. Es war ein altes Familienrezept. Sarah Chava lernte auch, wie man diesen Kohl zusammenrollte, so dass das Fleisch und die Rosinen nicht herausfallen konnten. Großmama bestand darauf, dass das Geheimnis darin bestand, große Kohlblätter zu nehmen und sie dann richtig zusammenzustecken. Und Großmama neckte Sarah Chava, indem sie ihr mit vollem Ernst verkündete, dass kein Mann sie heiraten würde, wenn das Fleisch und die Rosinen aus ihrem gestopften Kohl herausfallen würden.«

Rendi lachte. Emma stimmte in dieses Lachen ein, als ihre Stiefmutter ihr die Hand drückte.

Wieder machte Max eine kurze Pause, um einen Schluck Tee zu nehmen. Dann wandte er sich an Emma und sagte: »Ein Mädchen wie Sarah Chava muss für dich schwer zu verstehen sein, da du eine berufstätige Frau wirst. Aber damals wurden Mädchen wie du erzogen, um Ehefrauen und Mütter zu werden.

Meine Großeltern waren für ihre großen Seder bekannt, zu denen sie immer die gesamte Familie einluden.

Unser Seder war eine Mischung aus gebetsreicher Geistlichkeit, intellektuellen Debatten und kindlichem Vergnügen. Viel mehr Gebete als bei euch, Abe. Und mehr Leute. Aber alles Übrige war nicht anders als hier. Meine Großmutter hatte von ihrer Mutter einen alten sephardischen Trick beigebracht bekommen: ›Teilung des Roten Meeres‹ in Anlehnung an die biblische Geschichte. Wenn man vorsichtig etwas Pfeffer, roten Farbstoff und flüssige Seife in eine große Schüssel Wasser gab, konnte dies die Illusion hervorrufen, als würde sich das Wasser teilen. Die Kinder liebten das. Ich wünschte, ich könnte mich erinnern, wie man es macht. Ich würde es euch für eure Kinder beibringen«, sagte Max mit einem breiten Lächeln zu Emma.

»Nachdem jedes einzelne Gebet gesprochen worden war, wandte sich Großpapa an die versammelten Gäste und fragte sie: ›*Nu*, hat irgendjemand eine interessante Interpretation?‹ Ein wahrer Schwall von Antworten folgte. Nach ungefähr der Hälfte des Seders, kurz vor dem Mahl, fragte Großvater nach den zehn Plagen. ›Warum wurde Ägypten bestraft?‹, wollte er wissen. ›Schließlich war es Gott selbst, der das Herz des Pharaos hart gemacht hatte. Wenn der Pharao keinen freien Willen hatte, wie hätte er dann überhaupt anders handeln können, als den Israeliten den Auszug zu verweigern?‹

Sarah Chava war die Erste, die eine Antwort versuchte. Ich erinnere mich noch, wie sie sagte, dass, wenn Gott sowohl allmächtig als auch allwissend wäre, Großvaters Frage keinen wirklichen Sinn hätte. Denn was Gott dem Pharao angetan habe, unterscheide sich nicht von dem, was er allen Menschen zufügte. Dann machte Sarah den Fehler, den Pharao mit Hitler zu vergleichen.

›Sprich diesen Namen in diesem Haus nicht aus‹, verkündete Reb Mordechai streng. ›Dieses Monster ist nicht zu unserem Seder geladen.‹

Sarah Chava entschuldigte sich und versuchte, die Diskussion in die alte Richtung zu bringen, indem sie Großvater fragte, ob die Juden an Himmel und Hölle glauben.

Mein Vater bestand darauf, dass es in der Thora keinerlei Hinweis auf ein Leben nach dem Tode gäbe, aber Großvater sagte, es stünde im Talmud.

Der Streit wurde immer heftiger. Jeder in der Runde fürchtete, er würde zu einer regelrechten Szene eskalieren.

Mein Vater stieß mich sachte unter dem Tisch an und bedeutete mir auf diese Art, dass ich einen Kompromiss vorschlagen sollte. Ich weiß noch genau, was ich sagte: ›Ist es nicht so, dass die Nachkommen eine Art Leben nach dem Tode sind? Solange ein Mensch lebende Nachkommen hat, bleibt ein Teil von ihm durch sie am Leben.‹ Reb Mordechai sagte mir, ich hätte Recht, und beglückwünschte mich zu meiner Deutung, denn sie bestärkte zugleich sein Engagement, was die Wichtigkeit des *Jichus* betraf.

Der Seder ging ohne weitere Vorfälle vonstatten. Die Frauen hatten ein Festessen aus *gefillte Fisch*, gestopftem Kohl, Hühnersuppe, Karotten in Honig und Matzekugeln vorbereitet. Nachdem sämtliche Schüsseln herausgetragen worden waren, verkündete Großmama Blima stolz, wer bei der Vorbereitung mitgeholfen hatte. Die Helferinnen standen auf und machten einen höflichen Knicks, während der Rest der Familie applaudierte. Das Essen wurde von Gesängen und geistvoller Unterhaltung begleitet.

Der Höhepunkt des Seder – zusammen mit dem gestopften Kohl – war immer die Ankunft Elias', der niemals einen Seder bei den Menuchens ausließ. Natürlich konnte ihn keiner wirklich sehen, aber Großvater Mordechai konnte ›beweisen‹, dass er da gewesen war. Es war Tradition, einen besonderen Kelch für Elias vorzubereiten, zu dem jeder der anwesenden Männer etwas Wein aus seinem eigenen Glas beisteuerte. Wir haben dazu immer den alten Marrano-Kelch genommen, der ein großes Weinglas enthielt. Großvater Mordechai zeigte den Kindern stets, dass Elias' Kelch voll war, dann aber, zur festgelegten Zeit von Elias' Erscheinen, gingen die Kinder zur Tür, um sie für den unsichtbaren Propheten zu öffnen. Als die Kinder zurückkehrten, zeigte Großvater ihnen, dass direkt vor ihren Augen etwas von dem Wein getrunken worden war. ›Seht doch, Elias hat ihn getrunken‹, sagte er dann immer lächelnd. Die jüngeren Kinder glaubten daran, während die älteren wussten, dass ein Trick dabei sein musste. Anlässlich ihrer Bar Mitzwa gab Großvater dann immer das Familiengeheimnis preis: Vor vielen Jahrhunderten hatte einer von Großmama Blimas Vorfahren ein kleines Ventil in Elias' Kelch eingebaut, so dass der Wein in den Stiel tropfen konnte. Dieser Vorfahre von Großmama Blima hatte offenbar einen Sinn für Humor innerhalb ihrer religiösen Traditionen.«

Einen Augenblick lang lächelte Max, als er sich an die glücklichen Momente des Familien-Seders erinnerte. Dann, urplötzlich, wurde sein Körper ganz steif.

»Aber in dem Jahr kam es anders. Großvater Mordechai zeigte den Kindern den vollen Kelch und sagte zu Sarah Chava, sie solle Elias begrüßen gehen. Als meine Schwester die große Holztür aufmachte, sprang sie zurück. ›*Gottenju!*‹, schrie sie, ›Mein Gott!‹ Es stand tatsächlich jemand an der Tür. Aber es war nicht Elias. Der Mann an der Tür stellte sich höflich als Hauptmann Marcelus Prandus von den litauischen Hilfstruppen vor. Ich werde nie vergessen, wie er aussah. Hauptmann Prandus war ein bemerkenswert gut aussehender Mann, groß, mit ordentlich geschnittenem blonden Haar und tiefblauen Augen. Er war von einer Gruppe litauischer Milizen in schwarzen Hemden begleitet, die allesamt Hakenkreuz-Armbinden und deutsche Maschinengewehre trugen.«

Kapitel 5

Cambridge. In derselben Nacht

»Ich brauche ein paar Minuten Pause. Ich bitte um Entschuldigung. Es ist alles so schwierig für mich«, sagte Max, während er sich den Schweiß von der Stirn wischte.

»Lass dir Zeit. Wir müssen ja nirgendwohin«, sagte Abe freundlich und hielt dabei Rendis Hand.

Alle wollten hören, was Prandus und seine Männer getan hatten, aber alle spürten auch, dass Max die Pause wirklich brauchte und das Gespräch wieder in die Gegenwart zurückkehren müsste.

»Deine Familie ist so sehr der unseren ähnlich«, sagte Emma mit einem Lächeln. »Ständige Reibereien zwischen den Generationen. Ein Vater, der meint, er wüsste alles. Sogar die Themen sind die gleichen – gibt es Himmel und Hölle? Wir haben darüber diskutiert, als ich zehn war.«

»Ja, das stimmt alles«, unterbrach Max. »Und genau wie ich liebst auch du deinen Vater sehr – und du respektierst ihn.«

»Aber in meiner Generation müssen beide, Eltern und Kinder, sich gegenseitig Liebe und Respekt verdienen«, sagte Emma unverblümt.

»In unserer Generation war es einfach so, dass wir Liebe und Respekt bezeugten, auch wenn wir sie nicht immer fühlten«, erklärte Max, wobei er milde lächelte.

»Jetzt weiß ich, warum ich eure Generation immer so mochte«, witzelte Abe.

»Warum du den Namen von Prandus ausgerufen hast, verstehe ich jetzt. Aber ich weiß immer noch nicht, warum du mich mit dem Namen deiner Schwester angeredet hast.«

»Ich habe dich Sarah Chava genannt, weil du mich so sehr an meine kleine Schwester erinnerst. Als ich dich zur Tür gehen sah, ging ich im Geiste zurück zu Sarah Chava, wie sie damals zur Tür ging, und da bekam ich Angst um dich – wegen ihr. Du bist ein paar Jahre älter als sie damals, aber sie war so klein wie du und so schick. Und auch so schön. Du hättest sie sicher sehr gemocht.«

»Bestimmt hätte ich das«, stimmte Emma zu.

Während Max seine Gedanken sammelte, schenkte Rendi ihm eine weitere Tasse Tee ein. »Für unsereins ist es kaum möglich, sich auch nur vorzustellen, was du beschreibst: Gettos, Schießereien, Hitler – es liegt alles so weit außerhalb unserer Erfahrungen«, sagte sie.

»Das ging uns nicht anders«, antwortete Max mit bitterer Stimme. »Wir hatten ja auch nichts Vergleichbares. Wir hatten wohl über gelegentliche Pogrome gelesen. Aber dies da … war doch so anders, so ohne jedes Vorbild. Kein Mensch war auf das vorbereitet, was kommen sollte. Es ging alles so schnell. In einem Moment waren wir noch als Familie zusammen, und dann …« Max konnte nicht mehr sprechen. Er verbarg das Gesicht in den Händen und versuchte, sein Schluchzen zu dämpfen, das er nicht mehr zurückhalten konnte.

Abe griff über den Tisch nach Max' Arm. »Du brauchst nicht weiterzumachen, wenn du nicht möchtest«, sagte er sanft. »Ich denke, wir haben jetzt alle verstanden.«

Abrupt setzte sich Max auf. »Verstanden? Nicht mal ansatzweise habt ihr verstanden.«

Abe war augenblicklich zerknirscht. »Entschuldige bitte. So habe ich es nicht gemeint.«

»Ich bin ja nicht wütend auf dich. Es ist mir wichtig, dass ihr etwas von dem erfahrt, wie es gewesen ist. Aber für die, die nicht dabei waren, ist es unmöglich, es wirklich zu verstehen.«

Kapitel 6

Ponary-Wald. Erinnerungen an Wilna,
Litauen: April 1942

Max holte tief Luft und setzte da fort, wo er unterbrochen hatte.

»Marcelus Prandus befahl uns, sofort auf den offenen Lastwagen zu steigen, der vor unserem Haus geparkt war. Wir mussten uns eng zusammenkauern, damit wir für die halbstündige Fahrt zum Ponary-Wald überhaupt alle draufpassten. Wir standen alle unter Schock. Die Kinder weinten. Überall stank es nach Urin. Es war entsetzlich. Wir hatten solche Angst. Die Erwachsenen blieben still, umarmten einander und die Kinder.

Dann hielt der Lastwagen in einem Tal im Ponary-Wald. Ich sah noch acht andere Laster, beladen mit Familien. Obwohl die einzelnen Familiengruppen getrennt gehalten wurden, erkannte ich etliche von ihnen. Es waren samt und sonders Juden – alle aus prominenten Familien – und alle waren im Feiertagsstaat. Die Männer trugen weiße *Kittel*, jene Talar-ähnlichen Kleidungsstücke, die man zu den Seders anlegte – und zu Beerdigungen.

Später erfuhr ich, dass die Nazis oft jüdische Feiertage für derartige Festnahmen wählten. Sie wussten, dass die Familien bei solchen Festen alle beieinander waren, und es war selten, dass einer zu fliehen versuchte, wenn die ganze Familie abtransportiert wurde. Außerdem benutzten die Juden bei solchen Festen auch immer ihr bestes

Silber, das dann als Beute von der Polizei mitgenommen wurde. Marcelus Prandus hatte den Marrano-Kelch persönlich konfisziert, während seine Männer die Familien auf die Laster verfrachteten. Er sagte uns, dass der Kelch für ein von den Nazis geplantes Museum bestimmt sei, das die Sitten und Gebräuche der Juden dokumentieren sollte.

Die Familien standen herum, eng aneinander gedrängt gegen die aufkommende Kühle der Frühlingsnacht. Es war dunstig und die Lkw-Scheinwerfer bildeten einen unheimlichen Schein. Ich hielt meinen Sohn Efraim mit einer Hand und rieb mit der anderen sanft den Bauch meiner schwangeren Frau. Ich hatte Angst. Alle hatten Angst. Keiner wagte, lauter zu sprechen als zu flüstern. Die Litauer waren geschäftig und höflich. Auch sie schienen auf ein Signal zu warten. Es sollte noch lange dauern.

Endlich, nach mehr als einer Stunde, verkündete Prandus: ›Jetzt ist es an der Zeit zu graben.‹ Die Litauer holten sechs alte Schaufeln vom Lkw. Sie gaben mir eine, ebenso meinem Vater und vier anderen Männern. ›Papa, ich habe noch nie eine Schaufel benutzt. Ich habe Angst‹, raunte ich meinem Vater zu.

›Dann sieh mir zu. Ich zeige dir, wie man sie hält‹, flüsterte mein Vater zurück.

Die Litauer führten uns zu einem kleinen Hügel und befahlen uns, zu dessen Fuß einen Graben auszuheben. Die Erde war kalt und hart, aber sie wurde weicher, je tiefer wir gruben. Ich hatte mit der Schaufel Schwierigkeiten. Sie fiel mir zweimal aus der Hand. Beide Male hob ich sie schnell wieder auf und grub weiter. Dann stieß ich mit der Schaufel auf einen Felsen, wodurch sie verbeulte. Mein Vater tauschte seine Schaufel mit meiner.

Nach einer Weile kam Prandus, um unser Werk zu inspizieren. Er schien unzufrieden mit dem Fortgang des Grabens, erklärte ihn aber dennoch für annehmbar. Die Schaufeln wurden eingesammelt und die Männer wieder ihrer Gruppe zugeführt. Dann wartete man wieder, flüsterte und zitterte. Keiner erwähnte den Tod, obwohl ich mir nicht vorstellen kann, dass keiner an ihn dachte. Wozu sonst die Graberei? Wozu die ganze Fahrt hierher? Aber zu dem Zeitpunkt schien es noch unvorstellbar. Prandus war so höflich, so sachlich. Hatte es auch nur einer von uns für möglich gehalten, dass neun große Familien von ihren Passah-Festessen weggeholt worden waren, damit sie Löcher gruben und anschließend wieder nach Hause gingen? Aber nichts war damals zu absurd, als dass man es nicht geglaubt hätte.«

Max hielt inne und wandte sich an Abe, als suchte er dessen Zustimmung. »Jahrelang habe ich mich gequält und gepeinigt, weil ich damals versäumt hatte, das Offensichtliche zu erkennen. Hätte ich es gewusst, hätte ich dann etwas machen können? Hätte ich irgendeine Warnung schreien können, so dass ein paar vielleicht entkommen wären? Aber wer? Ich hätte meine schwangere Frau und mein Kind nie verlassen. Oder meine alten Großeltern. Vielleicht meinen Vater? Oder meine Mutter? Meine Schwester? Eine Cousine? Einen Onkel? Ein Kind? Die Chance, zu entkommen, war gering. Sie hatten einen Laster, während unsre Familie zu Fuß war. Aber für einen oder zwei wäre eine Flucht wohl möglich gewesen, wenn auch unwahrscheinlich. Zumindest hätten sie es versuchen können.«

Max begann zu zittern. Er setzte die Tasse ab, um den Tee nicht zu verschütten.

»Du hast alles getan, was du konntest«, sagte Abe mit sanfter Stimme. »Hadere nicht mit dir.«

»Ich hadere nicht mit mir. Ich frage mich bloß, ob es hätte anders verlaufen können.« Wieder machte Max eine Pause, legte dann zwei Finger an sein Kinn, nickte mit dem Kopf und sagte: »Ich denke, dass ich jetzt meinen Ausbruch von vorhin verstehe. Heute Abend habe ich getan, was ich damals nicht tat: meine Schwester warnen. Es tut mir Leid, dass ich euch damit belastet habe.«

»Das ist keine Last, es trägt zu unserer Bildung bei«, sagte Abe.

»Dann muss ich das jetzt noch vervollständigen«, sagte Max und kehrte zu seiner Geschichte zurück.

»Wir standen ruhig und dicht beieinander gedrängt da, als Marcelus Prandus schließlich verkündete: ›Ich habe Ihre Familie ausgewählt, die erste zu sein.‹ Er klang, als würde er von einem besonderen Privileg sprechen. ›Sie haben ein Recht zu erfahren, was sie erwartet. In wenigen Minuten werden Sie es hinter sich haben.‹ Dann holte er eine geschriebene Erklärung aus der Tasche und las sie vor. Sie ging ungefähr so:

›Der Führer hat beschlossen, dass das Judenproblem nur auf eine Art gelöst werden kann. Der Samen Abrahams muss für immer ausgerottet werden. Es ist keine Frage individueller Schuld oder Unschuld. Es ist nicht euer Fehler, dass ihr Juden seid. Der Fehler liegt schon in euren Genen.‹ Prandus richtete seine Worte ebenso an seine litauischen Mitmenschen, von denen einige noch Teenager waren, wie an seine auserwählten Opfer. ›Was wir nun tun, ist zum Besten der Menschheit. Ihr werdet das Schicksal erfüllen, das euch vom Dritten Reich zuerkannt wurde. Mögt ihr euch selbst als Soldaten begreifen, die für das Vaterland sterben.‹ Prandus sprach diese Worte ohne den leisesten Anflug von Entschuldigung oder Bedauern aus.

Jetzt gab es keine Zweifel mehr an seinen Absichten, dennoch brach immer noch keine Panik aus, kein Schreien, kein Versuch, wegzulaufen.

Prandus führte Großvater Mordechai an die Grube, die die Männer ausgehoben hatten.

›Dieser Mann ist der Patriarch der Familie Menuchen. Wer sind seine Kinder?‹

Niemand antwortete.

Prandus zog eine getippte Namensliste aus seiner Tasche und ließ seinen Blick über die Zeilen wandern. ›Es gibt keinen Grund, die Sache schwieriger oder schmerzhafter zu machen, als sie sein muss‹, sagte er fast entschuldigend. Vielleicht weil er dachte, dass er seine Familie beschützen könnte, trat mein Vater vor und sagte: ›Ich bin Reb Mordechais einziger Sohn.‹

Prandus sah wieder auf die Liste und meinte: ›Es gibt noch einen weiteren Sohn namens Mosche. Auch er soll vortreten.‹

Aber niemand trat vor. Prandus richtete sein Gewehr auf Großmama Blima und sagte: ›Wenn sich Mosche Menuchen nicht sofort zu erkennen gibt, erschieße ich seine Mutter.‹

Mosche trat vor.

Immer noch die Waffe auf Blima gerichtet, rief Prandus nach den Enkeln.

Ich ging zu meinem Vater an den Rand der Grube, wo inzwischen auch Mosche und seine beiden Söhne standen.

›Und jetzt der Urenkel.‹

Bei diesem Kommando fing meine Familie an zu schreien: ›Nein, nein!‹

Voller Verzweiflung beschwor ich Prandus: ›Er ist doch noch ein Baby. Er weiß doch nicht einmal, dass er Jude ist. Bitte lassen Sie ihn leben. Nehmen Sie ihn. Sie können doch kein Baby verletzen.‹

›Sie verstehen gar nichts‹, gab Prandus gelassen zurück, wobei sich seine stahlblauen Augen mit meinem Blick auf eine Art trafen, die ich nie vergessen werde. ›Die Kinder sind am wichtigsten. Alle früheren Versuche, die Existenz einer Rasse zu beenden, sind fehlgeschlagen, weil man die Kinder nicht töten wollte. Die Kinder sind am wichtigsten‹, wiederholte Prandus und sah demonstrativ auf das Baby.

Ich fing an, vor Furcht zu zittern. Nicht einmal weinen konnte ich. Schwindel und Übelkeit lähmten mich. Ich fühlte mich so hilflos. Andere um uns herum schrien. Ich sah, wie sie vor schierer Verzweiflung mit den Armen um sich schlugen. Ich konnte ihre Furcht förmlich riechen, selbst aber nichts tun als in die unschuldigen Augen meines verlorenen Kindes zu schauen.

Prandus schritt an den verbliebenen Familienmitgliedern entlang und musterte jeden eingehend. Vor Sarah Chava hielt er an und gab einem seiner Milizen ein Zeichen. Der packte sie gewalttätig am Arm und führte sie zum Lkw. ›Die lassen wir aus‹, sagte Prandus.

Zwei Litauer stießen danach sanft meine Frau Leah an, die daraufhin unter lautem Schreien das Baby in den Arm nahm, ganz nah bei der Grube.

Großvater Mordechai bat Prandus: ›Bitte, ich bitte Sie. Erschießen Sie mich zuerst, dass ich nicht meine Familie sterben sehen muss. Die Bibel – an die Sie ebenso wie ich glauben – sagt, dass der, der einen jungen Vogel nimmt, zuerst die Mutter fortschicken muss. Bitte schicken Sie mich zuerst fort.‹

›Nein‹, lehnte Prandus kategorisch ab. ›Unser Befehl lautet, zuerst die Jüngsten zu erschießen. Sie sind am wichtigsten.‹

Als Großvater Mordechai zu weinen anfing, kam mir in den Sinn, wie sehr Großvater den *Jichus* liebte – den Beitrag seiner Familie zum Volk der Juden während so vieler Generationen. Jetzt würde alles enden, für immer. Es war, als würde alles ausgelöscht.«

Max wandte sich mit einem entschuldigenden Blick an Emma. »Es mag sich seltsam anhören, dass ich genau das dachte, aber es stimmt. Es würde niemanden mehr geben, der den Familiennamen weiterreichen konnte. Großpapa Mordechai würde kein Leben nach dem Tod haben, weil es keine Nachkommen geben würde. Vielleicht Sarah Chava, wie ich damals dachte. Zumindest für sie gab es Hoffnung.

Großvater Mordechai verstand, dass es hier auf dieser Erde keine Übelebenden geben würde, als er sein Haupt nach oben wandte und die Worte zu sprechen begann: *›Ani ma-min, b'emunah schlaima, bewijas ha-Maschiach.‹ ›Ich glaube, mit vollem Herzen, an die Ankunft des Messias.‹* Ich sah meinem Großvater in die Augen und erkannte darin den Glauben. Ich sah meinem Vater in die Augen und erkannte Furcht und Schrecken. In diesem Moment verstand ich die Macht des Glaubens. In diesem Moment wusste ich auch, dass ich nie wieder würde glauben können. Ich fühlte denselben Schrecken wie mein Vater, als ich sah, wie Prandus sein Gewehr auf meine Frau richtete.

Es ging alles sehr schnell; unter Schreien, Kreischen und vergeblichen Versuchen, sich zu wehren oder wegzulaufen. Zuerst schoss Prandus meiner Frau Leah in ihren schwangeren Bauch. Efraim fiel auf die Erde. Ich bedeckte ihn mit meinem Körper. Prandus trat mich mit seinem schweren Stiefel weg und zielte mit dem Gewehr auf das schreiende Baby. Ich griff nach Efraim, rief: ›Nein, nein!‹, als Prandus ihm in den Kopf schoss. Ich sah, wie sein winziger Schädel explodierte. Einen Moment später hielt er die Waffe an meinen Kopf und feuerte. Das letzte Wort, das ich hörte, war, wie mein Großvater rief: ›*Nekama!*‹«

Kapitel 7

Cambridge. In derselben Nacht

»Er hat dich erschossen, Onkel Max? Wie hast du dann überlebt?«, fragte Emma, deren Augen voller Tränen waren.

»Ich habe versucht, ihn zu retten. Ich habe alles getan, was ich konnte. Aber es war nicht genug«, jammerte Max, der Emmas Frage nicht einmal gehört hatte.

»Es gab doch nichts, was du noch hättest tun können«, versuchte Abe ihn zu beruhigen.

»Aber ich lebte und er ist gestorben. Alle sind gestorben.«

»Wie hast du überlebt?«, hakte Emma nach.

Dieses Mal hörte Max ihre Frage.

»Wenn ich an Gott glauben würde, würde ich euch erzählen, dass es ein Wunder war. Aber es war bloß verdammtes Glück. Genauso schaffen es die meisten Überlebenden – durch Glück.«

»Und was ist mit Sarah Chava?«

»Ich weiß es nicht. Ich habe nie herausgefunden, was aus ihr geworden ist.«

»Dann kann sie womöglich überlebt haben?«, rief Emma aus.

»Das kann man nie ausschließen«, sagte Max, schüttelte aber den Kopf und sah über Emma hinweg. »Sie wäre jetzt eine alte Frau, vielleicht sogar eine Großmutter. Ich kann sie mir nicht als alte Frau vorstellen. Vielleicht …«

Max begann wieder zu schluchzen.

»Wenn dieser Dreckskerl Prandus jetzt hier durch die Tür käme, könnte ich ihn mit bloßen Händen erwürgen«, ereiferte sich Emma, das Gesicht vor Wut verzerrt.

»Und ich würde dir dabei helfen«, sagte Jacob mit vor Erregung zitternder Stimme.

»Auch er wäre jetzt ein alter Mann«, sagte Max. »Es ist schwerer, einen alten Mann zu töten.«

»Für dieses Monster war es ja offenbar nicht schwer«, gab Emma zurück.

»Hat man ihn nach dem Krieg gefangen genommen?«, fragte Abe.

»Ich glaube, nicht«, erwiderte Max. »Ich habe nichts davon gehört, was aus ihm geworden ist. Wahrscheinlich lebt er irgendwo in Wilna. Vielleicht ist er auch gestorben. Ich habe keine Ahnung.«

»Wie hieß das Wort, das dein Großvater gerufen hat?«, fragte Emma.

»*Nekama*. Es bedeutet: Nimm Rache. Später erfuhr ich, dass das Wort *Nekama* an die Wände der Todeslager und der Bunker in den Gettos geschrieben war. Ich weiß nicht, wen mein Großvater aufforderte, Rache zu nehmen, da er ja glauben musste, dass keiner von uns überleben würde. Vielleicht bat er Gott darum.«

»Was geschah, nachdem sie auf dich geschossen haben? Wie bist du entkommen?«, fragte Rendi. Allerdings war sie nicht sicher, ob Max die Kraft hatte, weiterzuerzählen.

Kapitel 8

Auferstehung. Im Ponary-Wald: 1942

»Ich bekam nach meiner Erschießung nichts mit, bis ich spürte, wie Dreck auf meinen Kopf traf. Irgendjemand schaufelte Dreck und Erde über meinen Körper. Obwohl mein Kopf vor Schmerzen dröhnte, fragte ich mich, ob ich am Leben oder tot war. Ich erkannte, dass sie dabei waren, mich zu begraben. Lebendig begraben? Das würde sicher schlimmer sein als ein schneller Tod. Sollte ich mich bewegen und so einen Gnadenschuss auf mich lenken? Oder sollte ich mich lieber tot stellen? Mir fiel wieder ein, dass die Grube, die ich mit ausgehoben hatte, sehr flach war. Vielleicht könnte ich meine Beerdigung überleben.

Ich blieb so lange ruhig, bis ich keine Luft mehr bekam. Und hielt dann den nächsten Atemzug so lange, wie ich konnte. Als ich spürte, wie meine Kräfte nachließen, wusste ich, das ich keine andere Wahl hatte. Ich stieß meinen Kopf an die Oberfläche. Mit Sicherheit würde man mich nun erschießen.

Ich versuchte, etwas zu erkennen, und schüttelte sachte meinen Kopf, um die Erde loszuwerden, die meine Augen verkrustete. Ich konnte die Gestalt eines Litauers ausmachen, der sich bewegte, in der einen Hand eine Schaufel, in der anderen ein Gewehr. Weil ich nur ein Auge geöffnet hatte, konnte ich nicht mit Sicherheit sagen, ob der Litauer auf mich zu- oder von mir wegging. Nach einem entsetzlichen Moment der Angst schaffte ich es, auch das andere Auge aufzumachen, und sah, wie der Litauer zum Grab einer weiteren Familie ging. Ich lag, wie mir schien, eine Ewigkeit reglos da, blies dabei ganz ruhig die Erde aus meinen Nasenlöchern, bis ich endlich hörte, wie die Motoren der Lkws ansprangen und alle abfuhren. Danach versuchte ich aufzustehen. Aber ich konnte meine Beine nicht bewegen; ich fühlte sie nicht einmal. Trotzdem schaffte ich es irgendwie, sie aus ihrer erdbepackten Krypta zu befreien, und nach einigen Momenten der Unsicherheit brachen sie tatsächlich an die Oberfläche durch. Ich taumelte, hielt mich an einem Baum fest, bis ich mich selbst auf den Beinen halten konnte. Dann sog ich zum ersten Mal vollständig die Nachtluft ein, die vom Geruch des Todes, von Blut und Fleisch, ranzig war.

Das Tal war ruhig. Weit und breit war niemand zu sehen. Stattdessen entdeckte ich überall um mich herum Erdhügel im fahlen Mondlicht. Plötzlich hörte ich ein Geräusch. Es war ein Glucksen. Es kam von meiner Grube. Und dann noch einmal. Schnell grub ich mit den Fingern in Richtung des Geräusches und fühlte einen menschlichen Körper. Wie wild buddelte ich weiter und legte den Körper meiner Großmutter Blima frei. Sie war tot. Das Blut, das aus der Wunde in ihrer Brust floss, hatte das gurgelnde Geräusch verursacht. Dieses Geräusch sollte mich noch Jahre später aus dem Schlaf reißen. Obwohl ich wusste, dass sie alle tot waren, grub ich weiter, bis ich schließlich hörte, wie ein Lastwagen näher kam. Ich musste fliehen.

Ich lief in Richtung eines Flusses, in dem meine Freunde und ich immer geschwommen waren. Dort reinigte ich meine Wunde. Die Kugel war hinten an meinem Kopf eingedrungen und unter dem Ohr wieder ausgetreten. Außer wahnsinnigen Schmerzen hatte sie bemerkenswert wenig Schaden angerichtet. Ich blutete nicht einmal besonders stark. Ich nahm meinen weißen *Kittel*, um mir daraus Bandagen zu machen. Den ganzen folgenden Tag über blieb ich in den Wäldern, wobei meine Wunde derart schmerzte, dass ich befürchtete, ohnmächtig zu werden.

Gegen Abend beschloss ich, etwas zu unternehmen, und ging auf ein Bauernhaus zu in der Hoffnung, dass deren Bewohner keine Nazisympathisanten waren. Da ich von der Allgegenwärtigkeit prodeutscher Gefühle wusste, wusste ich auch, wie riskant die Sache sein würde, aber ich hatte keine andere Wahl. Ehe ich entschied, ob ich an die Tür klopfen sollte, beobachtete ich die Frau und ihren Sohn durch das Fenster. Ich sah, wie sie beim Abendessen saßen; sie nahmen ein schlichtes Mahl aus Suppe und Brot ein. Irgendetwas an der Frau brachte mich dazu, ihr zu vertrauen. Vielleicht war es die Inbrunst, mit der sie sowohl vor als auch nach dem Essen gebetet hatte. Oder die liebevolle Art, mit der sie ihren Sohn behandelte. Nachdem ich beobachtet hatte, wie der Sohn schlafen ging, wartete ich, bis die Frau alleine ins Seitengebäude verschwunden war. Ich wollte sie nicht erschrecken, deshalb flüsterte ich, als sie das Seitengebäude wieder verließ: ›Ich bin verletzt. Können Sie mir bitte helfen?‹

Die Frau erschrak dennoch, aber mein Anblick – der Verband um den Kopf – machte ihr keine Angst. ›Kommen Sie hinein‹, sagte sie. ›Ich werde versuchen, Ihnen zu helfen.‹

›Ich bin Jude‹, platzte ich heraus.

›Ich weiß‹, sagte sie, wobei sie auf meine Seitenlocken sah, die Bände sprachen. ›Es ist meine christliche Pflicht, jedem, der in Not ist, zu helfen.‹ Und damit führte sie mich ins Haus.

Katrina Liatus war eine vierzigjährige Witwe, die das Land bewirtschaftete. Mein Großvater hätte auf sie als einfache Bäuerin herabgesehen. Und Katrina hätte nie geleugnet, dass sie eine einfache Frau war. Sie konnte weder lesen noch schreiben, aber ganz bestimmt konnte sie denken. Jede Entscheidung, die sie um meinetwillen fällte – und notgedrungen auch um ihretwillen, denn falls man mich erwischt hätte, wäre es womöglich auch ihr Ende gewesen –, erwies sich als brillant. Sie wusste genau, wem sie trauen konnte, wen sie umgarnen, wen sie täuschen und sogar wen sie töten musste. Sie belog den Pfarrer des Dorfes, indem sie mich als einen Cousin aus Kovno vorstellte. Sie vertraute dem Wachtmeister, obwohl er mit einigen von Prandus' Leuten befreundet war. Sie schmeichelte dem Grundbesitzer. Und einen betrunkenen Nachbarn, der mein Geheimnis entdeckt hatte und drohte, es auszuplaudern, falls sich Katrina seinen sexuellen Avancen nicht fügen würde, brachte sie um. Sie tat so, als willigte sie ein, und lud ihn in ihr Haus. Dort rammte sie ihm ein Messer mitten durchs Herz und erzählte dann der Polizei, dass er versucht hätte, sie zu vergewaltigen. Da der Betrunkene einen entsprechenden Ruf hatte, machte keiner weiter Aufhebens darum. Falls der Wachtmeister einen Verdacht hegte, was tatsächlich vorgefallen war, ließ er sich jedenfalls nichts anmerken.

Katrina wusste auch, wie sie meine Wunde behandeln musste. Ihre Hausmittel – kochend heiße Umschläge, Senfverbände, Blutegel und viele Gebete – haben eine Infektion verhindert. Ich fühle immer noch den scharfen Senf an meiner pochenden Wunde.

Katrina schnitt mir die Haare und verpasste mir die

erste Rasur. ›Du darfst nicht mehr jüdisch aussehen, wenn du hier bleiben willst.‹ Ich stimmte zu und zog mir litauische Bauernkleider an. Katrina gab mir auch ein Kreuz, das ich um den Hals tragen sollte. Ich war sehr nervös, als ich es anlegte.

Ich lebte mit Katrina und ihrem zwölfjährigen Sohn Lukus zusammen. Unsere offizielle Geschichte war die, dass ich ein Cousin aus Kovno wäre und als Gefährte für Lukus in dem Haus wohnen bliebe, was ich in der Tat auch mehr als sechs Monate lang tat. Ich wäre wohl für immer bei Katrina und ihrem Sohn geblieben, wäre nicht eine Gruppe litauischer Partisanen in das Haus Liatus eingebrochen und hätte Essen gestohlen. Ich wachte auf und hörte sie. Ich schlich in Katrinas Zimmer, um sie zu warnen. ›Lass sie das Essen mitnehmen. Sie sind ja noch Kinder, so wie du und Lukus‹, sagte sie.

Ich blickte verstohlen in die Küche und beobachtete alles. Ein junger Mann, noch jünger als ich, nahm etwas von dem Essen. Plötzlich erkannte ich eine Frau in der Gruppe. Sie war eine Jüdin namens Miriam, die bei meinem Vater studiert hatte. Voller Furcht ging ich in die Küche und stellte mich vor. Ich erzählte ihr von der Ermordung meines Vaters. Sie umarmte mich und bat mich, ich möge mich ihnen anschließen. Ich überlegte angestrengt, was ich tun sollte. Schließlich hatte ich keinerlei Erfahrung als Partisan. Aber ich spürte, dass ich keine andere Wahl hatte. Sie kämpften gegen die Leute, die meine Familie umgebracht hatten. Also willigte ich ein und sagte Katrina und Lukus ein letztes Lebewohl.

Ich nahm das Kreuz von meinem Hals und steckte es als Erinnerung an Katrina Liatus in die Tasche. Bis heute habe ich es zu Hause in einer Schublade.

Ich hatte keine Ahnung vom Kämpfen oder von Waffen, aber ich lernte schnell. Während der folgenden Jahre bis zur Befreiung bekämpfte ich die Nazis und suchte, wann immer ich konnte, nach meiner Schwester. Den *Kaddish*, das Totengebet, rezitierte ich nicht. Aber ich trauerte auch nicht. Ich schlief so wenig, dass ich mir keine Zeit zum Träumen gab. Die Alpträume hatte ich erst später. Es war der reine Überlebenskampf. Ich machte mich darauf gefasst, bald zu sterben. Schließlich waren die Nazis doch unbesiegbar. Jeden Tag, so schien es mir zumindest, wurde einer meiner Freunde tot aufgefunden oder kam nach einer Mission nicht zurück. Miriam wurde ein paar Monate nachdem sie mich rekrutiert hatte von einer deutschen Granate zerfetzt.

Mehrfach entkam ich auf wundersame Weise dem fast schon sicheren Tod. Aber auch diese Male konnten mich nicht davon überzeugen, dass es mein ›Schicksal‹ war zu leben, denn dann hätte ich auch glauben müssen, das Schicksal meiner übrigen Familie wäre gewesen, dass sie sterben. An eine Macht, die fähig war, etwas so Schlechtes zu unterstützen, konnte ich nicht glauben. Ich zog es vor, an das vollkommen Schlechte des Nazismus zu glauben und an die uneingeschränkte Notwendigkeit, ihn zu bekämpfen.

Fast zwei Jahre lang kämpfte ich in mehreren zusammengewürfelten Partisanenhaufen. Bei einem Angriff auf einen Truppentransport schoss ich auf einen deutschen Soldaten, weiß aber nicht, ob ich ihn getötet habe. Damals habe ich es gehofft, obwohl mir inzwischen klar ist, dass er ja vielleicht nur ein junger Kerl gewesen war, den Hitlers Armee eingezogen hatte.

Während der Tage direkt nach der Befreiung wanderte ich wie in Trance durch die Straßen von Wilna. Ich fragte alle und jeden, ob sie ein Mädchen gesehen hätten, auf das Sarah Chavas Beschreibung passen würde. Ich suchte nach etwas oder jemandem aus meiner Vergangenheit.

Plötzlich stand ich vor dem alten Haus der Menuchens. Es sah genauso aus wie am Passah-Abend, als Marcelus Prandus zur Tür hereingekommen war, um meine Familie zu ermorden. Sogar die große hölzerne *Mezuzah* war immer noch da. Aber alles, was das Haus der Menuchens für mich gewesen war, war fort. Es war schwer zu glauben, dass sich so vieles in bloß drei Jahren verändert hatte. Ich stand einfach da und gab mich den Erinnerungen hin. Ein Mann öffnete die Tür und fragte, was ich wollte. Als ich ihm sagte, dies wäre das Haus meiner Familie, sagte er: ›Jetzt nicht mehr.‹ Und er bestand darauf, dass man ihm das Haus übergeben hätte. Er drohte, dass, wann immer ich wieder zu seiner Türe käme, er die Polizei rufen würde, die das zu Ende bringen sollte, was Hitler angefangen hatte.

Trotz der Drohung schlich ich eines Nachmittags in das Haus, um zu sehen, ob ich irgendwelche Erinnerungen an meine Familie erbeuten konnte. Ich kletterte auf den Boden, um nach Reb Mordechais Passahfest-Schachtel zu suchen, aber sie war verschwunden. Auch die Bibliothek war nicht mehr da. Ich suchte überall – nach irgendetwas, das dieses Haus wieder mit seinem weit zurückreichenden Erbe verbinden würde. Nichts. Als ich schon gehen wollte, erblickte ich meine alte Kommode. Voller Verzweiflung zog ich an allen Schubladen. Als ich die unterste öffnete, brach sie entzwei. Unter dem verrotteten Holz sah ich ein einziges Foto, das hinter die Schublade gerutscht war. Es war anlässlich der Feier zu Efraims Beschneidung aufgenommen worden, weniger als ein Jahr vor dem Ponary-Wald. Auf der Rückseite erkannte ich die Schrift meiner Schwester. Sie wünschte Efraim *mazel tov*, viel Glück. Ich steckte das Foto in meine Tasche und kletterte aus dem Fenster.

Ich schlief auf dem jüdischen Friedhof, auf dem sich mehrere alte Familienmausoleen befanden. Auch andere jüdische Überlebende kamen zu diesem Friedhof. Ich ging zu allen hin und zeigte ihnen das Foto. Ich musste kein Wort sagen, deutete nur auf meine Schwester. Die anderen sahen sich das Foto an und schüttelten den Kopf. Das wurde zum Ritual. Es gab Gerüchte über Juden, die zum Christentum übergetreten oder die von Christen versteckt worden seien. Vielleicht galt das ja auch für Sarah Chava. Ich fragte überall nach ihr, hielt allen das Bild unter die Nase. Aber ich traf nicht einen, der etwas über das Schicksal meiner kleinen Schwester wusste. Endlich, nachdem ich eine ganze Woche auf dem alten jüdischen Friedhof geschlafen hatte, traf ich einen Freund aus meiner alten Religionsschule. Er hieß Chayim und war genau wie ich in einer Partisaneneinheit gewesen. Ich zeigte Chayim das Foto von Sarah Chava. Chayim schüttelte den Kopf.

Er lud mich ein, mich seiner kleinen Gruppe Überlebender anzuschließen. ›Wir brauchen dich als *Minjan*, als Angehörigen der Gemeinschaft Israels‹, scherzte er. Sie planten, das Gefängnis in die Luft zu sprengen, in dem die Leute von der Gestapo und der SS saßen.

Ich war ernsthaft in Versuchung, zumal Chayims Gruppe mir helfen konnte, Marcelus Prandus aufzuspüren und zu töten.

Trotzdem sagte ich Chayim ab, überzeugt, dass die Nazis von den Alliierten streng genug bestraft würden. Außerdem fand ich es während der Wochen nach Kriegsende schwierig, über Strafe nachzudenken. Es gab überall so viel Elend, Armut und Tod, als würde die Natur ihre eigene Bestrafung ausführen. Sechzehnjährige Litauerinnen mit Kreuzen um den Hals verkauften ihren Körper für ein Stück Brot, eine Flasche Milch, eine Tafel Schokolade. Die Kommunisten in Litauen verübten ihre eigene grausame Rache. Überall sprach man von Prozessen.

Ich hoffte, dass irgendjemand Rache an Marcelus Prandus genommen hatte. Ich suchte nach Prandus. Dabei wusste ich nicht einmal, was ich tun würde, falls ich ihn fände. Ich habe ihn nie gefunden. Wilna ist eine große Stadt, und in den Monaten nach der Befreiung war sie in Aufruhr. Mehrfach glaubte ich Prandus zu sehen – im Bus, auf dem Markt, an einem Kontrollpunkt –, aber es war jedes Mal ein anderer großer, blonder blauäugiger Litauer. Bald fingen alle großen jungen litauischen Männer an, mich an Marcelus Prandus zu erinnern. Ich verließ Wilna, ohne dass ich etwas über Prandus in Erfahrung gebracht hatte. Aber irgendwie wusste ich doch, dass Marcelus Prandus noch lebte. Leute wie er überleben.«

Kapitel 9

Cambridge. In derselben Nacht

»Haben viele Juden nach dem Krieg nach Rache gesonnen?«, wollte Emma wissen.

»Ein paar, wie Chayim. Es gab eine kleine Rache-Bewegung – ein paar Morde, nicht mehr. Manchmal wünschte ich, es hätte mehr gegeben«, sagte Max frustriert und mit wachsender Wut. »Wir standen alle unter Schock. Tatsächlich gab es mehr Racheakte in den Vertriebenenlagern, in die ich einige Monate nach der Befreiung geschickt wurde.«

»Waren in diesen Vertriebenenlagern denn auch Nazis?«, fragte Abe ungläubig.

»Nein. Nein. Natürlich nicht. Nur Juden. Es waren Juden, die gegen andere Juden Rache übten. Ich will euch ein Beispiel geben. In der ersten Woche im Lager ging ich am Sabbat zum Gottesdienst – ich wollte sehen, ob ich noch beten konnte. Mitten während der Lesung aus der Thora bemerkte ich zu meiner Linken einen polnischen Juden, der einem Mann zu meiner Rechten, einem tschechischen Juden, ins Gesicht starrte. Der Mann rechts von mir wandte sich ab, als wollte er sein Gesicht verstecken. Mit einem Mal fing der polnische Jude bestialisch an zu schreien. Er warf sich mit seinem ganzen Körper über mich hinweg und schrie: *›Capo, capo!‹*; dabei biss er den Tschechen in die Gurgel, wie ein Wolf, der seine Beute zu töten versucht. Ich versuchte die beiden zu trennen und wurde dabei von dem Polen gebissen. Den Tschechen hat man auf die Krankenstation gebracht; er blutete heftig am Hals. Nachdem er mit mehreren Stichen genäht worden war, verließ er das Lager und man hat nie mehr etwas von ihm gehört.

Beinahe jeden Tag identifizierte irgendein Überlebender im Lager irgendeinen anderen als *capo*, als Kollaborateur. Es gab immer wieder laut vorgebrachte Anklagen, hitziges Leugnen, Schlägereien und einer wurde sogar umgebracht.«

»Aber warum hat man so viel Wut auf die eigenen Leute, auf die Juden, gerichtet?«, fragte Rendi.

»Du musst bedenken«, erklärte Max, »dass die Nazis ja entfernte, abstrakte Gestalten waren, die Kollaborateure aber Nachbarn aus Fleisch und Blut. Es war einfach leichter, Gefühle gegen jemanden zu entwickeln, mit dem man sich persönlich identifizieren konnte.«

»Gab es denn auch glückliche Begegnungen im Lager?«, fragte Emma. »Hat irgendjemand einen geliebten Menschen wiedergefunden?«

»Ein paar. Ab und zu tauchte ein Freund oder Verwandter auf, den man für tot gehalten hatte. Diese gelegentlichen Wiedervereinigungen ermutigten auch mich, die Suche nach Sarah Chava fortzusetzen, obwohl ich wusste, dass die Chancen, dass sie überlebt hatte, gering waren. Jedes Lager hatte ein schwarzes Brett, an dem Fotos und Beschreibungen der Vermissten hingen, dazu noch die Bitten um Informationen. Es gingen Rundschreiben durch die Lager. Aber eine gute Nachricht war selten. Auch schlechte Nachrichten waren selten. Meist gab es überhaupt keine Nachrichten über die Angehörigen.«

Max saß still da, während seine Gedanken zu seiner

Schwester wanderten. Nur mühsam konnte er seinen wachsenden Kummer verbergen. Es war falsch gewesen, die Geschichte überhaupt zu erzählen, dachte er jetzt. Es hatte nicht nur all den Schmerz zurückgebracht, sondern auch das lange unterdrückte Bedürfnis nach Gerechtigkeit – sogar nach Rache.

Er musste hier raus. Er musste allein sein, denn er konnte seinen Freunden nicht seine wahren Gefühle anvertrauen. Er schämte sich dessen, was er dachte. Also würde er eben etwas Erhebenderes von sich geben müssen.

»Wir haben Geschichten von dem unglaublichen Mut einiger junger Frauen gehört, die dem Tod entronnen sind und sich gleich darauf der sexuellen Erniedrigung durch die Nazis gegenübersahen. Unter anderem wurde uns von einer vollständigen Klasse von Gymnasiastinnen berichtet, die alle zusammen Gift nahmen, um sich nicht ihren Nazipeinigern ausliefern zu müssen. Als ich das hörte, fragte ich mich, ob Sarah Chava womöglich einer ähnlichen Alternative ausgesetzt gewesen war. Ich habe oft von Sarah Chava geträumt. Meist waren es Alpträume, aber über ihr Schicksal habe ich nichts gehört. Ich kann nichts tun als hoffen«, sagte Max, wobei er in eine unbestimmte Ferne blickte.

»Zumindest eine glückliche Begegnung gab es doch noch«, erzählte er kurz darauf, »aber sie war nur von kurzer Dauer. Im Lager traf ich einen Nachbarn aus meiner Kindheit: Dori Bloom. Wir wurden enge Freunde, fuhren zusammen nach Palästina, kämpften zusammen in der Armee, gingen sogar zusammen nach Deutschland zurück.« Und wieder fing Max an zu weinen.

»Ich kann nicht mehr. Ich habe euch für heute Abend genug Traurigem ausgesetzt. Ich muss jetzt aufhören und nach Hause gehen. Bitte entschuldigt mich.«

Abe legte Max seinen Arm um die Schulter, als der alte Mann zur Tür ging.

Es war schon nach Mitternacht, als Max endlich das Haus der Ringels verließ. Auf dem Weg zurück zu seinem Haus in Cambridge fühlte er sich, als wäre ihm eine enorme Last genommen worden.

Als Max die Brattle Street entlangging, in der er nun schon seit fast zwanzig Jahren wohnte, dachte er über sein Leben in Cambridge, Massachusetts, nach. Seine Karriere als Harvard-Professor war perfekt; man brachte ihm Respekt und Bewunderung entgegen. Seine innovative Arbeit über das Buch *Der Prediger Salomo*, das er als Doktorarbeit an der Hebräischen Universität begonnen hatte, hatte ihn zu einem der führenden Bibelforscher der Welt werden lassen. Er hatte sich dabei sowohl auf die Religionslehre seines Großvaters als auch die weltliche Forschung seines Vaters stützen können, um eine neue Forschungsrichtung mit auf den Weg zu bringen. Nur sein persönliches Leben in Amerika war unvollständig geblieben. Ein paar Freunde wie Abe und seine Familie und natürlich Haskell, aber keine intimen Beziehungen. Keine wirkliche Liebe. Und keinen inneren Frieden. Denn da waren diese Erinnerungen. Am Tage hielt die Arbeit diese Gedanken von ihm fern. Nachts aber füllten sie ihn aus. Nie hatte Max nachts wirklich gut geschlafen, nie hatte er auch nur für einen Tag vollständiges Glück erfahren. Stattdessen war er besessen von Marcelus Prandus. Er fragte sich, ob er am Leben oder tot war, ob er Kinder hatte, ob er je Schuld empfunden hatte. War Prandus zu jemandem wie Dostojewskis Raskolnikow geworden, dessen ungesühnte Verbrechen ihn zerfraßen und sein Leben zerstörten? Oder hatte er nach seinen Untaten, wie der Stalin aus dem wahren Leben, nie auch nur einen einzigen Gedanken daran verschwendet?

Seit einem Monat »sah« er Marcelus Prandus regelrecht – in der Menschenmenge, im Fernsehen, im Spiegel, sogar in den Räumen, in denen er selbst unterrichtete. Stets war es natürlich nur seine Vorstellung, aber immer, wenn er diesen Schlächter seiner Familie »sah«, setzte Max' Herz für eine Sekunde aus.

Als sich Max jetzt der schlimmsten »Begegnung« mit Prandus vor einigen Jahren erinnerte, nahm er kaum seine Umgebung wahr. Max hatte in der Badewanne gelegen und durch die Fernsehkanäle geschaltet, als er plötzlich Namen hörte. Er hatte CNN schon wieder verlassen, ehe der Name in sein Bewusstsein drang. Dann aber hatte es ihn wie ein Tritt in den Unterleib getroffen. Einen Moment lang war er zu keiner Bewegung fähig, starrte nur auf die Bilder des Einkaufskanals, während der Name des Übeltäters ihm im Hirn hämmerte: Prandus, Prandus … ein Name, der für Tausende größten Schrekken bedeutet hatte und jetzt, fünfzig Jahre danach, immer noch bewirkte, dass Max seine Blase nicht mehr unter Kontrolle halten konnte.

Als Max schließlich wieder auf CNN geschaltet hatte, war der Moderator schon bei der nächsten Story. Ein Telefonanruf bei CNN bestätigte, dass sie tatsächlich eine Story über einen Nazikollaborateur namens Prandus gebracht hatten, der nach Litauen zurückgeschickt worden war, da er hinsichtlich seiner Aktivitäten während des Krieges im Zusammenhang mit den Juden von Kovno gelogen hatte. Auf seinem Einwanderungsformular hatte Prandus behauptet, Kaufmann zu sein, aber das Office of Special Investigations im Justizministerium hatte nachgewiesen, dass er Wärter im Todeslager von Sobibor gewesen war.

Der Mitarbeiter von CNN war immerhin so nett gewesen, Max eine Seite aus der Internet-Newsline zuzuschicken, auf der ein Foto des siebenundsiebzigjährigen Prandus vor seinem bescheidenen Haus in einem Vorort von Chicago war. Ein kurzer Blick auf das körnige Foto des kleinen alten Mannes mit dunklem Teint war Beweis genug, dass dieser Prandus, der mit amerikanischem Namen Michael hieß, nicht der Prandus war, der Max' Familie getötet hatte. Dieser Prandus hatte andere jüdische Familien ermordet. Vielleicht war er mit Marcelus verwandt. Aber er war nicht der Gegenstand von Max' Besessenheit.

Dieser nur vermeintliche Fund hatte Max für Wochen zum seelischen Krüppel gemacht, da er aufs Neue feststellen musste, wie anders sein Leben sein würde, wenn er es geschafft hätte, an diesem Prandus Rache zu üben.

Max versuchte, diese Leere zu bekämpfen, indem er jede wache Stunde mit Arbeit füllte. Statt über seine eigene verlorene Familie nachzudenken, war er zufrieden, den vielen Studenten, die ihn als ihren akademischen Vater betrachteten, als Mentor zu dienen. Dies war ihm nur möglich, weil er seine Gefühle außen vor lassen konnte und nicht sein Privatleben mit ihnen teilen musste. Seine Studenten hakten selten sonderlich tief nach – mit einer Ausnahme: Danielle Grant, die ironischerweise seine brillanteste Schülerin war. Während seine Gedanken in die Gegenwart zurückkehrten, fragte sich Max mit leichtem Bedauern, wie es seiner ehemaligen Studentin wohl ging – wobei er sich nie hätte träumen lassen, dass sie schon bald eine zentrale Rolle bei seiner Suche nach Vergeltung spielen sollte.

Teil III

Der Wahrheit ins Gesicht sehen

Kapitel 10

Die zufällige Begegnung.
Cambridge, Massachusetts.
Sechs Wochen später: Mitte Mai 1999

Es war ein schöner Sonntagmorgen; ein idealer Tag für einen Spaziergang am Charles River. Max war schon gegen halb neun unterwegs. Als er den Memorial Drive erreichte, traf er auf einen Aids-Marsch. Die Teilnehmer trugen T-Shirts mit der Aufschrift: »Bekämpft Aids, nicht Schwule!« Kleinere Gruppen repräsentierten verschiedene Institutionen. Es gab auch eine Gruppe der Harvard Divinity School und in ihr entdeckte Max plötzlich Danielle Grant. Sie begrüßten einander voller Wärme und sie fragte ihn, ob er sich ihr nicht anschließen möge. Max lehnte ab und beschloss, sich auf eine der Bänke zu setzen, bis die Demonstration vorübergezogen war, um danach seinen Spaziergang fortzusetzen.

Hätte Max sich in den nächsten Sekunden umgewandt – und sei es auch nur, um ein Rotkehlchen in einem Baum zu beobachten –, hätte er den Anblick versäumt, der sein Leben grundlegend ändern sollte. Sein Leben wäre dann vermutlich seinen altbekannten Trott weitergegangen, hin zu einem bequemen Dasein als Rentner und zu einem ruhigen Tod, mit einem ehrenhaften Nachruf, der an seine Karriere als Professor für Bibelstudien an der Harvard Divinity School erinnerte. Und wenn der Geist der Großzügigkeit für dieses eine Mal über den gewohnten akademischen Wettbewerb gesiegt hätte, dann hätten seine Kollegen womöglich anerkannt, dass Dr. Max Menuchen derjenige gewesen war, der endlich etwas über die Entstehung des bilderstürmerischen Buches der Prediger herausgefunden hatte.

Aber Max wandte sich nicht um. Deshalb würde sein Nachruf so ganz anders lauten als der der meisten der anerkannten, aber ansonsten unauffälligen Akademiker. Seine akademische Karriere, seine Bücher, seine Lehre – alles würde nun in einen kurzen Absatz am Ende des Nachrufs gepresst werden, einer Sorte Nachruf, die für die Ruchlosen reserviert ist, für alle die, die durch ein schreckliches Verbrechen in die Geschichte eingegangen sind.

Max blickte weiter geradeaus, hin zu den vorbeischlendernden Demonstranten. Da sah er aus dem Augenwinkel ein Profil – kaum mehr als ein fliehendes Bild. Doch es beschwor in seinem Geist sofort das Gesicht herauf, das der Grund für seine Alpträume während der letzten fünfzig Jahre gewesen war. Als Max sich zu ihm drehte, drehte sich der Demonstrant mit dem Gesicht zu Max – ein Gesicht mit typisch litauischem Aussehen und stahlblauen Augen, wie die, die so tief in die von Max geschaut hatten, als Marcelus Prandus das Todesurteil über seine Familie verkündet hatte. Der Mann war groß und gut gebaut. Wie Prandus. Aber ansonsten war die Ähnlichkeit nicht besonders stark. Dieser Mann trug eine Brille, hatte einen anderen Haarschnitt und ein schlankeres Gesicht. Einen Moment lang rang Max damit, seinen Wiedererkennungsschock zu ignorieren. Schließlich hatte er Marcelus Prandus in all den Jahren schon so oft »gesehen« – in Badezimmerspiegeln, im Fernsehen, in seinen Alpträumen. Vielleicht war dieser Mann ja auch irgendein anderer großer, blonder Ukrainer. Max erinnerte sich, dass beim Prozess gegen »Iwan den Schrecklichen« von Treblinka die Verteidigung argumentiert hatte, für die jüdischen Opfer sähen alle Ukrainer gleich aus. Aber dieses Mal war da noch etwas anderes als nur das Gesicht in der Menge. Dieses Mal konnte er das Kribbeln im Bauch nicht missverstehen, dass er hier und jetzt eine Spur entdeckt hatte. Marcelus Prandus würde ein wenig älter sein als er selbst – also weit in den Siebzigern. Dieser Mann war in den Vierzigern. War er ein Verwandter? Der Mann ging hinter einem Transparent mit der Aufschrift »Christlich-Soziale Gruppe, litauische Kirche von Salem«.

Beinahe automatisch, als würden ihm seine Beine die Entscheidung abnehmen, folgte Max dieser Gruppe. Er hielt diskret Abstand zu dem Mann, den er verfolgte. Als der Demonstrationszug an einer Ampel an der Western Avenue Bridge hielt, tippte Max dem Mann auf die Schulter.

»Entschuldigen Sie, mein Herr. Ich hoffe, Sie halten mich nicht für anmaßend. Aber Sie kommen mir irgendwie bekannt vor. Dürfte ich Sie wohl nach Ihrem Namen fragen?«

»Paul Prandus«, sagte der jüngere Mann freundlich und streckte höflich seine Hand zum Gruß aus. »Kenne ich Sie?«

Instinktiv zog Max sich in Gedanken zurück, als die Realität so plötzlich über ihn hereinbrach. Sein Herz raste; ihm war schwindelig. Doch er brachte den Mut auf weiterzumachen.

»Nein, das glaube ich nicht. Ich kannte einmal einen Mann namens Prandus in Vilnius. Litauen. Und Sie haben eine gewisse Ähnlichkeit mit ihm.«

»Mein Vater stammt von dort. Vielleicht war Ihr Freund ein Cousin von ihm oder so etwas. Wie hieß er denn? Ich werde meinen Vater fragen, wenn ich ihn heute Abend sehe.«

»Sein Name war Marcelus Prandus.«

»Hey, das ist doch mein Vater. Und Sie haben ihn gekannt?«

Nun zitterte Max sichtlich. Er war kaum noch in der Lage, zu sprechen. Aber er brachte die Worte heraus und tat alles, seine Angst zu verbergen.

»Ja, das habe ich. Ich nehme an, er wohnt hier in der Nähe?«

»In Salem. Warum rufen Sie ihn nicht an? Ich bin sicher, er würde sich freuen, etwas aus der alten Heimat zu erfahren. Wie heißen Sie denn bitte?«

Max fröstelte. Was sollte er sagen? Er war kein guter Lügner. Aber das Gespräch musste fortgesetzt werden.

»Meinen jetzigen Namen wird er kaum kennen. Ich hab ihn geändert, als ich nach dem Krieg nach Amerika kam.«

»Das haben viele gemacht. Wir haben unseren behalten. Wie hießen Sie denn drüben in der Heimat? Ich wette, dass sich Dad daran erinnert. Er ist immer noch voll dabei.«

»Lukus Liatus«, zauberte Max den Namen des Jungen hervor, um den er sich während seiner Genesung gekümmert hatte.

»Ich werde Papa fragen. Das hier ist seine Telefonnummer«, sagte der jüngere Mann, wobei er etwas auf eine Visitenkarte kritzelte. »Er redet gern über das, was er ›die gute alte Zeit in Litauen‹ nennt. Dads Erinnerungen könnten mal eine Auffrischung gebrauchen. Aber leider ist er krank. Bauchspeicheldrüsenkrebs. Keine sehr gute Prognose.«

Das Wort *Krebs* versetzte Max einen Schock. Wie oft

hatte er sich für Marcelus Prandus gewünscht, er möge einen langsamen, qualvollen Tod sterben, ausgelöst durch eine schmerzhafte Krankheit. Aber nicht jetzt, als fast Achtzigjähriger, nachdem er ein langes, glückliches Leben im Kreis seiner Familie gelebt hatte. Jetzt war dies eine zu gnädige Todesart.

»Es tut mir Leid, das zu hören«, sagte Max und musste sich kaum verstellen.

»Es tut uns allen Leid.«

»Sie haben Familie?«, fragte Max und versuchte, dabei nicht an seine eigene zu denken.

Paul nickte. »Die Enkel trifft es am härtesten. Sie lieben ihn so. Mein Sohn Marc ist nach ihm benannt. Er ist Papas Augapfel. Die Kinder und Enkel sind sein ganzes Leben. Wir wohnen alle ganz nahe beisammen in Salem. Papa ist ein richtiger Familienmensch. Ich wette, das trifft auch für Sie zu«, sagte Paul lächelnd.

»Ja, das stimmt«, log Max.

»Ich muss jetzt weiter«, sagte der junge Prandus. »Ich führe doch diese bunte Truppe hier an. Es war ja wirklich ein Zufall, dass wir uns über den Weg gelaufen sind, Mr Liatus. Ganz sicher wird es meinem Vater eine Riesenfreude bereiten.«

»Ich danke Ihnen, Mr Prandus. Richten Sie Ihrem Vater meine besten Grüße aus«, sagte Max, nahm die Visitenkarte mit der Telefonnummer des Mörders seiner Familie, wandte sich um und ging in Richtung von Abe Ringels Haus.

Kapitel 11

Die Suche nach Gerechtigkeit

Abe hörte das Klopfen an der Tür, als er gerade sein Programm auf dem Laufband beendete. Schnaufend und keuchend öffnete er in Trainingsanzug und Sportschuhen.

»Max, ist alles in Ordnung mit dir?«, fragte er und bat den alten Mann herein.

»Ich weiß nicht. Mir dreht sich alles.«

»Dann setz dich. Ich hole dir ein Alka-Seltzer.«

Als Abe mit dem altmodischen Medizinfläschchen und einem Glas zurückkam, war Rendi an seiner Seite. »Du siehst nicht gut aus«, sagte sie zu Max. »Soll ich einen Arzt rufen?«

»Nein, es geht mir gut. Ich habe nur gerade etwas erfahren, das mein Herz zum Rasen bringt.«

»Und das wäre?«, fragten Abe und Rendi wie aus einem Mund.

»Er lebt«, sagte Max kurz.

»Wer lebt?«

»Marcelus Prandus. Der Mann, der meine Familie umgebracht hat.«

»Woher weißt du das?«

»Ich habe seinen Sohn getroffen.«

»Wo? Woher weißt du, dass es sein Sohn ist?«, fragte Abe in seinem stakkatohaften Verhörstil.

»Hier in Cambridge«, erwiderte Max und wies in Richtung der Tür. Jetzt redete er sehr schnell. »Bei einer Demonstration. Irgendetwas an ihm hat mich an seinen Vater erinnert, deshalb habe ich ihn gefragt. Er hat mir alles erzählt und die Telefonnummer seines Vaters auf diese Visitenkarte geschrieben. Hier, schaut her«, sagte Max und holte die verknitterte Karte hervor. »Marcelus Prandus lebt seit Jahren in Salem. Gegenwärtig stirbt er allerdings an Krebs.«

»Göttliche Gerechtigkeit, würde ich sagen«, warf Rendi ein. »Keiner wird Tränen um ihn vergießen.

»Nein, nein. Genau das ist es. Er hat die ganze Zeit ein sehr glückliches Leben geführt. Er hat Kinder und Enkelkinder. Sie werden ihn vermissen und er wird zufrieden sterben. Wir müssen etwas unternehmen, bevor er stirbt«, sagte Max, und seine Stimme klang fordernd. »Kannst du dafür sorgen, dass er abgeschoben wird? Dann muss er allein sterben.«

»Beruhige dich«, antwortete Abe und löste sich aus Max' Griff. »Ich weiß, wie traumatisch dies für dich sein muss. Ich werde sehen, was ich tun kann.«

»Kannst du ihn abschieben lassen?«, fragte Max nun noch etwas lauter.

Abe legte seinen Arm um den alten Mann und sagte: »Hör zu, das ganze juristische System arbeitet ziemlich langsam. Es könnte einige Zeit ins Land gehen, bis man eine Untersuchung anstellt. Wie krank ist Prandus?«

»Bauchspeicheldrüsenkrebs.«

»Ich weiß nicht, ob er lang genug lebt, um noch ein vollständiges Verfahren mitzuerleben. Ich werde einige Anrufe tätigen – ich kenne jemanden im Justizministerium, der Naziverbrechen untersucht. Gib mir Prandus' Telefonnummer. Ich werde sie meinem Freund im Ministerium geben. Das wird erst einmal ein Anfang sein.«

»Ja, ja, ein Anfang«, sagte Max begeistert.

Abe merkte, dass Max sich womöglich unrealistischen Erwartungen hingeben könnte. »Ich muss dir aber ganz klar sagen, Max, dass es für eine rechtliche Strafe vielleicht doch schon zu spät ist. Immerhin wird er bereits bestraft, er liegt im Sterben. Vielleicht solltest du es auf sich beruhen lassen. Lass der Natur ihren Lauf.«

»Kann man ihn festnehmen? Ihn einsperren, solange die Untersuchung läuft?«

»Ich werde es versuchen«, sagte Abe. »Aber versprechen kann ich nichts.«

»Du kannst ihn ausweisen lassen, Abe, ich weiß, dass du das kannst. Du musst es tun«, sagte Max, als er das Haus der Ringels verließ.

Kapitel 12

Danielle Grant

Max wusste, dass sehr wohl noch Zeit für Gerechtigkeit wäre. Als er nach Hause ging, kam ihm ein Satz aus dem Buch *Der Prediger Salomo* in den Sinn: »Dies alles hab ich gesehen in den Tagen meines eitlen Lebens. Da ist ein Gerechter, der geht zugrunde in seiner Gerechtigkeit, und da ist ein Gottloser, der lebt lange in seiner Bosheit.«

Max wusste, dass er sich nicht dieser Tatsache würde fügen können wie offenbar der Autor des Buches der Prediger. Er, Max, würde für Gerechtigkeit sorgen. Nun, da er wusste, wo Marcelus Prandus lebte, hatte er keinen Grund mehr, seine Rache noch länger aufzuschieben. Es war, als hätte das Schicksal ihm Prandus so nahe gebracht, um ihn herauszufordern: Kannst du deinem Großvater den letzten Wunsch erfüllen – den Wunsch nach *Nekama*, nach Rache?

Max musste diese Herausforderung annehmen. Er musste handeln, was auch immer die Folgen seiner Tat sein mochten. Und er musste schnell handeln, damit Prandus' Tod ihm nicht zuvorkam. Er würde seinen Freund Abe auf rechtlichem Wege für Gerechtigkeit sorgen lassen. Abe war ein großartiger Anwalt. Wenn einer per Gesetz Gerechtigkeit erwirken konnte, dann er. Aber falls Abe scheiterte, dann würde er, Max, seine eigene Gerechtigkeit finden müssen. Aber wie rächt man sich angemessen gegenüber jemandem, der quasi im Sterben liegt?

Es gab diesbezüglich nur einen einzigen Menschen, an den er sich wenden konnte. So viel war klar. Und genauso klar war, dass er diesen Menschen keinesfalls direkt um Hilfe bitten konnte.

Danielle Grant war Max' brillanteste Studentin gewesen – ehe sie gegen seine Grundregel verstieß, niemals in sein Privatleben einzudringen, erst recht nicht in seine Vergangenheit. Ihr Scharfsinn hatte Max überrascht. Er hatte sich einfach nicht vorstellen können, dass eine junge Frau aus den Südstaaten, dazu noch mit einem fundamentalistischen christlichen Hintergrund, je eine derartige Wissenschaftlerin nach seinem Geschmack werden könnte. Max war sozusagen gelernter Agnostiker. Gemäß Professor Menuchen musste man Skeptiker und Zweifler bleiben und als Wissenschaftler offen sein, wenn man Bibelkritik treiben wollte. Obwohl viele seiner Kollegen persönlich sehr religiös waren – warum sonst auch sollten sie ihr Berufsleben der Heiligen Schrift widmen? –, hielten sie gleichwohl einen gesunden Skeptizismus innerhalb ihrer Forschungen aufrecht. Max war da anders. Er war Atheist in seinem Privatleben, während sein Beruf die Existenz des Göttlichen als Möglichkeit in Erwägung zog.

Von Beginn an hatte sich Danielle nicht an Professor Menuchens Regel gehalten.

»Erzählen Sie mir etwas von sich«, hatte sie ihn während ihres ersten Treffens gebeten, als sie gerade frisch ans College gekommen war.

»Lesen Sie meine Bücher«, hatte er geantwortet, betroffen von ihrer Kühnheit. »Dort werden Sie alles erfahren, was Sie über mich wissen wollen.«

»Ich habe Ihre Bücher bereits gelesen und sie sind ein wundervoller Ausblick auf Ihr Denken. Aber sie zeigen eben nur Ihre rationale Seite. Ich würde gern etwas über Ihre Seele erfahren.«

»Mein Denken steht Ihnen zur Verfügung, da Sie meine Studentin sind. Meine Seele behalte ich lieber für mich«, sagte der Professor ohne den leisesten Anflug von Schärfe.

Überhaupt gab es an ihm oder seinem Verhalten nie die geringste Schärfe. Sein Gesicht war rund, er hatte tief liegende Augen und buschige graue Augenbrauen. Vor allem hatte Max ein warmes, offenes Lächeln. Trotz dieser Offenheit war es allerdings ein Lächeln, das ein Geheimnis zu bergen schien – als wüsste er etwas, das kein anderer je verstehen könnte. Und obwohl Sexualität bei Max Menuchen gewiss keine große Rolle spielte, so war doch immer Leidenschaft zu spüren. Während der vergangenen vierzig Jahre war es die Leidenschaft für die Wissenschaft gewesen. Nun aber, da Max zu sich nach Hause zurückging, wurde daraus unversehens die Leidenschaft, Rache zu üben.

Er musste mit Danielle reden. Sie arbeitete zur Zeit als Assistenzprofessorin für Bibelstudien. Obwohl sie durch Danielles unablässige Versuche, im Privatleben ihres Professors herumzuschnüffeln, etwas auseinander geraten waren, hatte er doch nie das Interesse an ihr verloren. Es waren vor allem ihre Lust am Lernen und ihr besonderer Zugang zur Wissenschaft, die Danielle auszeichneten. Sie war der festen Überzeugung, dass man eine Lehre nur verstehen konnte, wenn man etwas über den Gelehrten wusste. Dies war innerhalb ihrer Generation keine ungewöhnliche Weltanschauung, insofern diese gern von psychologisch ausgerichteten Literaturkritikern vertreten wurde, mutete aber bei einer Bibelforscherin, die – wie Danielle – glaubte, dass Gott selbst die Bibel geschrieben hatte, doch etwas seltsam an. Ihr besonderes akademisches Interesse galt den Gerechtigkeitskonzepten in der Schöpfungsgeschichte. Danielles Graduierten-Seminar über dieses Thema gehörte zu den beliebtesten der ganzen Abteilung. Und sie war bereits von mehreren Universitäten – darunter auch von Harvard – für eine volle Professorenstelle auserkoren worden.

Danielles zweite Besonderheit: Sie hatte neben ihrer Lehrtätigkeit noch Zeit für ein Vollzeithobby als Fotografin von Multimedia-Videocollagen. Dem eher gesetzten Bibelfachbereich hatte sie mit ihrer Collage über die Erschaffung der Welt einen Schock versetzt. Sie hatte NASA-Bilder aus dem Weltraum mit Zeitraffer-Aufnahmen aus dem Naturkanal von aufblühenden Blüten und eigener Computerkunst kombiniert und damit die biblische Schöpfungsgeschichte illustriert. Das Ganze hatte sie *Terem Kol* genannt – nach dem alten hebräischen Begriff für das Chaos vor der Schöpfung – und diese Tour de Force wurde selbst von den skeptischsten und fundamentalistischen Mitgliedern des Lehrkörpers bewundert. Wie Max angemerkt hatte, nachdem er das Werk gesehen hatte: »Sicherlich hätte es einen Preis gewonnen, wenn es eine Kunstgattung dafür gäbe.«

Danielle war vollkommen unberechenbar. Sie redete mit dem städtischen Südstaatendialekt, den auch ihr Großvater väterlicherseits sprach, dessen Vorfahren einst Plantagen außerhalb von Charleston besessen und so ziemlich jedes politische Amt bekleidet hatten, vom Kongressabgeordneten bis hin zum Bürgermeister von Charleston. Danielles Denkart aber stammte eher von ihrer Großmutter, deren Familie seit der Wende zum neunzehnten Jahrhundert aus katholischen Südstaaten-Abolitionisten bestand, die für die Abschaffung der Sklaverei kämpften.

Alles zusammengenommen verfügte Danielle über einen bemerkenswerten Hintergrund. Nie wieder hatte Max einen Menschen wie sie getroffen. Trotzdem wollte er ihren höflichen Bitten nicht nachgeben, ihr seine Seele zu offenbaren.

Der Konflikt eskalierte, nachdem Danielle beschlossen hatte, ihre Doktorarbeit über Max Menuchens Forschungen zu schreiben. Dabei wollte sie seine, Max', Dekonstruktion des Buchs *Der Prediger Salomo* selbst dekonstruieren. Deshalb musste sie, wie sie behauptete, sehr viel über seinen Hintergrund, seine Erfahrungen und seine Familie wissen. Ehe sie Max mit ihrem Vorhaben konfrontierte, hatte Danielle in den Bibliotheken über die Familie Menuchen nachgeforscht. Sie war nach New York gefahren und hatte die Archive des Jewish Research Institute durchforstet, das von Wilna nach New York umgezogen war und eine umfangreiche Geschichte der jüdischen Gemeinde in Wilna enthielt. Sie hatte einen israelischen Freund bemüht, der Erinnerungen aus den Yad-Vashem-Archiven in Jerusalem für sie übersetzt hatte. Die Ergebnisse all dieser Bemühungen waren sehr frustrierend gewesen, da es nur wenige knappe Eintragungen von Einzelpersonen oder auch nur Familien gab. Meistens betrafen die Hinweise nur ganze Gemeinden. Nach Wochen intensiver Nachforschungen konnte Danielle immerhin mit einer Beschreibung des Schicksals der Juden Wilnas und einer ungefähren Skizze dessen aufwarten, was der Familie Menuchen zugestoßen sein musste.

»Hier ist es, Professor«, sagte sie stolz und überreichte Max fünfunddreißig sauber gegliederte Seiten. »Mein Memorandum darüber, wie sehr Ihre Sicht des Prediger-Buches Ihre eigenen Erfahrungen als junger Mann in Wilna widerspiegelt.«

Max überflog die ersten Seiten und dabei wuchs im Stillen seine Wut. Schließlich platzte er heraus: »Wie können Sie es wagen, auf diese Art Ihre Nase in mein Privatleben zu stecken?«

»Sie sind eine öffentliche Person«, gab Danielle zurück. »Ich habe lediglich öffentliche Quellen benutzt. Eine Forscherin muss über ihr Thema recherchieren, und Sie sind nun mal mein Thema. Dafür brauche ich mich nicht zu rechtfertigen.«

»Wie würde es Ihnen denn gefallen, wenn ich über Sie solche Nachforschungen anstelle?«

»Ich bin keine öffentliche Person«, verteidigte sich Danielle, wobei sie etwas lauter wurde. »Zumindest jetzt noch nicht.« Max fand, dass Danielle ein wenig zu heftig protestierte, fast so, als hätte sie in ihrer eigenen Vergangenheit ein Geheimnis zu verbergen, das unentdeckt bleiben sollte. Allerdings hatte er keine Ahnung, was dies sein könnte, und kümmerte sich auch nicht weiter darum. Bisher vertraute er noch seinem Urteil in solchen Dingen.

»Sie hätten keine Berechtigung, mich auszuforschen«, fuhr Danielle fort, »keine außer der, Ihre persönliche Neugier zu befriedigen.«

»Aber ich *bin* neugierig. Warum sind Sie so versessen auf einen Niemand wie mich? Ich sitze in meiner Studierstube und schreibe über ein altes, merkwürdiges Buch der Heiligen Schrift. Ich trete niemandem zu nahe. Warum müssen Sie dann mir so zusetzen?«

»Weil ich Sie verstehen muss, damit ich auch Ihr Werk verstehe.«

»Mein Werk steht oder fällt mit seinen eigenen Verdiensten oder Mängeln«, beharrte Max.

»Ich kann nicht glauben, dass Ihre Vergangenheit mit

all ihrer Tragik keinen Einfluss hat auf die Art, wie Sie denken und was Sie schreiben.«

»Für derartige psychologische Spekulationen fehlt mir die Geduld«, sagte Max wegwerfend. »Die Vergangenheit ist vorbei. Wir sollten ihr nicht gestatten, uns weiterhin mit ihren Sünden zu belasten. Wir müssen nach vorne schauen.«

Danielle sah, dass Max nicht meinte, was er sagte. Aus ihren Nachforschungen wusste sie, dass er von seiner Vergangenheit her belastet sein *musste*. Wie belastet er tatsächlich war, sollte sie allerdings erst später erfahren.

»Ich kann Ihnen nicht helfen«, sagte Max.

»Sie können, aber Sie wollen nicht«, gab Danielle wütend zurück.

»Bei Ihrem Projekt kann ich leider nicht mitmachen«, blieb Max stur. »Ich werde Ihr Werk nicht einmal lesen.«

Das war die letzte ernsthafte Unterhaltung von Max und Danielle gewesen. Hin und wieder hatte es noch ein paar Hallos und freundliches Geplänkel gegeben, aber keine substanziellen Diskussionen mehr. Unabhängig davon hatte Max Danielles Fortschritte verfolgt. Wie hätte er das auch vermeiden können? Sie war der Superstar der Fakultät. Die Professoren hatten sich darum gerissen, ihr Doktorvater zu werden. Obwohl Max Danielles Arbeit bewunderte, hielt er sie in erster Linie für exzentrisch. Er war zufrieden damit, sie aus der Entfernung zu beobachten – bis heute. Jetzt aber brauchte er sie – mehr, als sie je würde begreifen können. Max konnte das alles einfach nicht mit sich allein ausmachen. Er brauchte einen weiteren Kopf und, wie er kaum zu denken wagte, eine weitere Seele, die ihm dabei helfen sollten, seine Gedanken über die Gerechtigkeit seines Vorhabens zu ordnen. Sicherlich gab es noch Abe Ringel, aber Abe war ein Vertreter des

Gesetzes, der stets alles strikt vom Punkt der Legalität aus betrachtete. Max brauchte jemanden, der über die Legalität hinaussah; jemanden, der ihm sagen konnte, ob eine Handlung gerecht wäre, auch wenn sie illegal sein mochte. Max wusste, dass kein Mensch dies besser können würde als Danielle Grant. Dennoch hätte nicht einmal er vorhersehen können, dass Danielle eine derart zentrale Rolle bei der Planung – und Umsetzung – seiner Rache am sterbenden Marcelus Prandus spielen würde.

Kapitel 13

Das Team

Abe klopfte an Emmas Tür und eine junge Frau im Che-Guevara-T-Shirt öffnete ihm.

»Angela Davis Bernstein, nehme ich an«, sagte Abe und streckte ihr seine Hand hin.

»Mr Ringel, was tun Sie denn hier in New Haven? Ist alles okay?«

»Ich bin hier, um Emma zu einer Pizza bei Pepe's einzuladen.«

»Hat sie Sie erwartet? Vermutlich ist sie mit Jacob ausgegangen.«

»Ich hätte anrufen sollen. Es war ein spontaner Entschluss. Ich bin auf dem Weg nach New York. Wissen Sie, wo sie hingegangen ist?«

»Ich vermute es. Meistens verbringen sie ihre freie Zeit in einem europäischen Café an der York Street. Kommen Sie, ich führe Sie hin.«

Angela stieg in Abes Wagen und sie fuhren in fünf Minuten zum Milano. »Und, wie sieht's aus, bewerben Sie sich um ein Praktikum bei Cravath?«, fragte Abe lächelnd.

»Nein, ich bin dabei, die zu verklagen«, antwortete Angela todernst. »Sie vertreten nämlich die Schweizer Banken, die das jüdische Gold behalten haben, das nach dem Krieg übrig geblieben ist, und unsere Anwaltskammer versucht gerade, deren Anwaltshonorare zu blockieren mit der Begründung, dass es sich um Blutgeld handelt.«

»Und wie ist Ihre Rechtstheorie?«, fragte Abe als Profi.

»Wir arbeiten dran.«

Ihre Konversation endete, als sie das Café betraten, wo Emma und Jacob gerade in ein Gespräch vertieft waren.

»Hey, Dad, ist alles in Ordnung?«

»Alles im grünen Bereich, mein Engel, aber ich muss mit dir reden. Eigentlich kann ich auch mit euch allen dreien reden.«

»Dann holt euch ein paar Stühle und bestellt einen Cappuccino. Den machen sie hier großartig.«

Nachdem der Kellner die Bestellung aufgenommen hatte, fing Abe an. »Es geht um Max.«

»Geht es ihm gut? Ich mache mir Sorgen um ihn«, warf Emma ein.

»Physisch ist er in Ordnung, aber es ist etwas passiert.«

»Was?«

»Marcelus Prandus lebt.«

»O mein Gott! Haben sie ihn in Wilna geschnappt?«

»Nein. Er lebt in Salem, Massachusetts – nur ein paar Meilen von Cambridge entfernt.«

»Aber er ist doch ein Kriegsverbrecher. Ein Massenmörder. Wie kann das sein?«

»Deshalb bin ich hier. Wann sind eure Prüfungen vorbei?«

»In vierzehn Tagen.«

»Könntet ihr drei euch entschließen, ein paar Tage an diesem Fall zu arbeiten?«

»Ich ja!«, rief Emma.

»Aber wir sollten doch nach Amsterdam, um meine Eltern zu besuchen«, flüsterte Jacob.

»Wir fahren, wenn wir mit der Sache fertig sind. Ich

will diesen Dreckskerl Prandus festnageln. Bitte, Jacob, tu's für mich.«

»Okay, okay. Meine Eltern werden es verstehen«, sagte Jacob.

»Und was ist mit dir, Angie? Es wäre toll, wenn du mitmachst. Wir wären ein richtiges Team. Bitte, bitte!«, flehte Emma.

»Ich hab nichts Besseres vor. Mich nimmt kein Freund mit nach Amsterdam oder sonst wohin. Ich bin dabei.«

»Also sind wir ein Team. Was sollen wir machen? Wie kriegen wir den Arsch Prandus in den Knast?«

»Es wird nicht leicht werden. Und wir stehen unter enormem Zeitdruck. Er hat nämlich Krebs und Max will, dass er abgeschoben wird, ehe er stirbt.«

»Ich kann ein paar Kurse sausen lassen und noch heute anfangen«, sagte Emma.

»Nicht nötig, mein Engel. Wir müssen zuerst in den Bibliotheken nachforschen und da gibt es ein paar bessere als die von Yale.«

»Wonach sollen wir suchen?«, fragte Jacob. »Ich habe eine Menge Erfahrung beim Recherchieren, weil ich an meiner Doktorarbeit sitze.«

»Wir brauchen einiges. Zunächst einmal brauchen wir den Beweis, dass Prandus Juden ermordet hat. Max wird ihn identifizieren, aber er hat ihn seit über fünfzig Jahren nicht mehr gesehen. Wir werden diese Identifizierung untermauern müssen. Ich bin auf dem Weg nach New York, wo sie Akten über alle europäischen Städte haben, in denen die Nazis Juden ermordet haben. Ich habe keine Ahnung, was ich da in den alten verstaubten Akten finde. Ich brauche eure Hilfe.«

»Was genau können wir tun?«, fragte Angela.

»Ihr jungen Leute könnt doch mit Computern umgehen. Im Internet muss es eigentlich jede Menge Material geben. Rendi schnüffelt schon in und um Salem herum, wo dieser Mann wohnt. Prandus selbst kann nicht wissen, dass wir ihm auf den Fersen sind – noch nicht. Ende nächster Woche will ich mehr über Marcelus Prandus wissen als seine eigenen Kinder.«

»Was die wissen, kann nicht allzu viel sein«, bemerkte Jacob. »In Amsterdam gibt es immer noch viele Nazikollaborateure, deren Kinder meinen, sie hätten allesamt während des Krieges ordentliche Arbeit verrichtet.«

»Findet alles über ihn heraus, was ihr könnt. Hier ist seine private Telefonnummer. Das ist alles, was ich bis jetzt habe.«

»Immerhin ein Anfang«, sagte Emma. »Lasst uns dieses Schwein hochnehmen, ehe der Todesengel ihn uns wegschnappt.«

Kapitel 14

Der grausame König

»Welch unerwartetes Vergnügen«, sagte Danielle. »Nach so vielen Jahren. Ich bin sofort hergekommen, nachdem ich Ihre Nachricht erhalten habe.«

»Vielen Dank«, sagte Max. »Ich brauche Ihre Hilfe.«

»Meine Hilfe? Ich weiß sehr wenig über den Prediger Salomo. Auch nachdem ich Ihre Bücher gelesen habe, habe ich immer noch große Schwierigkeiten, zu verstehen, wie es diese Schrift geschafft hat, in den Kanon aufgenommen zu werden.«

»Mir geht es genauso. Wir wissen längst nicht alles darüber, was wir wissen sollten.«

»Haben Sie mich deshalb kommen lassen? Um über das Prediger-Buch zu diskutieren?«, fragte Danielle.

»Nein. Ich brauche Ihre Hilfe bei einem kniffligen intellektuellen Problem, das ich zu lösen versuche. Es gehört zu dem Gebiet, auf dem Sie Expertin sind.«

»Mein Fachgebiet ist ein dreitausend Jahre altes Buch, genannt Schöpfungsgeschichte. Ich erinnere mich, dass Sie mir mal eine Moralpredigt gehalten haben, ich soll nicht in der Vergangenheit herumsuhlen.«

»Können wir das jetzt hinter uns lassen? Ich war damals nicht sehr taktvoll. Sie haben einen empfindlichen Nerv getroffen. Ich würde gern fortfahren.«

»Einverstanden. Wie kann ich Ihnen helfen?«

»Hier kommt die intellektuelle Herausforderung. Die

Frage selbst ist eher einfacher Natur. Aber ich wüsste nicht, dass sie je von den Bibelinterpreten oder den Philosophen adäquat beantwortet worden wäre.«

»Ein nettes Kompliment. Mir zuzutrauen, dass ich bei etwas eine Hilfe sein kann, an das sich noch niemand herangewagt hat«, meinte Danielle und drehte dabei nervös an ihrem Ring.

»Jetzt also die Frage«, fing Max auf seine gewohnte akademische Art an. »Ein grausamer König ordnet die Tötung eines ganzen Dorfes an – Männer, Frauen, Kinder, Säuglinge.«

»Was in der Geschichte leider allzu häufig vorgekommen ist«, warf Danielle ein.

»Ja. Des Königs schlimmer Befehl wird ausgeführt und das Dorf zerstört. Dann wird der Herrscher im Kampf geschlagen, gefangen genommen und ihm wird der Prozess gemacht.«

»Vor einem Gericht wie dem Sanhedrim, dem Hohen Rat der Juden.«

»Exakt. Aber nun gibt es einen Haken bei der Sache. Der Herrscher muss an einer schmerzhaften Krankheit sterben. Und er lacht angesichts der Exekution, die ihm droht. Was also kann das Gericht noch tun, um ihn zu bestrafen?«

»Ich denke, sie würden ihn foltern. Ihm einen qualvollen Tod bereiten.«

Max schüttelte unzufrieden den Kopf. »Das würde ihm nur die Möglichkeit bieten, als Märtyrer zu sterben, indem er die Schmerzen erduldet. Also entspräche auch diese Bestrafung noch nicht der grausamen Tat des Herrschers, der unschuldige Kinder ermordet hat.«

»Worauf wollen Sie hinaus, Professor?«

»Darauf: Wäre es je gerecht, die Kinder des Herrschers

zu verletzen – als eine Art Rache dafür, was der Herrscher den Kindern der Dorfbevölkerung angetan hat?«

Danielle zog die Augenbrauen hoch. Offenkundig war sie schockiert über Professor Max Menuchens Idee, es könnte angemessen sein, unschuldige Kinder zu verletzen, um deren Vater zu bestrafen.

»Nun ja, es gibt sicher genügend historische Beispiele dafür, dass Kinder eines Herrschers getötet wurden«, gab Danielle zurück. »Die russischen Revolutionäre töteten sämtliche Zarenkinder, um sicherzugehen, dass es keine weiteren Thronansprüche gäbe. Und viele andere Königsmörder ermordeten zugleich auch die Prinzen und Prinzessinnen.«

»Aha. Aber diese Tötungsaktionen – was immer man von ihnen hält – sollten zukünftige Ansprüche vereiteln, aber nicht den König für seine brutale Vergangenheit strafen.«

»Macht das einen Unterschied?«

»Für mich den größtmöglichen. Meine Frage ist, ob es je gerecht sein kann, ein unschuldiges Kind zu töten, um die kaltblütigen Eltern zu strafen, die einst ein anderes unschuldiges Kind töteten.«

»Für mich hört sich das nicht gerecht an, obwohl die Geschichte voller Beispiele ist, bei denen man Kinder benutzte, um Rache gegen die Eltern zu nehmen. In einigen arabischen Ländern verlangt die Blutrache bis heute, dass ein Vater, dessen Kind getötet wurde, das Kind des Mörders ebenfalls tötet. Gott selbst tötet den erstgeborenen Sohn des Pharaos – und die Erstgeborenen aller Ägypter –, um Pharao selbst zu erreichen. Er tötet das unschuldige Kind aus der verbotenen Beziehung von David und Bathseba, um damit David zu strafen. Aber das ist eben der Weg Gottes. Wir können die göttliche Gerechtigkeit nicht immer verstehen. Für uns Menschen muss es noch eine anständigere Art geben, als unschuldige Kinder umzubringen. Erinnern Sie sich an Camus' gerechten Mörder, der sich weigerte, die Kutsche des grausamen Herzogs in die Luft zu jagen, als er sah, dass ein unschuldiges Kind neben dem Herzog saß?«

»Ach ja, stimmt«, erwiderte Max, »aber er dachte, dass er später noch eine Chance bekäme, den Herzog zu töten, wenn er allein wäre. Was aber, wenn es keine zweite Chance gibt, keinen anderen Weg? Was, wenn die einzige schmerzvolle Art der Bestrafung für den grausamen Herrscher darin besteht, seine Kinder zu töten?«

»Kant würde sagen, dass es niemals recht wäre, menschliche Wesen als Mittel zu benutzen, um Gerechtigkeit gegenüber anderen zu üben.«

»Aber er hat auch verlangt, dass jeder Mörder in einem Inselkönigreich zu Tode gebracht werden soll, ehe sich das Königreich auflöst, damit die Ungerechtigkeit nicht ungestraft bliebe«, sagte Max und klang hörbar frustriert.

»Es scheint doch offensichtlich, dass es für uns Menschen unmöglich ist, dieses Problem zu lösen. Man muss es der göttlichen Gerechtigkeit überlassen«, gab Danielle nicht minder frustriert zurück.

»Ich glaube aber nicht an die göttliche Gerechtigkeit. Nach allem, was ich während des Holocaust gesehen habe, wäre es eine Beleidigung Gottes, ihn sich als allwissend und allmächtig vorzustellen. Denn das würde bedeuten, dass er die Macht hätte, einzugreifen, sich aber entschlossen hätte, es nicht zu tun.«

»Wie können Sie denn nicht an die göttliche Gerechtigkeit glauben?«, fragte Danielle wütend. »Wenn Sie nicht an Gott glauben, warum bleiben Sie dann noch Jude?«

Max stand auf, ging ein paar Schritte und dann antwortete er ganz ruhig, fast so, als würde er eher mit sich selbst als mit Danielle reden. »Nach dem Holocaust muss jeder Jude ganz einfach Jude bleiben, auch wenn er den Glauben an Gott verloren hat. Ich bewundere nach wie vor viele Lehren aus der Bibel. Wie es im Prediger Salomo heißt: ›Es führt alles an einen Ort. Es ist alles aus Staub geworden und wird wieder zu Staub.‹ Der Autor dieses Buches war ein Jude, der auch nicht an die Gerechtigkeit glaubte.«

»Ich weiß also, woran Sie nicht glauben«, sagte Danielle scharf. »Sagen Sie mir jetzt, woran Sie glauben, Max. Glauben Sie an die menschliche Gerechtigkeit?«

»Nicht nachdem ich gesehen habe, was Menschen einander antun, ohne dass andere Menschen eingegriffen hätten.«

»Sie glauben also weder an die göttliche noch an die menschliche Gerechtigkeit. Wohin soll Sie das denn noch bringen?«

»Es legt mir eine große Verantwortung auf. Ich muss ganz allein über persönliche Gerechtigkeit nachdenken«, erwiderte Max und schüttelte dabei den Kopf. »Deshalb schreibe ich ja auch über dieses faszinierende Problem.«

»Wenn Sie an die göttliche Gerechtigkeit glauben würden, hätten Sie das Problem, vor dem Sie jetzt stehen, nicht«, sagte Danielle, als versuchte sie, einen jüngeren Freund zu überzeugen.

»Vielleicht, aber es ist mein hypothetisches Problem«, antwortete Max freundlich. »Bitte versuchen Sie, mir auf meine Art und Weise zu helfen. Was wäre unter diesen Umständen die persönliche menschliche Gerechtigkeit in Bezug auf meinen Herrscher?«

»Ich bin mir nicht sicher, ob es in Ihrem hypothetischen Fall überhaupt je menschliche Gerechtigkeit geben kann.

Vielleicht müssen Sie wirklich auf das warten, was Jesaja einen ›Tag der Vergeltung unsres Gottes‹ nannte.«

»Das mag für Sie als gläubige Christin akzeptabel sein, für mich nicht. Denken Sie bitte noch etwas weiter darüber nach. Und sehen Sie nach, ob die Interpretationen diesen Fall diskutieren. Versuchen Sie bitte, mit etwas Besserem aufzuwarten.«

In Max' Stimme klang deutlich Verzweiflung mit, die die akademische Natur seiner Frage Lügen strafte.

»Selbstverständlich«, sagte Danielle, während sie sich zum Gehen bereitmachte. »Es ist eine faszinierende Hypothese.« Sie hielt inne und sah Max durchdringend an. »Eine echt harte Nuss«, fügte sie im Ton einer zynischen Bemerkung hinzu. »Ich melde mich in ein paar Tagen mit meinen Ergebnissen und vielleicht der einen oder anderen Idee.«

»Ich werde Ihre Einsichten in jedem Fall zu schätzen wissen«, erklärte Max. »Dieses Problem hält mich sogar nachts wach.«

»Das kann ich verstehen«, sagte Danielle und ging hinaus in den kühlen Abend.

Kapitel 15

Zweifel

Während Danielle noch über die abstrakte Diskussion um den hypothetischen Herrscher nachdachte, wandten sich Max' Gedanken bereits seinem tatsächlichen Gegenstand zu.

Er wusste, dass Marcelus Prandus es nicht verdiente, einen natürlichen Tod zu sterben, umgeben von den geliebten Kindern und Enkeln, ebenso wenig wie so viele Nazimörder.

Prandus würde, wie Max' hypothetischer König, den Tod willkommen heißen. Er lag ohnehin im Sterben. Eine schnelle Exekution würde ihm und seiner Familie die Schmerzen der Krebserkrankung ebenso ersparen wie das religiöse Fegefeuer eines Selbstmordes. Doch wenn Max ihn tötete, würde er sein Dr. Kevorkian werden. Er erinnerte sich eines alten jiddischen Segensspruches: »Möge deine Familie in rechter Ordnung sterben.« Prandus war gerade im Begriff, diesen Segen zu erfahren, obwohl er ihn so vielen anderen verwehrt hatte, einschließlich Max' Familie.

Max fragte sich, ob er imstande wäre, Prandus zu foltern. Er kam zu dem Ergebnis, dass er es konnte. Er bräuchte nur an die Szene im Ponary-Wald zu denken, und schon würde er des barbarischsten Verhaltens fähig sein. Sobald er aber diese Worte gedacht hatte, wurde ihm klar, dass nicht einmal Prandus selbst gefoltert hatte.

Höchstens dadurch, dass er Großvater Mordechai seine Bitte verwehrte, zuerst sterben zu dürfen. Auch schien Prandus keinen Hass empfunden zu haben, wie sich Max erinnerte. Nur eine manische Besessenheit von Samen und Genen.

Nein, er würde Prandus nicht foltern. Das wäre eine zu milde Strafe für den Mann, der seine Familie umgebracht hatte. Es gab eigentlich nur eine Bestrafung für Marcelus Prandus. Max schauderte, als er im Stillen das Urteil über den Mann sprach, der sein Kind erschossen hatte: Max Menuchen würde einen der Enkel von Marcelus Prandus umbringen. Es war, als striche ein kühler Wind durch seinen Körper, als er sich ausmalte, wie er ein unschuldiges Kind tötete. Konnte Max Menuchen, ein gerechter Mann, tatsächlich einem unschuldigen Kind das Leben nehmen? Er dachte an Iwans abstrakte Frage in den *Brüdern Karamasow*: Wäre es gerecht, ein kleines Kind umzubringen, wenn dies der einzige Weg wäre, eine glückliche Welt hervorzubringen? Dann dachte er an die sehr reale Frage, der all die Juden ausgesetzt waren, die sich vor ihren Nazischergen versteckten: Wäre es gerecht, ein Kind zu töten, dessen Schreien eine ganze Familie in Gefahr brachte? Viele Familien hatten diese grässliche Frage zu beantworten, als sie ein unschuldiges Baby erstickten.

Max fing nun an zu erwägen, wie er vorgehen sollte. Er könnte den Enkel mit dem Auto überfahren und ihn dabei unmittelbar und schmerzlos töten. Das Kind würde nie erfahren, was vorgefallen war. Und es würde nicht leiden. Marcelus Prandus würde leiden, denn er würde wissen, *warum* sein Enkelkind sterben musste. Prandus würde wissen, dass sein eigenes Verhalten der Grund dafür war. Das wäre eine gerechte Strafe. Zwar wäre es rein quantitativ keine angemesse Strafe, qualitativ aber sehr wohl.

Max begriff, dass auch andere leiden würden – nämlich die Eltern und Geschwister des ermordeten Kindes. Aber dieses Leiden wegen eines unschuldigen, lieben Menschen war ein unvermeidliches Nebenprodukt der Gerechtigkeit. Außerdem würde die Familie dem alten Mann und seiner grausamen Vergangenheit die Schuld am Tod ihres Kindes und Bruders geben, was Prandus' Leiden noch vergrößern würde. Und das wäre die Sache wert. Marcelus Prandus würde elend und unglücklich sterben und den Tag verfluchen, an dem er geboren wurde. Es wäre eine ausgezeichnete Gerechtigkeit.

Um herauszufinden, ob er tatsächlich der Tötung eines Prandus-Enkels fähig war, gab es für Max nur einen Weg: Er würde ihn, den Enkel, mit eigenen Augen sehen müssen, ihm gegenübertreten, ihm folgen – sich an ihn heranschleichen. Zuerst natürlich würde er sich vergewissern müssen, dass dieser Marcelus Prandus der richtige wäre, nicht so wie der andere Prandus, den er im Fernsehen gesehen hatte.

Es war nicht schwer für Max, an Marcelus Prandus heranzukommen. Seine Adresse fand er heraus, indem er die Nummer anrief, die Paul Prandus ihm gegeben hatte, und sich als Priester aus Litauen ausgab. Er sei zu Besuch hier in Salem und wolle Prandus auf eine Adressenliste setzen, damit er kostenlos religiöse Bücher aus der alten Heimat erhielte. Danach ging Max die English Street auf und ab, vor dem Block, in dem Prandus lebte, bis der alte Mann endlich zu einem Nachmittagsspaziergang zum Litauisch-Amerikanischen Club herauskam. Sobald Max ihn sah, wusste er Bescheid. Obwohl er stämmiger und grauer geworden war, war das Gesicht unverkennbar – das Gesicht, das Max Tausende von Malen in seinen Träumen gesehen hatte. Max schauderte vor Furcht und der Aussicht auf das, was unausweichlich schien. Er musste alle Selbstbeherrschung aufwenden, um den groß gewachsenen Mann nicht schon hier auf der Straße anzugreifen. Doch er wusste, falls er jetzt dem Impuls nach sofortiger Genugtuung nachgäbe, würde ihm dies die Rache unmöglich machen. Max kam Goethes Mahnung in den Sinn: »Ohne Hast, aber ohne Rast.«

Max spürte, dass er die Tat nicht länger würde aufschieben können. Er musste handeln – bald. Noch diese Woche. Marcelus Pradus' Zeit lief ab. Wer konnte schon sagen, wann er seinem Krebs erliegen würde? Es durfte ihm nicht vergönnt sein zu sterben, ohne zumindest einen Teil dessen, was Max im Ponary-Wald erdulden musste, am eigenen Leibe zu erfahren.

Genauso problemlos wie die Adresse von Marcelus Prandus machte Max die Schule ausfindig, auf die sein achtjähriger Enkel Marc Prandus ging. Er brauchte nur wenige Tage, um dessen Gewohnheiten zu studieren. Allmorgendlich ging er die vier Blocks zur Schule – allein. Dabei musste er eine größere Kreuzung überqueren, die außer durch Ampeln noch von einem Verkehrspolizisten gesichert wurde. Wie leicht es doch war, dachte Max, einen Mord zu planen und sogar zu proben. Überraschenderweise fiel ihm das unwahrscheinlichste aller Verbrechen so leicht. Während er seinen alternden Volvo zurück nach Cambridge steuerte, konnte Max buchstäblich hören, wie Reb Mordechai *Nekama, Nekama* flüsterte und ihm Anweisungen gab. Der wirkliche Test aber lag noch einige Tage entfernt. Wie Raskolnikow wusste auch Max nicht, ob er wirklich einen Unschuldigen würde umbringen können, bis ebendieser Moment gekommen wäre.

An diesem Abend sollte Max etwas erfahren, das seine letzten Zweifel beseitigen und ihn zu einer noch tödlicheren Aktion treiben würde.

Kapitel 16

Prandus auf der Spur

»So, was haben wir bisher?«, fragte Abe, während er in seinem großen Büro mit Ausblick auf den Charles River umherging. Der Raum war spärlich möbliert. Ein großes Stehpult stand direkt am Fenster. Weil Abe selten saß, wenn er arbeitete, gab es keine Stühle. Seine Kunden traf er in der Bibliothek, an einem großen Eichentisch. Rendi hockte auf einem Aktenschrank. Emma, Jacob und Angela saßen auf dem Boden.

Rendi fing an. »Wir wissen, wo er wohnt. Er hat zwei Söhne – der eine Rechtsanwalt, der andere Börsenmakler. Er ist Mitglied bei einigen litauischen Clubs. Er wählt die Republikaner. Mag keine Schwarzen und Schwulen. Geht in die Kirche. War Mechaniker. Ist Rentner und verwitwet. Hat zwei Enkel. Ist Mitglied beim Rotary Club. Keine Vorstrafen. Ein ganz normales Ekel.«

»Was ist mit Wilna?«

»Das habe ich recherchiert«, sagte Emma und sah in ihre Notizen. »Es hat sich herausgestellt, dass es sich im Grund um zwei Städte handelte, die ein äußerst schwieriges Nachbarschaftsverhältnis hatten. Vilnius, die Hauptstadt, war eine Brutstätte des Nationalismus und des Faschismus. Wilna, der jüdische Name der Stadt, wurde ›das Jerusalem des Nordens‹ genannt, wegen der großen Anzahl hoch gebildeter Juden.«

»Was ist mit denen passiert?«

»Schon bevor die Nazis Litauen besetzten, hatten die Nationalisten die Juden im Visier. Ich will euch ein Zitat aus einer Direktive vorlesen, die einer ihrer Anführer ausgegeben hat: ›Es darf nie wieder die Möglichkeit für jüdisches Leben in Litauen geben.‹«

»Haskell hat mir gesagt, dass sie dieses Ziel erreicht hätten«, bemerkte Abe kurz.

»Haskell hat Recht«, fuhr Emma fort. »Hier ist ein Bericht aus der *Los Angeles Times*: ›Während die Deutschen gegen die Sowjets um die Vorherrschaft in Litauen kämpften, bildeten litauische Nationalisten paramilitärische Einheiten und töteten innerhalb weniger Tage Tausende von Juden. Nach der Machtübernahme durch die Nazis meldeten sich viele junge Litauer freiwillig zu den Erschießungskommandos, die an Orten wie dem Ponary-Wald eingesetzt wurden. Innerhalb weniger Monate waren 95% aller ehemals fast 250000 litauischen Juden getötet. Die meisten von ihnen wurden nicht einmal in die Todeslager gesteckt. Die Litauer konnten es nicht erwarten, sie umzubringen. Man brachte sie in den Wald, stellte sie entlang von Gräben auf und erschoss sie.‹«

»Wie haben sie es geschafft, so viele Juden in so kurzer Zeit umzubringen?«, fragte Rendi.

»Ich möchte, dass ihr euch einen Ausschnitt aus *Sixty Minutes* anseht«, sagte Emma. »Ihr werdet entsetzt sein.«

Emma legte ein Video in den Bürorekorder, der von der Decke hing. Auf dem Bildschirm erschien das Gesicht von Antanas Kenstavicious. Er war früher Polizeichef in Litauen gewesen und nach dem Krieg nach Kanada ausgewandert.

Er hatte ein warmes Lächeln und ein offenes, sanftes Gesicht, das ihn bei einem Weihnachtsspiel für die Rolle des Nikolaus prädestiniert hätte. Aber dann beschrieb der alte Mann, was die Miliz den unter anderem von ihm zusammengetriebenen jüdischen Familien im April 1942 angetan hatte:

»Wir befahlen ihnen, sich hinzulegen, und die Juden kamen alle und legten sich hin … keiner schrie oder weinte. Sie waren wie die Schafe. Und dann kam der Kommandant; sie schossen, peng, und sie fielen hin … sie fielen in den Graben … Um ein Uhr war es vorbei. Keine Juden mehr.«

Emma fing leise an zu schluchzen und Jacob legte ihr einen Arm um die Schulter.

»Wie konnte dieser Dreckskerl nach Kanada entkommen?«, fragte Angela.

»Direkt nach dem Krieg war das nicht schwer. Kanada hat die Nazis willkommen geheißen, ohne großartig Fragen zu stellen, solange sie nur antikommunistisch waren«, antwortete Rendi.

»Hat man nach dieser *Sixty Minutes*-Folge denn nicht versucht, ihn abzuschieben oder gerichtlich zu verfolgen?«, wollte Abe wissen.

»Er starb kurz nach der Ausstrahlung. Er war fünfundachtzig Jahre alt«, sagte Emma. »Das ist genau das, was auch mit Prandus passieren könnte.«

»Wie ist Prandus nach Amerika gekommen?«, fragte Abe.

»Darüber habe ich nachgeforscht«, meldete sich Rendi zu Wort. »Er hat unter Eid geschworen, dass er während des Krieges Profifußballer gewesen wäre. Nicht ein Wort über die Miliz.«

»Fantastisch!«, rief Abe und schlug auf den Tisch. »Wenn wir beweisen können, dass er Max' Familie umgebracht hat, können wir ihn ausweisen lassen, weil er bei der Beantragung seines Visums gelogen hat.«

»So wie Al Capone verurteilt wurde, weil er bei der Steuererklärung gelogen hatte.«

»Genau. Aber selbst wenn das gelingen sollte, käme er zurück nach Litauen und würde als Held gefeiert. Im Internet gibt es etwas über Nazi-Massenmörder, die dort in Vilnius immer noch ein gutes Leben haben, bis heute«, erklärte Emma.

»Zumindest wird er fern von seiner Familie sterben – falls wir beweisen können, dass er der Mörder war. Habt ihr was darüber gefunden?«

»Ich habe sämtliche Akten gewälzt, aber keinen einzigen Hinweis auf Marcelus Prandus gefunden. Es gab zwar andere Namen von litauischen Kollaborateuren, aber nicht von Prandus. Ist das schlimm, Mr Ringel?«

»Na ja, es ist nicht verhängnisvoll. Denken Sie daran, dass das Fehlen von Beweisen nicht notwendig ein Beweis dafür ist, dass etwas nicht passiert ist«, erwiderte Abe etwas pedantisch, womit er das Argument wiederholte, das er so oft den Geschworenen vorhielt. »Halten Sie weiter die Augen offen.«

»Eine gute Spur habe ich aber noch«, sagte Jacob. »Die Russen haben angefangen, ihre Kriegsarchive zu öffnen, und ich habe einen Freund, der für ein Jahr in Moskau studiert. Ich habe ihn gebeten, die Kriegsarchive durchzusehen. In einer Woche sollte ich etwas vorliegen haben.«

»Bitten Sie ihn, es innerhalb eines Tages zu schaffen«, forderte Abe ihn auf. »Dieser Prandus lebt nicht mehr so lange.«

»Ich werd's versuchen.«

»Was gibt's noch?«, fragte Abe dann.

»Wie geht es Max?«, wollte Emma wissen.

»Nicht besonders gut. Jetzt, da er weiß, dass sein Mörder die ganze Zeit in der Nähe gelebt hat, ist er ziemlich von der Rolle. Wir müssen ziemlich schnell handeln.

»Kannst du nicht mit dem, was wir schon haben, nach Washington gehen?«, fragte Emma ungeduldig. »Max kann doch Prandus identifizieren.«

»Wir müssen die Sache erst noch mehr untermauern. Nach dem Fiasko mit Demjanjuk – erinnert ihr euch noch: Iwan der Schreckliche? – sind sie da ein bisschen sehr vorsichtig hinsichtlich nicht erhärteter Augenzeugenberichte. Noch sind wir nicht so weit. Wir brauchen mehr.«

»Was ist mit seiner Behauptung, dass er Fußballer gewesen war? Reicht das denn nicht?«, fragte Angela.

»Nicht ganz. Vielleicht war er wirklich ein Fußballer – in seiner Freizeit, wenn er nicht gerade Juden umgebracht hat. Solange wir keine dokumentarischen Beweise finden, dass er Juden getötet hat, gibt es nur Max' ungestützten Bericht, um darzulegen, dass Prandus gelogen hat. Wir zählen auf Ihren Freund in Russland, Jacob. Ich hoffe, er fördert etwas zutage – und zwar schnell.«

Kapitel 17

Das rauchende Gewehr:
ein paar Tage später.

»Mr Ringel, Mr Ringel – wir haben es!« Jacob rannte noch, als er mit Emma im Schlepptau in Abes Büro stürzte. In der Hand hielt er ein Bündel Faxpapier.

»Das ist gerade aus Moskau über das Bürofax gekommen. Ich hab sie kurz durchgesehen und der Name Marcelus Prandus taucht überall auf.«

»Volltreffer! Schnell, lasst sehen!«

Abe fing an zu lesen, wobei Jacob und Emma ihm über die Schulter sahen. »Es handelt sich um ein Prozessprotokoll, aber der Beklagte ist ein Kerl namens General Heinrich Gruber. Bis jetzt noch kein Hinweis auf Prandus.«

»Lesen Sie weiter«, sagte Jacob atemlos. »Gruber war der deutsche Gestapo-Chef in Wilna. Bei Kriegsende wurde er von sowjetischen Truppen gefangen genommen und vor Gericht gestellt. Beim Prozess wurden die Namen einiger litauischer Kollaborateure erwähnt. Grubers Verteidigung ging dahin, dass die Litauer selbst die Tötungen vorgenommen hätten.«

»Hier, hier«, sagte Abe und zeigte auf den Namen von Marcelus Prandus. »Hier steht's.«

Abe begann, aus dem Protokoll vorzulesen.

»Am Morgen des 3. April 1942 erhielt ich einen Bericht von Hauptmann Marcelus Prandus von der litauischen Hilfspolizei über eine Aktion während der vergangenen

Nacht. Er berichtet, dass seine Männer einhundertsechsundzwanzig Kommunisten und Verräter gefangen genommen und sie zum Verhör in den Ponary-Wald geführt hätten. Als sie im Wald ankamen, versuchten die Kollaborateure und Verräter zu fliehen und leisteten Widerstand. Also wurden sie sämtlich erschossen und in Massengräbern begraben.«

»Dieses Schwein versucht noch, den Opfern die Schuld in die Schuhe zu schieben«, ereiferte sich Emma.

»Das war damals die Standardbehauptung«, sagte Jacob. »Ich bin bei meinen Recherchen immer wieder darauf gestoßen. Die Juden, ganz egal wie alt, wurden immer als Kommunisten oder Verräter bezeichnet und angeblich versuchten sie ständig zu fliehen, bevor sie erschossen wurden. Die Sowjets wiesen diese Behauptungen zurück, nachdem sie ein paar der Massengräber wieder geöffnet und dabei Babys und eindeutige Hinweise auf Schüsse aus nächster Nähe gefunden hatten.«

»Kann man denn den Sowjets trauen? Immerhin war dies auch die Zeit von Stalin«, gab Abe zu bedenken.

»Die meisten Historiker vertreten die Auffassung, dass die Funde ziemlich genau dokumentiert sind, vor allem, wenn sie auf eindeutigen Beweisen wie Berichten von Gerichtsmedizinern beruhten. Wenn es dagegen nur Bekundungen gab, blieben sie verdächtig«, sagte Jacob.

»Okay, lasst mich weiterlesen.«

Abe fuhr fort, in General Grubers Zeugenaussage zu lesen, wobei noch weitere Berichte von Aktionen, die Hauptmann Prandus geleitet hatte, erwähnt wurden.

»Hier ist noch etwas Interessantes«, bemerkte Abe. »Hört mal auf diese Frage und die dazugehörige Antwort. ›Frage: Wissen Sie, wo Hauptmann Prandus sich aufhält? Antwort: Man hat mir gesagt, er hätte nach dem Krieg eine Weile in Vilnius gelebt. Aber als ich ihn als Zeugen aufbieten wollte, erfuhr ich, dass er mit seiner Mutter nach Amerika entkommen war.‹«

»Mensch, das müsste doch für Washington reichen«, sagte Emma.

»Mehr als das!« Abe war begeistert. »Ich werde sofort anrufen. Inzwischen werdet ihr Zwei-Sterne-Anwälte den Rest dieser Akte durchlesen und sämtliche Hinweise auf Prandus markieren.«

»Das ist es. Großartig. Ich komme mir vor wie eine echte Anwältin.«

»Du bist eine echte Anwältin, mein Engel. Jacob, auch Sie haben sich als echter Anwalt entpuppt. Und das ist ein verdammt echter Fall. Wir werden diesen Dreckskerl ausweisen lassen, ehe er stirbt«, sagte Abe mit einer Entschlossenheit, die Emma von ihm kannte. »Er wird in Einsamkeit sterben, irgendwo in Litauen oder in Handschellen auf dem Weg dorthin. Und jetzt geht ihr beiden Hübschen zurück in die Bibliothek, während ich meinen Mann im Justizministerium anrufe.«

»Kann ich bitte Martin Mandel in der Abteilung für Sonderermittlungen sprechen?«, fragte Abe und wartete, dass er weiterverbunden wurde.

»Mandel«, tönte es knapp einen Moment später.

»Hallo, mein Name ist Abe Ringel.«

»Ich weiß, wer Sie sind, Mr Ringel. Haskell Levine hat ein paarmal mit uns zusammengearbeitet. Er hat mir von Ihnen erzählt. Es ist mir ein Vergnügen, Sie zu sprechen.«

»Aber ich rufe wegen einer eher unerfreulichen Sache an.«

»Damit gehen wir hier ständig um. Was haben Sie auf dem Herzen?«

»Es geht um einen Mann namens Marcelus Prandus. Er lebt in Salem, Massachusetts. Er kam 1947 in die USA aufgrund der Behauptung, er wäre Profifußballer. Mein Klient, Max Menuchen – übrigens ein alter Freund von Haskell Levine –, wird bezeugen, dass Prandus Hauptmann der Hilfspolizei in Litauen gewesen ist und persönlich mehrere Mitglieder der Familie von Max erschossen hat, einschließlich seiner schwangeren Frau und eines Kleinkinds.«

»War er Augenzeuge?«

»Ja. Prandus schoss auch auf ihn, aber er hat überlebt.«

»Wir brauchen mehr. Ein Augenzeuge, der selber Opfer der Erschießung war, reicht nicht aus. Nicht nach Demjanjuk.«

»Wir haben mehr.«

»Und zwar?«

»Ein sowjetisches Prozessprotokoll. Ganz frisch aus der Presse. Ist gerade in Moskau erschienen.«

»Faxen Sie es mir zu.«

»Wird gemacht. Aber es gibt noch einen Haken bei der Sache.«

»Den gibt's immer. Welcher ist es diesmal?«

»Prandus liegt mit Bauchspeicheldrüsenkrebs im Sterben. Vermutlich hat er nur noch ein paar Monate zu leben.«

»Das ist allerdings ein ernsthafter Haken. Es dauert seine Zeit, bis man einen Fall aufgebaut hat, auch wenn die Sache so klar wie in diesem Fall zu sein scheint. Wir müssen das Protokoll erst beglaubigen lassen. Allein das kann bei der russischen Bürokratie ein paar Monate dauern.«

»Können Sie das nicht beschleunigen? Der Kerl liegt immerhin im Sterben.«

»Wir können es versuchen, aber es wird trotzdem

dauern. Prandus wird sich zudem selbst einen Anwalt besorgen. Das werden Sie selbst wissen. Und dieser Anwalt wird alles tun, um die Sache in die Länge zu ziehen. Auch das ist Ihnen vermutlich klar, Mr Ringel.«

»Können Sie ihn in der Zwischenzeit festnehmen?«

»Hat er Familie und ist er in der Gesellschaft verwurzelt?«

»Leider ja.«

»Dann wird ihm kein Richter eine Kaution verweigern können. Man wird ihm gestatten, zu Hause zu bleiben.«

»Gibt es denn wenigstens irgendetwas, das wir schnell unternehmen können?«

»Leider nein. Ich möchte Ihnen gegenüber ehrlich sein. Es gibt keinen Weg, diesen Kerl in weniger als sechs Monaten oder womöglich einem Jahr in Haft zu bringen oder abzuschieben.«

»Dann ist er längst tot.«

»Tut mir Leid. Das passiert uns ständig. Unsere Kollegen in Kanada hatten gerade den Fall – er kam auch bei *Sixty Minutes* – eines anderen litauischen Mörders. Er starb zu Hause bei seiner Familie, ehe man den Fall aufbauen konnte. Und dabei hat er im Fernsehen alles zugegeben. Sorry, Mr Ringel, aber vermutlich ist es für das Rechtssystem zu spät, um noch etwas gegen Hauptmann Prandus zu unternehmen. Wollen wir hoffen, dass es eine Hölle gibt. Die wird die einzige Strafe sein, die Prandus noch bevorsteht.«

»Verdammt!«, fluchte Abe, als er den Hörer auflegte. Dann eilte er in die Bibliothek.

»Schlechte Nachrichten!«, rief er, als er die Tür aufmachte. Dort sah er, wie Emma weinend in Jacobs Armen lag. »Was ist denn jetzt los, mein Engel?«, fragte er. »Bist du okay?«

»Nein«, sagte Emma, die ihre Gefühle nicht mehr zügeln konnte. »Es ist wegen Sarah Chava. Wir haben herausgefunden, was mit ihr passiert ist. Ich werde diesen Prandus noch eigenhändig umbringen. Lasst mich bloß nicht in seine Nähe. Ich werde ihn mit bloßen Händen erwürgen.«

»Was ist denn mit ihr passiert? Wir müssen es sofort Max sagen.«

»Er hat sie vergewaltigt!«, rief Emma aus und dachte dabei an ihr eigenes Martyrium. »Prandus hat sie vergewaltigt. Und dann hat er …« Aber sie konnte nicht weiterreden und fing an zu weinen, als Abe sie trösten wollte.

»Hier«, sagte Jacob und wies auf einen markierten Absatz. »Es ist die Stellungnahme von einem aus Prandus' Gruppe, der gegen General Grube ausgesagt hat. Hier steht alles.«

Schnell las Abe die Seite. Er musste dabei tief Luft holen. »Das muss ich sofort Max sagen.«

Er lief aus dem Büro, hielt dabei die Abschrift in Händen und versuchte, seine Wut auf Marcelus Prandus und seinen Frust darüber zu unterdrücken, dass das Rechtssystem ihn nicht mehr der Gerechtigkeit überantworten konnte.

Kapitel 18

Sarah Chava

Abe eilte mit dem Fax in der Hand zu Max' Haus. Er klopfte an und dachte nach, wie er seinem Freund die schreckliche Nachricht überbringen könnte.

Max kam zur Tür, eine Tasse Tee in der Hand.

»Abe, was ist los? Du siehst aus, als wärst du den ganzen Weg hierher gerannt.«

»Bin ich auch. Es gibt schlechte Neuigkeiten«, antwortete der Anwalt, während sie ins Haus gingen.

»Sie können nichts gegen Prandus unternehmen«, sagte Max resigniert. »Es ist zu spät. Das hatte ich erwartet. Ihr habt euer Bestes getan – das weiß ich zu würdigen.«

»Stimmt. Ich habe mit dem Chef der Nazi-Anklage-Abteilung in Washington gesprochen. Es würde mindestens sechs Monate dauern.«

»Bis dahin ist Prandus längst tot«, sagte Max schicksalsergeben.

»Es gibt noch etwas Schlimmeres«, sagte Abe, trat dabei etwas näher an seinen Freund heran und sah ihm in die Augen.

»Was kann denn noch schlimmer sein?«

»Es geht um Sarah Chava.«

»Sie ist tot. Ihr habt die Beweise gefunden?«

»Hier. Ich will dir vorlesen, was Jacob gerade aus Moskau gekriegt hat. Setz dich lieber.«

Max setzte sich hinter seinen Schreibtisch und legte

den Kopf in die Hände, als Abe aus der Aussage von Jarus Plunk zu lesen begann, einem Mitglied der litauischen Hilfspolizei.

»Ein sechzehnjähriges Mädchen, Familienname Menuchen, wurde von Marcelus Prandus vergewaltigt und anschließend dem örtlichen Gestapo-Chef Heinrich Gruber übergeben, der sie gleichfalls missbrauchte und sie danach nach Auschwitz schickte, um als Prostituierte für die deutschen Wachen zu arbeiten.« Abe sprang zu dem Absatz über die Ergebnisse der gerichtlichen Untersuchungen: »Menuchen (weiblich) war nicht unter den bei Kriegsende befreiten Gefangenen und ist vermutlich nach wenigen Monaten zusammen mit anderen jüdischen Frauen vergast worden, die ebenfalls zur Arbeit als Prostituierte gezwungen worden waren.«

Max schrie laut auf, als er sich vorstellte, was seine damals jugendliche Schwester in den Monaten oder Jahren zwischen dem Ponary-Wald und ihrem Tod durchgemacht haben musste. Hatte sie noch versucht zu fliehen? War sie schwanger geworden? Hatte sie eine Abtreibung? Hatte sie Geschlechtskrankheiten? War sie von ihren Peinigern in den Wahnsinn getrieben worden? »Wenn sie doch nur mit dem Rest der Familie gestorben wäre!«, stöhnte Max, der die schrecklichen Bilder nicht abschütteln konnte. »Wenn doch auch ich mit dem Rest der Familie gestorben wäre.«

Er begann zu zittern. Ihm war schwindelig und übel, wie gelähmt vor Angst und Hilflosigkeit. Diesen Zustand kannte er nur zu gut. Sein Kopf war vollkommen leer. Dann mit einem Mal war es ihm klar: Sein Körper durchlebte in diesem Moment noch einmal die Gefühle, die er hatte, als Marcelus Prandus das Todesurteil über die Familie verkündete.

Voller Sorge, Max könnte sich etwas antun, versuchte Abe ihn zu beruhigen, konnte die Qual des alten Mannes aber nicht lindern.

»Abe, ich muss jetzt allein sein«, sagte Max und rang zwischen seinen Weinkrämpfen nach Luft.

Abe ging zur Tür. Max hat Recht, dachte er, ich kann ihm jetzt nicht helfen. Er würde ihn nur in seinen Erinnerungen stören.

Kapitel 19

Der Unfall

Nachdem Abe die Tür hinter sich zugezogen hatte, spürte Max, wie ihm der letzte Rest noch verbliebener Kontrolle entglitt. Er lief nach oben in sein Schlafzimmer und fand dort die alte Teedose mit den Fotos von Sarah Chava und der Beschneidung seines eigenen Sohnes. Auf dem Bild war Sarah gerade fünfzehn und ihr Lächeln war so bezaubernd, wie Max es in Erinnerung gehabt hatte. Er sah das Foto nur selten an, da es die verdrängten Momente sofort wieder zurückbrachte. Jetzt aber konnte er nicht genug davon bekommen.

Mehrere Stunden starrte er das Foto an und stellte sich dabei vor, was seine Schwester vor ihrem Tod durchgemacht hatte. Zuerst weinte er, dann schrie er und schlug endlich mit den Fäusten auf den Tisch, bis seine Hände anschwollen. Es war, als würde er all seinen angestauten Kummer, all seine Wut und seine ganze Frustration in eine einzige lange Nacht zusammenpressen. Er weinte, schrie und schlug, bis er das erste Licht des neuen Morgens aufkommen sah. Dann endlich nahm er das Bild von Sarah Chava, verließ das Haus und ging zu seinem Wagen. Er weinte und sein Schluchzen schüttelte ihn so heftig, dass er nicht sicher war, ob er überhaupt fahren konnte. Er klemmte das Foto sorgfältig hinter die Sonnenblende, drehte den Zündschlüssel und wendete den Wagen in Richtung Salem. Wenige Minuten darauf war er bereits auf dem Storrow Drive. Ein Blick auf den Tacho verriet, dass er deutlich über hundert Stundenkilometer fuhr. Nie zuvor hatte Max das Tempolimit überschritten. Während er fuhr, kamen ihm die bitteren und verwirrten Fantasien König Lears in den Sinn: »Ich will mir nehmen solche Rach an euch, dass alle Welt – will solche Dinge tun – Was, weiß ich selbst noch nicht; doch solln sie werden das Graun der Welt.« Und wieder hämmerte das letzte Wort seines Großvaters in seinem Schädel wie ein Mantra: *Nekama. Nekama …*

Die Ereignisse im Ponary-Wald lagen nun nicht länger ein halbes Jahrhundert zurück – sie fanden jetzt statt. Sarah Chavas Vergewaltigung und Mord waren eben erst geschehen. Was Max nun tun würde, geschähe nicht kaltblütig. *Wenn die Blutrache den Mörder tötet, dann ist es kein Mord.* So – oder ähnlich – stand es in der Bibel. Max war zu aufgeregt, um sich an den Wortlaut zu erinnern. Jedenfalls verstand die Bibel, dass heißblütig verübte Rache Teil der menschlichen Natur war. Blutrache ist Pflicht, wie es im Talmud hieß.

Das Schicksal seiner kleinen Schwester löschte endgültig alle Zweifel, dass er imstande war, Marcelus Prandus alles Erdenkliche anzutun. Die Würfel waren gefallen. Max trat aufs Gaspedal und die Tachonadel wanderte auf hundertzwanzig, hundertdreißig …

Am folgenden Tag wachte Max Menuchen gegen Mittag auf – voll blauer Flecken und Schmerzen. Vom Bett aus sah er zum Fenster hinaus auf seinen alten Volvo und bemerkte, dass dessen Front verbeult war. Einen Moment lang konnte er sich nicht erinnern, was die blauen Flecken und die Beulen verursacht hatte. Hatte er tatsächlich den Enkel von Marcelus Prandus überfahren?

Dann traf es ihn wie ein Blitz. Er war mit dem Volvo gegen eine Straßensperre gefahren. Er hatte keinen Menschen getötet. Noch nicht. Aber er hatte den Entschluss gefasst. Jetzt gab es kein Zurück mehr.

Kapitel 20

Die Lösung des Maimonides

Ungefähr zur selben Zeit, als Max aufwachte, suchte Danielle ihn in seinem Büro. Als sie dort erfuhr, dass Max an diesem Vormittag den Unterricht versäumt hatte, fuhr sie weiter zu seinem Haus. Die Diskussion über den grausamen Herrscher hatte sie beunruhigt. Und nun war Max – der nie den Unterricht ausfallen ließ – nicht in der Schule erschienen.

Zunächst weigerte sich Max, zur Tür zu kommen. Er war von den Ereignissen der letzten achtzehn Stunden – den Neuigkeiten über Sarah Chava, seiner Fahrt nach Salem, dem Unfall – noch immer derart mitgenommen, dass er keinen Menschen sehen wollte.

Danielle aber bestand darauf und rührte sich nicht von der Stelle. Endlich gab Max nach, nachdem er sich gewaschen und umgezogen hatte.

Er ließ sie herein und sie sah sich in seinem kleinen, mit antiken europäischen Mahagonimöbeln ausgestatteten Haus um. Max stand unschlüssig da und war noch bleicher als gewöhnlich.

»Ich hatte einen leichten Unfall«, erklärte er. »Jetzt muss ich mich ausruhen. Ich weiß es zu schätzen, dass Sie mich aufsuchen, aber bitte, lassen Sie mich jetzt allein.«

»Ich denke, ich habe Ihr Problem mit dem grausamen König gelöst«, sagte sie, wobei sie seine Aufforderung zu gehen überhörte. »Ihre Instinkte waren schon ganz richtig. Ich fand die Antwort in einem Kommentar zum Buch Hiob aus dem zwölften Jahrhundert, den ein brillanter jüdischer Gelehrter geschrieben hat, der in Ägypten lebte. Ich nenne sie die ›Lösung des Maimonides‹.«

»Ich bin sicher, dass es brillant ist, aber ich habe mich entschieden, den Artikel doch nicht zu schreiben. Die Sache ist mir doch zu unsicher. Tut mir Leid, dass ich Sie umsonst darauf angesetzt habe.«

»Max«, fing Danielle an, »Sie sollten aufhören, meine Intelligenz zu beleidigen. Ich weiß, dass Ihr hypothetisches Problem nichts mit irgendwelchen Artikeln zu tun hat, die Sie schreiben. Denken Sie daran, dass ich über Sie recherchiert habe. Ich weiß, was Ihrer Familie passiert ist. Die schrecklichen Ereignisse sind in Yad Vashem festgehalten.«

»Was wissen Sie genau?«, fragte Max mit scharfer Stimme.

»Dass so gut wie alle jüdischen Familien in Wilna umgekommen sind. Ihre muss darunter gewesen sein. Ich habe es von Anfang an gewusst. Mit dem ganzen Gerede über einen Artikel und über Gerechtigkeit wollen Sie die Angelegenheit rationalisieren. Aber in Wahrheit geht es Ihnen selbst um Rache. Das ist psychologisch mehr als nachvollziehbar. Rache ist die mächtigste aller menschlichen Antriebskräfte. Aber Sie möchten es gern so hinstellen, als ginge es Ihnen in erster Linie um Gerechtigkeit.«

»Ich will wirklich Gerechtigkeit«, sagte Max wie zur Verteidigung.

»Nennen Sie es, wie Sie wollen. Ich denke trotzdem, dass ich eine Lösung für Ihr Problem habe. Zunächst aber müssen Sie mir vertrauen. Sie müssen mir genau sagen, was hier vorgeht.«

»Ich kann Sie da nicht mit reinziehen.«

»Ich bin schon drin. Ich will Ihnen helfen. Ich *muss*

Ihnen helfen – um meinetwillen genauso wie um Ihretwillen.«

»Ich habe ihn gefunden«, platze Max heraus. Anschließend berichtete er Danielle von Marcelus Prandus, den Morden und der Vergewaltigung.

»O mein Gott!«, rief Danielle aus, trat einen Schritt zurück und hielt sich die Hand vor den Mund.

Wieder schüttelte es Max. Auf Jiddisch rief er mit lauter Stimme: *»Nekama!«* und *»Ganze Mischpoche!«*

Danielle fasste den zitternden Max bei den Schultern.

»Wovon reden Sie?«, fragte sie mit fordernder Stimme.

»Ich bin zu dem Schluss gekommen, dass ich die ganze Familie Prandus töten muss«, antwortete Max, und mit einem Mal war er vollkommen ruhig und klar. Mit wildem Blick sah er über Danielle hinweg. »Ich werde ihren Samen auslöschen, so wie er unseren ausgelöscht hat. Ich habe keine andere Wahl. Meines Großvaters Seele schreit nach Rache. *Nekama* – nimm Rache –, das war sein letzter Wunsch. Meine ganze Familie schreit danach, vor allem Sarah Chava.« Als er den Namen seiner Schwester aussprach, fing Max wieder an zu schluchzen. Er wischte sich die Tränen fort und sah Danielle in die Augen, bevor er weitersprach.

»In zwei Tagen ist der Geburtstag von Marcelus Prandus. Das habe ich von einem Geschäftsinhaber in Salem erfahren. Zur Feier des Tages wird sich die gesamte Familie Prandus zum Dinner treffen. Genau wie sich damals 1942 die Familie Menuchen zum Passahfest versammelt hat. Ich werde dort an die Tür klopfen, so wie es Prandus bei unserer Tür gemacht hat. Wenn man mir aufmacht, werde ich eine Bombe hineinwerfen. Ursprünglich hatte ich geplant, seinen achtjährigen Enkel zu töten. Inzwischen glaube ich aber, dass es leichter sein wird, viele statt nur einen umzubringen. Die Nazis würden das mit Sicherheit verstehen.«

Danielle hielt Max noch fester bei den Schultern und sah ihm in die verheulten Augen. »Max, Sie sind aber kein Nazi. Sie sind kein Massenmörder. Ihr Plan ist zum Scheitern verurteilt. Hören Sie mir bitte zu. Ich weiß mehr über Waffen als Sie. Waffen gab es bei uns nämlich seit dem Bürgerkrieg. Ich veranstalte Zielschießen bei meiner Hütte in den Berkshires und mische mir sogar das Schießpulver selber. Wenn Sie versuchen, die ganze Familie Prandus hochgehen zu lassen, gehen Sie dabei selbst mit hoch.«

»Das wäre gar nicht mal so schlimm«, erwiderte Max.

»Hören Sie mir zu«, sagte Danielle erneut, wobei ihr Ton noch kommandierender wurde. »Auch wenn Sie tatsächlich die ganze Prandus-Familie in die Luft jagen, würde das nicht dem entsprechen, was Prandus Ihrer Familie angetan hat. Denn Ihre Leute waren damals gezwungen gewesen, einander sterben zu sehen. Der Patriarch – Ihr Großvater – musste mit ansehen, wie sämtliche seiner Nachkommen starben. Also wird Ihr Plan nicht wirklich für Gerechtigkeit sorgen.«

»Ich muss aber etwas tun«, beharrte Max, »versuchen Sie nicht, mich aufzuhalten.«

»Ich versuche nicht, Sie aufzuhalten. Dazu habe ich kein Recht. Ich will Ihnen nur zeigen, wie Sie es besser machen können. Die Lösung des Maimonides ist die perfekte Rache. Ich werde Sie Ihnen verraten, aber nur unter einer Bedingung. Sie müssen mir erlauben, Ihnen zu helfen. Eigentlich bin ich nur hergekommen, um Ihnen die Lösung vorzuschlagen, die ich gefunden habe. Aber jetzt, nachdem ich gehört habe, was Ihrer Familie und vor allem Ihrer Schwester passiert ist, muss ich Ihnen helfen.«

»Warum wollen Sie Ihre Freiheit aufs Spiel setzen oder vielleicht sogar Ihr Leben, nur um mir zu helfen?«

»Ich habe meine Gründe.«

»Dann müssen Sie diese Gründe mit mir teilen, ehe ich mich entscheide. Ich habe schon immer vermutet, dass Sie irgendetwas vor mir verbergen. Inzwischen bin ich mir sicher. Es muss etwas in Ihrem Leben geben, das Sie dazu bringt, sich bei dieser gefährlichen Suche nach Rache anzuschließen. Ihr abstraktes Interesse an biblischer Gerechtigkeit erklärt bei weitem nicht, warum Sie alles riskieren wollen, um an einem Mann Rache zu üben, der Ihnen nichts getan hat.«

»Fragen Sie mich bitte nicht«, flehte Danielle kaum hörbar.

»Warum nicht?«, fragte Max. »Sie waren doch nur allzu bereit, mein Privatleben zu durchstöbern. Warum halten Sie mich aus Ihrem raus?«

Danielle sah Max tief in die Augen und redete mit sanfter Stimme. »Ich sehe selber, dass ich Ihnen jetzt erzählen muss, was ich noch keinem Menschen vorher erzählt habe, nicht einmal meiner Mutter. Wenn wir zusammenarbeiten, haben Sie ein Recht, alles zu wissen.«

Danielle hielt eine Weile inne. »Ich war vierzehn Jahre alt und ging seit einiger Zeit mit einem schwarzen Jungen aus meiner Highschool aus. Als mein Großvater dahinterkam, drang er eines Nachts in mein Zimmer ein und drohte, mich umzubringen, wenn er mich noch mal zusammen mit dem ›Nigger‹ sehen würde. Dann fing er an, mich zu schlagen. Er wollte wissen, ob ich Geschlechtsverkehr mit ihm gehabt hätte. Ich sagte ihm die Wahrheit – dass ich keinen gehabt hätte. Aber er glaubte mir nicht und sagte, er wolle sich lieber selbst vergewissern.« Danielle wandte sich ab, als sie fortfuhr. »Er fing an zu schreien, ich wäre keine Jungfrau mehr. Und dann hat er mich vergewaltigt. Mein eigener Großvater. Er sagte, ich wäre zu gut für irgendwelche ›Nigger‹ und dass es besser wäre, ein Kind von meinem eigenen Großvater zu haben als von einem Schwarzen.«

»O mein Gott!«, stammelte Max und legte sanft den Arm um sie.

Danielle fing an zu weinen. Es war das erste Mal, dass Max sie weinen sah. »Ich wurde schwanger und hatte eine Abtreibung. Ich musste alles ganz alleine durchstehen. Und dabei verstieß Abtreibung gegen meine tiefsten religiösen Überzeugungen. Ich habe ein Kind getötet. Mein Kind. Das Kind von meinem Großvater. Vor mir selbst habe ich es damit gerechtfertigt, dass das Kind die Gene meines Großvaters hätte und zu einem Monster wie er würde. Aber es war doch nicht die Schuld des Babys. Mein Kind hätte leben können.« Sie seufzte und wischte sich die Tränen weg. »Dann wurde ich regelrecht besessen von der Idee, den Erbanlagen. Wenn mein Großvater zu solchen Grausamkeiten fähig wäre, war ich es dann auch? Konnte ich zu dem Mr Hyde werden, der er geworden war? Wenn die Antwort ›Ja‹ wäre, wäre ich verloren. Wäre die Antwort ›Nein‹, dann hätte ich mein Kind unnötigerweise umgebracht.«

»Sie richten sich selbst zugrunde. Aber Sie trifft keine Schuld.«

»Vielleicht«, sagte Danielle mit zitternder Stimme. »Aber ich muss ebenfalls Rache üben, genau wie Sie. An meinem Großvater selbst konnte ich mich nie rächen. Er starb kurz nach meiner Abtreibung. Er wusste nicht einmal, dass ich schwanger geworden war. Er tat so, als wäre nichts passiert, und ist friedlich im Schlaf gestorben. Also muss ich mich an einem anderen Vergewaltiger rächen.

An dem Mann, der sich an Ihrer Schwester vergangen hat. Wenn ich Prandus leiden sehe, sehe ich meinen Großvater leiden«, sagte Danielle, die Hände zu Fäusten geballt, ihr Blick glasig.

»Ich danke Ihnen. Dafür, dass Sie mir geholfen haben, nicht nur Sie, sondern auch mich selbst besser zu verstehen«, sagte Max.

Die beiden umarmten einander und hielten sich lange Zeit fest. Endlich brach Max die Stille. »Erzählen Sie mir jetzt von Ihrem Plan – und dann gehen Sie bitte. Ich muss es alleine machen. Ich kann Sie nicht noch weiter mit hineinziehen.«

»Allein können Sie es nicht schaffen. Ich muss Ihnen helfen. Es geht nur zu zweit. Aber ich werde bloß assistieren. Geben Sie mir Zeit bis morgen, dann komme ich mit einem detaillierten Plan zurück. Ich verspreche Ihnen, dass er funktionieren wird.«

Allmählich blickte Max hinter die scheinbaren Widersprüche in Danielles Leben: religiöse Christin, Waffennärrin, Filmemacherin, Enkeltochter eines Monsters, Anhängerin der Vererbungslehre, Überlebende eines Inzests. Das wäre weiß Gott genug für eine ausgewachsene Psychose. Aber Danielle hatte es geschafft, alles unter Kontrolle zu halten – zumindest an der Oberfläche. Die Wut, den Hass, die wachsende Frustration – all dies wurde durch ihre beruflichen Erfolge in Schach gehalten. Doch falls Max nun ihre Bitte, ja, ihr Verlangen, an der Rache teilzuhaben, zurückwies, würde alles explodieren, wie die Schöpfungsbilder in ihrem Video. So wie er *seine Nekama* brauchte, brauchte sie die ihre. Sie beide waren einander ähnlicher, als er es sich je hatte vorstellen können.

»Wir sehen uns morgen früh wieder«, sagte Max.

Am nächsten Morgen, als Danielle Punkt für Punkt die Durchführung ihrer »Lösung des Maimonides« erklärte, stimmte Max sofort zu – unter der Bedingung, dass, falls man sie verhaftete, er die ganze Schuld auf sich nähme. Nachdem er Danielles brillanten Plan begriffen hatte, war er sicher, dass er mit ihrer Hilfe nun endlich seinen Rachedurst würde stillen können. Er war wie in Ekstase.

Während der kommenden beiden Tage überwachten Max und Danielle jeden einzelnen Schritt der Prandus-Familie.

Max fuhr mit seinem alten Volvo die English Street in Salem, in der Marcelus Prandus in einem kleinen Bungalow lebte, auf und ab, während Danielle den Tagesablauf des alten Mannes filmte. Zudem machte Max einige Einkäufe in den Geschäften der Nachbarschaft, wobei er vorgab, ein Verwandter auf Besuch zu sein; so erfuhr er viele Einzelheiten über die Familie Prandus. Max und Danielle schlichen sich auch an die Kinder heran und filmten sie auf dem Weg zur Schule, zu ihren Freunden und zum Besuch beim Großvater. All das war nicht schwierig, da sämtliche Familienmitglieder nur wenige Blocks auseinander wohnten. Abends sahen Max und Danielle die Videobänder durch und planten dann den nächsten Schritt. Danielle hatte Max während dieser Plansitzungen gezeigt, wie er seine Aktionen mit ihren Filmereien koordinieren könnte.

Max wurde nervös, als die Zeit für die nächste und bei weitem kritischste Phase ihres Vorhabens näher rückte. Danielle versicherte ihm mehrfach, dass nichts schief gehen könnte, solange sie sich an den sorgfältig ausgearbeiteten Plan hielten. Max wusste nicht, wovor er sich mehr fürchten sollte: vor einem Fehlschlag oder einem Erfolg. Er wusste, dass es nun kein Zurück mehr gab. Der nächste Schritt musste getan werden.

Kapitel 21

Sorgen

»Ich mache mir Sorgen um Max«, flüsterte Abe Rendi zu, als sie im Bett lagen. Dann setzte er sich plötzlich auf. »Ich werde ihn jetzt anrufen«, verkündete er knapp.

Als Abe aus dem Bett steigen wollte, zupfte ihn Rendi am Pyjama. »Komm wieder ins Bett. Es ist zwei Uhr früh. Du kannst ihn doch jetzt nicht anrufen. Er ist ein alter Mann und wird noch einen Herzinfarkt erleiden, wenn du ihn weckst. Ruf ihn morgen früh an.«

»Ich kann aber nicht schlafen.«

»Das ist offensichtlich. Du hast dich die ganze Nacht hin und her gewälzt«, meinte Rendi und setzte sich ebenfalls auf.

»Ich habe Angst, dass er sich vielleicht etwas antut. Ich kann mir seine Enttäuschung nur allzu gut vorstellen. Ich habe ihm gegenüber versagt, Rendi. Gott hat versagt und unser Rechtssystem auch. Wir können einfach nichts machen. Es ist alles so verdammt unfair«, sagte Abe, wobei ihm die Stimme brach. »Ich halte es einfach nicht aus. Ich komme mir vor wie ein hilfloser Amateur. Wir müssen doch irgendetwas zustande bringen.«

»Können wir Prandus nicht wenigstens bloßstellen? Schreib doch eine Kolumne. Mach eine Pressekonferenz. Dann wissen es zumindest seine Nachbarn.«

»Alle werden sagen, dass er so ein netter und ruhiger Mensch ist«, wehrte Abe ab. »Niemand wird die Sache glauben. Schau dir doch Demjanjuk an. Seine Nachbarn haben ihn zum Helden erklärt.«

»Einige werden ihn aber doch skeptisch mustern. Das wird ihm zu schaffen machen. Seine eigenen Kinder werden unsicher werden. In jedem Fall wird er darunter leiden.«

»Du übersiehst das Wesentliche«, widersprach Abe und kroch wieder unter die Decke. »Um Prandus schere ich mich einen Dreck. Soweit mich das angeht, ist alles Geschichte. Ich mache mir um Max Sorgen. Eine Pressekonferenz würde ihm nicht helfen, im Gegenteil. Wir würden seine Frustration noch vergrößern. Vor allem, wenn er dort womöglich hört, wie Prandus' Nachbarn freundliche Dinge über ihn von sich geben.«

»Manchmal kann der Arzt aber den Patienten nicht retten, Abe. Mach dir bloß keine Vorwürfe. Du hast doch wegen Max wirklich keinen Stein auf dem anderen gelassen.«

Abe hatte ihr gar nicht zugehört. »Ich wünschte, Haskell wäre noch am Leben. Er wüsste, was zu tun wäre. Ich weiß nicht mehr weiter. Als Allererstes gehe ich morgen früh zu Max. Vielleicht kommt er für ein paar Tage zu uns.«

»Ist gut. Zumindest kannst du mit Max drüben im anderen Zimmer etwas Ruhe finden«, gab Rendi ihm Recht, zog sich das Kissen über den Kopf und versuchte, weiterzuschlafen.

Teil IV

Nekama

Kapitel 22

Das letzte Mahl der Familie Prandus

»Nun, da du acht Jahre alt bist, Marc, bist du alt genug, den Segen zu sprechen. Hast du in der Schule ein schönes Gebet gelernt?« Marcelus Prandus, der Patriarch, fragte seinen Enkelsohn und Namensvetter.

»Ja, Großpapa Chelli«, erwiderte der blonde Junge, wobei er den Großvater bei seinem innerfamiliären Spitznamen nannte.

Der alte Mann hörte voller Stolz, wie der Knabe den Segen sprach.

Geburtstage zählten zu Marcelus Prandus' liebsten Ereignissen. Geburtstagsfeiern waren so amerikanisch und Marcelus Prandus war ein amerikanischer Patriot. Er liebte und schätzte, was Amerika für seine Kinder getan hatte. Oft dachte er, dass Amerika in der Tat das Land der unbegrenzten Möglichkeiten war. Seine Kinder hatten sich weit über seine kühnsten Träume hinaus entwickelt und dementsprechende Erfolge zu verzeichnen. Seine beiden Enkel waren durch und durch amerikanische Kinder; der Junge spielte Baseball und glänzte zudem am Computer, das Mädchen spielte mit Barbie-Puppen und lief Schlittschuh. Seinen Hass auf Juden und Schwarze hatte Marcelus Prandus vor seinen Kindern und Enkeln verborgen gehalten. Nur im Litauisch-Amerikanischen Club, wo er sich mit Freunden aus der alten Heimat traf, pflegte er sich über die »Yids« und die »Nigger« zu beklagen. Vor seinen Kindern und Enkeln gab es kein einziges schlechtes Wort über irgendeine Bevölkerungsgruppe. Dies war Amerika und nicht Litauen und ein solcher Hass wäre ein Hindernis auf dem Weg, den amerikanischen Traum zu verwirklichen.

Nicht dass alles vollkommen wäre. Peter, sein jüngerer Sohn, ging so gut wie nie zur Kirche und hatte mit der Familientradition gebrochen, indem er seine Tochter auf die öffentliche und nicht auf die konfessionelle Gemeindeschule schickte. Er war zwar kein Atheist, aber ziemlich gleichgültig gegenüber dem christlichen Glauben.

Paul dagegen war sehr religiös, aber leider auf die falsche Art. Er schickte seinen Sohn auf eine fortschrittliche katholische Schule. Für Marcelus' Geschmack nahm er das, was man über Jesus lehrte, allzu wörtlich. Er war ein aktiver Kritiker innerhalb der litauischen Kirche und forderte schlagkräftigere Aktionen zum Wohle der Armen und Besitzlosen. Der Konflikt zwischen Marcelus und Paul hatte seinen Höhepunkt erreicht, als Paul mithalf, den Aids-Marsch zu organisieren. Marcelus war wütend und argumentierte, Aids wäre »Gottes Art, den Homosexuellen klarzumachen, dass sie unmoralisch« wären.

Dennoch war Paul sein Liebling. Wie schon sein Vater war auch Paul ein ausgezeichneter Athlet – Football, Baseball, Fußball. Groß und auffallend gut aussehend, hatte Paul mit seinem Vater beim örtlichen CVJM trainiert, seit er zehn war. Nach der Schule hatte er in der Autowerkstatt geholfen, die seinem Vater gehörte. Sonntags gingen die beiden zusammen in die Kirche und danach – sofern die Red Sox in der Stadt waren – fuhren sie immer zum Fenway Park, um dort den Nachmittag bei Baseball, Bier und Hotdogs zu verbringen.

Marcelus hatte gewollt, dass Paul Polizist würde, und

als Kind hatte Paul sich auch vorgestellt, eine Uniform zu tragen, ein Gewehr zu haben und finstere Gestalten festzunehmen. Er hatte dem Polizeisportverein angehört, wo Marcelus Ehrenmitglied war und zudem unbezahlter Fußballtrainer.

Während der Jahre auf der Highschool war Paul ein regelrechter Racker, der sich prügelte, ständig wegen Mädchen Scherereien bekam und viel trank. Er war bekannt für seine Unbeherrschtheit, sein lautes Organ und seine Flüche. Bei der geringsten Provokation wurde sein Gesicht dunkelrot und seine Halsschlagader trat vor.

Marcelus wusste, dass Paul sein erstes sexuelles Erlebnis mit vierzehn gehabt hatte – mit einem älteren Mädchen von den Cheerleaders –, und auch das erfüllte Marcelus mit Stolz. Den ersten Rausschmiss aus der Schule hatte Paul mit fünfzehn. Was nicht im Geringsten schlimm war – zumindest nicht in Marcelus' Augen. Der Grund war bloß ein Ringkampf mit einem Klassenkameraden gewesen. Tatsächlich hatte Marcelus Pauls Courage bewundert. »Zumindest ist er keine Memme wie ein paar der Gestalten, die mit 'ner Brille auf der Nase rumlaufen und den ganzen Tag in der Bibliothek hocken«, pflegte Marcelus vor seinen Kumpels im Litauischen Verein zu prahlen.

Dann aber war alles anders geworden. Sein Trainer auf der Highschool hatte Paul ein Football-Stipendium für Holy Cross besorgt, wo Paul danach, außer Football zu spielen, Geschichte studierte. Während der ersten Semester blieb Marcelus in engem Kontakt mit Paul. Im zweiten Jahr schrieb sich Paul für ein Seminar über die europäische Geschichte im zwanzigsten Jahrhundert ein. Nach ungefähr der Hälfte des Semesters begann der Professor, über die sowjetische und deutsche Besetzung der baltischen Staaten einschließlich Litauens zu reden. Nach der zweiten Stunde über dieses Thema ging Paul nicht mehr hin und sagte stattdessen seinem Vater, er wolle das Hauptfach wechseln und Verwaltungsrecht studieren. Bald darauf hängte er auch den Football an den Nagel und wurde ein ernsthafter Student. Sein Interesse galt der Einführung der Rechtswissenschaften. Und er entfernte sich immer mehr von seinem Vater. In seinem zweiten Studienjahr lernte er seine zukünftige Frau kennen, eine irische Katholikin aus dem Süden von Boston. Er blieb während der ganzen Zeit am College und auch an der Juristischen Fakultät mit ihr zusammen, was ihn noch mehr von Marcelus entfremdete. Paul besuchte die Boston College Law School und eröffnete anschließend eine kleine Praxis für Strafrecht in Salem. Er heiratete, kaufte ein bescheidenes Eigenheim und ließ sich ein paar Blocks von Marcelus' Haus entfernt nieder.

Auch wenn Paul damit wieder in enger physischer Nachbarschaft zu seinem Vater lebte, war es doch nie mehr so wie zu Highschool-Zeiten. Trotzdem freute sich der alte Mann darüber, dass sein Sohn beschlossen hatte, sich einen Steinwurf entfernt von seinem Vater niederzulassen, vor allem, weil es ihm, dem alten Mann, die Gelegenheit bot, seinen Enkelsohn jeden Tag zu sehen.

Mittlerweile stand Paul voll im Berufsleben. Er hatte eine erstklassige katholische Schulausbildung genossen, bei der auf die christliche Soziallehre besonderes Gewicht gelegt worden war. Paul kleidete sich wie ein Anwalt, redete im Tonfall eines Gebildeten und vertrat die fortschrittlichen Überzeugungen vieler Katholiken seiner Generation. Er war mit einer Frau verheiratet, die zehn Jahre älter aussah, als sie tatsächlich war, und blieb ihr treu trotz ihres nachlassenden Interesses an Sex, trotz vieler

Gelegenheiten zum Seitensprung und trotz seiner wachsenden Lust. Unzählige Male hatte Marcelus über die verpassten Gelegenheiten seines Sohnes hergezogen und den Spruch wiederholt: »Was eines Mannes Frau nicht weiß, macht niemanden heiß.« Doch irgendetwas an der Haltung seines Vaters ließ Paul an seiner Treue festhalten.

Seit der Zeit, als Paul sich an der juristischen Fakultät eingeschrieben hatte, sprach er fast nur noch im Flüsterton, was so weit ging, dass die Leute sich sogar die Hand hinter die Ohren halten mussten, um ihn zu verstehen. Es war, als hätte er diese Art zu sprechen eigens als Reaktion auf sein jugendliches Draufgängertum angenommen. Und in der Tat schien seine gesamte Persönlichkeit als Erwachsener darauf abzuzielen, den Überschwang der Kindheit im Zaum zu halten. Sogar seine Kleidung verriet diese selbst auferlegte Beschränkung. Ständig trug er Anzüge, gewöhnlich solche mit Weste. Seine schwellenden Muskeln ließen die Kleidung eng und knapp anliegen. Dabei versuchte Paul, möglichst durchschnittlich auszusehen – mit guten Manieren, angenehmer Stimme, dabei bescheiden und konservativ.

Unter seinem dreiteiligen Anzug und seinem Auftreten als Rechtsanwalt und der Enge des Familienlebens herrschte jedoch eine kontrollierte Wut. Die Frauen in seiner Praxis nahmen ihn als männlich, aber scheu wahr und als würde er auf den passenden Moment warten, aus den selbst auferlegten Zwängen auszubrechen. Nie flirtete er oder sandte gar die Botschaft aus, verfügbar zu sein, obwohl sein gutes Aussehen und sein athletischer Körper ihm zum Gegenstand des Kaffeepausen-Getratsches machten. Nur Paul selbst wusste, wie verletzlich er selbst und wie hauchdünn seine Kontrolle über seine innere Aufruhr war. Irgendetwas nagte an ihm, aber er wollte lieber nicht wissen, was. Niemals suchte er um Rat oder Hilfe nach. Er begnügte sich damit, sein nach außen hin zufriedenes Leben zu leben – seine Leidenschaften zu zügeln –, ohne die inneren Konflikte anzugehen. Allerdings hatte er Angst, dass eines Tages etwas passieren könnte, das die Wut in ihm zum Überlaufen brachte. Deshalb hoffte er inständig, dieses Ereignis so lange wie möglich hinausschieben zu können. Bislang lief alles in erträglichem Rahmen ab. Seine Frau, sein Sohn, seine Freunde und Kollegen sahen einen augenscheinlich ausgeglichenen, normalen und zufriedenen Menschen.

Marcelus aber wusste, dass Paul mit sich selbst im Zwiespalt lag. Er hatte die Veränderung beobachtet und konnte die Spannung spüren. Den jungen Paul hatte er geliebt, den kämpferischen Paul, den Paul, der so sehr wie der junge Marcelus gewesen war. Bei dem neuen Paul war ihm weniger wohl – bei dem elitären Paul, der seinem Vater Vorträge über die »wahre« Lehre Jesu und über die christliche Soziallehre hielt, die Marcelus als »liberale Scheiße« abqualifizierte, die »als Christentum daherkommt«.

Geburtstage waren stets die Lieblingsgelegenheiten für Familienzusammenkünfte gewesen. Weihnachten und Ostern endeten immer in religiösen Streitereien. An Geburtstagen indes gab es keinen solchen Grund für Streit. Eines der Kinder sprach immer das Gebet, Marcelus antwortete dann und dankte Gott, dass er ihn nach Amerika geführt hatte. Er gedachte seiner Eltern, hoffte auf ein gutes Jahr und damit war das Thema Religion beendet. Es gab auch noch ein paar andere Familientraditionen, wie zum Beispiel das Aufdecken des Truthahns. Als Marcelus' Frau Greta noch lebte, bestand sie immer auf einem Schinken, den es zu den Geburtstagen gab, weil sie einfach nicht wusste, wie man einen Truthahn richtig zubereitet. Was auch immer sie dabei anstellte: Stets wurde er staubtrocken – während ihre Schinken, nach altem Landrezept hergestellt, immer saftig und voller Geschmack waren. In dem Jahr, in dem sie starb, übernahm Marcelus es, einen saftigen Truthahn zuzubereiten. Von Jahr zu Jahr gelang er ihm besser, bis er nun respektable »Restaurant-Qualität« besaß, wie Marcelus prahlte. Gerne servierte er ihn in einer silbernen Warmhalteschüssel. Alle, die bei Tisch saßen, hatten in höchster Spannung dazustehen, wenn Marcelus den Deckel hob und den goldbraunen Vogel bloßlegte, der anschließend um den Tisch gereicht wurde, damit ein jeder Beifall spendete und Oh und Ah machte. Das ältere Enkelkind wurde dann damit geehrt, dass es Großpapa Chelli helfen durfte, die zeremonielle erste Scheibe vom Brustfleisch abzuschneiden.

»Komm her, Marc. Du hast die Ehre der ersten Scheibe. Aber sei vorsichtig mit dem Messer. Es ist scharf.«

Und noch eine Tradition gab es in dieser Familie. Marcelus Prandus pflegte einen alten Kelch aus Litauen hervorzuholen, bevor er einen Toast ausgab, und anschließend aus ihm zu trinken. Dieser war, wie er erklärte, eine Art geheimer jüdischer Kelch, den »ein alter Jude mir einst als Glücksbringer gab«. Marcelus Prandus glaubte fest an das Glück. Schließlich war er ja auch mit so viel davon gesegnet: eine wundervolle Familie, ein gutes Leben. Und obwohl er jetzt an seinem Krebs starb, wusste er, dass er ein großes Vermächtnis hinterließ. Marcelus Prandus trank aus dem alten Kelch und betete im Stillen für sich um einen schmerzfreien Tod und um ein langes Leben für seine Kinder und Kindeskinder.

Während der alte Mann den wundervollen alten Kelch wieder in seiner Schachtel verstaute, fragte sich Paul ein weiteres Mal, wieso ein alter Jude seinem Vater ein derart wertvolles Geschenk gemacht hatte.

Diese Geburtstagsparty für Marcelus war für die gesamte Familie Prandus besonders ergreifend. Es war die erste, seit man bei Marcelus Krebs diagnostiziert hatte. Und obwohl es keiner aussprach, wussten doch zumindest die Erwachsenen, dass diese Geburtstagsfeier Großpapa Chellis letzte sein würde. Weihnachten mochte er wohl noch erleben, wie die Ärzte Paul wissen ließen, aber dass er auch noch Ostern am Leben wäre, war eher unwahrscheinlich.

Trotz dieser harten Realität, oder vielleicht auch gerade deswegen, war Marcelus Prandus in einer wunderbaren Stimmung, als er den Blick über seine Familie schweifen ließ. Falls sich sein Tod als schmerzhaft herausstellen sollte, dann würde er ihn ertragen. Er war stark und er war ein echter Mann. Den Tod fürchtete er nicht, obgleich er wusste, dass sein Eintritt durch die Himmelspforte kein leichter sein würde. Sein Priester, Pater Grilius – der einzige Mensch, dem er sein früheres Leben anvertraut hatte –, hatte ihm versichert, dass Erlösung für jeden und für jede vergangene Tat möglich sei, sofern er im Stande der Gnade starb. Marcelus war bereit. Er würde die letzten Wochen mit der Familie an seiner Seite verbringen. Mehr noch: Er würde in Ruhe sterben. Kein Wimmern, kein Klagen; ein Vorbild für seine Kinder und Enkel. Darauf legte Marcelus Prandus großen Wert.

Jetzt aber wollte er seine letzte Geburtstagsfeier mit denen genießen, die er am meisten liebte. Dieses Fest würde das freudigste und festlichste seines ganzen Lebens werden. »Trinkt aus!«, befahl er freundlich und reichte eine alte Flasche Slibowitz herum. Paul nippte daran und musste sofort husten. Marcelus lachte. »Ist das zu viel für dich, Paul? In meiner Heimat haben mein Vater und ich das Zeug gläserweise getrunken. Du wirst allmählich weich. Das ist nicht die litauische Art.«

Marcelus wollte, dass die Kinder und Enkel sich daran erinnerten, wie Großpapa Chelli über sein letztes Geburtstagsmahl herrschte, ehe der Krebstod ihn holen kam. Marcelus Prandus mochte wohl einen langen Tod sterben, aber er würde glücklich sterben und in dem Bewusstsein, dass er eine wundervolle Familie hervorgebracht hatte, die seinen Namen weiterführen würde, sein Erbe und sein Andenken.

Das Essen war vorbei und damit war es Zeit für die Geburtstagsfeierlichkeiten. Der alte Mann blies die Kerzen auf seinem Kuchen aus und alle sangen »Happy Birthday«. Marcelus sang zudem ein litauisches Geburtstagslied. Alles endete um sechs Uhr unter Umarmungen und Küssen. Dann verließ Marcelus das Haus mit einem breiten Lächeln und machte sich auf den Weg zum Litauischen Verein, der ein paar Häuserblocks entfernt war.

Dieser Verein war seine Verbindung in die Vergangenheit, wo er mit alten Freunden über die Heimat reden konnte. Wenn die Rede auf den Krieg kam, wurde alles schöngeredet. Verhaftungen und Erschießungen hatte es nur für Kommunisten, Verräter und Parasiten gegeben. Das Wort *Jude* wurde kaum benutzt, außer wenn es darum ging, sich zu beklagen, wie viel Macht sie immer noch hatten. Nie erwähnten sie die Kinder, die sie abgeschlachtet, oder die Familien, die sie zerstört hatten. Für Schuldgefühle gab es keinen Platz. Es gab nichts zu sühnen. Man hatte getan, was zu tun war, und keiner hielt sich länger dabei auf. Keine Alpträume, kein Bedauern. Das Leben in Amerika war gut. Außerdem sollten die Kinder nicht mit einer Vergangenheit belastet werden, die sie ohnehin nicht verstehen konnten. Und die Welt hatte sowieso schnell vergessen. Warum also sollten sie sich hier erinnern? Sie waren voller Vertrauen darauf, dass die Unerfreulichkeit der Vergangenheit ihr hässliches Haupt nie wieder erheben würde.

Marcelus Prandus freute sich auf einen Abend, an dem er mit seinen alten Freunden litauisch sprechen und an die gute alte Zeit denken würde, als die Söhne noch in die Fußstapfen ihrer Väter traten.

Kapitel 23

Die Entführung

Nun war die Zeit gekommen, Marcelus Prandus selbst ins Spiel zu bringen, damit er sehen konnte, was bald seiner Familie geschehen würde. Der Geburtstag lieferte dazu die perfekte Gelegenheit. Für Danielle war es ein Leichtes, ihren Kombi mit geöffneter Motorhaube auf Marcelus' Weg zum Litauischen Verein in Position zu stellen.

»Entschuldigen Sie, Sir«, sprach sie den alten Mann an, der pfeifend die Straße entlangkam. »Ich habe ein Problem mit meinem Wagen. Ich kriege ihn nicht in Gang.«

»Ich helfe gern. Ich hatte mal eine Reparaturwerkstatt«, sagte der alte Mann und tippte höflich an seinen Hut.

Als Marcelus den Kopf senkte, um einen Blick auf den Motor zu werfen, hielt Danielle ihm eine Pistole an die Rippen. »Los, hinten rein in den Wagen. Und wagen Sie nicht zu schreien, sonst jage ich eine Kugel durch den Schalldämpfer.«

»Nicht schießen. Ich tue alles, was Sie sagen«, antwortete Prandus nervös, während er die Tür öffnete und sich in den Wagen setzte. Danielle setzte sich neben ihn, wobei sie die Waffe nicht von seinem Körper nahm.

Kurz darauf kam Max um die Ecke, setzte sich auf den Fahrersitz und wendete den Wagen in Richtung der Berkshires.

Während der zweieinhalbstündigen Fahrt fragte Prandus mehrfach, was mit ihm geschehen würde. »Ich bin alt und krank. Ich habe kein Geld. Sie müssen den Falschen erwischt haben.« Es war dunkel, sodass Prandus keine gute Sicht auf den Fahrer hatte.

Max wusste nicht, ob Prandus ihn erkennen würde, aber das war jetzt auch egal. Danielle antwortete jedes Mal: »Wir werden Ihnen nichts tun. Wir wollen Ihnen nur etwas zeigen.«

Es dämmerte bereits, als sie die kleine, verlassene Jagdhütte erreichten, einige Meilen von Danielles Sommerhaus entfernt. Die Jagdhütte lag tief versteckt in den Wäldern, weit weg vom nächsten Nachbarn. Sobald Prandus die Hütte betrat, merkte er, dass er hier für länger würde bleiben müssen. Alles war sorgfältig für seine Ankunft vorbereitet worden. Die heruntergelassenen Jalousien ließen kein Licht aus der Hütte nach außen dringen. Sämtliche Fenster waren verriegelt und vergittert. Es gab kein Telefon und auch kein anderes Kommunikationsmittel mit der Welt draußen, sondern nur einen kleinen Fernsehapparat mit eingebautem Videogerät. Prandus war erleichtert, offenbar wollte man ihn nicht töten. Warum hätten sie sich sonst solche Mühe gemacht, um die Hütte für einen längeren Aufenthalt zu präparieren?

Danielle fesselte den alten Mann an einen großen Eichenstuhl. Nachdem sie Arme und Beine fixiert hatte, verkündete sie: »Jetzt ist Showtime. Darf ich Ihnen den Zeremonienmeister vorstellen?«

Max kam in den hell erleuchteten Raum und sah Prandus direkt in die Augen. »Erinnern Sie sich noch an mich?«, fragte er.

Marcelus Prandus musterte Max Menuchen eine Minute oder länger und suchte angestrengt nach Anhaltspunkten. »Ihr Gesicht kommt mir bekannt vor«, sagte er zaghaft. »Kenne ich Sie?«

»Mein Name ist Max Menuchen«, klärte ihn der Mann auf, dann richtete er den anklagenden Finger auf Prandus vor ihm und fuhr mit Grabesstimme fort: »Sie haben im April 1942 meine Familie im Ponary-Wald ermordet.« Sein Blick war wie Stahl. »Sie haben uns unsere eigenen Gräber ausheben lassen. Ihr einziger Fehler war, dass Sie es nicht geschafft haben, mich zu töten. Ich habe mich selbst ausgegraben. Mehr als fünfzig Jahre habe ich auf meine Rache gewartet. Jetzt ist die Zeit dafür gekommen.«

»O mein Gott! Ich … ich weiß nicht, wovon Sie reden«, stammelte Prandus voller Entsetzen. »Sie müssen den Falschen erwischt haben.« Er zwang sich zu einem Lächeln und fuhr fort: »Prandus ist ein weit verbreiteter Name. Ich hatte einen Cousin, den man nach Litauen zurückgeschickt hat. Er war es, nicht ich. Sie müssen mich laufen lassen. Ich werde Ihnen helfen, ihn zu finden.«

»Ich werde Sie immer an Ihren Augen erkennen!«, brüllte Max, während seine Hand wie von allein in Prandus' Gesicht schlug. Es war das erste Mal in seinem ganzen Leben, dass Max einen Menschen geschlagen hatte. Prandus duckte sich ängstlich, nicht wegen der Wucht des Schlages, sondern wegen Max' Worten. Als Max das Gesicht des kräftigen Mannes zucken sah, kamen ihm die schrecklichen Worte König Lears in den Sinn: »Zittre, du Frevler, auf dem verborgne Untat ruht, vom Richter noch ungestraft …«

»Ich war es nicht. Mein Cousin sieht genau aus wie ich und heißt auch so. Ich habe Juden während des Krieges geholfen. Den Greenbergs, den Levines, den Blooms. Ich habe ihnen geholfen. Bitte, bitte. Tun Sie mir nichts.«

»Doch, wir werden Sie verletzen, schlimmer, als Sie es sich vorstellen können. Wir lassen Sie fühlen, was auch ich gefühlt habe. Sie werden leiden, wie ich gelitten habe, wie wir alle in der schrecklichen Nacht gelitten haben.« Max' dröhnende Stimme war wie die eines Richters, der sein Urteil verkündete.

»Ich sterbe an Krebs!«, rief Prandus aus. »Es ist nur noch eine Frage von Monaten, bis ich tot bin. Können Sie nicht Mitleid mit einem Sterbenden haben?«

»Hatten Sie Mitleid mit meiner Familie?«

Max sah, dass Prandus Angst hatte, aber er sah auch, dass die Angst noch nicht zum blanken Entsetzen geworden war. Das allerdings würde bald der Fall sein. Dann nämlich, wenn Prandus merkte, dass es hier um einen höheren – einen viel höheren – Einsatz als um den kurzen Rest seines Lebens ging.

Prandus wand sich unter dem Zug der Fesseln. Wie eine Ratte saß er in der Falle und konnte nicht mehr hinaus. Und jetzt wurde ihm auch klar, dass es sinnlos war, seine Identität zu leugnen. In seiner immer deutlicher werdenden Verzweiflung versuchte er deshalb einen anderen Weg. »Ich habe falsch gehandelt. Es war schrecklich, was ich getan habe. Aber ich war doch noch so jung. Bitte vergeben Sie mir.«

Max hörte die Reue in Prandus' Stimme – aber es war die Reue eines Verbrechers, der gefangen ist.

Prandus bettelte: »Lassen Sie mich in Frieden sterben.«

»Erinnern Sie sich an meinen Großvater, der Sie bat, ihn als Ersten sterben zu lassen?«

Bis zu diesem Zeitpunkt hatte Marcelus Prandus keine bestimmte Erinnerung an die Familie Menuchen gehabt. Er hatte an so vielen *Aktionen* teilgenommen, so viele Familien getötet, dass ihm alles verschwamm. Die Erwähnung des Großvaters aber, der gebettelt hatte, vor den anderen getötet zu werden, brachte Prandus auf einmal das

Bild der ganzen Familie vor Augen. Es war das erste Mal seit jener Nacht vor über fünfzig Jahren, dass Prandus wieder daran dachte. Für ihn war der Ponary-Wald ein Vorfall unter vielen und alle waren gleich schnell in die Vergessenheit versunken. Für seine Opfer aber war es ein Versinken für immer. Prandus konnte nur noch wimmern. »Es tut mir so Leid. Bitte bringen Sie mich nicht um.«

»Ich werde Sie nicht töten. Ich werde Ihnen das antun, was Sie meinem Großvater antaten.«

»Was heißt das?«, fragte Prandus, als ihm dämmerte, was ihm bevorstand. »Was meinen Sie damit? Was meinen Sie?«, flehte er, seine Stimme klang schrill vor Schreck.

»Sie haben doch einen Enkel namens Marc?«

»O mein Gott! Bitte tun Sie meinem Marc nichts!«, schrie Prandus. Er stand unter Schock, das Gefühl der Ohnmacht überkam ihn. »Was muss ich tun, damit Sie Marc nichts zuleide tun? Ich zahle Ihnen, was Sie wollen. Ich habe etwas Geld auf der Bank. Nehmen Sie mein Haus, mein Silber.«

»Ich will Ihr Geld nicht.«

»O Gott! Dann nehmen Sie mein Leben. Foltern Sie mich. Machen Sie alles mit mir, aber bitte lassen Sie Marc in Ruhe. Bitte. Er ist doch noch ein Kind. Er hat doch nichts getan. Es ist doch nicht seine Schuld.«

»Das waren auch meine Worte an Sie in jener Nacht. Ehe Sie meinen neugeborenen Sohn umbrachten. Wissen Sie noch, was Sie da sagten?«

»Nein. Ich entschuldige mich für alles, was ich gesagt habe. Bitte vergeben Sie mir.«

»Ich weiß noch jedes einzelne Wort, das Sie sagten, bevor Sie einem Baby in den Kopf schossen: ›Sie verstehen gar nichts. Die Kinder sind am wichtigsten.‹ Und ich erinnere mich an das, was Sie uns vorgelesen haben: ›Es ist keine Frage individueller Schuld oder Unschuld. Der Fehler liegt schon in euren Genen.‹«

»Nein, nein, bitte! Tun Sie ihm nichts!«, schrie Prandus und zerrte an seinen Fesseln, dass seine Arme rot wurden und die Adern auf seiner Stirn hervortraten. Es schien, als würde er einen Schlaganfall bekommen. Schließlich überkam den alten Mann die Erschöpfung, als ihm klar wurde, dass er sich nicht befreien konnte.

»Dieses Mal sind *Sie* machtlos«, sagte Max, wobei er seine Befriedigung nicht unterdrücken konnte.

»Bringen Sie mich zu meinem Enkel«, flehte Prandus und gab die Hoffnung nicht auf, ihn warnen oder sonst irgendwie retten zu können. Und wieder bäumte er sich unter seinen Fesseln auf.

»Sie werden diesen Raum nie mehr verlassen. Wir werden Marc herholen und sie werden zusehen, wie er vor Ihren Augen stirbt.«

»Nein, nein, bitte! Alles, nur nicht das. Ich halte das nicht aus. Ich will zuerst sterben.«

»Dieses Glück werden Sie nicht haben.«

»Ich bin doch heute ein anderer Mensch. Der Mann, den Sie bestrafen, ist nicht mehr derselbe, der all das Schreckliche damals in dem Wald getan hat. Fünfzig Jahre lang habe ich ein gutes Leben geführt.«

»Durch diese glücklichen fünfzig Jahre haben Sie die Strafe nur noch mehr verdient.«

»Ich war doch noch so jung«, sagte Prandus schluchzend, »gibt es denn keine Vergebung?«

»Es ist nicht an mir zu vergeben, nur zu rächen.«

»Auge um Auge?«

»Wenn es mir um Auge um Auge ginge, würde ich zuerst Ihre Enkelin vergewaltigen. Erinnern Sie sich an meine Schwester, Sarah Chava?«

»Nein. Ich hab nie jemand vergewaltigt.«

Da schlug Max ihn erneut und dieses Mal drang Blut aus Prandus' Lippe. »Hören Sie auf, Ihre Taten zu leugnen. Es wird Ihnen nichts nützen«, sagte er streng.

»Wir haben doch nur Befehle befolgt«, wimmerte Prandus.

»Sie haben Befehle erteilt.«

»Aber erst, nachdem andere mir Befehle erteilt hatten.«

»Sie haben dem zugestimmt.«

»Ich habe Unrecht getan. Und ich werde wahrscheinlich auf ewig in der Hölle schmoren, weil ich diese Befehle befolgt habe. Und Ihnen wird es genauso ergehen, wenn Sie meinen unschuldigen Enkeln etwas antun. Wollen Sie in die Hölle?«

»Der Ponary-Wald war schlimmer als die Hölle. Jeder Tag seither war schlimmer. Ich nehme die Hölle auf mich, wenn es das ist, was mir blüht«, sagte Max.

»Sie glauben nicht an die Hölle, oder?«

»Tun *Sie* es?«

»Ich habe nicht daran geglaubt, als ich noch jung war. Als ich das tat, was ich getan habe. Jetzt glaube ich daran. Mein Priester hat mir wegen der Sache im Ponary-Wald vergeben, ohne mir Rettung zu versprechen. Er sagte, Gott würde mich hart bestrafen, aber erst am Ende meines Lebens.«

»Jetzt bin ich Ihr Richter und Ihre Geschworenen, so wie Sie Richter, Geschworener und Henker meiner Familie waren. Ich verurteile Sie dazu, mit anzusehen, wie Ihr Enkel aus Rache getötet wird. Und während Sie zusehen, werden Sie die ganze Zeit wissen, dass er aus einem einzigen Grund getötet wird: wegen dem, was Sie im Ponary-Wald getan haben. Ein Philosoph sagte einmal, dass der, der einen anderen Menschen tötet, so betrachtet werden muss, als hätte er durch diese Tat in seinen eigenen Tod eingewilligt. Als Sie meine Familie töteten, haben Sie in den Tod Ihrer Familie eingewilligt. In Wahrheit sind Sie ihr Mörder.«

»Meine Familie ist unschuldig.«

»Dann wird sie in den Himmel kommen, wo Sie sie nie wiedersehen werden, da Sie, was immer Ihr Priester Ihnen gesagt haben mag, mit Sicherheit zur Hölle fahren werden.«

»Woher wissen Sie das?«, fragte Prandus, wobei ihm pure Angst ins Gesicht geschrieben war.

»Wenn es eine Hölle gibt, ist sie gewiss für Leute wie Sie und mich reserviert, die bereit sind, unschuldige Menschen zu morden, vor allem Kinder. Kaltblütig. Ich bin bereit, auf ewig in der Hölle zu bleiben für das, was ich im Begriff bin zu tun. Sind auch Sie bereit, auf ewig in der Hölle zu schmoren für das, was Sie angerichtet haben?«

»Wenn ich dadurch meiner Familie die Ewigkeit in der Hölle ersparen könnte, gewiss.«

»Diese Möglichkeit hatte ich nie.«

»Sie sind nicht Gott!«, rief Prandus und sah himmelwärts.

»Das waren Sie auch nicht. Aber Sie hatten die Macht über Leben und Tod meiner Familie. Und haben sich für ihren Tod entschieden. Jetzt habe ich die gleiche Macht über Ihr Enkelkind. Nun muss ich wählen. Erinnern Sie sich an das letzte Wort meines Großvaters?«

»Nein.«

»Es lautete *Nekama* – Nimm Rache. Ich muss ihm seinen letzten Willen erfüllen.«

Danielle hatte dem Gespräch zwischen Max und dem Mörder seiner Familie wortlos zugehört. Hin und wieder hätte sie gern ihre eigenen Gefühle zum Ausdruck gebracht. Aber ihr wurde klar, dass diese Gefühle ihren eigenen Großvater betrafen, für den Prandus bloßer Ersatz war. Dieser Moment gehörte allein Max. Die Lösung des Maimonides war ihre Idee gewesen, aber Max hatte die Verantwortung für den Gefangenen.

Auf ein Zeichen von Max stopfte Danielle dem alten Mann einen Knebel in den Mund, während ihr Gefangener verzweifelt den Kopf von einer auf die andere Seite warf und sich wieder unter den Fesseln aufbäumte. »Morgen schon wird Marc tot sein«, sagte Max, bevor sie beide den wimmernden Marcelus Prandus hilflos und an den Stuhl gefesselt zurückließen.

Kapitel 24

Max wird vermisst

»Er ist weder zu Hause noch im Büro«, sagte Abe. »Keiner weiß, wo er steckt.«

»Ist denn jemand ins Haus gegangen um nachzusehen?«, fragte Rendi.

»Ja. Ich hab einen Schlüssel. Nichts Ungewöhnliches. Ich habe sogar seine Koffer geöffnet. Ich mache mir Sorgen.«

»Er ist wahrscheinlich in der Bibliothek oder auf einem Spaziergang. Wie lang wird er schon vermisst?«

»Erst seit heute. Gestern hat er noch mit seiner Sekretärin gesprochen und sie um ein paar Bücher über die Bibel gebeten. Das Übliche.«

»Hör mal, ich mache mir auch Sorgen. Aber wir können vorerst nichts tun. Es ist noch zu früh. Die Polizei sucht mit Sicherheit nach niemanden, der erst einen Tag lang weg ist.«

»Stimmt schon, aber dadurch geht es mir nicht besser. Ich versuche es mal bei den Krankenhäusern.«

»Ich helfe dir dabei«, sagte Rendi. »Ich versuche es am Mount Auburn. Du kannst ja das Cambridge City Hospital anrufen. Danach machen wir das Gleiche mit Boston.«

Während Abe und Rendi alle Krankenhäuser anriefen, sorgte sich einige Kilometer weiter nördlich eine andere Familie um einen alten Mann, der ungefähr zur selben Zeit verschwunden war.

Kapitel 25

Paul Prandus

»Mein Vater ist nie im Litauischen Verein angekommen«, berichtete Paul Prandus seinem Freund, dem Ermittler Freddy Burns.

»Was genau meinst du mit: nie angekommen? Vielleicht ist er woanders hingegangen.«

»Du kennst Papa nicht. Er geht immer zu diesem Verein. Er ist sein zweites Zuhause. Er hat uns gesagt, dass er seine Freunde dort treffen wollte. Sie haben ihn erwartet. Aber er hat sich nicht blicken lassen. Er wird vermisst.«

Obwohl Paul mit seiner typisch sanften Stimme sprach, war seine Verzweiflung offensichtlich.

»Er wird nicht vermisst«, sagte Freddy beruhigend, »ich habe Millionen von Leuten auf diese Art verschwinden sehen. Am nächsten Tag erscheint der Kerl wieder zu Hause. Manchmal mit einem blauen Auge. Manchmal mit einem Kater. Aber nach Hause kommen sie immer.«

»Papa geht immer in den Club. Um sechs hat er das Haus verlassen. Ich mache mir Sorgen, dass ihn jemand gekidnappt hat. Wir müssen ihn finden.«

»Paul, du gehst zu oft ins Kino. Was soll denn ein Kidnapper mit dem alten Mann anfangen? Du bist ja nicht gerade Bill Gates, oder? Du könntest ja nicht einmal ein Lösegeld bezahlen, das auch nur die Kosten eines bescheidenen kleinen Kidnappings deckt.«

»Vielleicht geht es ja nicht um Lösegeld«, sagte Paul, und seine Stimme wurde noch leiser.

»Worum dann?«

»Ich weiß nicht.«

»Wie wäre es denn mit dem Offensichtlichsten? Einem Herzanfall? Eine Freundin? Ein Zusammenbruch?«

»Er ist doch zu alt für eine Freundin. Und für einen Zusammenbruch ist er nicht der Typ. Noch nicht. Er ist stark wie ein Pferd, mental und auch körperlich, obwohl er Krebs hat. Seinem Herz fehlt nichts. Er ist entführt worden – ohne jede Spur.«

»Okay. Ich werde der Sache nachgehen. Wo fangen wir an?«

»Keine Ahnung.«

»Na, das ist doch mal wirklich eine echte Spur. Also gut, wir fragen bei den Krankenhäusern nach, auf dem Polizeirevier, bei der Kirche. Anschließend fragen wir seine alten Freunde. Wir sehen im Park nach – und im Leichenschauhaus. Du übernimmst das Polizeirevier und die Kirche; ich nehme die anderen. Die nahe liegenden Orte lassen wir aus. Falls er sich nach all dem immer noch nicht gemeldet hat – obwohl ich sicher bin, dass er es tun wird –, können wir anfangen, den weniger wahrscheinlichen Möglichkeiten nachzugehen, wie zum Beispiel deiner Entführungstheorie.«

»Bitte, finde ihn. Er hat doch nicht mehr lange zu leben. Ich möchte, dass er zu Hause im Kreis der Familie stirbt. Nicht allein, irgendwo an einem wildfremden Ort. Und mein Sohn soll ihn noch einmal sehen«, sagte Paul, klappte seine Brieftasche auf und zeigte Freddy ein Foto von ihm. »Er liebt ihn doch so. Bitte, Freddy.«

Paul wusste, dass sein Vater nicht an einem der nahe liegenden Orte zu finden wäre. Er wusste, obwohl er es nicht artikulieren konnte, dass an dem Verschwinden seines Vaters überhaupt nichts Naheliegendes war.

Freddy Burns sah sicher nicht wie ein Privatdetektiv aus. Vielleicht war er deshalb bei seiner Arbeit so erfolgreich. Allerdings hatte es mal eine Zeit gegeben – sie lag lange zurück –, in der er sehr wohl so ausgesehen hatte. Damals arbeitete er als Polizist in Boston, war gepflegt und beinahe gut aussehend. Doch seit ihm eine Kugel in der Leiste steckte, ließ er sich gehen.

Die Kugel stammte von einer Schießerei mit einem russischen Einwanderer, der seine eigene Frau und seine Kinder als Geiseln festgehalten und gedroht hatte, alle umzubringen, wenn seine Frau nicht einwilligte, zusammen mit ihm zurück nach Russland zu gehen. Sowohl Freddy als auch der Russe wurden danach eilends in die Notaufnahme gefahren, wo der Kriminelle vor dem Polizisten behandelt wurde, weil er die schlimmeren Wunden hatte. Als man sich schließlich um Freddy kümmerte, konnte er nicht mehr wiederhergestellt werden, auch nicht durch eine Rehabilitation.

Nie würde Freddy den Menschen vergessen, der ihn damals als Erster im Krankenhaus besucht hatte: Es war der allseits bekannte Strafverteidiger Abe Ringel aus Cambridge, der ihn schon bei vielen Gelegenheiten ins Kreuzverhör genommen und dabei stets versucht hatte, Freddys Aussagen in ein schlechtes Licht zu rücken. Freddy hielt sehr viel von diesem Strafverteidiger. Falls er je in Schwierigkeiten käme, dachte er, wüsste er, wen er sich als Anwalt holen würde.

Nachdem er endlich aus dem Krankenhaus entlassen worden war, hatte man ihm bei der Polizei einen Schreibtischjob verpasst, zunächst in der Funkzentrale, dann als

Sprecher der Wache. Freddy hasste es. Er fühlte sich eingesperrt. Er selbst nannte seine Tätigkeit eine »Mitleidsnummer«. Nach einem Jahr kündigte er bei drei viertel Berufsunfähigkeit. Die Rente reichte so eben für die Unterhaltszahlungen an seine geschiedene Frau und das Kind, aber ihm selbst blieb nichts. Also eröffnete Freddy die »B & B Agentur«, spezialisiert auf Personenschutz und diskrete Nachforschungen. Das zweite »B« entstammte seinem nie verwirklichten Traum, dass er eines Tages eine Frau träfe, die ihm sowohl Geschäftspartnerin als auch Ehefrau wäre.

Der erste Anwalt, der Freddy anheuerte, war jemand, der erst kurz zuvor sein Examen an der Boston College Law School gemacht und gerade eine Praxis in Salem eröffnet hatte. Sein Name war Paul Prandus. Er war ein ernster, irgendwie auch strenger Mann, der einen Großteil seiner Freizeitaktivitäten im Umkreis der Kirche opferte. Freddy war Pauls Name noch aus dessen Tagen als lokaler Footballstar geläufig. Trotz seines athletischen Körperbaus benahm sich Paul aber nicht wie ein ehemaliger Athlet – keine Angeberei, keine sexuellen Prahlereien, keine Saufereien. Stattdessen benahm er sich in jeder Hinsicht wie ein Anwalt. Pauls damaliger Klient war ein Ehemaliger der örtlichen Highschool gewesen, dem man in einem besonders bizarren Fall des Mordes angeklagt hatte. Der Junge war in eine Prügelei mit dem Klassentyrann auf dem Schulhof verwickelt gewesen und hatte ihn mit einem gezielten Schlag außer Gefecht gesetzt. Der Gewalttäter schlug mit dem Kopf in spitzem Winkel auf dem Bürgersteig auf und fiel ins Koma. Er wurde mit künstlicher Beatmung am Leben gehalten und nach zehn Monaten, so hieß es, dachte seine Mutter ernsthaft daran, den Stecker herauszuziehen. Paul hatte erklärt, dass er sich mit dem jungen Klienten wegen seiner eigenen Schlägereien identifizieren würde. »Wir müssen diesem Knaben unbedingt helfen«, hatte er irgendwann zu Freddy gesagt.

Zufällig hatte Freddy im selben Krankenhaus wie der im Koma liegende Junge gelegen. Der Fall war auf allen Stationen das Gesprächsthema Nummer eins gewesen. Falls das Opfer eines Anschlags innerhalb eines Jahres plus einem Tag starb, handelte es sich um Mord. Lebte das Opfer aber länger als ein Jahr und einen Tag, war es nur Körperverletzung. Der Angeklagte heuerte Paul Prandus an, um die Mutter davon abzubringen, die Leben erhaltenden Maßnahmen beenden zu lassen und auf diese Weise einen der Körperverletzung Angeklagten zum Mörder zu machen. Also rief Freddy Prandus an, um ihm das Angebot zu unterbreiten, Nachforschungen für ihn anzustellen, da er mit dem Fall bereits vertraut wäre. Prandus willigte ein und Freddy schnüffelte ohne Probleme im gesamten Krankenhaus herum, da man sein Gesicht dort ja monatelang gesehen hatte. Er fand heraus, dass die Mutter des verletzten Kindes ihren Sohn niemals besucht hatte, dass sie schon Monate, ehe der Junge ins Koma fiel, getrennt von ihm gelebt und inzwischen mehrere der aus dem Fernsehen bekannten Lebensversicherungen – »keine ärztliche Untersuchung notwendig« – auf das Leben ihres im Koma liegenden Sohns abgeschlossen hatte. Diese Informationen halfen Paul bei seiner Verhandlung und resultierten schließlich in der Klageerwiderung, lediglich auf versuchten Totschlag zu erkennen und die Strafe zur Bewährung auszusetzen.

Seit der Zeit beauftragte Paul Prandus immer Freddy Burns mit anstehenden Ermittlungen.

Freddy und Paul hatten die besprochenen Routinenachforschungen schnell erledigt und standen noch immer mit leeren Händen da.

»Irgendjemand hat ihn entführt – oder umgebracht«, sagte Paul. »Ich weiß das; ich fühle es.«

»Glaube ich nicht. Mein Bauch sagt mir, dass er mit einer Frau auf und davon ist – ganz egal was du sagst. Für ein kleines Techtelmechtel ist keiner jemals zu alt. Aber er ist dein Vater, also gehen wir deinem Gefühl nach statt meinem Bauch.«

»Ich weiß aber nicht, wo wir anfangen sollen«, sagte Paul.

»Fangen wir doch bei dir an. Gibt es irgendeinen Menschen, der sich vielleicht an dir rächen will, indem er jemanden verletzt, der dir nahe steht?«

»Ich bin Strafverteidiger. Wir gehören nicht gerade zu den beliebtesten Menschen auf der Welt.«

»Glaub mir, ich weiß das. Ihr Typen rangiert irgendwo zwischen Stinktieren und Giftschlangen. Wohl mehr bei den Schlangen. Aber wieso ausgerechnet du?«

»Keine Ahnung. Ich habe ein paar ziemlich üble Gestalten verteidigt. Fälle verloren, Fälle gewonnen.«

»Und immer wenn du einen verlierst, hat es der Kerl, der in den Knast wandert, auf dich abgesehen?«

»Könnte schon sein. Aber immer wenn ich gewinne, hat mich die Familie des Opfers auf dem Kieker.«

»Das verringert nicht gerade die Liste der Verdächtigen. Immerhin sagst du mit anderen Worten, dass jeder Fall, in den du verwickelt warst, ein mögliches Motiv liefert!«

»Wenn ein Strafverteidiger umgebracht wird, sind alle verdächtig. Sogar Fremde verachten uns. Du solltest mal meine anonymen Hassbriefe lesen.«

»Das werde ich. Man weiß nie, wo sich eine Spur auftut.«

»Ich glaube aber eigentlich nicht ernsthaft, dass einer von denen so viel gegen mich hat, dass er eine lange Gefängnisstrafe riskiert und sogar zum Mörder wird.«

»Was heißt: zum Mörder *wird*? Ein paar deiner Kunden hatten diesen erlesenen Status schon, ehe sie dich kennen lernten. Es ist verdammt um einiges leichter, dein zweites Opfer umzulegen als dein erstes. Hast du ein paar Kandidaten in petto?«

»Vor kurzem habe ich einen großen Fall verloren. Es ging um einen von der Mafia, mit einer Vorstrafenliste von hier bis Cape Cod. Ich muss dir davon erzählen, obwohl mir das eigentlich nicht gefällt. Ich gehöre nicht zu der Sorte Anwalt, die derart heftige Gefühle hochkommen lässt. Ich bin ein ziemlich verhaltener Mensch. Und ich bin noch nie bedroht worden. Gehasst ja – aber bedroht nein.«

»Das macht es noch schwieriger. Die, die einen bedrohen, töten nie. Es sind die, die ihre Gefühle für sich behalten, vor denen du dich in Acht nehmen musst. Erzähl mir von diesem Bandenmitglied.«

»Er sitzt lebenslänglich in Walpole, aber er hat ein paar Freunde draußen.«

»Ich brauche eine Liste davon.«

»Das wäre ein ganzes Telefonbuch«, sagte Paul. »Wir reden hier schließlich von der Mafia. Sie holen ihre Killer von überall her.«

»Stimmt, sie machen das nämlich kreuz und quer.«

»Wie bitte?«

»Sie schaffen jemanden aus Kansas ran, der einen aus Boston erledigen soll, und einer aus Boston geht runter nach Kansas, um dort einen fertig zu machen. Eben kreuz und quer.«

»Trotzdem weiß ich immer noch nicht, wo wir anfangen sollen.«

»Ich fange mit dem an, was ich von der Mafia weiß«, sagte Freddy. »Das hier sieht nämlich nicht nach dem üblichen Mafiading aus. Sie sind nicht hinter den Anwälten her, die einen Fall in den Sand gesetzt haben – solange es kein Ausverkauf war. Und sie greifen sich auch nicht die Familienmitglieder. Dazu ist denen die Familie als solche viel zu heilig. Anders als bei den Drogenleuten in Miami. Wenn die Mafia dich auf dem Kieker hat, würdest *du* vermisst werden, nicht dein Vater. So etwas macht die Mafia nicht.«

»Verstehe.«

»Sonst noch jemand, der was gegen dich hat?«

»Ich kann mir keinen denken, der ein genügend starkes Motiv hätte. Na ja, vielleicht Scooter.«

»Wer ist Scooter?«

»Scooter Scott. Ein Drogendealer aus Malden. Mein Klient hat ihn verpfiffen. Er hat zehn Jahre gekriegt und sitzt im Staatsgefängnis. Das war mein Werk.«

»Erzähl mir mehr.«

»Scooter war nicht gerade ein Glückspilz. Er hat meinen Klienten bedroht. Diese Drohung habe ich benutzt, um für meinen Kerl eine Bewährung rauszuholen. Ich habe argumentiert, ihn in den Knast zu schicken, nachdem er jemanden verpfiffen hat, wäre sein sicheres Todesurteil.«

»Und wo ist dein Unschuldsengel jetzt?«

»Im Zeugenschutzprogramm. Irgendwo im Mittleren Westen – in Schlafstadt, USA, wo sie alle Spitzel hinschicken.«

»Hat Scooter dich bedroht?«

»Nein. Nur ein paar böse Blicke.«

»Wie böse?«

»Das Übliche halt, nichts Besonderes.«

»Ist Scooter in einer Gang oder sonst einer Truppe?«

»Nicht dass ich wüsste. Er ist eigentlich eher ein Einzelgänger.«

»Hört sich auch nicht so an, als ob er unser Mann wäre. Hast du noch einen?«

»Nein, und ich denke auch, dass es nicht um mich geht.«

»Okay, nehmen wir an, du hast Recht. Mit wem in deiner Familie könnte sonst noch jemand abrechnen wollen?«

»Der Einzige, der mir einfällt, wäre Papa selber.«

»Dein Alter Herr? Wem hat der denn was getan?«

»Ich weiß es nicht, aber er könnte es tatsächlich sein.«

»War er nicht so was wie ein Automechaniker oder so?«

»Er war eine ganze Menge, seit er in dieses Land gekommen ist. Sicherheitsbeamter, Automechaniker, Mädchen für alles. Seit ein paar Jahren ist er in Rente. Hängt meistens in seinem Litauischen Club herum, bei seinen Kumpels aus der Heimat.«

»Was hat er da gemacht, in der Heimat?«

»Er hat nie viel darüber geredet. Ich weiß, dass er im Krieg dabei war. Er hat gegen die Kommunisten gekämpft. Deswegen ist er auch abgehauen. Stalin mochte ihn nicht allzu sehr.«

»Na ja, zumindest wissen wir, dass es nicht Stalin ist, der nach Rache sinnt. Der Kerl war zwar zäh, aber selbst er kann sich nicht vom Grab aus rächen.«

»Papa war bei irgendeiner Militäreinheit. Sie haben Kommunisten ausgehoben. Aber er wollte nie darüber reden. Vielleicht hat jemand, den er ausgehoben hat, etwas gegen ihn.«

»Nach fünfzig Jahren? Niemals. Sogar die Mafia hat ihre zeitlichen Limits. Nein, mein Lieber, das ist eine Sackgasse. Was Motive angeht, habe ich so meine Regeln. Leidenschaften kühlen schnell ab. Kümmere dich um Sachen von gestern, nicht vom letzten Monat. Lass uns auf neuere Ereignisse achten.«

»Ich habe aber das komische Gefühl, dass Papas Verschwinden in die alte Heimat zurückweist. Was damals passiert ist, hat vielleicht bei ein paar Leuten ziemlich starke Gefühle hinterlassen. Ich habe auf dem College ein wenig darüber erfahren. Könntest du da nicht ein bisschen nachhaken? Aber red bitte mit keinem in der Familie darüber. Zumindest jetzt noch nicht. Alle stehen unter Schock. Ich will niemanden unnötig verletzen. Meinst du, du kannst ein bisschen im Geheimen herumschnüffeln?«

»Ist es dir recht, wenn ich zum Litauischen Club gehe und mit ein paar von seinen litauischen Freunden rede?«

»Mit dir würden die nie reden. Die sind ein Haufen reichlich engstirniger alter Knaben, für die nur Litauer zählen. Ein Ire wie du kommt für die vom Mars. Ich werde mit dir dort hingehen. Mit mir werden sie reden und vielleicht lassen sie dich zuhören.«

Paul und Freddy gingen die paar Häuserblocks zum Club. Ein halbes Dutzend Männer, allesamt in den Siebzigern, saßen herum, spielten Karten und sprachen litauisch. Einer saß im Rollstuhl und las ein Buch. Die Wände waren voller Fotos und Plakate von Litauen und von litauischen Politikern und Sportlern.

»Paulus. Ich habe Sie hier noch nie gesehen«, sagte Peter Vovus, einer von Marcelus' Freunden. »Ist zu Hause alles in Ordnung? Ich habe Ihren Vater heute noch gar nicht zu Gesicht bekommen.«

»Gestern auch nicht«, warf ein anderer Mann ein. »Dabei wollte er doch gestern kommen. Macht ihm sein Krebs Ärger?«

»Deswegen bin ich gekommen, um mit Ihnen zu reden. Papa wird vermisst. Er ist verschwunden. Dieser Mann, Freddy, ermittelt für mich. Er hat Gründe, anzunehmen, dass jemand Papa entführt oder ihm etwas angetan hat.«

»O mein Gott! Ihr Vater hat nie jemandem etwas zuleide getan. Er ist ein guter Mann, ein Familienmensch.«

»Freddy denkt, dass es in die alte Heimat zurückreichen könnte, womöglich bis nach Vilnius während des Krieges.«

Als Paul diese Worte ausgesprochen hatte, hörte man, wie einige Männer deutlich und tief Luft holten. Einer nach dem anderen legte die Spielkarten beiseite und sah zu Paul hin. Der Mann im Rollstuhl klappte sein Buch zu und kam näher gerollt, während Paul weitersprach.

»Wir brauchen Ihre Hilfe. Wir haben keine Zeit zu verlieren. Wenn mein Vater noch lebt, bleiben uns höchstens ein paar Stunden oder Tage, um ihn zu finden. Deshalb müssen wir die Wahrheit über Papa herausbekommen. Auch wenn es schmerzlich ist. Deshalb bitte jetzt kein langes und ausweichendes Gerede. Wir beide sind hierher gekommen, um Ihnen eine einzige Frage zu stellen: Was hat mein Vater während des Krieges gemacht?«

Gelähmtes Schweigen. Niemand hatte diese alten Männer je über die Kriegsjahre befragt, seit sie in den vierziger Jahren nach Amerika gekommen waren.

Paul erinnerte sich, dass sein Vater auch zu Hause nie von sich aus über die Kriegsjahre gesprochen hatte. Als er ihn einmal gefragt hatte, hatte Marcelus geantwortet, er sei Polizist gewesen und habe bei Kommunistenverfolgungen geholfen. Jetzt aber konnte Paul sich mit solchen Antworten nicht mehr zufrieden geben.

»Ich muss es wissen, verdammt«, sagte Paul leidenschaftlich, aber ohne lauter zu werden. »Sie helfen Papa nicht, indem Sie schweigen. Sie müssen doch wissen, was er damals gemacht hat. Sagen Sie es mir. War er an Judenverfolgungen beteiligt? Ich muss es wissen. Dann können wir vielleicht herauskriegen, wer ihn entführt hat.«

»Das ist eine komplizierte Geschichte, Paulus«, sagte Peter Vovus. »Niemand, der nicht dabei war, könnte sie verstehen. Es waren schreckliche Zeiten damals und es sind sehr schlimme Dinge passiert – Litauern und anderen. Sie könnten das niemals verstehen, Sie sind in Amerika geboren.«

»Das hat auch Papa immer gesagt. Aber jetzt muss ich die Tatsachen hören, auch wenn ich nicht alles verstehe.«

»Wir sprechen niemals darüber. Was wir getan haben, könnte man leicht missverstehen.«

»Es geht nicht darum, Sie zu verurteilen, Mr Vovus, oder darum, meinen Vater zu verurteilen. Es geht jetzt darum, ihn zu retten. Bitte. Wir werden für uns behalten, was Sie uns berichten. Aber wir müssen es wissen.«

»Also gut«, sagte Peter Vovus. »Ich muss Ihnen aber zuerst ein paar Hintergrundinformationen geben. Über Ihren Großvater, den Sie nie gekannt haben. Setzen Sie sich also und hören Sie zu. Ihr Vater hat mir diese Geschichte oft erzählt.«

Paul und Freddy setzten sich und Peter Vovus fing mit der Geschichte an.

»Es fing alles mit einem dummen Streit wegen eines Fußballspiels an, der sich zu einer Kneipenschlägerei ausweitete. Ihr Großvater Paulus Prandus schlug dabei

Matius Plusk. Plusk griff sich eine Wodkaflasche und zog sie Ihrem Großvater über den Kopf. Ihr Großvater stolperte zur Tür. Plusk folgte ihm laut fluchend. Ein paar der Stammgäste der Wolf-Taverne einschließlich meines Onkels versuchten, den Streit zu schlichten, aber Plusk schaffte es, ihn noch einmal zu schlagen, diesmal mit einer schweren Laterne. Ihr Großvater fiel tot zu Boden.«

Peter Vovus rutschte unbehaglich auf seinem Stuhl herum und nahm einen Schluck Wodka, ehe er fortfuhr.

»Ihre Großmutter glaubte immer, dass die Juden den Tod ihres Mannes verursacht hätten. Die Kneipe – wie so viele in jenen Tagen – gehörte einem Juden. Der Besitzer, Shmulka Grossberg, hatte in den Kampf nicht eingegriffen. So etwas tat er nie. Er sagte immer: ›Lasst die besoffenen *Goyim*‹ – so nannte er uns – ›sich doch gegenseitig umbringen, wenn sie Lust dazu haben. So sind sie nun mal. Immer saufen sie und prügeln sich.‹ Dieses Mal aber wurde Ihr Großvater getötet. Ein ziemlich seltsamer Tod: Normalerweise braucht es mehr als ein paar Schläge auf den Kopf, um jemanden zu töten. Niemand hat Plusk angezeigt, da alle gesehen hatten, dass der erste Schlag von Paulus gekommen war. Aber bei der Beerdigung stellte der Priester klar, wer Schuld hatte. ›Die Juden füllen uns für ihren eigenen Profit mit Alkohol ab‹, predigte Pater Grekus. ›Sie scheren sich bloß um andere Juden. Wie sind nichts als die Quelle ihres Reichtums.‹ Alle wussten, dass Grossberg eine Waffe hinter der Theke versteckt hatte, falls Diebe kämen, aber er hat sie nie benutzt. ›Das Leben eines Christen zählt für die Juden nicht. So steht es in ihrem Talmud‹, sagte der Priester zu uns.

Schon vor dem Tod Ihres Großvaters war Ihrem Vater – von seinen Eltern, dem Priester, den Nachbarn –

beigebracht worden, dass Juden und Kommunisten ihre Feinde seien und dass die Juden den Kommunismus erschaffen hätten. Das hat man uns allen beigebracht.«

»Das stimmt auch«, warf der Mann im Rollstuhl ein. »Es ist mir egal, was man heute darüber sagt. Es stimmt immer noch.«

»Sei still, Oleg. Die beiden sind nicht hier, um deine Meinung zu hören. Sie wollen Tatsachen«, erklärte ihm Vovus und zuckte entschuldigend mit den Achseln, als er fortfuhr.

»Ihr Vater liebte Autorität, Regeln und Ordnung. Sein Berufswunsch, Polizist zu werden, passte sehr gut zu ihm. Er liebte die Faschisten, noch bevor sie unser Land vom Kommunismus befreiten. Sobald Hitlers Armee Vilnius befreit hatte, schloss sich Ihr Vater – damals war er einundzwanzig – freiwillig den Aktionen gegen die Juden an. Er kannte die Juden aus Wilna. Er verstand, wie sie waren. Sie hatten seinen Vater getötet. Er wusste, dass man sie ausrotten musste.

Der Chef der örtlichen Gestapo, General Heinrich Gruber, wusste von Paulus' Tod und vertraute Ihrem Vater die Leitung der Judenverfolgungen an. Ihr Vater betete Gruber an, da er der erste deutsche Nazi war, den er kennen gelernt hatte.

In weniger als einem halben Jahr war Ihr Vater durch sämtliche Dienstgrade aufgestiegen. Seine physische Erscheinung und Stärke machten ihn einfach zur gebieterischen Figur. Ich weiß noch, wie gut er in seiner schwarzen Militäruniform aussah«, sagte Vovus mit wehmütigem Ton. »Seine Intelligenz, sein Charme und seine guten Manieren hatten ihm sowohl bei den Kollegen als auch bei den deutschen Vorgesetzten Respekt verschafft. Bald war er Hauptmann der litauischen Hilfstruppen. Seine Mutter war stolz auf ihn und das wiederum war wichtig für ihn, wo er doch so ein Familienmensch war.

Nach dem Krieg kamen die Kommunisten wieder an die Macht. Man sprach über Prozesse wegen Kollaboration, obwohl Marcelus sich nicht vorstellen konnte, wie das möglich sein sollte, da doch alle mitgemacht hatten. Wir waren auf Seiten der Nazis gewesen und sie auf unserer. Nur die, die die Kommunisten unterstützt hatten – die so genannten Partisanen –, waren doch die Kollaborateure. Aber all das zählte ohnehin nichts mehr, da nun die Russen Vilnius besetzt hatten und Marcelus erfuhr, dass sein Name auf einer Liste von Verdächtigen stand, die die Rote Armee zusammengestellt hatte.

Ihre Großmutter hatte ein paar Verwandte in Boston, deshalb sind sie dorthin gegangen. Später zogen sie hierher. Zufälligerweise kannten meine Eltern ein paar Leute in Salem, deshalb sind auch wir hierher gekommen.

Den Rest der Geschichte kennen Sie, Paul. Ihr Vater führte nach dem Krieg ein vorbildliches Leben. Außer seiner Familie gab es in seinem Leben nur den Litauischen Club. Er war unser Präsident.

Ich erwarte nicht, dass Sie das alles verstehen, aber ich hoffe, dass diese Informationen Ihrem Privatdetektiv von Nutzen sind. Es war das erste Mal seit vielen Jahren, dass ich darüber gesprochen habe.«

Paul saß wie erschlagen da. Immer schon hatte er vermutet, dass hinter der Vergangenheit seines Vaters mehr steckte, als dass er »nur« einige Kommunisten ausgehoben hätte. Aber auch in seinen wildesten Fantasien hatte sich Paul seinen Vater niemals als Nazi vorstellen können.

»Mein Vater hat doch keine Juden ermordet, oder?«, fragte Paul mit schwacher Stimme. Die Antwort kannte er bereits.

»Was hat er Ihnen erzählt?«

»Dass er keinem etwas angetan hätte.«

»Dann wollen wir es dabei belassen.«

»Das geht nicht. Wir müssen es wissen. Hat er Juden umgebracht?«, fragte Paul nun mit erhobener Stimme.

»Alle haben das getan. Die Juden waren die Feinde. Ihr Vater hat nur Befehle ausgeführt. Er hatte sicher kein Vergnügen daran, Verräter zu verfolgen. Er hat lediglich seinen Job gemacht.«

»Kennen Sie die Namen einiger Familien?«

»Es gab so viele. Ich weiß nur noch ein paar Namen.«

»Dann sagen Sie uns die bitte.«

»Anfangs haben sie die prominenten Familien verfolgt. Die Blooms, die Solevichicks, die Kaplans, die Menuchens, die Glassmans.«

Freddy schrieb die Namen mit, während Vovus sie aufzählte.

»Es ist ein Anfang«, sagte Freddy. »Ich werde mich an die Arbeit machen.« Nach allem, was er soeben gehört hatte, war auch er nun bereit zu glauben, dass Marcelus entführt worden war. Und er dachte an die erste Regel seiner Polizeiarbeit: Wenn du eine vermisste Person nicht während der ersten Tage findest, wirst du sie wahrscheinlich nicht mehr lebend finden.

Kapitel 26

Die Kinder

Am nächsten Morgen tat Max genau das, was er sich vorgenommen hatte, und zwar methodisch, systematisch und ohne jegliches Schuldgefühl oder Zögern, während Danielle die Todesszene für Prandus auf Video aufnahm.

Gegen Mittag kehrten Max und Danielle von Salem zur Hütte in den Berkshires zurück; erschöpft, aber zufrieden darüber, den nächsten Schritt ihres Planes ausgeführt zu haben. Diesmal wurde nichts dem Zufall überlassen.

»Ist Marc hier? Marc, Marc, lauf um dein Leben!«, schrie Prandus mit hochrotem Gesicht.

»Er kann Sie nicht mehr hören, er ist tot«, sagte Max mit finsterer Stimme.

»Nein, nein! Sie haben gesagt, dass Sie ihn hierher bringen wollten!«

»Wir haben ihn in Salem getötet und seinen Tod auf Video aufgenommen, damit Sie es sich ansehen können. Schauen Sie auf den Bildschirm.«

Danielle stellte den Videorekorder an und legte das Band ein. Ein glücklicher, verspielter Marc sprang auf seinem Schulweg herum. Als er sich der Kreuzung näherte, sah Prandus einen Wagen, der dort stand und wartete. Der Zoom hatte den Fahrer erfasst: einen alten Mann. Als Marc die Straße überquerte, raste der Wagen auf das Kind zu.

»Nein, nein, pass doch auf, Marc!«, kreischte Prandus, als der Wagen mit Wucht gegen den Körper des Jungen stieß und ihn mindestens zehn Meter weit schleuderte.

Prandus schlug die Augen nieder und weinte.

»Marc hat es heute wohl nicht bis zur Schule geschafft. Möchten Sie es noch einmal sehen, in Zeitlupe, um auch ganz sicher zu sein, dass er tot ist?«

»Nein, nein, mein Gott, nein!«, stieß Prandus schluchzend hervor. »Sie sind grausam. Wie konnten Sie das tun?«

»Es ist erst der Anfang, Mr Prandus. Als Nächstes folgen Ihre Enkelin und dann Ihre Söhne. Die Kinder müssen zuerst sterben. Sie sind am wichtigsten. Und Sie sollen mit ansehen, wie ich den Prandus-Samen auslösche, so wie Sie den Samen der Menuchens ausgelöscht haben!«, verkündete Max mit entschlossenem Gesichtsausdruck.

»Nein, nein, bitte nicht! Sie haben meinen Enkel getötet. Reicht das denn nicht?«, flehte Prandus.

»Keiner Ihrer Nachkommen wird am Leben bleiben«, erklärte Max.

»Aber Sie haben doch überlebt!«, rief Prandus.

»Und auch Sie werden überleben, bis Sie all Ihre Nachkommen haben sterben sehen. Dann werden auch Sie sterben, wie mein Großvater, im Bewusstsein, keinen einzigen Nachkommen zu haben. Das ist biblische Gerechtigkeit. Wissen Sie noch, was Moses den Juden befahl, den Kindern der Midianiter anzutun? Tötet jedes Kind!«

»Aber Jesus sagte: ›Vergebt ihnen.‹«

»Sie hätten im Ponary-Wald auf Jesus hören sollen. Jetzt müssen Sie der Gerechtigkeit des Alten Testaments in die Augen sehen.«

»Bitte verschonen Sie den Rest meiner Familie«, wimmerte Prandus. »Bitte, bitte, Sie sind doch ein besserer Mensch als ich.«

»Nein, das bin ich nicht. Ich habe die Grausamkeit von Ihnen gelernt. Hier, ich will Ihnen etwas von Shakespeare vorlesen.« Max öffnete ein Buch, um aus Shylocks eisigem Selbstgespräch zu zitieren.

»Wenn ein Jude einen Christen beleidigt, was ist seine Demut? Rache. Wenn ein Christ einen Juden beleidigt, was muss seine Geduld sein nach christlichem Vorbild? Nu, Rache. Die Bosheit, die ihr mich lehrt, die will ich ausüben und es muss schlimm hergehen oder ich will es meinen Meistern zuvortun.«

»Und ich tue es nun Ihnen zuvor.«

»Nein, nein, ich halte das nicht aus!«, schrie Prandus. Als Max aufsah, konnte er sehen, wie es den alten Mann am ganzen Körper schüttelte. Prandus pinkelte in die Hose. Max bemerkte es und lächelte.

Am folgenden Abend zog es Danielle vor, in Cambridge zu bleiben, während sich Marcelus Prandus die Morde an seiner sechzehnjährigen Enkelin und an ihrem Vater, Peter Prandus, Marcelus' jüngerem Sohn, ansehen musste. Beide wurden aus unmittelbarer Nähe von einer jungen Frau mit einer Pistole mit Schalldämpfer erschossen. »Wir mussten sie kurz hintereinander töten, damit nicht einer von beiden entkommen konnte«, klärte Max Marcelus auf. »Ich hätte es gerne noch etwas länger ausgedehnt, um Ihr Leiden zu vergrößern. Einzig Ihren Ältesten, Paul, habe ich noch nicht gefunden.«

Max sah, wie Marcelus sich vor Schmerzen wand. Seit dem Ponary-Wald hatte Max nie mehr solche Pein in einem menschlichen Antlitz gesehen. Anfänglich hatte er sich vorgestellt, dass der Tod eines Prandus' einen Menuchen wieder zum Leben erwecken würde. Aber es hatte ihn nur umso mehr in Verzweiflung gestürzt, als er gewahr wurde, dass nichts auf Erden jemals seine Familie zurückbringen konnte.

In Prandus' Gesicht stand das pure Leiden. Er war nun im untersten Kreis von Dantes Inferno und sank doch noch tiefer. Niemand, der nicht dasselbe durchgemacht hatte wie Max, konnte sich vorstellen, was Prandus jetzt durchmachte. Prandus' Ausdruck erinnerte Max an das Gesicht von Großvater Mordechai, als er der Tatsache ins Auge blickte, dass seine gesamte Familie sterben würde. Einen Moment lang gestattete sich Max sogar, Mitleid mit Prandus zu haben. Dann aber traf ihn die Erkenntnis, dass Prandus ein komplettes und glückliches Leben gelebt hatte, während sein Schmerz, so heftig er auch sein mochte, auf einige wenige Tage beschränkt war. Bald wäre es vorbei.

Wenn Max Prandus die Jahrzehnte des Glücks und des mangelnden Schuldbewusstseins auch nicht mehr nehmen konnte, so konnte er ihm wenigstens vor Augen führen, dass all das, wofür er, Prandus, gelebt hatte, vergebens gewesen war. Er würde sterben mit der sentimentalen Botschaft des Predigers Salomo auf den Lippen: »Alles Irdische ist eitel.« Nun erst verstand Max auch, was gemeint war, als der griechische Philosoph gesagt hatte: »Kein Mensch soll sich glücklich schätzen, bis dass er tot ist.« Hätte Prandus das Glück gehabt, zwei Tage früher zu sterben, wäre er als zufriedener Mann gestorben. Nun aber würde er wie Hiob noch im Sterben wünschen, dass er nie geboren worden wäre. Das zumindest würde für Max Prandus' glückliche Jahre aufwiegen.

Es wurde bei weitem zu wenig Rache genommen,

dachte Max. Die meisten an Völkermord Beteiligten – Nazis, Türken, Argentinier, Kambodschaner bis hin zu den Bosniern – hatten ihr glückliches Leben gelebt.

Für die Juden wäre es, wie Max weiter dachte, gut gewesen, schuldige Nazimörder getötet zu haben – jene Tausende, die nicht in Nürnberg verurteilt worden waren. Aber die Juden hatten sich nicht gerächt, trotz aller Bitten der Opfer um *Nekama*. Und obwohl das Alte Testament Rache gebot, hatte sich im Lauf der Geschichte gezeigt, dass es den meisten Juden unangenehm war, sie auszuführen. Die Überlebenden des Holocaust hatten gegenüber ihren gemordeten Eltern, Kindern und Geschwistern versagt. Sie waren allesamt zu sehr damit beschäftigt, ihr eigenes zerbrochenes Leben wieder aufzubauen, den Staat Israel zu gründen; um anderer Leute Rechte zu kämpfen.

Nun, da beinahe alle Täter gestorben waren, waren alle eifrig dabei, sich zu entschuldigen – die Franzosen, die Schweizer, die Kirche, die Banken, das Rote Kreuz. Aber diese Entschuldigungen – ohne jegliche Bestrafung als Konsequenz – klangen in Max' Ohren hohl. Deshalb übte Max Menuchen nun Rache: für sich, seine Familie, womöglich sogar für das jüdische Volk, das keine Rache genommen hatte.

Max erkannte, dass er seine eiternden Wunden mit der mächtigen, aber auch gefährlichen Medizin der Rache behandelte. Er wusste, dass er Gefahr lief, wie der Graf von Monte Christo zu werden, der wegen seiner Rache lebte, um am Ende zu entdecken, wie wenig sie ihn mit Genugtuung erfüllte.

Trotz dieses Risikos hatte Max seinem Gefühl nach keine andere Wahl. Es stürzte ihn in Verzweiflung, als er merkte, dass es der Welt egal war, dass ein Mensch, der getan hatte, was Marcelus Prandus getan hatte, so lange Zeit ohne Strafe hatte leben können. Was im Ponary-Wald geschehen war, erkannte Max jetzt, war das Werk einiger Verrückter während des Krieges gewesen. Was aber Marcelus Prandus passierte – genauer: was ihm *nicht* passierte –, *ebendies* war das lebenslange Werk der gesamten zivilisierten Welt. Die Welt gestattete – und half sogar dabei –, dass Massenmörder der Justiz entkamen. Die Botschaft, die eine solche Handlungslosigkeit aussandte, war klar und eindeutig: Die Welt kümmerte sich nicht um das, was im Ponary-Wald geschehen war. Und genau *das* zerstörte Max. Genau das trieb ihn zu der Vergeltung, um die er sich gerade bemühte.

Max erinnerte sich daran, was Danielle früher am Tag zum Abschied gerufen hatte: »Es ist keine Rache, es ist Gerechtigkeit – wenn es richtig gemacht wird!«

Max hoffte inständig, dass sie beide es richtig machten.

Kapitel 27

Tod

Marcelus Prandus hatte per Video zugesehen, wie seine beiden Enkelkinder und sein jüngerer Sohn getötet worden waren. Einzig der ältere Sohn Paul lebte noch. Max und Danielle suchten nach ihm. Es war nur eine Sache von Stunden, ehe sie beobachteten, wie er die Polizeistation von Salem betrat, vernichtet vom Verlust, den er erlitten hatte. Jetzt wären sie in der Lage, ihre geplante Rache zu Ende zu bringen, professionell und ohne Komplikationen. Am nächsten Tag kehrte Max mit dem letzten Video zur Jagdhütte zurück. Danielle zog es vor, draußen vor der Hütte zu bleiben, um Max fürs Finale die Bühne zu überlassen.

»Die *Endlösung* ist da«, sagte Max voller Zynismus und hielt die Kassette hoch. »Alle Prandus-Erben, außer Ihnen, sind tot. Bald sind auch Sie dran, aber nicht, bevor Sie dies hier gesehen haben.«

Max legte das Band ein. Es zeigte einen sichtlich erregten Paul, wie er die Polizeistation in Salem verließ. Als Marcelus Prandus ohne jede Hoffnung auf den Bildschirm starrte, erklärte ihm Max, dass die »Polizei völlig im Dunklen tappt, wer Ihre Familie umgebracht haben könnte, da sie Ihre Geschichte in Litauen nicht kennt. Sie ist aufgeschmissen. Sie haben Ihren eigenen Sohn belogen und das hat die Polizei davon abgehalten, Ihre Familie zu beschützen.«

Prandus stöhnte, als das Video zeigte, wie Paul in den Wagen stieg, der einen Häuserblock von der Polizeiwache entfernt geparkt war. Er versuchte, den Blick abzuwenden, als er sah, wie sein Sohn den Zündschlüssel drehte. Aber er konnte das Geräusch und den Anblick der heftigen Explosion und des Feuerballs nicht verhindern, der im selben Moment den Wagen in Flammen hüllte und ihn verschlang.

Prandus schrie vor Wut, versuchte immer wieder, sich aus den Fesseln zu befreien, die ihn zurückhielten. Das Schreien wurde zum Wimmern, als ihm die schreckliche Realität klar wurde. Mit einem Male sah er viel älter aus. Seine Augen waren gesunken, seine Haut aschfahl, als wäre alles Leben aus ihm gewichen.

»Meine Rache ist getan. Jetzt können Sie sterben, wann immer Sie es wünschen.«

»Bitte, lassen Sie mich jetzt sterben. Töten Sie mich. Ich halte es nicht länger aus, am Leben zu sein und zu wissen, was geschehen ist. Bitte lassen Sie mich sterben. Machen Sie meinem Leiden ein Ende. Jetzt.«

»Das liegt ganz bei Ihnen«, gab Max zurück. »Sie können diese Cyanidkapseln nehmen, wenn Sie wollen.« Er legte drei weiße Kapseln auf den Tisch. »Es muss aber Ihr eigener Entschluss sein. *Sie* müssen es sein, der zu sterben beschließt. Weil nach Ihrer Religion einzig der Selbstmord die Erlösung und den Himmel ausschließt. Entscheiden Sie sich. Das kann ich Ihnen nicht abnehmen. Wollen Sie weiter den Schmerz auf Erden ertragen für die Chance auf Erlösung? Oder wollen Sie lieber Ihren Schmerz beenden und sich dafür ewige Verdammnis einhandeln? Es ist allein Ihre Entscheidung.«

»Bitte«, flehte Prandus, »lassen Sie mich nicht den Tod wählen. Ich flehe Sie an, mich zu töten. Foltern und quälen Sie mich, wenn Sie mögen. Aber lassen sie mich nicht zwischen Selbstmord und dem Leben in Schmerz wählen. Bitte, gewähren Sie mir einen letzten Wunsch – töten Sie mich.«

»Nein«, sagte Max barsch und drückte die Rückspultaste am Videogerät. »Entweder Sie nehmen sich selbst das Leben oder Sie bleiben hier zurück mit dem, was von Ihrer Familie übrig geblieben ist – diesem Band nämlich –, bis Sie sterben. Diese Wahl ist Ihre höchste Strafe – und meine größte Rache.«

Prandus stöhnte. Er bot ein Bild des Jammers. Endlich verkündete er mit einer Stimme, die den Todeskampf des Besiegten verriet, seine Entscheidung: »Geben Sie mir die Pillen. Ich kann es nicht länger ertragen. Ich will, dass es aufhört. Es muss einfach aufhören. Jetzt.«

Max legte die Cyanidkapseln dicht neben Marcelus Prandus' rechte Hand. Dann löste er die Fesseln an Prandus' rechtem Arm und gab ihm einen Stift.

»Zuerst schreiben Sie.«

»Was?«

Max diktierte: »Ich, Marcelus Prandus, im Vollbesitz meiner geistigen Kräfte, nehme mir das Leben. Ich weiß, dass ich, indem ich Selbstmord begehe, alle Hoffnung auf Erlösung aufgebe. Ich war es, der darum bat, durch meine eigene Hand zu sterben. Ich war es, der um die Pillen bat. Ich beende mein Leben, um der Qual ein Ende zu setzen, die unmittelbar aus meinen eigenen Handlungen im Ponary-Wald 1942 erwachsen ist.«

Prandus schrieb diese Nachricht in großen Druckbuchstaben und unterzeichnete sie. Dann blickte er auf den leeren Bildschirm des Fernsehers, als wollte er sich von seinen gemordeten Kindern und Enkeln verabschieden. Zuletzt bekreuzigte er sich und bat Gott um Vergebung, ehe er nach den Pillen griff. Hastig nahm er sie in die Hand, stopfte sie in den Mund und spülte sie mit einem Glas Wasser hinunter. Max beobachtete die Szene mit finsterer Miene.

Prandus' Gesicht wurde augenblicklich hochrot, als der erste Anfall seinen Körper erschütterte. Das Gesicht verzerrte sich, die Zunge trat aus dem Mund hervor. Prandus versuchte zu sprechen, aber aus seiner Kehle drangen nur ein paar gutturale Laute. Dann wurde sein Gesicht bleich und endlich wurde er ganz ruhig. Stille und der Geruch des Todes erfüllten den Raum.

Langsam ging Max zur Tür und sagte zu Danielle: »Es ist vorbei.«

Ohne ein Wort kam Danielle herein, band Prandus los und sah, wie sein regloser Körper zu Boden stürzte.

Sie hob das Seil auf, wischte die Fingerabdrücke ab und nahm Prandus' Abschiedsbrief.

Schweigend verließen Max und Danielle die Hütte und fuhren fort. Den toten Körper ließen sie zurück. Max' Werk war vollbracht, seine Rache verübt.

Jetzt blieb nur noch, Abe Ringel zu berichten, was er getan hatte, und um seinen Beistand zu bitten.

Teil V

Verhaftung

Kapitel 28

Der Leichnam wird gefunden

Genau drei Stunden nachdem Marcelus Prandus gestorben war, brachen Paul Prandus und Freddy Burns die Tür der Jagdhütte auf. Ein anonymer Anrufer hatte Paul Prandus mitgeteilt, wo sein Vater wäre. Paul und Freddy waren quer durch den ganzen Staat gerast.

Sie fanden Marcelus Prandus auf dem Boden liegend, die Augen weit geöffnet, das Gesicht aschfahl, der Mund verzerrt, die Zunge blutig.

Paul lief zu seinem Vater und rief: »Papa, Papa!« Er nahm den Kopf des alten Mannes in die Hände und schüttelte ihn. »Wach auf, Papa, wach auf!« Aber es war offensichtlich, dass er tot war. Paul fing an zu weinen und schlug mit den Fäusten auf den Boden.

Freddy sah sich nach Spuren um. Zunächst fand er nichts. Dann aber bemerkte er, dass der Fernseher eingeschaltet war. Der blaue Bildschirm wies darauf hin, das das Gerät noch auf den für den Videorekorder reservierten Kanal eingestellt war. Tatsächlich war auch noch ein Band eingelegt. Wer immer noch in dieser Hütte gewesen war, hatte vergessen, es mitzunehmen. Sofort drückte Freddy die Wiedergabetaste. Auf dem Bildschirm erschien das Bild des jungen Marc auf dem Schulweg.

»Paul, sieh mal zum Fernseher!«, forderte Freddy ihn auf.

Als Paul sich vom Leichnam seines Vaters abwandte,

sah er, wie sein Sohn von einem Wagen erfasst und durch die Luft geschleudert wurde. »O nein! O mein Gott, nein!«, keuchte Paul und schnellte zum Fernseher. Er sah mit an, wie der Körper seines Sohnes auf die Erde schlug und noch einmal abprallte. Endlich blieb er bewegungslos liegen, als auch schon der Schülerlotse, der den Überweg gesichert hatte, zu dem übel zugerichteten Körper des achtjährigen Kindes lief. »Marc, Marc … o Gott, nein!«

Freddy fischte sein Handy aus der Tasche und wählte Pauls Privatnummer. Pauls Frau war am anderen Ende.

»Wo ist Marc?«

»Freddy, bist du das? Ist alles in Ordnung?«

»Wo ist Marc? Ich muss es wissen.«

»In der Schule.«

»Wie ist er dahin gekommen?«

»Ist alles in Ordnung? Du machst mir Angst. Zu Fuß, wie immer.«

»Was hat er an?«

»Seine Schuluniform. Wieso?«

»Wie ist die Telefonnummer der Schule?«

»5 55 88 24. Sag doch, ist mit Marc alles in Ordnung? Ist was passiert?«

»Ich melde mich gleich wieder.«

Freddy legte auf und wählte die Nummer, aber Paul riss ihm das Telefon aus der Hand. Eine Nonne antwortete. »Sancta-Maria-Schule.«

Pauls Stimme bebte, als er sprach. »Hier ist Paul Prandus. Ist mein Sohn heute in der Schule angekommen?«

»Ich sehe nach, Mr Prandus«, gab die Nonne zurück.

Während Paul und Freddy warteten, blickte Freddy wieder auf den Bildschirm. Dort sah er Pauls Bruder, Peter, zusammen mit dessen Tochter. Beide wurden gerade erschossen. Und dann erkannte er Paul – denselben

Paul, der einen halben Meter neben ihm stand –, wie er in seinem brennenden Wagen den Flammen zum Opfer fiel.

»Sieh doch, Paul!«, rief Freddy aus. »Es ist alles eine Fälschung. Die ganze Sache ist eine Fälschung.«

Paul versuchte, die Nonne am anderen Ende der Leitung zu verstehen. Zeitgleich mit Freddys Schreien versicherte sie ihm, dass Marc in der Pause war und spielte. Er scheine in Ordnung zu sein.

Paul bestand darauf, dass die Nonne Marc ans Telefon holte. Während Paul wartete, spulte Freddy das Band zurück, um Paul das Video seines eigenen Todes zu zeigen. Schockiert verfolgte Paul, wie er selbst aus der Polizeiwache kam. Das war echt. Er war dort gewesen, um eine Vermisstenanzeige wegen seines Vaters aufzugeben. Die Explosion aber hatte nie stattgefunden. Das Video war eine Fälschung.

»Hi, Daddy, ist alles okay? Du hast mich noch nie in der Schule angerufen.« Die Stimme am anderen Ende der Leitung war tatsächlich die von Marc.

»Gott sei Dank, Marc, es geht dir gut. Ich erklär's dir später. Ruf bitte Mami an und sag ihr, dass dir nichts fehlt. Ich danke dir.«

Paul und Freddy spulten das Band nun ganz zurück und sahen es sich noch einmal komplett an. Paul rief seinen jüngeren Bruder an, auch mit ihm war alles in Ordnung.

Allmählich erkannte Paul die Perversität dessen, was man seinem Vater angetan hatte. Paul brauchte sich nicht einmal vorzustellen, was sein Vater durchgemacht hatte. Er hatte es gerade selbst erfahren – wenn auch nur für einige Augenblicke. Nichts konnte schlimmer sein, als mit anzusehen, wie der eigene Sohn, der eigene Enkel getötet wird, ohne jede Möglichkeit, selbst einzugreifen. Es war die schlimmste Form der Folter, schlimmer als jeder physische Schmerz.

Doch dann hatte Paul die Erleichterung erfahren dürfen, dass sein Sohn, den er für tot gehalten hatte, in Wahrheit lebte. Nichts hätte schöner sein können. Für Paul war es wie eine Wiederauferstehung, eine Wiedergeburt. Innerhalb weniger Minuten hatte er Hölle und Himmel erfahren. Inzwischen war er zurück auf der Erde und betrachtete den Leichnam seines toten Vaters.

Marcelus Prandus hatte nur den Schrecken erlebt, er hatte nur den Tod seiner Lieben mit angesehen, ohne je zu erfahren, dass sie gar nicht tot waren. Sein Vater hatte nicht die Wiedergeburt erlebt, die Wiederauferstehung der Toten. Er war in der Hölle, ohne jede Chance auf Rückkehr.

»Dein Vater ist durch Gift gestorben, Paul, vermutlich Cyanid«, sagte Freddy, nachdem er den Körper untersucht hatte.

Paul hörte kaum zu. Seine Halsschlagader war angeschwollen, sein Gesicht rot vor Zorn. Sein ganzer Körper spannte unter dem Anzug. Er fluchte – verwirrte, unverständliche Flüche, ohne jede Kontrolle. Endlich drohte er: »Ich bringe den Hundesohn um, der das getan hat.«

»Paul, komm schon, du musst dir das hier anschauen«, sagte Freddy, der Pauls Toben und seine Flüche überhörte und die rechte Hand des Toten emporhielt.

Paul kniete neben der Leiche seines Vaters und betrachtete den steifen Daumen seines Vaters, als Freddy diesen Daumen mit einer Fingerspitze berührte und dann an dem Puder roch, das vom Daumen des Toten an seinem Finger haften geblieben war. »Cyanid«, stellte Freddy fest, »riech mal. Riecht wie bittere Mandeln.«

»Was sagst du da?«, wollte Paul wissen.

»Er hat es sich selbst verabreicht. Er hat es eigenhändig genommen. Es war Selbstmord, Paul. Zumindest der Form nach. Dein Vater hat die Pillen in die Hand genommen und sie geschluckt.«

»Keinesfalls. Nicht Papa. Er hat Selbstmord immer verabscheut und uns gesagt, wir sollten auch keine Maschinen im Krankenhaus abstellen. Papa hat an Wunder geglaubt. Gott würde entscheiden, wenn es Zeit war zu gehen. Diejenigen, die Selbstmord begehen, kommen in die Hölle. Deshalb hätte er ihn nie auch nur in Betracht gezogen«, beharrte Paul weiter, wobei seine Stimme immer lauter wurde.

»Deswegen habe ich ja auch gesagt, Selbstmord der Form nach. Wer auch immer dafür verantwortlich ist, hat ihn womöglich gezwungen, die Pillen zu nehmen.«

»Niemand hätte ihn dazu zwingen können. Was sollen die denn gemacht haben – ihm eine Waffe an den Schädel halten? Er hätte gekämpft und Widerstand geleistet. Kein Mensch auf der ganzen Welt hätte ihn dazu bringen können, die Pillen zu schlucken.«

»Vielleicht war es ja keine physische Gewalt«, sagte Freddy. »Es kann auch psychischer Zwang gewesen sein.«

»Was meinst du damit?«

»Wer immer hier am Werk war, ist ein Monster der Manipulation. Er hat deinen Vater davon überzeugt, dass seine ganze Familie quasi ausgelöscht ist. Deinem Vater war es nicht möglich, dieses Leid länger zu ertragen. Die einzige Art, es zu beenden, war …«

»Deshalb hat Papa das Gift genommen«, unterbrach Paul. »Er konnte nicht weiterleben in dem Bewusstsein, dass alle anderen umgebracht worden waren. Das kann ich nachvollziehen, ich habe Marc auf dem Video gesehen, bevor ich von der Fälschung wusste. Was ist das für eine entsetzliche Art zu sterben.« Paul barg seinen Kopf in die Hände. »Ich werde den Kerl umbringen, der das getan hat. Ich brech ihm den verdammten Hals.«

»Wenn es so war, wie du gesagt hast, dann war es Mord. Man hat ihn umgebracht, indem man ihm weisgemacht hat, dass seine ganze Familie getötet worden wäre. Du wirst den Täter nicht töten müssen. Der Staat wird ihn bestrafen – vorausgesetzt, wir finden ihn.«

»Wenn der Staat ihn nicht bestraft, dann tu ich es. Dieses Schwein darf nicht einfach so davonkommen, nach dem, was er angerichtet hat.«

Kapitel 29

Max' Rückkehr

»Max, da bist du ja! Gott sei Dank! Rendi und ich waren schon krank vor Sorge!«, rief Abe und bat seinen Freund ins Wohnzimmer. »Du siehst ziemlich ramponiert aus. Deine Schuhe sind ja voller Matsch. Wo bist du gewesen?«, fragte er. Ohne die Antwort abzuwarten, fuhr er fort: »Ich hoffe, du hast dich nicht zu irgendetwas hinreißen lassen.«

»Ich habe etwas Schreckliches getan, zumindest dem Gesetz nach«, antwortete Max, während er sich die Schuhe abwischte und in Abes Haus trat. Max war allein gekommen. Danielle hatte er an ihrem Haus abgesetzt.

»Wovon redest du? Was hast du getan?«

»Kann ich mit dir als meinem Anwalt reden?«

»Natürlich. Setz dich.«

»Ich habe Marcelus Prandus getötet.«

»O Scheiße, nein!«, brach es aus Abe hervor, und sein Gesicht verlor sämtliche Farbe.

»Warum hast du eine solche Dummheit begangen? Das war er doch nicht wert. Jetzt wirst du ins Gefängnis müssen.«

»Ich hatte keine andere Wahl«, gab Max mit stoischem Blick zurück. »Entweder er oder ich. Wenn er nach allem, was er meiner Familie angetan hat, davongekommen wäre, hätte ich wahrscheinlich mich umgebracht.«

»Mal eine neue Begründung, um auf Notwehr zu plädieren, aber damit werden wir wohl nicht durchkommen«, sagte Abe und wechselte in seinen Juristenmodus. »Erzähl mir, was passiert ist.«

»Na ja, de facto hat Prandus Selbstmord begangen.«

»Großartig. Mach weiter.«

»Aber ich habe ihn in einer Weise getäuscht, damit er es tut.«

»Wovon redest du jetzt wieder? Hör auf, in Rätseln zu sprechen. Sag mir alles klar heraus, wenn du willst, dass ich dir helfe.«

»Schon gut. Ich werde ganz von vorn anfangen, aber erst brauche ich eine Zusicherung.«

»Um was geht's?«

»Jemand hat mir geholfen. Ich muss wissen, dass, wenn ich dir von dieser Person berichte, du sie vor Gericht nicht erwähnst.«

»Ich darf dem Gericht nichts von dem berichten, was du mir erzählst – von dir oder anderen –, es sei denn, ein zukünftiges Verbrechen wäre davon betroffen.«

»Hier geht es um die Vergangenheit.«

»Sehr gut. Dann hast du meine Zusicherung. Schieß los.«

»Als ich das mit Sarah Chava erfahren habe, wollte ich Marcelus Prandus' ganze Familie umbringen.«

»O Scheiße, Max! Du hast doch nicht noch jemanden umgebracht, oder?«

»Nein, aber ich hatte es vor.«

»Ein Vorhaben ist noch kein Verbrechen. Ich wollte mindestens ein Dutzend Staatsanwälte und Richter umbringen, von Joe Campbell ganz zu schweigen.«

»Ich habe Danielle Grant erzählt, was ich im Sinn hatte.«

»Wer ist Danielle Grant?«

»Eine Kollegin von mir an der Divinity School.«

»Noch eine Gelehrte! Harvard wird begeistert sein.«

»Sie hat nichts verbrochen. Ich allein trage die Verantwortung. Es war meine Entscheidung. Und Danielle hat mir sogar ausgeredet, die ganze Familie Prandus zu ermorden.«

»Das hättest du auch nie geschafft. Wovon reden wir hier eigentlich? Von Kindern?«

»Beinahe hätte ich Prandus' acht Jahre alten Enkel getötet.«

»Was heißt ›beinahe getötet‹? Hast du etwas mehr getan als bloß darüber nachzudenken?«

»Ich bin mit meinem Wagen zu der Stelle gefahren, wo er die Straße überqueren musste, und auf ihn zugesteuert.«

»Sag mir bitte, dass du ihn nicht erwischt hast!«, flehte Abe.

»Es war an dem Morgen, nachdem ihr mir von Sarah Chava berichtet habt. Ich bin nach Salem gefahren und habe in der Nähe der Stelle geparkt, wo ich schon einmal versucht hatte, Marc Prandus zu töten. Alles, was ich gemacht habe, ging mehr oder weniger automatisch vor sich, als wäre ich von einem Computer programmiert worden. Zu genau der Zeit, zu der er auch schon vorher erschienen war, tauchte Marc Prandus aus dem Morgennebel auf. Er war allein, trug seinen Baseballhandschuh und den Ball. Ich drückte das Gaspedal voll durch und zielte mit dem Wagen auf den Jungen, als er gerade die Kreuzung überquerte.«

»Max, mein Gott!«

»Es ging alles so schnell, wie im Traum. Aber jetzt ist mir alles klar wie Kristall.«

»Was? Was ist dir jetzt klar? Sag schon.«

»Als der Wagen auf den Enkel von Marcelus Prandus zuschoss, ging meine Erinnerung zurück in den Ponary-Wald. Und beide Szenen vermischten sich plötzlich. Der Ponary-Wald und die Kreuzung in Salem, Massachusetts, wurden eins, während ich das Pedal durchtrat. Zuerst sah ich vor meinem geistigen Auge, wie ich dabei war, Marcelus Prandus zu töten, ehe er meine Familie umbringen konnte. Dann wurde das verschwommene Bild allmählich klarer. Mit einem Mal war ich zu Marcelus Prandus geworden und der kleine Marc Prandus war mein Sohn, Efraim. Ich wollte all diese Bilder verscheuchen, während ich das Gaspedal weiter bis zum Bodenblech durchdrückte.«

»Hat das Kind den Wagen auf sich zukommen sehen?«

»Ja. Ich habe noch die Panik in seinen Augen bemerkt. Marc konnte nichts tun und ich hatte mein Bein nicht mehr unter Kontrolle. Das Gaspedal war immer noch durchgedrückt. Die Bilder verschwanden einfach nicht aus meinem Gedächtnis. Nur noch einen winzigen Augenblick war ich davon entfernt, zu Marcelus Prandus zu werden, dem Mörder eines unschuldigen Kindes. Prandus brachte Kinder wegen ihrer Vorfahren um. Und ich war ebenfalls gerade dabei, ein Kind wegen eines seiner Vorfahren umzubringen.«

Max hielt inne, legte den Kopf in die Hände und schluchzte. Endlich blickte er wieder auf und fuhr fort. »Abe, ich war kurz davor, mich auf das einzulassen, was die Nazis *Sippenhaft* nannten. Endlich schrie etwas in mir ›Nein!‹.

Erst jetzt kapierte ich – mit meinem eigenen Rechtsempfinden –, wie falsch es war, durch ein Kind Rache an Marcelus Prandus zu nehmen. So durfte die ganze Sache nicht ausgehen.«

»Was hast du gemacht?«

»Das Einzige, dessen ich noch fähig war. Ich riss das Steuer scharf nach rechts und setzte meinen Volvo gegen eine Leitplanke. Der Airbag explodierte mir ins Gesicht. Ich bin schnell weggefahren, ehe jemand meine Autonummer aufschreiben konnte, und habe es auch irgendwie nach Hause geschafft, wo ich sofort in eine Art Halbohnmacht fiel.«

»Okay. Du hast es also nicht über dich gebracht, das Kind zu töten. Das überrascht mich nicht. Aber wie hast du Prandus dazu gebracht, Selbstmord zu begehen? Ich muss sämtliche Einzelheiten wissen.«

»Am nächsten Morgen kam Danielle Grant zu mir nach Hause und ich habe ihr gesagt, dass ich die ganze Familie Prandus umbringen würde. Sie meinte aber, sie hätte eine bessere Idee. Sie fing an, mir darzulegen, dass es darum ginge, Marcelus Prandus wegen des Mordes an meiner Familie zu bestrafen, ohne dass seine Familie dafür umgebracht werden müsste. Dann sagte sie noch etwas, das ich nie mehr vergessen werde.« Hier hielt Max wieder inne. Erst nach einer kurzen Pause sprach er weiter. »Sie sagte, dass die Kinder getötet werden müssten, aber nicht sterben sollten.«

»Was zum Teufel heißt das schon wieder? Hört sich nach ziemlichem Geschwafel an.«

»Das dachte ich zuerst auch. Ich sagte ihr, das wäre doch gar nicht möglich, aber sie beharrte darauf, dass sie mir das Gegenteil beweisen könnte. Tags darauf nahm sie mich mit ins Museum für moderne Kunst zu der Ausstellung eines Videokünstlers namens Bill Viola. Dort zeigte sie mir, wie ein Mensch vom Feuer verschlungen wurde. Er wurde gar nicht wirklich verbrannt, trotzdem wirkte es vollkommen realistisch. Dieser Computertrick heißt *Mor-*

phing und ist so eine Art Überblendung. Ich muss gestehen, dass ich nichts davon verstehe, aber es wirkte jedenfalls sehr echt. Dann führte mich Danielle in ihr Studio – sie beschäftigt sich auch mit Computer-Videokunst – und zeigte mir ein Video, das sie selbst gemacht hatte.«

»Klingt, als war sie ziemlich umfangreich in deine gesamte Planung eingebunden. Wieso?«

»Das ist eine komplizierte Geschichte, Abe. Auch sie ist ein Opfer, deshalb konnte sie mein Bedürfnis nach Rache sehr gut verstehen.«

»Schon gut. Das ist im Moment nicht weiter wichtig. Was jetzt zählt, ist, was ihr beide angestellt habt. Sag mir, was für ein Video sie dir gezeigt hat.«

»Es war wie ein Trickfilm. Noch einigermaßen im Rohzustand. Sie war die ganze Nacht aufgeblieben, um alles zusammenzuschneiden. Sie nannte es das Storyboard, den groben Ablauf des späteren Films. Sie hatte einen alten Mann gezeichnet, der aus dem Fenster sieht, während ein Kind die Straße überquert und von einem Auto erfasst wird.«

»Wie um alles in der Welt hat sie von deinem Unfall erfahren?«

»Sie meinte, es sei nicht schwer gewesen, das herauszubekommen; vor allem, nachdem sie meinen verbeulten Wagen gesehen hatte.«

»Was war noch auf dem Video?«

»Ein paar Leute werden erschossen oder in die Luft gejagt, bis alle vor dem alten Mann tot herumliegen. Das Lächeln dieses Alten wird zum Keuchen, als er feststellt, dass seine gesamte Familie vor seinen Augen abgeschlachtet worden ist. Das Storyboard endet damit, wie sich der Alte die Haare rauft und wie jemand schreit, der gerade einen grausamen Verlust erlitten hat.«

»Na ja, aber das war ja nur Zeichentrick. Nur eine Zeichentrickfigur würde sich von einem Cartoon bluffen lassen.«

»Danielle meinte, dass sie mit gutem Videomaterial der gesamten Prandus-Familie die Sache so hinkriegen könnte, als hätte Bill Viola letzte Hand angelegt.«

»Würde Prandus denn nicht merken, dass das Video nichts als Bluff ist?«

»Die Generation von Prandus – also meine eigene – weiß doch nichts von diesem neumodischen Zeug. Danielle gab mir ihr Wort, dass Prandus sich würde täuschen lassen – wenn wir nur den nächsten Schritt täten.«

»Welcher war das? Ich glaube nicht, dass ich den besonders schätzen werde«, sagte Abe, während er im Zimmer auf und ab ging.

»Wir mussten Prandus kidnappen und ihn von Telefon, Zeitungen und Fernsehern fern halten«, gab Max mit der Begeisterung eines Erfinders zurück.

»Warum konntet ihr ihn nicht einfach eine Zeit lang festhalten, ihm das Video zeigen, ihn ein paar Tage leiden und dann wieder freilassen?«

»Nein, Abe. Das wäre schlimmer gewesen, als gar nichts zu unternehmen. Sobald er gemerkt hätte, dass seine Familie noch am Leben war, wäre das Leiden zu Ende gewesen und er wäre mit einem mehr als freudigen Gefühl gestorben, im Kreis seiner Familie. Damit hätte er mir eine Niederlage beigebracht – die zweite. Das konnte ich auf keinen Fall zulassen.«

»Würde sich Prandus aber nicht denken können, dass ein Mensch wie du niemals fähig wäre, eine ganze Familie von Unschuldigen umzubringen?«

»Nein, das ist ja das Schöne an dem Plan. Es würde ihm ganz natürlich vorkommen, dass ich seiner Familie haargenau das Gleiche antue, das er meiner angetan hat. Er musste einfach annehmen, dass alle Menschen zu dem fähig sind, was er selbst gemacht hatte. So hat er doch sein ganzes Leben geführt. Wäre er ein anständiger Mensch, hätte er vielleicht kapiert, dass ich niemals das anrichten könnte, was er angerichtet hat – obwohl ich weiß Gott kurz davor war, es zu tun. Er war aber kein anständiger Mensch. Er hat nicht einmal wie ein Mensch empfunden.«

Abe ging, in seine Gedanken versunken, im Zimmer auf und ab. Endlich blieb er stehen und sah seinen Freund an. »Max, ich weiß nicht, was ich sagen soll. Der Freund in mir hat großen Respekt vor dem, was du getan hast. Es heißt ja, die Gerechtigkeit muss gesehen werden, um wirklich Gültigkeit zu erlangen. Weiß Gott, Prandus hat sie gesehen, wenn auch nur virtuell.«

»Aber in seinem Kopf war es nicht virtuell. Für ihn war es das Realistischste, das er je gesehen hat«, sagte Max.

Abe schüttelte den Kopf. »Der Anwalt in mir hat verdammt Angst, dass du und diese Danielle reichlich lange in den Knast müsst. Wo hat denn Danielle nur diesen unglaublichen Plan her?«

»Sie hat ihn bei Maimonides gefunden, dem jüdischen Philosophen des zwölften Jahrhunderts. Deshalb hat sie ihren Plan die ›Lösung des Maimonides‹ genannt.«

»Kannte Maimonides denn schon Videos?«

»Nein, aber er wusste mehr über die Bibel als jeder sonst zu seiner Zeit. Er hat brillante Kommentare verfasst, unter anderem über das Buch Hiob. Erinnerst du dich noch an die Geschichte von Hiob?«

»Nur so weit, dass Gott Satan erlaubt, Hiob zu prüfen, indem er all seine Kinder tötet.«

»Richtig. Und Maimonides argumentierte in seinem Kommentar, dass Gott dem Satan nicht hätte gestatten können, Hiobs unschuldige Kinder zu töten, um ihn auf die Probe zu stellen, weil es ungerecht gewesen wäre.«

»Die Geschichte sagt aber, dass er genau dies tat.«

»Ja, aber Maimonides interpretiert diese Geschichte sehr interessant. Er meint nämlich, dass Gott dem Satan nur erlaubte, die Kinder verschwinden zu lassen – Satan schloss sie in einer Höhle ein –, so dass Hiob glauben musste, sie wären allesamt tot. Aber de facto blieben sie alle am Leben. Gott wollte sehen, wie Hiob auf die Nachricht reagierte, dass seine Kinder gestorben wären. Gott habe nicht wirklich erlaubt, dass Satan sie umbrächte. Nachdem Hiob den Test bestanden hatte, erschienen seine Kinder wieder.«

»Unglaublich.«

»Es ist schon erstaunlich, was man in diesen alten Büchern findet.«

»Verrate mir jetzt bitte, wie Marcelus Prandus gestorben ist.«

Während Max den Selbstmord von Prandus in allen Einzelheiten schilderte, fragte sich Abe, wie die Geschworenen wohl auf den qualvollen Tod reagieren mochten, den Prandus erlitten hatte.

»Seit dreißig Jahren arbeite ich nun in dieser Branche, aber einen solchen Fall hatte ich noch nie. Eine Frage muss ich dir noch stellen, ehe wir weitermachen. Wo ist Prandus' Leiche?«

»Ich weiß nicht.«

»Was heißt das, du weißt nicht? Wo habt ihr sie denn gelassen?«

»In der Jagdhütte, aber ich habe Prandus' Sohn angerufen und ihm gesagt, wo sein Vater ist. Anonym natürlich.

Ich vermute, dass sie die Leiche gefunden haben und sie inzwischen in einer Leichenhalle ist.« Max sah Abe fragend an. »Was machen wir nun?«

»Nichts«, antwortete Abe ohne nachzudenken. »Diese ganze Geschichte kriegen die nie raus. Du, ich und Danielle werden wohl die einzigen drei Menschen auf der Welt bleiben, die von dem brillanten, ja geradezu teuflischen Plan wissen. Ich selbst darf niemandem verraten, was du mir erzählt hast, und wenn ihr beide, du und Danielle, den Mund haltet, wird das Ganze vielleicht ein ungeklärtes Verbrechen bleiben.«

»Das wäre mir recht. Schließlich hat ja nur ein einziger Mensch gesehen, wie für Gerechtigkeit gesorgt wurde, und das war zugleich das Letzte, was er von der Welt gesehen hat. Was mich betrifft, ist der Gerechtigkeit damit Genüge getan.«

»Ich bezweifle allerdings, dass die Familie Prandus dem zustimmen würde«, meinte Abe, und sein Gesicht legte sich in Sorgenfalten.

Kapitel 30

Wer war der Täter?

»Möge Gott die Seele dieses wunderbaren Gatten, Vaters, Großvaters und Freundes zu sich emporholen. Seine Jahre in Amerika waren wahrlich der amerikanische Traum.«

Während Paul diese flammende Lobrede hörte, versuchte er verzweifelt, seine wachsende Wut auf den Mann zu zügeln, der seinen Vater umgebracht hatte. Er saß in der ersten Reihe der kleinen litauischen Kirche, die Hände zu Fäusten geballt, und suchte im Stillen nach Hinweisen, nach irgendetwas, das ihn auf die Spur in die dunkle Vergangenheit seines Vaters gebracht hätte. Dabei fragte er sich, wie viele der anderen Trauernden wohl bemerkt hatten, dass Pater Grilius nicht ein Wort über Marcelus Prandus' Jugend in Litauen gesagt hatte.

Die Lobrede bestätigte Pauls immer festere Überzeugung, dass der Tod seines Vaters nur durch das erklärt werden konnte, was während des Krieges geschehen war. Nur so ergaben die Videos einen Sinn. Papa hatte jemandes Familie getötet und dieser Jemand hatte nun Rache genommen, indem er vortäuschte, Papas gesamte Familie ausgelöscht zu haben.

Paul registrierte auch, dass Pater Grilius kein Wort über die Todesursache verloren hatte – Selbstmord war bei den litauischen Katholiken ein strenges Tabu. Dr. Michelle Burdens Autopsiebericht mündete in die abschließende

Feststellung, der Tod sei durch »eigenhändige Verabreichung von Cyanid« eingetreten. Spuren des Gifts waren an Vaters rechtem Daumen und Zeigefinger gefunden worden. Dr. Burden war sich ihrer Einschätzung absolut sicher, wie sie Paul nach ihrer Voruntersuchung erklärt hatte. Niemals würde Paul den Anblick seines Vaters vergessen können, wie er auf dem kalten Metalltisch in der Leichenhalle ausgestreckt lag, nackt, Augen und Mund geöffnet, die Haut bläulich verfärbt. Auf dem Fußboden der Jagdhütte hatte er wenigstens noch menschlich ausgesehen. Auf dem Tisch in der Leichenhalle sah er aus wie eine Leiche, die im Medizinstudium für irgendein grässliches Experiment aufgeschnitten werden sollte. Dieses Bild seines geliebten Vaters würde er niemals loswerden. Es sei denn, er sorgte dafür, dass der Mörder seine gerechte Strafe bekam.

»Ich habe dich vermutlich enttäuscht. Ich hätte das Motiv herauskriegen sollen, ehe sie ihn umgebracht haben«, sagte Freddy mit gequältem Blick, nachdem sie die Kirche verlassen hatten und in Richtung von Pauls Kanzlei gingen.

»Es war mein Fehler«, sagte Paul, »ich hab meine Karten nicht auf den Tisch gelegt.«

»Du hast deine Karten nicht auf den Tisch gelegt?!«, rief Freddy aus. »Hör mal, das hier ist kein verdammtes Pokerspiel. Was für Karten?«

»Ich habe für mich behalten, was ich von Anfang an vermutet hatte – dass Papa im Krieg etwas Schreckliches getan hat. Ich wollte es einfach nicht wahrhaben. Ich habe mich viel zu sehr geschämt, es dir zu sagen. Ich hab die Sache vermasselt.«

»Was soll das heißen, du hast es vermutet? Was hat er dir denn erzählt?«

»Es geht nicht um das, was er erzählt hat, sondern um das, was er eben nicht erzählt hat. Ständig gab es irgendwelche Lücken und Risse in seiner Geschichte. Ich bin der Sache allerdings nie nachgegangen. Ich blieb lieber unwissend. Wir Anwälte nennen das absichtliche Blindheit.«

Freddy wurde klar, dass er seinen Kumpel zu hart angefasst hatte, deshalb schaltete er sein Benehmen jetzt von Privatermittler auf Freund. »Das ist nur allzu natürlich. Er war schließlich dein Vater.«

»Und wir waren uns so ähnlich. Als ich mich aber am Holy Cross College für europäische Geschichte eingeschrieben habe, las der Professor über Litauen im Holocaust. Ziemlich bald wollte ich nichts mehr davon hören, deshalb verließ ich den Kurs. Ich hatte genug gehört, um zu wissen, dass ich von Papa nie die ganze Wahrheit erfahren würde. Trotzdem habe ich ihn nie bedrängt. Allerdings hat sich meine Haltung ihm gegenüber verändert. Ich wollte nicht mehr sein wie er. Vielleicht war das eine Überreaktion. Ich wollte mit all dem nichts zu tun haben.«

»Ich finde das verständlich. Aber sind das jetzt alle Karten? Denk bitte genau nach.«

»Mehr hab ich absolut nicht zu bieten.«

»Denk an bestimmte Orte. An Dinge, die erst kürzlich passiert sind. Fangen wir mit dem anonymen Anrufer an. Erinnerst du dich an irgendetwas hinsichtlich der Stimme?«

»Sie klang nervös.«

»Wäre das bei dir nicht genauso, wenn du gerade jemanden umgebracht hättest?«

»Es gab da noch was.«

»Was – was?«

»Einen ganz leichten Akzent. Nicht so schlimm wie Papas, aber er war zu hören. So in der Art, wie wenn man ein bisschen zu exakt englisch redet – als bemühte man sich etwas zu sehr, sich möglichst natürlich anzuhören.«

»Sehr gut, weiter so. Was noch? Hat sich die Stimme bekannt angehört?«

Paul dachte nach. Dann, mit einem Mal, fiel es ihm ein, wenn auch zunächst als kaum wahrnehmbarer Erinnerungsfetzen.

»Der alte Mann beim Aids-Marsch. Dads Freund. Er war es.«

»Paul, wovon zum Teufel quatschst du da? Welcher alte Mann? Welcher Aids-Marsch?«

Paul erzählte Freddy, wie er vor ein paar Wochen am Memorial Drive angesprochen worden war.

»Du hast einem Fremden die Telefonnummer deines Vaters gegeben, einfach so?«

»Er schien doch so ein harmloser alter Knabe zu sein. Er hat mir sogar seinen Namen gesagt.«

»Weißt du ihn noch?«

»Ich habe ihn aufgeschrieben«, sagte Paul und blätterte seinen Taschenkalender durch. »Halt, hier ist er. Lukus Liatus.«

»Das hört sich eher litauisch an als jüdisch. Vermutlich ein Deckname.«

»Der ihm aber spontan eingefallen sein muss. Dass er mich getroffen hat, war purer Zufall.«

»Wie hat er dich erkannt?«

»Ich habe Fotos von Papa gesehen, als er ungefähr in meinem Alter war. Wir sahen uns sehr ähnlich.«

»Er sitzt also einfach so rum, betrachtet seinen Bauchnabel, als du gerade vorbeimarschierst – und er sieht deinen Vater.«

»Ja. So ist es gewesen. Was haben wir also bis jetzt?«

»Fassen wir doch mal zusammen«, meinte Freddy, nun wieder ganz der Detektiv. »Wir haben einen alten Juden aus Vilnius, der vermutlich in der Nähe von Cambridge lebt und einen unüberwindlichen Groll gegen deinen Vater hegt und der wahrscheinlich einen Menschen namens Liatus kannte.«

»Hört sich nicht gerade nach viel an«, sagte Paul, während sie beide seine Kanzlei betraten.

»Soll das ein Witz sein? Das ist eine Goldmine. Und wir haben ja noch etwas.«

Paul blieb stehen und schaute Freddy an.

»Dieser alte Knabe kann die Sache nicht allein durchgezogen haben. Wahrscheinlich hatte er einen Komplizen. Jemand, der jünger und kräftiger ist und härter. Vielleicht sein Sohn. Irgendjemand in deinem Alter, Paul. Und da gibt es noch was.«

»Spann mich nicht auf die Folter.«

»Hol das Video.«

Paul legte den Film mit dem »Tod« seiner Familie in den Kanzleirekorder und drückte auf Wiedergabe.

»Halt!«, befahl Freddy. »Jetzt lass ihn ein paar Sekunden zurücklaufen … stopp! Genau da: der Fahrer des Wagens. War das der Kerl, den du in Cambridge getroffen hast?«

»Kann sein. Ich kann es nicht genau sagen, es ist zu unscharf. Aber möglich.«

»Eine Spur«, sagte Freddy. »Vielleicht kriegen wir auch die Marke des Wagens raus.«

»Du bist einfach Klasse.«

»Nur wenn ich Fakten habe. Im luftleeren Raum kann ich nicht arbeiten. Jetzt lass vorlaufen bis zur Schießerei … Da. Sieh mal, der Schütze. Nicht dieselbe Person.

Jünger. Könnte eine Frau sein. Vielleicht auch nicht. Man kann das Gesicht nicht erkennen, aber für mich sieht es nach einer Frau aus. Also noch eine gute Spur. Jetzt müssen wir nur noch alle Spuren zu einem bestimmten Namen hinführen, indem wir an denselben Ort gehen, an den sich auch der Täter gewandt hat, als er versuchte, deinen Vater zu finden.«

»Und der wäre?«

»Das Office of Special Investigations in Washington. Die Nazijäger. Sie wissen, wer die Opfer deines Vaters waren, und sein Mörder hat vermutlich versucht, ihn ranzukriegen, nachdem er dich getroffen hat – vermutlich wollte er deinen Vater abschieben lassen. Und die haben ihm gesagt, dass das Jahre dauern würde.«

»Und deshalb konnte der Mörder davon ausgehen, dass mein Vater sterben würde, ehe er verurteilt werden könnte.«

»Genau. Und deshalb hat er beschlossen, das Gesetz in die eigene Hand zu nehmen.«

»Besorg mir den Namen dieses verdammten Schnüfflers«, sagte Paul und trieb Freddy in sein Büro.

»Da musst du schon selbst anrufen. Mit einem Privatermittler reden die nicht. Aber mit einem Anwalt schon, besonders mit dem Sohn eines verstorbenen Opfers.«

Kapitel 31

Die Nazijäger

»Martin Mandel am Apparat. Was kann ich für Sie tun?«, antwortete der Anwalt, als er den Hörer abnahm.

»Mein Name ist Paul Prandus. Ich bin der Sohn von Marcelus Prandus und ebenfalls Anwalt.«

»Sind Sie *sein* Anwalt?«

»Mein Vater ist tot. Eines Ihrer Opfer hat ihn getötet.«

Zunächst herrschte Schweigen am anderen Ende der Leitung, dann kam ein hastiges »Jetzt mal im Klartext, Mr Prandus. Es waren die Opfer Ihres Vaters, nicht meine.«

»Sie wissen schon, was ich meine«, sagte Paul schroff, »ich muss jetzt wissen, welche Opfer sich nach meinem Vater erkundigt haben.«

»Sie haben ein Recht, dies zu erfahren. Wir haben vor ein paar Wochen eine Akte über Ihren Vater angelegt, nachdem wir den Anruf eines Anwalts erhielten, dessen Klient erfahren hatte, dass Prandus noch in Salem lebte. Der Klient hatte offenbar einen seiner Verwandten auf der Straße getroffen.«

»Ich bin dieser Verwandte, Mr Mandel. Und dieser Zufall, der diesen Mann und mich hat einander begegnen lassen, hat vermutlich zum Tod meines Vaters geführt.«

»War Ihr Vater nicht ohnehin unheilbar an Krebs erkrankt? Wie ist er gestorben?«

»Technisch gesehen hat er Selbstmord begangen.«

»Das ist wirklich sehr ungewöhnlich. Die Leute, die wir verfolgen, begehen nie Selbstmord. Das tun eigentlich nur ihre Opfer«, sagte Mandel spitz.

»Der Selbstmord meines Vaters war das Ergebnis eines teuflischen Plans genau des Mannes, der meinen Vater angezeigt hat. Das ist eine lange Geschichte.«

»Ich habe Zeit. Erzählen Sie.«

Wütend schilderte Paul dem bestürzten Martin Mandel die ganze Geschichte vom Kidnapping und dem Videoband, so wie er und Freddy die Geschehnisse rekonstruiert hatten.

»Ich muss Ihnen sagen, Mr Prandus, dass ein Teil von mir – der Sohn eines Überlebenden aus Sobibor – begeistert ist über die Tatsache, dass Professor Menuchen in ein paar Wochen das vollbracht hat, was ich und das ganze Justizministerium in all den Jahrzehnten nicht geschafft haben, seit wir als Naziverfolger arbeiten – nämlich einem Naziverbrecher die angemessene Strafe zukommen zu lassen. Ein anderer Teil von mir aber – der Anwalt im Justizministerium, der geschworen hat, das Gesetz zu hüten – weiß sehr wohl, dass es unsere Aufgabe ist, für Recht zu sorgen, nicht für Rache. Und sosehr ich persönlich Ihren Vater verabscheue und das, was er getan hat, bin ich doch auf Ihrer Seite, falls das, was Sie mir gerade erzählt haben, der Wahrheit entspricht.«

»Wenn Sie das ernst meinen, dann fangen Sie diesen Hurensohn. Das ist Ihr Job.«

»Halten Sie mir keine Vorlesungen, Mr Prandus. Schikken Sie mir das Video per Kurier. Ich werde meinen Job erledigen.«

Kapitel 32

Zeit fürs Gefängnis

»Heute werden wir die Bedeutung von Salomos wundervollem Gedicht über die Gezeiten des Lebens erkunden. Hunderte von Malen sind seine Worte schon vertont worden. Man hat sie in Monumente gemeißelt. Vermutlich sind sie die am leichtesten wieder zu erkennenden Seiten des gesamten Predigerbuches. ›Ein jegliches hat seine Zeit ... geboren werden hat seine Zeit, sterben hat seine Zeit ...‹«

Während Professor Menuchen diese Worte an seine Kursteilnehmer richtete, drangen drei Männer mit Kurzhaarschnitt in den mit Holzpaneelen verkleideten Seminarraum der Harvard Divinity School ein. Als sie das Pult erreichten, verkündete der älteste der drei: »Max Menuchen, Sie sind verhaftet unter dem Verdacht des Mordes. Alle bleiben so lange sitzen, bis wir den Raum verlassen haben.«

Die Schüler schnappten regelrecht nach Luft, als man ihren alten Lehrer in Handschellen legte und ihm seine Rechte vorlas. Sobald der FBI-Agent das »Recht auf einen Anwalt« erwähnt hatte, wandte Max sich an einen Studenten in der ersten Reihe: »Bitte verständigen Sie den Anwalt Abraham Ringel.«

Max wusste, dass dieser Moment kommen würde. Zwar hatte er nicht gewusst, wann, aber ihm war klar, dass man ihn für das, was er getan hatte, früher oder später vor Gericht stellte.

»Leute wie wir werden verhaftet, anders als die Nazis«, hatte er zu Danielle gesagt.

Und Danielle hatte erwidert: »Und falls das passieren sollte, dann war es Ihr Fehler, weil Sie seinen Sohn angerufen haben. Ohne diesen Anruf hätte man Prandus' Leiche nicht vor dem Frühjahr gefunden.«

»Das wäre seiner Familie gegenüber nicht fair gewesen«, hatte Max darauf geantwortet. »Sie hat ein Recht darauf, ihm ein anständiges christliches Begräbnis auszurichten. Zu wissen, dass er tot ist. Sie hat ein Recht darauf, weitermachen zu können. Die Familie hat doch keine Schuld auf sich geladen.« Deshalb hatte Max angerufen, wobei er tief in seinem Innern ahnte, dass dies zu seiner Verhaftung führen würde. Er war es auch, der darauf bestanden hatte, das Band im Rekorder zu lassen, damit Prandus' Sohn erführe, warum sein Vater sich selbst zu Tode gebracht hatte – auch wenn dies die Wahrscheinlichkeit, dass Max unter Verdacht geriete, noch erhöhte.

Als man ihn abführte, drehte sich Max noch einmal zu seinen Studenten um und sagte mit trockenem Lächeln: »Auch Gerechtigkeit hat ihre Zeit. Diese Zeit ist nun da. Ich heiße sie willkommen.«

Teil VI

Vorbereitung auf den Prozess

Kapitel 33

Ringel als Verteidiger
August 1999

»Ich fühle mich wie Spielberg am ersten Drehtag«, flüsterte Abe Ringel Rendi zu, als sie Hand in Hand durch die Meute der Journalisten und Fotografen schritten, die Abe in jeden Gerichtssaal zu verfolgen schienen. Die Eröffnung eines hochkarätigen Prozesses war aber auch für Abe stets etwas Aufregendes. Er stand in der Verantwortung. Es war seine Zeit, er war in Aktion und in seinem Element und er liebte jede einzelne Sekunde davon. Er war es, der entschied, welcher Zeuge aufgerufen, welcher Geschworene akzeptiert und welche Karte ausgespielt wurde. Trotz seiner langen Erfahrung als Strafverteidiger wurde Abe bei einem neuen Prozess niemals nachlässig oder weniger engagiert.

Die Eröffnung dieses Verfahrens war für ihn aber ganz besonders aufregend, denn zum ersten Mal in seinem Leben verteidigte er jemanden, den er liebte, um den er sich sowohl persönlich als auch beruflich sorgte. Abe hatte sich immer über seinen alten Freund und gelegentlichen Rivalen, den verstorbenen William Kunstler, mokiert, der zu sagen pflegte, dass er nur Leute vertrat, die er auch liebte. Nun aber, da er selbst sich anschickte, seinen lieben Freund Max Menuchen zu verteidigen, verstand Abe, um wie viel befriedigender es war, Anwalt eines Menschen aus Fleisch und Blut zu sein, den er liebte, als nur der Anwalt eines abstrakten Prinzips, an das er glaubte. Auch verstand Abe, um wie viel höher der Einsatz war, wenn ein einziger Fehler nicht nur einen Klienten ins Gefängnis brachte, sondern den eigenen Freund seiner Freiheit beraubte.

Abe und Rendi stiegen die Stufen zum alten Dedham-Gerichtsgebäude empor, desselben weißen staatlichen Gebäudes, in dem Sacco und Vanzetti vor Gericht gestellt, für schuldig befunden und zum Tode verurteilt worden waren. Obwohl das Verbrechen, dessen man Max beschuldigte, in West-Massachusetts verübt worden war, hatte man den Prozess an einen für alle Beteiligten bequemeren Ort verlegt – bequemer auch für die Horde der Medienvertreter, die den Prozess live im Fernsehen übertragen würden.

Menuchen wurde vom Staat Massachusetts angeklagt, obwohl das Verbrechen von Staatsanwälten des Justizministeriums anhand der Hinweise vom Office of Special Investigations untersucht worden war. Es war, zumindest im technischen Sinne, ein normales Verbrechen, das Entführung und Mord umfasste und daher in den Zuständigkeitsbereich des Bundesstaates und nicht in den der USA fiel.

Danielle sollte als Mitschuldige im Anschluss an den Prozess gegen Max getrennt vor Gericht gestellt werden. Der Ankläger wollte sie als Zeugin gegen Max aufrufen und das konnte nicht in einem gemeinsamen Verfahren geschehen, da sie dort das Zeugnisverweigerungsrecht genoss, um sich nicht selbst belasten zu müssen. Die Polizei hatte von Danielles Fähigkeiten als Videokünstlerin erfahren. Sie hatte auch herausgefunden, dass sie ein Wochenendhaus in der Nähe des Ortes besaß, an dem man Prandus' Leiche gefunden hatte, und dass sie während der Tage, an denen Prandus vermisst wurde, nicht in Harvard war. Dass keiner der beiden Angeklagten bereit war, mit der Polizei zu sprechen, machte beide Fälle sehr kompliziert. Der Prozess gegen Max war weitaus gewichtiger, da seine Motive so klar waren und er auf dem Video eindeutiger zu erkennen war als Danielle. Die Anklagevertretung verließ sich darauf, dass Abe Ringel Max in den Zeugenstand rufen musste, um seine Taten erklären zu lassen, und ihn somit in die Zwangslage brachte, Danielles Rolle in dem Verbrechen haarklein zu enthüllen.

Als wäre es abgesprochen gewesen, hielt Abe auf der achten Stufe an, drehte sich um und begann vor den laufenden Kameras zu sprechen.

»Heute steht nicht nur Max Menuchen vor Gericht, ein Überlebender des Holocaust, dessen gesamte Familie von dem so genannten Opfer dieses angeblichen Verbrechens ermordet wurde. Auch nicht allein die Mörder des Holocaust wie dieses so genannte Opfer. Sondern die gesamte zivilisierte Welt, die nur einige dieser Mörder – wie eben Marcelus Prandus – der Gerechtigkeit überstellen konnte. Dieser Prozess ist vielleicht eine der wichtigsten pädagogischen Erfahrungen seit Ende des Zweiten Weltkriegs. Die Deutschen hatten ihre Nürnberger Prozesse, die Israelis den Eichmann-Prozess, die Franzosen den Barbie-Prozess, die Italiener den Priebke-Prozess. Die Vereinigten Staaten hatten noch nie einen Prozess um den Holocaust. Bis heute.«

»Mr Ringel, Mr Ringel!« Die Rufe kamen von überall her. Abe zeigte auf Mary Cooper, die Korrespondentin der *New York Times* in Boston.

»Mr Ringel, das klingt so, als wollten Sie das Opfer Marcelus Prandus vor Gericht stellen. Ist das fair angesichts der Tatsache, dass er nicht hier sein kann, um sich zu verteidigen?«

»Der einzige Mensch, gegen den hier« – Max drehte sich um und wies auf das Gerichtsgebäude – »verhandelt wird, ist tatsächlich Max Menuchen. Er ist der Einzige, der für den Rest seines Lebens im Gefängnis landen kann, wenn er verurteilt wird. Sie werden Beweise hören für das, was Marcelus Prandus getan hat, und der Staatsanwalt wird sein Verteidiger sein – falls er es wagt. Und jetzt entschuldigen Sie mich bitte, ich muss zu meinem Mandanten, Max Menuchen, der im Gefängnis sitzt und dem man – meiner Meinung nach – zu Unrecht eine Kaution verweigert hat.«

»Mr Ringel, Mr Ringel!« Die Rufe verstummten nicht, als Abe und Rendi den Gerichtssaal betraten, hinunter zur Arrestzelle gingen und dort auf Max warteten, der gerade in einem verschlossenen Bus aus dem Charles-Street-Gefängnis in Downtown Boston hergebracht wurde.

Nach einigen Minuten ging die rückwärtige Tür des Gerichtsgebäudes auf und ein bewaffneter Wachmann führte Max in die Arrestzelle. Abe und Rendi wurde gestattet, ebenfalls einzutreten, und beide umarmten Max schweigend.

»Ich finde es wirklich sehr bemerkenswert«, sagte Rendi, die die unerträgliche Stille beenden wollte, »dass du immer noch würdevoll aussiehst, obwohl du diese helle, orangefarbene Gefängniskluft trägst. Ich glaube, ich sehe dich heute zum ersten Mal ohne Jackett und Krawatte.« Max gab keine Antwort.

Abe legte Max die Hand auf die Schulter. »Sieh mal, ich weiß, dass die Polizei dir gesagt hat, dass du das Recht hast zu schweigen. Aber das gilt noch lange nicht gegenüber deinem Anwalt und Freund. Sprich mit uns, Max. Du machst mich allmählich nervös.«

Max saß schweigend da und starrte auf den Boden. Immer noch gab er keine Antwort.

Rendi versuchte es noch einmal. »Du weißt doch, dass diese Klamotten nur den Zweck haben, dir auch den letzten Rest deiner Würde zu nehmen, nachdem sie dich verhaftet, in Handschellen gelegt, untersucht, deine Fingerabdrücke genommen und dich dann mit einem Haufen wirklicher Krimineller in eine Zelle gesteckt haben.«

»Ich *bin* ein wirklicher Krimineller«, antwortete Max, ohne den Kopf zu heben.

»Nein, bist du nicht, verdammt noch mal!«, rief Abe. »Du bist ein gesetzestreuer, anständiger Mensch, der bis über alle Maßen provoziert wurde.«

»Ich habe es aber getan, Abe, daher sollte ich selbst für schuldig plädieren und dabei eine Erklärung abgeben. Das ist das einzig Anständige, das ich tun kann. Es wäre etwas anderes gewesen, wenn man mich nicht gefasst hätte. Doch das haben sie und ich kann nicht lügen. Ich bin schuldig.«

»Max, versuch bitte in deinen Schädel zu kriegen, dass du nicht schuldig bist.«

»Aber ich habe es doch getan«, wiederholte Max. »Ich habe exakt das getan, was die Anklage mir vorwirft. Ich habe ihn entführt und seinen Tod verursacht. Das macht mich zu einem Kriminellen.«

»Wie oft muss ich dir noch sagen, dass ›es zu tun‹ noch lange kein Verbrechen ist. Denn ›es‹ muss, damit es zum Verbrechen wird, mit Vorsatz und ohne gesetzliche Rechtfertigung oder Entschuldigung geschehen sein.«

»Ich suche aber nicht nach Entschuldigungen für das, was ich getan habe.«

»Du hättest nie getan, was du gemacht hast, wenn du nicht ein Opfer des Holocaust wärst. Wie ich dir schon einige Dutzend Mal gesagt habe, ist dein angebliches Verbrechen – und ich betone das Wort ›angeblich‹ – eine direkte Folge des ›Holocaust-Überlebenden-Syndroms‹; eine medizinisch anerkannte Befindlichkeit, die deine kriminelle Verantwortung ausschaltet.«

»Und wie ich dir schon dutzende Male gesagt habe, bin ich ganz sicher verantwortlich. Wenn nicht ich, wer dann?«

»Du weigerst dich einfach, meinen Standpunkt zu verstehen. Niemand sonst ist verantwortlich. Ich sage nur, dass du dem Gesetz nach womöglich nicht verantwortlich bist, wenn wir beweisen können, dass deine Tat das Ergebnis einer medizinisch anerkannten Geistesverfassung ist. Zumindest bietet das den Geschworenen die legale Möglichkeit, aus Mitleid auf Freispruch zu entscheiden. Das ist unsere beste Karte.«

»Das funktioniert doch nie im Leben. Ich bin voll verantwortlich.«

»Bei Lorena Bobbit hat es funktioniert. Erinnerst du dich noch? Die Frau, die ihrem Mann den Penis abgeschnitten hat.«

»Sie hat angegeben, ihr Mann hätte sie vergewaltigt.«

»Auch wenn er das getan hat, wäre das noch lange keine angemessene Verteidigung gewesen – falls ihre Tat ein bloßer Racheakt war. Sie hat aber den Prozess gewonnen, weil ihr Anwalt argumentiert hat, dass sie an einem posttraumatischen Stress-Syndrom gelitten habe, als sie die Tat ausführte, und die Geschworenen befanden sie wegen Unzurechnungsfähigkeit für nicht schuldig.«

»Haben sie sie nicht in eine Heilanstalt eingewiesen?«

»Nur zur Beobachtung. Nach ein paar Wochen kamen sie zu der Einschätzung, dass sie völlig in Ordnung sei. Ich nehme mal an, die Operation hat sie geheilt.«

»Sie hatte eine Operation?«

»Nein, sie hat selbst operiert. Ihren Mann.«

»Du willst also, dass ich sagen soll, ich wäre krank gewesen, als ich Prandus gekidnappt habe, und erst geheilt war, als er tot war.«

»Max, das entspricht den Tatsachen. Du hattest doch niemals anständig und ruhig schlafen können, solange er wahrscheinlich am Leben war. Als du dann herausgefunden hast, dass er tatsächlich noch lebte und kurz vor einem zufriedenen Tod stand, wurde deine Krankheit immer schlimmer. Und als du schließlich die Sache mit Sarah Chava erfahren hast, bist du durchgedreht.«

»Dieses so genannte Syndrom kann ich aber nicht beanspruchen, weil es gegenüber Tausenden anderer Holocaust-Überlebender unfair wäre.«

»Wieso?«

»Weil es dann so aussähe, als hätten sämtliche Holocaust-Opfer die Kontrolle über sich verloren.«

»Es gibt schließlich medizinische Fachliteratur«, sagte Abe. »Einige Holocaust-Überlebende haben tatsächlich während der Jahre direkt nach der Befreiung Verbrechen begangen, und die Psychiater, die sie untersuchten, kamen zu dem Schluss, dass die Erfahrungen dieser Überlebenden ihnen ein tief sitzendes Misstrauen gegen jede Art von staatlicher Ordnung eingeflößt haben.«

»Die große Mehrheit der Überlebenden ist aber gesetzestreu geblieben, trotz ihres verständlichen Misstrauens gegen Obrigkeit.«

»Max, es geht mir aber speziell um dich. Du hast dich bemüht, dem Gesetz zu entsprechen. Du hast dich bemüht, der Obrigkeit zu vertrauen – der formalen Gerechtigkeit. Doch sie alle haben dich im Stich gelassen – da bist du durchgedreht.«

»Wenn ich dieses Holocaust-Überlebenden-Syndrom beanspruchen sollte, würde das heißen, den Holocaust als Entschuldigung für Kriminalität zu benutzen. Das kann ich nicht gutheißen.«

»Ich kann nicht behaupten, dass ich dir da zustimme, aber es ist deine Entscheidung.«

»Dann ist es für mich endgültig. Ich werde auf keinen Fall auf mangelnde Zurechnungsfähigkeit plädieren oder auf sonst eine Art mentaler Entschuldigung. Ich weiß sehr wohl, was ich getan habe. Ich habe es sorgfältig geplant. Ich bin schuldig.«

»Hör schon auf damit, verdammt. Du bist nicht schuldig. Glaubst du denn nicht, dass das, was du getan hast, gerechtfertigt war?«

»Moralisch ja. Gesetzlich nein. Was ich tat, war gerecht, aber nicht legal. Ich hab einmal gelesen, dass Richter Oliver Wendell Holmes seinen Beisitzer zurechtgewiesen hat, weil der gesagt hatte, dass eine gerichtliche Entscheidung ungerecht gewesen wäre. ›Wir sind nicht hier, um Gerechtigkeit zu üben, junger Mann‹, meinte er, ›sondern um das Gesetz anzuwenden.‹«

»Max, hör dir doch nur mal selbst zu. Du versuchst doch gerade, den Anwalt zu spielen. Du zitierst sogar Holmes. Hast du vielleicht Jura studiert?«

»Jedermann weiß, dass es Entführung ist, wenn man jemanden mitnimmt und ihn gegen seinen Willen festhält. Und wenn er dabei stirbt, ist es Mord.«

»Prandus hat sich selbst vergiftet. Es war eine freiwillige Tat. Das haben wir schriftlich.«

»Wir wollten aber, dass er sich vergiftet.«

»Er hätte sich auch entscheiden können, das Gift nicht zu nehmen. Das gibt uns etwas an die Hand, um an der Anklage wegen Mordes herumzudrehen.«

»Und wie kriegen wir Danielle aus dem ganzen Ärger heraus? Kann ich mich für schuldig bekennen, wenn sie dafür freikommt?«

»Ich glaube, ich habe eine bessere Idee. Es setzt allerdings voraus, dass du dich nicht für schuldig bekennst und dass wir eine starke Verteidigung aufbauen.«

»Ich habe keine Verteidigung.«

»Doch, hast du. Man nennt so etwas Rechtfertigung. Ich werde versuchen, die Geschworenen zu überzeugen, dass du sowohl moralisch als auch dem Gesetz nach berechtigt warst, das zu tun, was du getan hast.«

»Darfst du denn so argumentieren?«

»Ich hoffe es. Der Richter wird es entscheiden.«

»Bekäme ich ein geringeres Urteil, wenn ich mich schuldig bekenne?«

»Das Mindeste, was du vermutlich bekämst – auch bei einem Geständnis –, wären zehn Jahre. Für einen Mann deines Alters bedeutet das lebenslänglich.«

»Wenn es also keinen Unterschied macht, warum sollen wir uns dann darum kümmern, die Anklage anzufechten?«

»Weil du vielleicht gewinnst. Es ist unwahrscheinlich, dass wir in allen Punkten einen Freispruch erzielen, aber es besteht immerhin die Chance. Denk an Elie Nessler – die den Mann erschoss, der ihren Sohn belästigt hatte. Sie hat ihn kaltblütig erschossen, vorsätzlich, während er in Handschellen im Gerichtssaal saß. Es war ein glasklarer Mord, aber die Geschworenen verurteilten sie wegen Totschlags. Dein Fall ist noch viel zwingender. Außerdem könntest du den Staatsanwalt, indem du dich für nicht schuldig bekennst, in die Lage bringen, dass er Danielle Immunität gewähren muss, damit sie gegen dich aussagen kann.«

»Sie würde nie gegen mich aussagen. Sie würde lieber als Erste ins Gefängnis gehen.«

»Aber nicht, wenn sie wüsste – was die Anklageseite eben nicht weiß –, dass ihre Aussage dir nicht das Geringste anhaben kann.«

»Jetzt bin ich völlig durcheinander.«

»Sehr gut. Hoffen wir, dass der Staatsanwalt genauso verwirrt ist.«

»Es gefällt mir aber nicht, dass du meinen Fall als eine Art Spiel ansiehst.«

»Es gefällt mir auch nicht, aber dazu sind solche Fälle nun einmal geworden. Wir spielen nach den Regeln – und versuchen dabei zu gewinnen. Jetzt wird es aber Zeit, dass du dich in deine Professorenkluft wirfst, damit die Geschworenen glauben, dass man dir eine Kaution gewährt hat.«

Max beschwerte sich weiter, während er seinen Overall auszog: »Ich hasse dieses ganze Theater. Warum können wir nicht einfach die Wahrheit sagen?«

»Welche Wahrheit denn, Max? Unsere oder deren?« Abe tätschelte Max am Arm. »Wir sehen uns im Gerichtssaal wieder. Schau ein bisschen betrübt drein, aber trotzdem vertrauensvoll.«

»Ich hasse das.«

Kapitel 34

Taktik

»Das ist eine schlechte Taktik, Daddy«, beharrte Emma, während die Familie beim Abendessen, Nudeln mit Pesto – die Ringelsche Version von Fastfood –, über Max' Fall diskutierte. »Sie könnte einige weibliche Geschworene befremden und nach hinten losgehen. Sag ihm, dass ich Recht habe, Rendi.«

»Ich bin mir nicht so sicher, ob du dieses Mal Recht hast«, gab Rendi zurück, während sie ihren Tomatensaft herunterschluckte. »Warum ist Abes Verteidigung im Sinne des ›Holocaust-Überlebenden-Syndroms‹ so viel anders als das ›Syndrom der geschlagenen Frauen‹?«

»Na hör mal, das liegt doch auf der Hand. Eine geschlagene Frau hat akute Angst, bevor sie ihren Schläger umbringt. Das ist klassische Notwehr. Max hat aus Rache getötet. Und ich persönlich bin froh, dass er das getan hat. Sieh der Sache ins Gesicht, Daddy, Max' Opfer stellte keine solche akute Gefahr für ihn oder jemand anders dar.«

»Doch«, widersprach Abe, »wenn Max nicht Prandus etwas angetan hätte, hätte er sich selber etwas angetan. Entweder Max oder Prandus. Klassische Notwehr.«

»Ich glaube einfach nicht, dass Max jemals Selbstmord begangen hätte. Er hat die Nazis überlebt. Und er ist stark. Jedenfalls ist es keine Notwehr, wenn die Person, die getötet wird, nicht akut die Person angreift, die ihn tötet.«

»Eine Eins für die Jurastudentin im zweiten Jahr«, meinte Rendi und klopfte ihrer Stieftochter anerkennend auf die Schulter. »Ich denke, da hat sie dich erwischt, Abe.«

»Nicht schlecht. Von wem hast du Strafrecht gelernt, von dem Erzkonservativen Scalia?«

»Kannst du deine Witze nicht mal lassen? Mir ist es ernst. Das Leben von Max steht auf dem Spiel. Meine Professorin hat uns beigebracht, dass die Rechtstheorie der Rechtfertigung nicht auf Tötungsdelikte angewandt werden kann, die nicht aus Notwehr geschahen.«

»Kein Wunder, sie hat euch ja auch nicht von dem Fall der Seeleute berichtet, die den Schiffsjungen verspeist haben. Du kannst deiner Professorin sagen, dass nicht sämtliche Fälle nach der Theorie entschieden werden. Wenn ich den Richter dazu kriege, dass er die Geschworenen bittet, den Aspekt der Notwehr zu berücksichtigen, kann der Mitleidfaktor sehr wohl einsetzen. Und dann ist alles offen.«

»Du wirst nie einen Richter dahin bringen, dass er eine Notwehrsituation anerkennt, wenn die Person, die getötet wurde, keine gegenwärtige Bedrohung darstellt.«

»Mag sein. Aber es gab einen Fall in New Jersey, in dem eine Frau wiederholt von ihrem ersten Mann missbraucht wurde. Dann hat auch der zweite Mann sie missbraucht und den hat sie dann getötet. Der Richter sagte den Geschworenen, dass sie den Missbrauch durch den ersten Mann sehr wohl zur Bemessung ihres Geisteszustands zu dem Zeitpunkt, als sie ihren zweiten Ehemann erschoss, heranziehen könnten. Und du musst zugeben, mein Engel, dass hier eine gewisse Analogie vorliegt.«

»Den Fall hatten wir auch noch nicht. Wo hast du davon erfahren?«

»In einer Talkshow. Bei Geraldo Rivera.«

Die Taktikdebatte zwischen Abe und Emma ging noch eine Stunde ohne Ergebnis weiter. Emma trat für eine Verteidigung ein, die auf begründetem Zweifel beruhte: Max aus dem Zeugenstand heraushalten und argumentieren, dass der Indizienbeweis nicht zweifelsfrei beweise, dass Max Prandus entführt und getötet hatte.

»Lass uns erst mal abwarten«, schlug Abe zum Schluss der Debatte vor. »Nachdem der Staatsanwalt seine Sache vorgetragen hat, wissen wir besser, ob wir Max in den Zeugenstand holen müssen. Max gäbe einen fantastischen Zeugen ab. Einen der wenigen, der die Wahrheit aussprechen würde. Das Problem ist leider, dass diese Wahrheit ihm vor einigen der Geschworenen das Genick brechen kann. In der Zwischenzeit hätte ich aber einen Job für dich, Emma. Ich brauche dich wirklich dafür.«

»Das ist das erste Mal, dass du sagst, du brauchst mich für was. Muss eine ziemlich große Sache sein.«

»Ist es auch, mein Engel. Ich brauche dich, damit du mit Max redest, und zwar so, wie ich es nicht kann. Er unterhält sich doch gerne mit dir. Ich brauche einfach noch mehr Information. Etwas, das er mir nie sagen würde. Vielleicht öffnet er sich ja dir gegenüber. Bitte sprich mit ihm.«

»Ich versuch's, Daddy, aber ich weiß nicht, ob es etwas hilft. Immerhin ist er ein störrischer alter Mann.«

»Deinem Charme kann keiner widerstehen, mein Engel.«

Kapitel 35

Die Geschichte von Dori

»Onkel Max, Daddy glaubt, wenn du Marcelus Prandus nicht getötet hättest, hättest du dir womöglich das Leben genommen. Stimmt das?«

»Dir auch einen guten Tag, Emma. Du hast schon eine merkwürdige Art, ein Gespräch mit einem Freund zu beginnen, den du seit Wochen nicht gesehen hast. Kein ›Hallo‹, kein ›Wie hat man dich im Knast behandelt?‹. Nicht mal Notlügen, wie gut ich trotz dieser Gefängnisuniform aussehe?«

»Tut mir Leid. Ich war noch nie gut im Smalltalk. Ich muss wohl noch eine ganze Menge darüber lernen, wie man mit Kranken oder, wie in diesem Fall, mit Gefangenen umgeht. Wie geht es dir denn nun?«, fragte Emma und sah sich dabei in der tristen Zelle um.

»Mir geht es gut, den Umständen entsprechend. Und ich begreife auch, wie eifrig ihr euren Job tut. Lass uns also den, wie du sagst, Smalltalk beenden und auf deine Frage zurückkommen. Ich weiß beim besten Willen nicht, was ich getan hätte, wenn Marcelus Prandus in seinem Bett gestorben wäre, umgeben von seinen Kindern und Enkeln, die ihn anhimmeln. Ich wäre ganz sicher am Boden zerstört gewesen, aber ich kann einfach nicht darüber spekulieren, was ich getan hätte oder nicht.«

»Ich glaube nicht, dass du dir etwas angetan hättest. Du bist zu stark. Du hast die Nazis überlebt. Du hast gegen die Araber gekämpft. Du bist ein Überlebender und Überlebende wie du begehen nicht Selbstmord«, meinte Emma mit Nachdruck und in einem Ton, als müsste sie ihn anfeuern.

Kaum waren die Worte aus ihrem Mund, sah sie, wie Max' Blick in die Ferne schweifte, und plötzlich stiegen ihm Tränen in die Augen.

»Ich muss gerade an meinen Freund Dori denken«, sagte er.

»Du hast schon beim Seder angefangen, uns von ihm zu erzählen. Ich hätte dich gerne weiter über ihn ausgefragt, aber es war schon so spät und du warst so erschöpft.«

Max rückte etwas näher zu Emma hin.

»Bitte erzähl mir von Dori. Vielleicht hilft es, Daddys Frage zu beantworten.«

»Es ist eine traurige und schwierige Geschichte.«

»Ich möchte sie trotzdem hören.«

»Dori war für mich eine Art Familienersatz. Ich habe ihn in einem Vertriebenenlager außerhalb von München gefunden, wohin man mich geschickt hatte.«

»Was heißt das, du hast ihn gefunden?«, wollte Emma wissen.

»In Wilna war er einer unserer Nachbarn gewesen. Damals hatte ich kaum etwas mit ihm zu tun, weil seine Familie nicht religiös war. Ich habe ihn wiedererkannt. Wir wurden sofort unzertrennlich.«

»Wie sah er denn aus?«, fragte Emma.

»Er hätte dir gefallen. Er sah gut aus und war kräftig gebaut. Wie auf einem Werbeplakat für den Zionismus. Dunkler Teint, schwarzes gewelltes Haar, muskulös – und das nach allem, was er durchgemacht hatte. Und wie zäh er war! Du hast mit Sicherheit noch nie jemanden getroffen, der so entschlossen war wie Dori. Und genauso eigensinnig. Seine Familie bestand aus lauter Zionisten. Sie gehörten zu den Ersten, die umgebracht wurden. Dori hatte sich schon sehr früh den Partisanen angeschlossen – noch ehe die Nazis seine Familie verschleppten.«

»Hat er deine Schwester gekannt?«

»Nur flüchtig, hier und da ein Gruß. Als ich ihm später das Bild gezeigt habe, sagte er aber: ›Ich erinnere mich an sie. Sie war sehr schön.‹«

»Gehörte Dori zu der Gruppe, die Rache nehmen wollte?«

»Anfangs nicht. Er hatte sich ganz dem Zionismus verschrieben und meinte, dass Rache die Juden nur von ihrer wichtigsten Aufgabe ablenken würde, einen eigenen Staat zu gründen. ›Richtet eure Wut lieber auf die Engländer und die Araber‹, meinte er immer. ›Vergesst die Nazis. Die sind Vergangenheit.‹

Er vertrat die Auffassung, dass die Nazis, die unsere Familien umgebracht hatten, nichts als dumme, unbedeutende Leute waren, die ein unglückliches Leben voller Schuldgefühle führen würden. Sie seien es nicht wert, dass wir für sie unser Leben aufs Spiel setzten. Er beschwor mich, der Rache aus dem Weg zu gehen, denn sie würde uns zerstören, so wie sie Michael Kohlhaas zerstört hat.«

»Michael wer?«

»Eine preußische Geschichte über die Rache, die mit einem Mann anfängt, der ein paar von Kohlhaas' Pferden misshandelt, und damit endet, dass Kohlhaas mehrere Städte niederbrennt und die Bewohner umbringt. Diese traurige Geschichte über die zerstörerische Wirkung der Rache ist für uns beide zu einem wichtigen Symbol geworden. Dori hat erkannt, dass ich Gefahr lief, ein

Michael Kohlhaas zu werden, da meine einzige Freude daraus bestand, meine Feinde leiden zu sehen.«

»Das hört sich aber ganz und gar nicht nach dir an«, erwiderte Emma.

»Ich erinnere mich an einen Tag, als Dori hereinkam, während ich an der Lagerzeitung arbeitete, und sah, dass ich lächelte. ›Aha, endlich sehe ich dich mal lächeln.‹ Ich habe ihm erklärt, dass ich an einem Artikel über den Massenselbstmord von Joseph Goebbels' Familie während der letzten Kriegstage saß.«

»Was hat dich dabei so fröhlich gestimmt? Wieso hast du gelächelt?«, unterbrach Emma.

»Weil dieses Monster seine eigenen Kinder töten musste – alle sechs –, ehe er sich und seine Frau umbrachte.«

»Warum seine Kinder?«

»Weil er Angst hatte, jüdische Überlebende könnten sich an seinen Kindern rächen und sie foltern.«

»Das haben Juden niemals gemacht«, sagte Emma.

»Aber er dachte es und das hat ihn dazu verleitet, seine Kinder zu töten.«

»Und das hat dich froh gestimmt?«, fragte Emma ungläubig.

»Ja, Emma, das hat es. Es war eine angemessene Rache, da auch viele jüdische Eltern dazu getrieben worden waren, die eigenen Kinder zu töten, um ihnen die Folter durch die Nazis zu ersparen. Immerhin muss auch Joseph Goebbels ein wenig vom Schmerz dieser Eltern gefühlt haben.«

»Haben dir denn die Nürnberger Prozesse keinerlei Befriedigung verschafft?«, hakte Emma nach.

»Ein paar Nazis hängen zu sehen oder zu erfahren, dass Hitler und Göring sich umgebracht hatten, hat wenig geholfen. Diese Leute hatten nichts Menschliches an sich.

Sie waren abstrakte Figuren in einem entfernten Drama. Sie hatten ihre Mission erfüllt, das europäische Judentum zu zerstören, aber die ganze Welt zu nazifizieren, hatten sie nicht geschafft und für diesen Fehlschlag mussten sie sterben – durch eigene Hand oder durch die Hand derjenigen, die gegen sie gekämpft hatten. Mit Gerechtigkeit hatte das nichts zu tun. Es war höchstens eine perverse Art von Schicksal. Ich aber wollte Marcelus Prandus wirklich leiden sehen.«

»Mein Vater kennt einen Witz über Leute, die so von ihrer Rache besessen sind, dass sie lieber ihre Feinde leiden sehen als selbst belohnt zu werden«, meinte Emma. »Aber damit würde ich dich vielleicht kränken.«

»Seit ich im Gefängnis bin, ist es schwierig, mich zu kränken.«

»Okay. Der Witz handelt von zwei jüdischen Nachbarn aus Riga, die in eine schon lange andauernde Fehde verstrickt waren. Moishe findet eine alte Lampe, aus der ein Geist kommt, der ihm drei Wünsche gewährt, aber nur unter der Bedingung, dass er alles, was er Moishe gibt, gleich zweifach seinem Feind Yakov gewährt.«

»Ich glaube, ich weiß, auf was die Sache rausläuft.«

»Moishe bittet um hundert Rubel. Das geschieht tatsächlich, aber bald taucht Yakov mit seinen zweihundert Rubeln auf. Dann bittet Yakov um eine schöne Frau und tatsächlich erscheint eine. Am nächsten Morgen gibt Yakov damit an, dass zwei schöne Frauen in seinem Schlafzimmer erschienen wären. Endlich bittet Moishe den Geist voller Verzweiflung: ›Würde es mir sehr viel Schmerzen bereiten, wenn du mir einen meiner Hoden wegnimmst?‹«

»Das ist nicht besonders lustig.«

»Du findest es nicht lustig, weil du selbst nur allzu willig einen Hoden drangegeben hättest, nur damit Prandus alle beide verliert.«

»Du irrst dich. Ich hätte beide dafür gegeben, damit Prandus auch nur einen verliert. So frustriert war ich darüber, dass ich für meine Familie keine Gerechtigkeit erwirken konnte. Dori machte mir klar, dass mein eigener Vater gewünscht hätte, dass ich nach Palästina ginge, statt weiter seine Mörder zu jagen.«

»Also bist du nach Palästina gegangen?«, wollte Emma wissen.

»Ja, auf einem klapperigen alten Schiff, das die Reise gerade eben überstanden hat. Wir mussten der englischen Blockade ausweichen.«

»Hört sich reichlich gruselig an.«

»War es auch, aber die Fahrt war trotzdem herrlich. Das Schiff war voll mit Überlebenden, die unterwegs waren zu einem neuen Ort für ihr neues Leben.«

»Und was passierte mit Dori?«, fragte Emma.

»Wir dienten in derselben Einheit. Dori wurde Kommandant und zeichnete sich als unerschrockener Kämpfer aus, der jederzeit sein Leben aufs Spiel setzte. Sein Schlachtruf war ›Acharai!‹ – das hebräische Wort für ›mir nach‹.

Nach dem Krieg wurde Dori zu einem ganz anderen Menschen. Seine Energie schien nachzulassen. Der entschlossene Ausdruck verschwand aus seinem Gesicht. Er lebte seinen Traum, aber es befriedigte ihn nicht. Sogar seine dunkle Hautfarbe wurde blasser. Ich machte mir Sorgen um ihn. Aber ich war so eifrig dabei, an meiner Karriere zu arbeiten, dass ich ihm nicht wirklich zuhörte. Dann kam die Reise nach Deutschland 1956. Damals war ich bereits ein anerkannter Wissenschaftler, der an der Hebrew University lehrte.«

»Du bist also in die Fußstapfen deines Vaters getreten«, bemerkte Emma.

»Ja, und man hatte mich nach Köln zu einem Kongress über christliche und jüdische Interpretationen des Predigerbuches eingeladen. Dori wollte mit mir kommen, um den Deutschen zu zeigen, was sie nicht geschafft hatten.

Als wir in Köln ankamen, staunte Dori über den offenkundigen Wohlstand dort. Der Marshallplan hatte Köln – wie auch den größten Teil von Westdeutschland – wirtschaftlich in eine blühende Landschaft verwandelt.

Im Hotel schließlich konnte Dori seine Wut nicht länger unterdrücken. ›Die haben den verdammten Krieg gewonnen!‹, schrie er.

Ich versuchte, ihn zu beruhigen, aber er machte weiter, wie ein Verrückter. ›Hast du gesehen, wie Köln aussieht? Wie ein Paradies, das von Völkermördern bewohnt ist. Ich kann es einfach nicht fassen. Es ist so verdammt ungerecht, dass die Mörder auch noch belohnt werden.‹

Als wir die Straßen entlanggingen, begegneten wir Hunderten von Männern, die allesamt zwischen dreißig und fünfzig Jahre alt waren. Die meisten von denen mussten im Krieg gedient haben, ein paar auch in der SS und der Gestapo. Wir sahen also in die Gesichter von Mördern und alle lächelten.

Dori konnte den Gedanken nicht ertragen, dass diese Mörder frei herumliefen, zusammen mit ihren Frauen, Kindern und Eltern.

Er war nicht zu trösten. Zum ersten Mal seit dem Krieg sah ich ihn wieder weinen. Wir hielten einander fest, bis Dori sich plötzlich losmachte und mit verzerrtem Gesichtsausdruck rief: ›Wir müssen einen Nazi – bloß einen einzigen Nazimörder – finden und ihn umbringen!‹

Er bestand darauf, dass dies eine deutliche Botschaft wäre: dass nämlich kein Nazimörder leben sollte, ohne sich ständig umdrehen zu müssen; dass irgendwo da draußen auf jeden von ihnen ein Racheengel wartete, der jederzeit zuschlagen konnte. Dann zitierte er noch Iwan Karamasow: ›Ich brauche Vergeltung, um mich nicht selbst zu zerstören.‹«

»Was ist dann passiert? Hat Dori einen alten Nazi angegriffen?«

»Er hat versucht, mit ein paar deutschen Männern Streit anzufangen, aber alle blieben sie unveränderlich höflich und freundlich. Wann immer er sagte, er sei Israeli, kam stets die gleiche Antwort: ›Ich habe den größten Respekt vor dem israelischen Volk.‹

Ich erlebte, wie Doris Frustration allmählich in Depression umschlug. Die Entfernung zu seiner Heimat nahm ihm jeden Halt. Er fühlte sich verloren. Rache geht ja oft mit einem Gefühl der Machtlosigkeit und der Hoffnungslosigkeit einher. Jedenfalls fühlte sich Dori in jeder Hinsicht unfähig, weiter zwischen diesen neuen Deutschen herumzuwandeln.

Nicht zuletzt wegen seiner Schuldgefühle. Wie so viele andere junge Männer, die überlebten, hatte Dori seine Eltern, seinen jüngeren Bruder und die Schwester, dazu die Großeltern verloren. Er redete sich ein, dass er, falls er im Getto geblieben wäre, seiner Familie die Flucht hätte ermöglichen können. Ich versuchte ihn davon zu überzeugen, dass es unmöglich gewesen wäre, die ganz Alten und ganz Jungen zu retten, aber Dori dachte schon nicht mehr rational. Enttäuschung, Schuld, Depression, Einsamkeit und das Gefühl der Sinnlosigkeit sind eine gefährliche Mischung, besonders in der Fremde, weit weg von zu Hause.«

Max hielt inne, seufzte tief und fuhr dann fort. »Während ich auf dem Kongress einen Vortrag hielt, stieg Dori die Hunderte von Stufen des Doms hoch, setzte sich auf eine Bank und schrieb eine Nachricht für mich.«

»O nein!«, flüsterte Emma.

»Es war keine sehr lange Nachricht und ich erinnere mich noch an jedes einzelne seiner bitteren Worte«, erklärte Max mit Tränen in den Augen.

Lieber Max,

Hitler hat den Deutschen versprochen, es würde Deutschland besser gehen, wenn sie die Juden umbrächten. Also brachten sie die Juden um und Deutschland geht es besser. Ich kann nicht in einer solchen Welt leben, in der Völkermord belohnt wird. Auch kann ich nicht tun, was Michael Kohlhaas tat. Ich bin Jude. Ich kann keine Unschuldigen töten, obwohl jede Faser meines Körpers nach Rache schreit. Würde ich weiterleben und so meine Verzweiflung noch größer werden lassen, dann würde ich womöglich zum Kohlhaas. Dazu darf es aber nicht kommen – um des Namens meiner Familie willen, um des jüdischen Volkes willen und meiner eigenen Seele willen. Ich weiß nur einen Weg, es nicht so weit kommen zu lassen.

Ich liebe dich und ich weiß, dass du für dich einen besseren Weg finden wirst.

Shalom, Dori

»Du hast auch noch Dori verloren«, sagte Emma schluchzend.

»Ja. Und sein Verlust war in gewisser Hinsicht der schlimmste. Doris Selbstmord war das Allerletzte, was ich erwartet hatte. Hätte man mir gesagt, Dori sei wegen Mordes an einem Deutschen festgenommen worden, wäre ich nicht so schockiert gewesen. Aber so etwas!

Warum? Warum sind es die Opfer, die leiden müssen, während die Täter einfach weiterleben?

Die nächsten Tage gehörten zu den schlimmsten meines Lebens. Ohne Doris Leichnam konnte ich Deutschland nicht verlassen, aber die deutschen Behörden bestanden darauf, eine Autopsie vorzunehmen. Zum Kongress ging ich nicht mehr zurück. Ich mochte niemanden sehen und von niemandem getröstet werden, vor allem nicht von den Deutschen. Ich machte die Synagoge ausfindig und traf dort auf einen jungen Rabbi aus Amerika, der sich um die rituelle Herrichtung des Leichnams kümmerte. ›Er ist gefallen‹, beharrte der Rabbi, ›weil er sich nicht mit der komplizierten religiösen Problematik des Selbstmordes auseinandersetzen wollte.‹«

»Er ist aber nicht gefallen. Sondern gesprungen. Das stimmt doch, oder?«, fragte Emma

»Natürlich ist er gesprungen. Aber warum sollte ich die Angelegenheit für den Rabbi noch schlimmer machen? Also ist Dori, der Mann, der die Nazis und die Araber überstanden hat, eben durch einen Unfall gestorben. So steht es in der Sterbeurkunde. Das ersparte es den Deutschen auch, für einen weiteren toten Juden die Verantwortung zu übernehmen.«

»Konnten dir die jüdischen Überlebenden in Köln Trost spenden?«

»Nein. Für die war Selbstmord ein allzu bekanntes Phänomen.«

»Das ist so traurig. Was hast du dann gemacht?«

»Ich habe mir einen Schwur auferlegt. Niemals würde ich Hitler erlauben, irgendeine Entscheidung meines Lebens zu beeinflussen. Hitler war tot. Ich lebte. Dennoch hatte Hitler alle wichtigen Entscheidungen für mich und meine Familie getroffen – Entscheidungen über Leben und Tod. Und es war Hitler gewesen, der für Dori entschieden hatte. Während meiner Besuche in der Kölner Synagoge erklärten mir etliche Gemeindemitglieder, sie blieben in Deutschland, ›um Hitler zu zeigen, dass er es nicht geschafft hat, Deutschland von den Juden zu befreien‹. Andere wollten Deutschland verlassen, weil Hitler es nicht verdiente, dass Juden zum Aufbau des neuen Deutschland beitrügen. Sogar aus dem Grab traf Hitler immer noch die Entscheidungen für diese überlebenden Juden. Ich wollte das nicht. Nicht mehr!«

»Wo wurde Dori beerdigt?«

»Doris Körper wurde mit allen militärischen Ehren auf dem Jerusalemer Friedhof begraben, auf dem die Veteranen des Unabhängigkeitskrieges liegen. Der Rabbi in Israel wusste, dass Selbstmord die Todesursache war, erklärte Dori aber als Holocaust-Opfer. Juden, die sich während des Holocaust das Leben nahmen, betrachtete man nicht als Selbstmörder, sondern so, als wären sie von den Nazis umgebracht worden. Manchmal dauerte das eben nur ein bisschen länger.«

»Hat Doris Selbstmord dein Bedürfnis nach Rache verstärkt?«

»Nein. Der Selbstmord hat mich davon überzeugt, dass ich mein Leben leben musste, wenn ich der Verzweiflung aus dem Weg gehen wollte, die Dori in den Tod getrieben hatte. Ich wusste, dass ich mein Rachebedürfnis niemals vollständig überwinden würde, hoffte jedoch, dass die Intensität mit der Zeit nachließe, wenn ich mein Bedürfnis nach Rache nur lange genug aufschieben konnte.«

»Und? Hat es nachgelassen?«

»Ja. Bis zum Seder und bis ich kurz darauf Prandus gefunden hatte. Da habe ich mich plötzlich gefühlt wie Dori. Ich musste irgendetwas tun. Wenn ich nichts täte, jetzt, da ich von Prandus' Anwesenheit wusste, würde ich zu Dori werden.«

»Ich hatte Unrecht, Onkel Max, es tut mir so Leid«, sagte Emma mit sanfter Stimme. »Danke, dass du mir die Geschichte erzählt hast.«

Max schwieg eine Weile, legte Emma dann seine Hand auf den Arm und sagte: »Ich habe dir zu danken, dass du mir zugehört hast. Es hat mir sehr geholfen. Ich wünschte, ich hätte auf Dori gehört.«

Kapitel 36

Cox für die Anklage

Erskine Cox schob seinen Rollstuhl hinter dem Portier durch das Büro der Bezirksstaatsanwältin. Noch ehe er vor dem großen Eichentisch mit dem Namensschild »Georgina Droney, Bezirksstaatsanwältin« zum Stehen kam, rief er: »Ich glaube, ich weiß schon, warum Sie mich ausgesucht haben, diesen Fall zu übernehmen, Mrs Droney! Und wenn ich Recht habe, stinkt die Sache zum Himmel. Ich will damit nichts zu tun haben.«

»Beruhigen Sie sich, Erskine, und verraten Sie mir, was Sie glauben, warum ich Sie ausgesucht habe.«

»Weil ich ein Krüppel bin, und man braucht schon einen Krüppel, um einen anderen Krüppel anzuklagen. Ich bin physisch gesehen ein Krüppel und Menuchen wird vermutlich für sich beanspruchen, ein psychischer Krüppel zu sein.«

»Vergessen Sie doch bitte diesen Unsinn, Erskine, und betrachten Sie lieber die Tatsachen.«

»Welche Tatsachen? Dass ich einen Rollstuhl brauche?«

»Nein, dass Sie, verdammt noch mal, mein bester Ankläger sind. Wann haben Sie das letzte Mal einen Fall verloren?«

»Ich bin erst seit zwei Jahren im Amt.«

»Und haben bis jetzt keinen Fall verloren.«

»Bisher haben Sie mir auch nur die leichten Fälle gegeben.«

»Die waren bloß deshalb leicht, weil Sie der Ankläger waren. Sie sind verdammt gut, aber dieser Fall wird zeigen, wie gut. Sie klagen ein Opfer an und das ist immer ziemlich hart.«

»Ich glaube nicht, dass Opfer eine Lizenz haben, das Gesetz zu brechen – eine Lizenz zum Töten.«

»Ich habe Ihren Artikel im *Harvard Law Review* gelesen.«

Cox hatte auf brillante Weise die um sich greifende Verteidigungsstrategie attackiert, Täter als Opfer hinzustellen, und sich dabei auf Fälle wie den der Menendez-Brüder, den von Lorena Bobbitt und auf das Verprügelte-Frauen-Syndrom bezogen. Der Aufsatz trug die Überschrift: »Die Opferrolle macht aus Unrecht nicht Recht.«

»Deshalb haben Sie mich also ausgesucht?«

»Das kam dazu, stimmt.«

»Und das hier auch?«, fragte Cox und wies auf den Rollstuhl.

»Schauen Sie, Erskine. Sie sind ein großartiger Ankläger. Und großartige Ankläger nutzen jeden Vorteil, den sie haben, um Strafverteidiger zu schlagen, denen weiß Gott jedes Mittel recht ist.«

»Wir sollten also so wie die werden?«

»Es gibt da durchaus ein paar Unterschiede.«

»Ja, weiß ich. Wir haben die Wahrheit auf unserer Seite. Wir klagen nur die an, die wir für schuldig halten. Die von der Gegenseite verteidigen jeden, der das Honorar zahlen kann.«

»Das und die Tatsache, dass wir nach anderen Regeln spielen.«

»Genau darum geht's mir, Mrs Droney. Ich benutze meinen Rollstuhl nicht gern als Requisite.«

»Ich wünschte, er wäre nur das, Erskine«, sagte Mrs Droney mit sanfter Stimme.

Cox war während seiner Zeit in Harvard ein Starathlet gewesen – Mannschaftssport, Squash und Tauchen. Während einer olympischen Vorentscheidung hatte er sich bei einem ebenso unglücklichen wie außergewöhnlichen Unfall das Rückgrat gebrochen.

»Ich ertrage es einfach nicht, wenn man Mitleid mit mir hat, Mrs Droney, und ich habe auch nicht die Absicht, irgendwelche Sympathien zu erschleichen.«

»Das weiß ich. Ich habe Sie vor Gericht gesehen.«

»Welchen Vorteil wird es Ihrer Meinung also haben, wenn ich mit dem Rollstuhl aufkreuze?«

»Genau den, den Sie mir gerade berichtet haben.«

»Was soll das heißen?«

»Sie haben mir gerade gesagt, dass Sie es strikt ablehnen, sich Sympathien zu erschleichen aufgrund dessen, was Ihnen zugestoßen ist.«

»Und?«

»Genau das ist die Botschaft, die Ihr Rollstuhl aussenden soll. Das wird einen scharfen Kontrast zu der Botschaft bilden, von der ich glaube, dass Ringel sie verbreiten will, nämlich dass die Geschworenen Sympathie mit diesem Mörder haben sollen wegen dem, was *ihm* zugestoßen ist.«

»Damit kann ich leben«, meinte Cox, während er sich aus dem Büro seiner Vorgesetzten rollte.

Kapitel 37

Richter Tree und die Geschworenen –
auf Seiten der Gerechtigkeit – August 1999

»In meinem Gerichtssaal dulde ich keine Störungen oder Demonstrationen«, stellte Richter Jackson Tree mit seinem tiefen Bariton klar. »Dies ist einer der ernsthaftesten und schwierigsten Prozesse, denen ich je vorsaß, und er wird vom Richter und von den Geschworenen verhandelt und nicht von der Öffentlichkeit, den Medien oder irgendwelchen Anwälten auf irgendwelchen Tribünen. Habe ich mich deutlich genug ausgedrückt?«

»Ja, Euer Ehren«, antworteten Abe Ringel und Erskine Cox im Chor wie Schulkinder.

»Und jetzt zu Ihnen dort hinten«, sagte Richter Tree und wies dabei auf eine Gruppe von sechs Männern, die Hakenkreuz-Armbinden über braunen Hemden mit der Aufschrift »Arische Söhne der Gerechtigkeit« trugen. Drei von ihnen hatten auf den Stufen des Gerichtsgebäudes demonstriert, während die anderen im Gerichtssaal schon Plätze für sie reserviert hatten.

»Sie haben das Recht zu demonstrieren, aber gefälligst nicht in meinem Gerichtssaal.«

»Ich danke Ihnen, Herr Richter. Die haben mir schon Angst gemacht«, sagte eine alte Frau in Konzentrationslager-Kleidung.

Richter Tree sah sie finster an. »Sehen Sie, Ma'am, hier im Gericht sind Sie nicht besser als die da. Hier sind alle gleich, ohne Rücksicht auf persönliche Ansichten. Auch von Ihnen möchte ich kein Wort hören.«

Dann wandte er sich Abe Ringel zu und meinte: »Ich werde kein untergeschobenes Beweismaterial, keine Requisiten, keine choreografierten Vorführungen oder Ähnliches dulden. Ich möchte das nur klarstellen, bevor wir uns an die Auswahl der Geschworenen machen. Ich will keinen Prozess mit Verfahrensmängeln. Und ich will, dass alle hier im Saal Versammelten wissen, wer hier die Verantwortung hat.«

Richter Jackson Tree war ein befehlsgewohnter Mensch, ein erfahrener ehemaliger Ankläger, bekannt für seine strenge Herangehensweise.

Jackson Tree war ungefähr 1,90 Meter groß, was zu seinem unvermeidlichen Spitznamen »Eiche« geführt hatte. In den siebziger Jahren hatte er Basketball gespielt und mit magna cum laude an »der« Jurafakultät, wie er sie nannte, abgeschlossen. Er war zwei Jahrgänge unter Abe Ringel gewesen, den er dann während seiner Zeit als Ankläger kennen lernte. Sie waren nicht gerade beste Freunde, auch wenn sie einander auf professioneller Ebene respektierten.

Der Ankläger, Erskine Cox, war ein Studienkollege von Jackson Tree aus Harvard-Zeiten. Sie hatten demselben studentischen Übungs-Gerichtsteam angehört, waren aber ebenfalls keine persönlichen Freunde.

»Okay, stellen wir also eine faire Jury zusammen – eine Jury, mit der keine der beiden Seiten vollkommen glücklich ist«, verkündete der Richter, als der Gerichtsdiener die erste Riege möglicher Geschworener hereinführte.

»Also, meine Damen und Herren der Geschworenenvorladung. Ist jemand unter Ihnen, der meint, dass er oder sie nicht zu dieser Jury gehören kann, die ungefähr eine Woche lang tagen wird?«

Richter Tree genoss offenkundig diesen Teil der Prozessvorbereitungen. Massachusetts hatte erst kürzlich ein allgemeines Geschworenen-System eingeführt, bei dem niemand von vornherein ausgeschlossen wurde, unabhängig davon, wer er oder sie war und wie wichtig er oder sie den eigenen Beruf fand. Jackson Tree hatte sich sehr dafür eingesetzt, dieses System durchzubringen, und war stolz darauf.

Ein Mann Anfang vierzig erhob sich. »Ich habe ein kleines Geschäft mit zehn Angestellten. Ich bin unentbehrlich, damit es weiterläuft.«

Der Richter sah dem Geschäftsmann in die Augen. »Die Friedhöfe sind voll mit unentbehrlichen Leuten. Wenn Sie eine Woche krank wären, würde Ihr Geschäft dann Bankrott gehen?«

Der Geschäftsmann zögerte und ehe er antworten konnte, fuhr Richter Tree fort. »Denken Sie daran, Sie stehen unter Eid. Sollten Sie meine Frage bejahen, werde ich diese Antwort Ihrer Bank übermitteln. Dann werden wir sehen, wie man dort die Tatsache beurteilt, dass Ihr Geschäft Pleite gehen würde, wenn Sie eine Woche abwesend wären, und warten wir ab, was das für Ihren Kreditrahmen bedeutet.«

»Mein Geschäft wird wohl eine Woche ohne mich auskommen können«, sagte der Geschäftsmann verlegen, als er sich wieder hinsetzte.

»Und ich wette, während Ihrer Abwesenheit läuft es noch besser«, meinte der Richter, der immer das letzte Wort haben musste. »Sehr schön. Sonst noch jemand in dieser Geschworenenrunde, der sich für unentbehrlich hält?«

Eine einzige tapfere Seele erhob sich – eine Frau in den Dreißigern.

»Euer Ehren, ich bin Anwältin und habe ab kommenden Freitag einen Zivilprozess.«

»Da habe ich Neuigkeiten für Sie, junge Frau. Vermutlich hat man Ihnen das auf der Universität nicht beigebracht, aber Geschworene sind für unser Rechtssystem wichtiger als Anwälte – und auch als Richter. Werden Sie sich über Ihre Prioritäten klar. Ich werde mit Ihrem Richter sprechen, damit er Ihren Prozess verschiebt, andernfalls übernimmt ihn ein anderer Anwalt.«

»Aber Euer Ehren, ich habe diesen Prozess doch vorbereitet ...«

Der Richter unterbrach sie. »Sagt Ihnen der Name Richter Breyer etwas?«

»Ja, Sir, er ist am Obersten Gericht der Vereinigten Staaten.«

»Ziemlich wichtig, der Job, oder?«

»Stimmt.«

»Wichtiger als Ihrer?«

»Natürlich.«

»Nun, jetzt raten Sie mal, was passierte, als Richter Breyer aufgefordert wurde, in einer meiner Jurys mitzuwirken.«

»Hat er mitgewirkt?«

»Allerdings. Und er hat auch nicht versucht, sich herauszuwinden – im Gegensatz zu Ihnen.«

»Ja, Sir.«

»Und wollen Sie wissen, was ich gesagt hätte, falls er versucht hätte, sich herauszuwinden?«

»Ich kann es mir denken, Euer Ehren.«

»Können Sie sich auch denken, was ich Ihnen sagen werde, junge Frau?«

»Ich glaube, auch das kann ich, deshalb ziehe ich meine Bitte, entlassen zu werden, zurück.«

»Genau das wollte ich hören. Sonst noch jemand?«, fragte Richter Tree rhetorisch. Und ohne Pause fuhr er fort: »Und jetzt lassen Sie uns überprüfen, ob irgendeiner der möglichen Geschworenen in irgendeiner Weise voreingenommen ist.«

Abe Ringel mochte dieses Auswahlverfahren. »Nur eins ist wichtig«, sagte er zu Henry Pullmann, seinem Geschworenen-Experten. »Wen lieben wir? Wen hassen wir?«

Pullmann hatte seine gewohnte Liste mit erwünschten und unerwünschten Charakteristika gezückt. Ganz oben auf der Liste der unerwünschten Eigenschaften war »der unerschütterliche Glaube an das System«.

»Ich will hier keinen Banker oder sonst jemand, der ganz oben in der Nahrungskette sitzt.«

Pullmann zeigte Abe einen Cartoon, den er immer mit sich führte. Drei Fische waren darauf abgebildet. Der größte Fisch aß den mittleren und sagte: »Das Leben ist immer gerecht.« Der mittlere Fisch aß den kleinen und meinte: »Das Leben ist manchmal gerecht.« Der kleine Fisch aß nichts und meinte: »Das Leben ist nie gerecht.«

»Ich will eine Jury von zwölf kleinen Fischen, die der Meinung sind, dass das Leben immer ungerecht ist«, verkündete Pullmann.

Der erste der potentiellen Geschworenen, der befragt werden sollte, war ein Mann Anfang fünfzig namens Jim Hamilton, der zwanzig Jahre im Management der Boston Celtics tätig gewesen war, bis Rick Pitino – der neue Trainer der Celtics – dort aufräumte.

»Als Sie noch bei den Celtics waren, wie haben Sie da reagiert, wenn die Spieler sich nach einem schlechten Spiel herausredeten?«

»Red hat solche Ausreden niemals geduldet«, sagte der

Mann, wobei er sich auf den legendären Celtics-Trainer Red Auerbach bezog.

»Und was war mit Ihnen?«

»Ich war der gleichen Meinung wie Red.«

Abes Fragen waren so gestellt, dass der Ankläger genügend Vertrauen in Hamilton bekäme, dass er bei diesem Geschworenen, den Pullmann auf seiner Skala von eins bis zehn eine Neun gegeben hatte, nicht eine seiner sechs möglichen Ablehnungen ohne Angabe von Gründen aussprach.

»Ich habe keine Einwände gegen diesen Geschworenen«, erklärte Abe.

»Ich auch nicht«, sagte ein zufriedener Erskine Cox.

Der Nächste auf der Liste war ein Mann namens Larry Kane, der während des Vietnamkrieges beim Militär gedient hatte und jetzt Versicherungsagent war.

»Ich hab ihn irgendwo in der Mitte eingestuft – bei vier oder fünf«, flüsterte Pullmann.

»Haben Sie jemals das Verlangen verspürt, an jemandem Rache zu üben?«, wollte Abe von Kane wissen.

»Klar doch, hat das nicht jeder schon mal?«

»Und haben Sie dieses Verlangen je in die Tat umgesetzt?«

»Ich denke schon. In kleinem Rahmen.«

»Und das heißt?«

»Lassen Sie mich nachdenken ... ich habe ein paar Mitbewerber aus irgendwelchen Aufträgen rausgedrängt, nachdem sie das Gleiche mit mir gemacht hatten.«

»Nichts Schlimmeres?«

»Nichts, was mir jetzt einfiele.«

»Glauben Sie aufgrund Ihrer Erfahrungen als Militärpolizist, dass die meisten Angeklagten tatsächlich getan haben, dessen sie angeklagt sind?«

»Das glaube ich nicht. Das weiß ich.«

»Wenn Sie am Ende dieses Prozesses und nachdem alle Beweise vorgetragen worden sind, zu dem Schluss kommen, dass der Angeklagte vermutlich schuldig ist, wie werden Sie dann abstimmen?«

»Schuldig.«

»Euer Ehren, ich möchte diesen Geschworenen unter Angabe von Gründen ablehnen.«

»Auf welcher Grundlage?«, schnaubte Richter Tree.

»Auf der Grundlage, dass er einer Verurteilung allein deshalb zustimmen würde, weil der Angeklagte *vermutlich* schuldig ist.«

»Das war eine Fangfrage, Mr Ringel. Er wird sich an die korrekten Maßgaben halten, nachdem ich sie ihm einmal erklärt habe. Abgelehnt.«

»Gut. Dann mache ich von meiner ersten Ablehnung ohne Angaben von Gründen Gebrauch.« Abe Ringel hatte den Grundsatz, eine solche Ablehnung immer dann auszusprechen, wenn er einen Geschworenen erfolglos unter Angaben von Gründen abgelehnt hatte. Denn es war keine gute Idee, einen verärgerten Geschworenen in der Jury zu lassen, der nur darauf wartete, es dem Anwalt heimzuzahlen, weil der ihn aus dem Prozess heraushaben wollte.

Die nächste mögliche Geschworene war eine achtundzwanzigjährige Frau namens Martha Goldberg, die die Werbeabteilung eines örtlichen Fernsehsenders leitete. Pullmann hatte sie bei sechs eingestuft. Abe stellte ihr einige Routinefragen und akzeptierte sie dann.

Danach fragte Erskine Cox:

»Haben Sie den Holocaust in der Schule durchgenommen?«

»Nur kurz gestreift.«

»Waren einige Ihrer Verwandten unter den Opfern?«

»Nicht dass ich wüsste.«

»Woher stammt Ihre Familie ursprünglich?«

»Pittsburgh.«

»Nein. Ich meine, ehe sie nach Amerika kam.«

»Ich weiß nicht. Irgendwo aus Osteuropa. Polen; Russland.«

»Ablehnung ohne Angabe von Gründen.«

Mrs Goldberg wurde entlassen.

Nachdem zwei weitere Kandidaten – beides junge Frauen – akzeptiert worden waren, sprach Cox seine zweite nicht begründete Ablehnung bei einem Mann mittleren Alters mit dem Namen Carl Cohen aus.

In dem Moment, als Cox das Wort »Ablehnung« ausgesprochen hatte, erhob sich Richter Tree zu voller Größe und sagte: »Ins Richterzimmer – jetzt gleich.«

Kaum dass die Anwälte im Dienstzimmer des Richters angekommen waren, ging der sofort auf Cox los.

»Lassen Sie mich Sie nicht vor den Geschworenen in Verlegenheit bringen, Mr Cox. Ich sehe sehr wohl, welchen Weg Sie einschlagen. Haben Sie kürzlich über den Fall *Bumpers* gelesen?«

»Ja, Euer Ehren. Dort heißt es, dass nicht begründete Ablehnungen nicht aufgrund rassistischer Kriterien eingesetzt werden dürfen.«

»Sehr richtig. Sie setzen sie offenkundig aufgrund von religiösen Kriterien ein und das werde ich nicht zulassen.«

»Euer Ehren, die Opfer des Holocaust waren Juden und Juden haben möglicherweise einen besonderen Grund, das Opfer dieses Falles, Marcelus Prandus, zu hassen.«

»Und Schwarze hassen den Rassismus, Frauen hassen Sexismus, aber sie können trotzdem alle gerechte Geschworene sein. Das gilt auch für Juden. Diese eine Ablehnung lasse ich Ihnen noch durchgehen. Wenn Sie aber noch einmal eine Ablehnung ohne Angabe von Gründen gegen einen jüdischen Jury-Kandidaten einsetzen, erkenne ich darin ein Muster. Haben Sie mich verstanden?«

Abe hielt sich die ganze Zeit über bedeckt. Er hätte versuchen können, auf Cohen zu bestehen, aber Pullmann hatte ihn nur bei drei eingestuft. Abe selbst war zwiegespalten in Bezug auf jüdische Geschworene. Womöglich würden sie sich geradezu ein Bein ausreißen, um klar zu machen, dass sie sich niemals von Rachegelüsten würden hinreißen lassen.

Die nächste Geschworene liebten alle, eine Frau namens Sandy Kelley. Sie schien gerecht, freundlich und darum bemüht, alles richtig zu machen.

Schnell wurden noch einige weitere Kandidaten für geeignet befunden. Beide Seiten hatten fünf ihrer sechs möglichen kategorischen Ablehnungen eingebracht. Die nächste mögliche Geschworene – womöglich die letzte – war eine sechsundsiebzigjährige Frau namens Patricia McGinnity, die zeitlebens Hausfrau gewesen war und nun – seit dem Tod ihres Mannes vor ein paar Jahren – ihre Tage damit verbrachte, in der Kirche auszuhelfen. Pullmann hatte sie bei drei eingestuft. »Zu religiös, zu konservativ, zu fest in eingefahrenen Bahnen.« Cox schien sie dagegen zu mögen.

»Machen Sie von Ihrer letzten Ablehnung Gebrauch, Abe. Sie ist die Jungfrau Maria. Die können wir nicht gebrauchen.«

»Wer weiß, wen wir noch kriegen, wenn wir sie sausen lassen. Vielleicht Adolf Hitler persönlich – und dann habe ich keine Ablehnungen mehr.«

»Hitler könnten Sie unter Angabe von Gründen ablehnen. Sogar Tree würde Ihnen Recht geben«, flüsterte Pullmann.

»Ich habe ein gutes Gefühl bei dieser alten Dame«, sagte Abe. »Ich will ihr ein paar Fragen stellen.«

»Sie sind verrückt«, kommentierte Pullmnn.

»Mrs McGinnity, Sie heißen Selbstmord doch nicht gut, oder?«

»Nein. Die Menschen sollten nicht Gott spielen.«

»Halten Sie es überhaupt für richtig, wenn jemand das Gesetz in die eigene Hand nimmt?«

»Einspruch, Euer Ehren«, sagte Cox. »Was sie für richtig hält, ist irrelevant. Das Gesetz hält es nicht für richtig und wenn Mrs McGinnity der Jury angehören soll, muss sie dem Gesetz dienen.«

»Gut gesprochen, Mr Cox«, sagte Richter Tree lächelnd. »Ich bin sicher, dass Mrs McGinnity die Botschaft verstanden hat. Einspruch abgelehnt. Sie dürfen antworten.«

»Wenn Regierungen uns elementare Rechte vorenthalten, wie zum Beispiel das auf freie Religionsausübung, haben wir das natürliche Recht auf Widerstand. Auch wenn wir dafür bezahlen müssen, zumindest hier auf Erden.«

»Gib's ihr. Gib's ihr«, flüsterte Pullmann wütend.

Abe sah Richter Tree an und meinte: »Wir haben keine Probleme mit Mrs McGinnity.« Auch Cox hatte keine Einwände. Die Jury war komplett. Der Prozess konnte beginnen.

Court TV stellte den Antrag, den Prozess live zu übertragen, und beide Seiten stimmten zu. Max wollte, dass der Prozess die Wahrheit über den Holocaust verbreitete. Die Anklage sah ihn als geeignetes Vehikel an, um über die Gefahren zu berichten, die immer dann lauerten, wenn das Recht in die eigene Hand genommen wurde. Und Richter Tree, der in der staatlichen Rechtskommission von Massachusetts saß, die gerade dabei war, den Einfluss solcher Live-Übertragungen auf das Strafrechtssystem auszuwerten, sah diesen Fall als vorzügliches Experiment an. Er würde den Beweis liefern, dass ein hochkarätiger und emotional geführter Prozess sehr wohl im Fernsehen gezeigt werden konnte, ohne zum Zirkus zu verkommen. Die gesamte Nation würde die Sache »Der Staat Massachusetts gegen Max Menuchen« am Bildschirm verfolgen.

Teil VII

Die Gerechtigkeit vor Gericht

Kapitel 38

Der Fall der Anklage

»Mr Cox. Tragen Sie Ihre Sache vor«, verkündete Richter Tree.

»Meine Damen und Herren Geschworenen«, begann Cox und fuhr mit seinem Rollstuhl näher an die Geschworenenbänke heran, »dieser Fall ist der typische und klassische Fall eines Verbrechens mit Todesfolge. Wir werden beweisen, dass der Angeklagte Max Menuchen mit Hilfe einer Komplizin einen Plan ersann, um einen alten Mann zu kidnappen und ihn psychisch zu foltern. Als Ergebnis dieser Folter nahm sich der alte Mann im Zustand der Verzweiflung das Leben, was vom Angeklagten wohl überlegt herbeigeführt worden ist.«

Cox steuerte seinen Rollstuhl im Gerichtssaal umher, als würde er auf und ab gehen. Schließlich brachte er ihn direkt vor Patricia McGinnity zum Stehen, jener alten Dame, die als letzte der Geschworenen ausgewählt worden war. Cox sah ihr direkt in die Augen, was ihr ein warmes Lächeln von ihren schmalen Lippen entlockte. Dann redete er weiter – zu Mrs McGinnity.

»Dieser Fall entspricht einem anderen, der vor beinahe fünfundsiebzig Jahren entschieden wurde. Damals brach der Angeklagte in das im dritten Stock gelegene Schlafzimmer eines sechzehn Jahre alten Mädchens ein, weil er sie vergewaltigen wollte. Das Mädchen sprang aus dem Fenster und starb durch diesen Sturz. In diesem Fall erklärte der Richter den Geschworenen, dass sie den Angeklagten, falls sie zu der Einschätzung kamen, der Sprung sei eine unmittelbare Folge der versuchten Vergewaltigung, des Verbrechens mit Todesfolge schuldig zu sprechen hätten, selbst wenn er niemals vorhatte, das Mädchen sterben zu lassen.«

»Einspruch, Euer Ehren.« Abe war aufgestanden. »Damals ging es um ein minderjähriges Mädchen, hier geht es um einen reifen Mann. Und der angesprochene Fall ereignete sich vor einem drei viertel Jahrhundert, als die sexuellen Sitten noch andere waren. Ein Vergewaltigungsopfer wurde wie ein ›beschädigtes Gut‹ angesehen. Heute …«

»Einspruch abgewiesen. Die Geschworenen können die Unterschiede selbst ausmachen. Fahren Sie fort, Mr Cox.«

»Bei diesem Fall werden wir beweisen, dass der Angeklagte wollte, dass sein Opfer stirbt. Tatsächlich wäre der gesamte Plan fehlgeschlagen, falls das Opfer nicht gestorben wäre, bevor es die Wahrheit erfahren konnte. Es war ein grausamer und bizarrer Plan, der tragischerweise aufging.«

Mrs McGinnity nickte mit dem Kopf und signalisierte offenkundige Zustimmung zu der Analogie, die Cox heraufbeschworen hatte – oder war es bloße Höflichkeit? »Wir hätten von unserer letzten Ablehnung doch Gebrauch machen sollen«, flüsterte Pullmann.

»Ich wette, dass sie auch mich anlächelt«, gab Abe zuversichtlich zurück.

Cox machte weiter, wobei er dieses Mal seinen Rollstuhl vor Muriel Baker, der Frau mit dem Pokerface, aufbaute.

»Kein Verbrechen ist jemals ohne Motiv begangen worden. Die Verteidigung mag versuchen, ein gutes Motiv für diese grausamen und kriminellen Handlungen zu suggerieren. Aber der Richter wird Ihnen erklären, dass selbst ein gutes Motiv – und ich gestehe hier keinesfalls zu, dass das Motiv ein gutes gewesen ist – keine Entschuldigung oder gar Rechtfertigung für ein Verbrechen darstellt. Ihre Aufgabe besteht nicht darin, herauszufinden, *warum* der Angeklagte das tat, dessen er angeklagt ist, sondern lediglich, zu entscheiden, *ob* er es getan hat. Wir werden dies zweifelsfrei beweisen. Wenn alle Beweise vorliegen, werden wir Sie bitten, den Angeklagten der Entführung und des Verbrechens mit Todesfolge schuldig zu sprechen.«

»Mr Ringel, haben Sie zu diesem Zeitpunkt schon ein Eingangsplädoyer zu halten?«, fragte der Richter.

»Abgesehen davon, dass ich die Geschworenen daran erinnern möchte, bis zur Vorlage sämtlicher Beweise aufgeschlossen zu bleiben – was Sie ihnen ohnehin noch sagen werden, wie ich weiß –, halte ich mein Eingangsplädoyer zurück, bis die Anklage ihren Fall vorgetragen hat.«

»Gut. Ich erinnere also die Geschworenen noch einmal an ihre Pflicht, vorurteilsfrei zu sein, sich an die Unschuldsvermutung zu halten und die gesamte Beweisaufnahme anzuhören, ehe sie etwas entscheiden. Damit sind wir für den ersten Zeugen bereit.«

»Die Anklage ruft Danielle Grant auf.«

Von hinten aus dem Gerichtssaal rief Justin Aldrich, der Danielle Grant vertrat: »Einspruch, Einspruch!«

»Ins Richterzimmer«, sagte Richter Tree und schlug mit dem Holzhammer auf seinen Tisch.

Als sie das Dienstzimmer des Richters erreichten, diskutierten Ringel, Aldrich und Cox bereits heftig.

»Reden Sie mit mir«, verlangte der Richter, »und nicht

untereinander und gegeneinander. Was ist der Grund Ihres Einspruchs, Mr Aldrich?«

»Meine Mandantin ist mit angeklagt, Euer Ehren«, erklärte Aldrich. »Die Anklage darf sie nicht aufrufen. Sie hat das Recht, nicht gegen sich selbst aussagen zu müssen, und sie wird dieses Recht weiß Gott in Anspruch nehmen.«

Als Aldrich das Wort »Recht« aussprach, zog Cox ein Dokument aus der Tasche und legte es vor den Richter hin.

»Setzen Sie die Immunität ein, Euer Ehren. Damit erledigt sich das Recht auf Aussageverweigerung. Sie muss aussagen, dafür dürfen wir ihre Antworten in ihrem eigenen Fall nicht gegen sie verwenden.«

»Das geht nicht, Euer Ehren«, sagte Aldrich flehend. »Wie können wir je sicher sein, dass die Geschworenen diese Antworten nicht für ihre Urteilsfindung verwenden?«

»Weil die Anklage in ihrem Fall nicht herausfinden wird, was sie in diesem Prozess hier gesagt hat«, meinte Cox.

»Wollen Sie sie etwa hinter eine Chinesische Mauer stecken?«, fragte der Richter, wobei er den unter Juristen geläufigen Begriff benutzte.

»Haargenau.«

»Aber Sie können um einen hochkarätigen Fall wie diesen keine Chinesische Mauer errichten. Ganz Amerika sieht am Fernseher zu und liest darüber«, beharrte Aldrich.

»Eben«, meinte Cox süffisant.

»Verbannen Sie das Lächeln aus Ihrem Gesicht, Mr Cox, und sagen Sie uns, warum Sie so amüsiert sind. Aldrich scheint hier ein gewichtiges Argument zu haben.«

»Wir stimmen Ihnen zu, Euer Ehren, dass ganz Amerika wissen wird, was Mrs Grant bezeugt hat. Deshalb schicken wir ihren Ankläger ja auch nach China – und zwar im wörtlichen Sinne. Er untersucht nämlich einen Drogenimport, im Norden Chinas, also ist er im wahrsten Sinne des Wortes hinter der Chinesischen Mauer.«

»Kein schlechter Grund, um so süffisant zu sein, Cox. Jetzt sind Sie dran, Aldrich. Wo liegt das Problem, wenn der nachfolgende Staatsanwalt zehntausend Meilen weit weg ist?«

»Die Geschworenen, die beim Fall Grant eingesetzt sind, werden von ihren Aussagen erfahren«, ereiferte sich Aldrich.

Missbilligend schüttelte der Richter den Kopf. »Wir werden darauf achten, dass Sie einen jeden solchen Geschworenen ablehnen werden, Mr Aldrich. Sie wissen so gut wie ich, dass wir immer zwölf Geschworene finden können, die in der Zeitung nur die Sportseiten lesen.«

»Aber wir können doch niemals ganz sicher sein, dass nicht irgendwelche der erzwungenen Aussagen durch diese Mauer dringen«, klagte Aldrich weiter.

»Diese Last wird auf den Schultern der Anklage ruhen und es ist eine schwere Last«, sagte der Richter, wobei er Cox ins Gesicht sah.

»Wir sind uns unserer Verantwortung bewusst«, gab Cox zurück. »Und wir sind uns darüber im Klaren, dass uns das Gleiche passieren kann wie im Fall North.« Gemeint war der Prozess von Oliver North, in dem das Berufungsgericht die Verurteilung gegen Colonel North aufhob, weil einige der Aussagen, die er vor dem Kongress unter Zusicherung von Immunität gemacht hatte, durch die nur sprichwörtliche Chinesische Mauer gedrungen sein konnten. Weil gegen North kein zweites

Mal verhandelt werden konnte, musste er freigelassen werden.

»Da Sie diese Risiken im Auge haben und bereit sind, sie einzugehen, lege ich fest, dass Danielle Grant gezwungen wird, notfalls gegen den Angeklagten Max Menuchen auszusagen«, erklärte der Richter. »Gehen wir nun zurück in den Gerichtssaal und laden Mrs Grant in den Zeugenstand.«

Danielle Grant kam langsam zum Zeugenstand, sah auf die Bibel, die man ihr aushändigte, hob die rechte Hand und schwor, die Wahrheit zu sagen.

»Mrs Grant, was haben Sie am frühen Abend des neunundzwanzigsten Mai dieses Jahres gemacht?«

Danielle sah Cox in die Augen und antwortete: »Ich habe Professor Menuchen geholfen, Marcelus Prandus zu entführen. Wir haben es zusammen gemacht, als Teil eines Plans, der von mir stammte.«

Sobald Cox diese Antwort gehört hatte, wusste er, dass er in eine Falle gelaufen war.

»Ich stelle den Antrag, Mrs Grant zur uns feindlichen Zeugin zu erklären.«

»Aus welchem Grund, Mr Cox?«

»Sie badet in ihrer Immunität.« Ihr Anwalt hatte ihr geraten, die Fragen von Cox so zu beantworten, dass sie sich so weit wie möglich selbst belastet, um auf diese Art und Weise den Immunitätsbereich für ihren eigenen Prozess zu vergrößern.

»Das mag zutreffen, aber in diesem Prozess hilft sie Ihnen, Mr Cox. Sie haben Ihr Bett gemacht, jetzt müssen Sie sich auch hineinlegen. Abgelehnt.«

Cox fuhr also fort, Danielle zu befragen, wobei er nun die Fragen so eng wie möglich hielt.

»Wo haben Sie Marcelus Prandus hingebracht?«

»Wir haben ihn in eine verlassene Jagdhütte in den Berkshires gebracht.«

»Was haben Sie mit Prandus gemacht, nachdem Sie ihn in die Jagdhütte gebracht hatten?«

»Wir haben ihn an einen Stuhl gefesselt und ihm Videos vorgeführt.«

»Was war auf diesen Videos?«

»Sie zeigten, wie alle Kinder und Enkel von Marcelus Prandus umgebracht wurden.«

Mehrere der Geschworenen schnappten nach Luft.

»Soweit Sie es beurteilen können: Glaubte Marcelus Prandus, dass seine sämtlichen Kinder und Enkel tatsächlich getötet worden waren?«

Bei dieser Frage sah Cox zu Ringel hin, um zu sehen, ob er Einspruch erheben würde. Es gab mehrere Gründe, die einen Einspruch gerechtfertigt hätten. Aber Ringel schwieg. Das gab Cox einen Hinweis auf die wahrscheinliche Strategie Ringels und seine Verteidigung. Es bedeutete nämlich, dass die Verteidigung nicht auf die Tatsachenbehauptung »Ich war es nicht« hinausliefe.

Danielle antwortete ganz direkt. »Ich war dabei, als Max das erste Video laufen ließ. Aus seinen Reaktionen war offensichtlich, dass Marcelus Prandus glaubte, sein Enkel Marc wäre getötet worden. Er schrie laut und unkontrolliert. Niemand hätte derartige Gefühle vortäuschen können.«

»Wo waren Sie, als die anderen Videos abgespielt wurden?«

»Ich habe es vorgezogen, nicht dabei zu sein, damit Max Prandus allein gegenüberstehen konnte.«

»War es Max Menuchens Plan, dass Marcelus Prandus glauben sollte, seine Kinder und Enkel wären umgebracht worden?«

»Ja, das war unser Plan.«

»War es auch Ihr Plan, dass er die ganz Zeit glauben sollte, sie wären allesamt umgebracht worden, bis er selbst starb?«

»Ja. Wenn er irgendwann vor seinem eigenen Tod vermutet hätte, dass sie nicht tot wären, wäre der ganz Plan nach hinten losgegangen.«

»Hatte er Ihres Wissens jemals eine solche Vermutung?«

»Nein, sicher nicht.«

»Gehörte es zu Ihrem Plan, dass Marcelus Prandus während dieser Entführung starb?«

»Ja.«

»Haben Sie geplant, ihn zu töten?«

»Ich war bereit, ihn zu töten, falls er nicht selbst wegen seiner Krebserkrankung gestorben wäre oder sich das Leben genommen hätte, aber ich glaube nicht, dass Max Menuchen ihn eigenhändig hätte töten können.«

Auf diese Antwort war Cox nicht vorbereitet. »Einspruch, Euer Ehren«, sagte Cox, wobei seine Stimme vor Enttäuschung lauter wurde.

Abe lächelte und erhob sich. »Er kann auf die wahrheitsgemäße Antwort, die die Zeugin auf seine Frage gegeben hat, keinen Einspruch erheben.«

»Abgelehnt«, entschied der Richter.

Nun musste Cox improvisieren, allerdings war er nicht allzu besorgt, da es vor dem Gesetz nicht wichtig war, ob Max vorgehabt hatte, Prandus zu töten, solange Prandus als Folge der Entführung zu Tode gekommen und das Verbrechen zu diesem Zeitpunkt noch nicht beendet war.

»Mussten Sie ihn töten?«, fuhr Cox fort.

»Nein.«

»Warum nicht?«

»Weil er sich selbst tötete.«

»Falls Sie es wissen: Warum tötete er sich selbst?« Wieder wartete Cox auf den zu erwartenden Einspruch von Ringel. Und wieder schwieg dieser.

»Er nahm sich das Leben, weil er dachte, wir hätten seine gesamte Familie umgebracht, und zwar aus Rache für das, was er selbst vor fünfzig Jahren Max' Familie angetan hatte. Das steht auch in der Erklärung, die wir unter Strafandrohung vorlegen mussten.«

»Und es waren doch Sie und Max Menuchen, die Prandus zu der Annahme brachten, Sie hätten die gesamte Familie ausgelöscht, oder nicht?«

Wieder kein Einspruch.

»Ja, das war unser Plan.«

»Und dieser Plan funktionierte?«

»Ja.«

»Und als Resultat dieses Plans hat Prandus sich das Leben genommen, da er der Meinung war, seine gesamte Familie wäre getötet worden und er in irgendeiner Art und Weise für den Tod verantwortlich?«

»Ja.«

»Ich werde Ihnen jetzt eine Frage stellen, und um zu vermeiden, dass Sie nur nach dem Hörensagen antworten, hätte ich gerne, dass Sie möglichst nur mit Ja oder Nein antworten. Ohne weitere Ausführungen, wenn das möglich ist.«

»Okay.«

»Als Sie vorhin aussagten, Mr Prandus dachte, dass seine Familie aus Rache für das umgebracht worden wäre, was er selbst Mr Menuchens Familie vor fünfzig Jahren angetan hatte, haben Sie sich da auf Mr Prandus' Arbeit als Hilfspolizist während der Nazibesetzung in Litauen bezogen?«

»Ja, das stimmt.«

»Noch eine weitere Frage, Mrs Grant. Hat man Ihnen Immunität gewährt, falls Sie wahrheitsgemäß antworten?«

»Ja, das hat man.«

»Und haben Sie wahrheitsgemäß geantwortet?«

»Nach bestem Wissen, ja.«

»Ich habe keine weiteren Fragen an diese Zeugin. Mr Ringel kann mit seinem Kreuzverhör beginnen.«

Alle Geschworenen saßen aufrecht auf ihren Stühlen, als Abe Ringel auf die Zeugin zuschritt. Und er merkte, dass diese Geschworenen von einem Kreuzverhör etwas Dramatisches erwarteten – vor allem, da die Zeugin eine Komplizin war, der man Immunität gewährt hatte. Abe sah, wie sich Jim Hamilton, der ehemalige Angestellte der Celtics, in Erwartung des rhetorischen Feuerwerks nach vorne beugte. Dann blickte Abe Danielle direkt in die Augen und stellte ihr eine Frage: »Ich weiß, dass Sie die Wahrheit sagen wollen, Mrs Grant. Gibt es noch etwas zu berichten, das durch die Fragen von Mr Cox an Sie nicht angesprochen wurde?«

»Nachtrag, Euer Ehren.« Cox kochte und fuhr mit seinem Rollstuhl gegen den Richtertisch. »Sehen Sie denn nicht, was er da gerade macht, Euer Ehren? Das ist doch eine abgekartete Sache. Er hilft ihr, die Strafverfolgung zu vermeiden, indem er ihr zusätzlich zu ihrem Immunitätsbad noch eine Dusche erlaubt. Das ist unrecht, und außerdem gerissen. Und es stinkt zum Himmel.«

»Sehen Sie, Mr Cox. Ich werde Mr Ringel nicht erklären, wie er die Sache der Verteidigung zu führen hat, wie ich das auch nicht mit Ihnen mache. Seine Frage an Mrs Grant ist ein ordentliches, wenn auch ungewöhnliches Kreuzverhör. Dabei ist es mir egal, ob er sie in den

Genuss einer weiteren Immunitätsdusche oder sogar einer Jacuzzi-Badewanne kommen lässt. Das ist allein Ihr Problem – und das Ihres Kollegen in China. Einspruch abgelehnt. Mrs Grant, Sie dürfen Mr Ringels Frage beantworten.«

Danielle benutzte die Gelegenheit, um in allen Einzelheiten den Besuch im Museum zu erläutern, wie sie das Video aufgenommen und geschnitten und welche Rolle genau sie bei der Entführung gespielt hatte. Nachdem sie mit ihrer zehnminütigen Antwort fertig war, verkündete Abe: »Ich habe keine weiteren Fragen an diese Zeugin.«

Cox rief Dr. Albert Stone als nächsten Zeugen auf. Er ließ ihn die übliche Prozedur durchlaufen, um ihn als Experten für Selbstmorde, die aus Trauer begangen wurden, zu präsentieren. Er fragte ihn, ob er Danielle Grants Aussage gehört und sowohl den Autopsiebericht als auch den Bericht der Spurensicherung gelesen hatte. Dann fuhr er fort.

»Nach dem, was Sie über die Ursache von Marcelus Prandus' Tod gehört und gelesen haben: Haben Sie ein Urteil über den Grund dieses Todes?«

»Ja, Mr Cox.«

»Und wie lautet Ihr Urteil?«

»Ich bin mir hundertprozentig sicher, dass sich Mr Prandus selbst das Leben nahm.«

»Worauf gründet sich Ihr Urteil?«

»Auf zwei Arten von Beweisen – die der Spurensicherung und die psychiatrischen.«

»Erklären Sie uns das bitte.«

»Die Autopsie belegt, dass eine Cyanidvergiftung die Todesursache war. Es gab Spuren von Cyanid an seinen Fingern. Entsprechend kommt der Bericht zu dem Schluss, dass es sich um Selbstmord handelte. Diese Schlussfolgerung wird durch den psychiatrischen Sachverhalt der Trauer und des Motivs, diesen Selbstmord zu begehen, unterstützt.«

»Auf welche Art hat die Trauer den Selbstmord herbeigeführt?«

»Mr Prandus glaubte, dass seine ganze Familie ermordet worden war und dass seine eigenen Taten von vor vielen Jahren den Grund dafür darstellten. Diese Verantwortung konnte er nicht ertragen und beendete deshalb sein Leben.«

»Haben Sie diese Expertenmeinung mit einem hohen Grad an medizinischer Wahrscheinlichkeit erlangt?«

»Ja, das trifft zu.«

»Keine weiteren Fragen.«

Abe stand auf und sagte zum Richter: »Ich möchte diesen Zeugen ins Kreuzverhör nehmen.«

»Bitte, Mr Ringel.«

»Dr. Stone, haben Sie in Ihrem Beruf schon vorher Situationen untersucht, bei denen sich Menschen das Leben nahmen, weil sie sich für den Tod ihrer Nächsten verantwortlich fühlten?«

»Ja, es gab mehrere solcher Situationen.«

»Könnten Sie sie bitte beschreiben?«

»Letztes Jahr nahm sich ein Anwalt aus Connecticut das Leben, nachdem sein dreijähriges Kind, auf das er aufpassen sollte, in einem Pool ertrunken ist. In einem anderen Fall brachte sich ein Minister um, nachdem er einen Autounfall verursacht hatte, bei dem seine beiden Kinder umkamen. Als der Unfall passierte, war er betrunken. Bei einem dritten Fall hat sich ein Mechaniker das Leben genommen, nachdem er seine Frau zu Tode geprügelt hatte. Und in noch einem Fall beging eine junge Mutter Selbstmord, nachdem sie ihr Baby geschüttelt hatte und das Kind deshalb an einer Beatmungsmaschine endete, Hirntod.«

»Ist es gerecht zu sagen, dass in allen diesen Fällen, die Sie beschrieben haben, derjenige, der Selbstmord beging, tatsächlich für den Tod oder die Verletzungen anderer, die seinem Selbstmord vorausgingen, verantwortlich war?«

»Ich denke, ja, obwohl das nicht immer der Fall ist.«

»Wann ist dies nicht der Fall?«

»Manchmal beschuldigt sich eine geistig verwirrte Person einer Sache, mit der sie wenig oder gar nichts zu tun hat.«

»Aber diese Art der Selbstbezichtigung ist nicht für Selbstmörder ohne vorherige Geisteskrankheit charakteristisch, oder?«

»Nicht generell.«

»Wissen Sie von einigen Fällen, bei denen nach Ihrer Erfahrung ein zuvor gesunder Mensch sich Verantwortung für irgendetwas vorfantasiert, das er in Wahrheit gar nicht getan hat, und sich dann aufgrund dieser Fantasie umbringt?«

»Nein, solche Fälle sind mir nicht bekannt.«

»Wissen Sie etwas von Marcelus Prandus, das eine vorhergehende Geisteskrankheit nahe legen würde?«

»Nein, in seinen Krankenberichten oder seiner Vergangenheit gab es nichts, das auf eine Geisteskrankheit schließen ließe.«

»Ist die Schlussfolgerung gerechtfertigt, dass Marcelus Prandus nicht bloß fantasierte, falls er das, was er der Familie Menuchen fünfzig Jahre früher angetan hatte, für schrecklich genug hielt, um den Rachegedanken zu provozieren, der nun zum Tod seiner eigenen Familie geführt hatte?«

»Das ist doch abscheulich, Euer Ehren!«, rief Cox, wobei er sich fast aus seinem Rollstuhl erhob. »Dieser Zeuge hat doch gar keine Ahnung, was Mr Prandus geglaubt oder getan haben mochte oder nicht. Ich beantrage, dass das nicht berücksichtigt wird.«

»Er hat damit angefangen, Euer Ehren, indem er Dr. Stone nach dem Grund für Prandus' Selbstmord gefragt hat. Da sollte es mir erlaubt sein, seine Antwort auf den Prüfstand zu stellen.«

Richter Tree blickte Abe streng an. »Sehr geschickt, Mr Ringel. Ich verstehe, wo Sie hinwollen, aber ich werde Sie nicht dahin lassen und schon gar nicht mit diesem Zeugen. Er weiß zu wenig über das, was vor fünfzig Jahren geschah, um hier weiterzuhelfen. Einspruch stattgegeben. Die Frage darf nicht beachtet werden. Fahren Sie fort mit Ihrer nächsten Frage.«

»Ich habe keine weiteren Fragen, Euer Ehren«, sagte Abe. Er war höchst zufrieden, die Saat der Neugierde in den Köpfen der Geschworenen, aber auch in den des Richters, gesät zu haben.

»Wen werden die jetzt noch aufrufen?«, fragte Max Abe flüsternd.

»Na ja, dich können sie nicht holen und andere Augenzeugen gab es nicht. Vielleicht Paul Prandus – damit er ein wenig Sympathie für seinen Vater weckt.«

»Dürfen sie das denn? Das hört sich nicht fair an. Er weiß doch gar nicht, was sein Vater getan hat.«

»Sie dürfen es aber trotzdem und wahrscheinlich machen sie von diesem Recht Gebrauch.«

»Ich rufe Paul Prandus als meinen nächsten Zeugen auf«, verkündete Cox.

»Einspruch, Euer Ehren.« Abe wusste, dass dieser Einspruch abgelehnt würde.

»Was gibt es, Mr Ringel, haben Sie Angst, dass die Wahrheit herauskommt?«, gab der Richter leicht bissig zurück. Dies war Richter Trees eigene Art, leichtfertige Einsprüche abzuschmettern. Abe verstand es und setzte sich sofort wieder hin.

Paul Prandus sah Max direkt in die Augen, während er den Eid ablegte. Sein Hass war mit Händen zu greifen.

Als Cox mit seiner Befragung anfing, holte Paul Prandus tief Luft. Er hatte offenkundig Mühe, die Beherrschung nicht zu verlieren, und biss die Zähne zusammen. Er war Anwalt und er wusste, was er zu sagen hatte, damit der Mörder seines Vaters für schuldig befunden wurde. Und Paul Prandus wollte, dass Max Menuchen für schuldig befunden und verurteilt würde, den Rest seiner Tage im Gefängnis zu verbringen.

»Wann haben Sie Ihren Vater zum letzten Mal lebend gesehen?«

»Bei seiner Geburtstagsfeier, zusammen mit seinen Kindern und Enkelkindern. Er war sehr glücklich.«

»Und wann haben Sie ihn danach gesehen?«

»Ich habe ihn nie wieder gesehen. Nur seinen Leichnam auf dem Boden der Jagdhütte, wo Freddy Burns und ich ihn fanden. Danach sah ich ihn auf dem Tisch im Leichenschauhaus«, sagte Paul, wobei er die Tränen nur mühsam zurückhielt.

»Mr Prandus, die offizielle Todesursache war Selbstmord. Glauben Sie das?«

»Einspruch, Euer Ehren!«, rief Abe. »Er ist kein Experte für Todesursachen. Die Anklage kann ja einen weiteren Sachverständigen hinzuziehen, wenn sie die Ergebnisse anfechten will.«

»Ich werde seine Meinung als die eines Sohnes zulassen, der seinen Vater kannte. Sie dürfen antworten.«

»Mein Vater liebte das Leben. Niemals hätte er sich selber umgebracht. Dieser Mann da«, Paul wies auf Max, »hat ihn umgebracht, indem er ihm die wichtigsten Gründe dafür nahm, am Leben zu bleiben – seine Familie.«

Der Richter berief eine Sitzungspause ein, während Paul weiterhin Max anstarrte.

Kapitel 39

Freddy Burns

»Du hast ganz schön Speck angesetzt, Freddy, Alter. Du fängst an, wie mein Steuerberater auszusehen«, meinte Abe und tätschelte dem Privatermittler seinen ausgedehnten Rettungsring, als sie beide während der Vormittagspause den Gerichtssaal verließen.

»Das zeigt nur, wie weit ich für meine Kunden gehe. Kein Mensch wird vermuten, dass ich mit dieser Wampe ein Privatschnüffler bin. Eine klasse Tarnung«, sagte Freddy lachend.

»Inzwischen ist es schon, wie lang, zehn Jahre her, seit du dir damals die Kugel eingefangen hast?«

»Über fünfzehn. Die Zeit rast, wenn man sich so durchs Leben schleppt.«

»Sieht aber nicht so aus, als hinkst du hinterher. Du kriegst immer noch die interessanten Fälle.«

»Jeder Fall, bei dem du auf der anderen Seite stehst, ist interessant, Abe. Hey, warum heuerst du mich nicht mal an, damit wir zur Abwechslung mal auf der gleichen Seite sind?«

»Meine Frau ist Privatermittlerin. Wir lassen alles in der Familie. Und jetzt studiert auch meine Tochter noch Jura. Ich kann mich bald zurückziehen.«

»Abe Ringel und Golf spielen? Niemals. Du wirst im Gerichtssaal sterben. Und ich? Ich werde in irgendeiner dunklen Gasse krepieren, während ich durchs Fernglas beobachte, wie irgendein verheirateter Kerl seine Sekretärin fickt.«

»Ihr beide habt je keine schlechte Arbeit geleistet, als ihr meinen Mandanten aufgespürt habt – professionell gesprochen.«

»Wir haben ja auch ein bisschen unerwartete Hilfe vom Office of Special Investigations gekriegt. Ich wette, dass es das erste Mal war, dass die über ein jüdisches Opfer auspacken mussten. Aber sie haben eben doch das Richtige getan. Dein Mandant hatte kein Recht zu dem, was er getan hat.«

»Das werden die Geschworenen entscheiden«, meinte Abe. »Hat dein Kerl überhaupt jemals gewusst, was für eine Drecksau sein Vater war?«

»Nicht die Spur. Ich kannte den alten Herrn. Er schien mir reichlich harmlos zu sein. Es hat Paul vollkommen fertig gemacht, als er erfuhr, was sein Vater früher getrieben hat.«

»Weiß dein Klient denn, dass es mein Mandant war, der ihn angerufen und ihm gesagt hat, wo er die Leiche finden konnte?«

»Man musste nicht gerade Perry Mason sein, um das rauszukriegen.«

»Mein Mandant fühlte sich wirklich schlecht dabei, der Familie wehzutun. Er hatte nur etwas gegen den Alten. Er wollte nicht noch unnötigen Kummer verursachen.«

»Vielleicht wollte er ja auch noch mehr in der Wunde rühren, indem Paul das Video sieht und denkt, sein eigenes Kind wäre erwischt worden.«

»Ganz und gar nicht. Er hat das Video dagelassen, damit Paul versteht, warum sich sein Vater umgebracht hat. Max wusste, dass es riskant war, das Band dazulassen. Vielleicht wollte ja auch ein Teil von ihm festgenommen und vor Gericht gestellt werden. Wenn er keine Spur gelegt hätte, hätte dein Kunde die Leiche noch monatelang suchen können.«

»Es war mit Sicherheit ganz schön isoliert da draußen. Das gebe ich zu. Trotzdem glaube ich nicht, dass ihr beiden damit durchkommen werdet, Abe. Dem Gesetz nach ist die Sache eindeutig.«

»Das Einzige, was ich brauche, ist ein Geschworener mit Mitgefühl.«

»Aber wenn das alles ist, was du kriegst, dann versuchen wir es eben noch mal. Mein Klient ist ganz schön angepisst und Cox steht voll hinter ihm.«

»Ja. Aber stehst du denn auch voll hinter ihn? Ich weiß noch, als du auf der Bahre lagst und darauf gewartet hast, dass man dir das Geschoss entfernt, und sie haben damals den Schützen zuerst drangenommen. Weißt du noch, was du da zu mir gesagt hast?«

»Ich hatte Schmerzen und war voller Medikamente.«

»Eine Woche drauf hast du das Gleiche gesagt.«

»Ich hatte immer noch Schmerzen.«

»Meinst du nicht, dass mein Klient auch Schmerzen hatte, als er tat, was er getan hat?«

»Ich habe den Kerl, der mich angeschossen hat, ja nicht wirklich umgelegt. Ich habe nur gesagt, das ich es am liebsten tun würde. Kleiner Unterschied, Herr Anwalt.«

»Trotzdem, ich wette, ein winzig kleiner Teil von dir versteht sehr wohl, was mein Mandant getan hat.«

»Hey, ich bin doch keiner der Geschworenen. Richte deine Fürsprache an den Geschworenen, von dem du denkst, dass du ihn kriegst. Lass mich da draußen. Ich bin bloß ein armer Malocher, der versucht, ein paar ehrliche Dollar zu machen.«

Als Abe nach der Pause zurück in den Gerichtssaal

ging, dachte er darüber nach, welcher der Geschworenen für seinen Mandanten wohl am wichtigsten wäre. Und er glaubte auch schon zu wissen, welcher.

Cox nahm die Befragung von Paul Prandus wieder auf. »Wie war die Reaktion Ihrer Kinder auf das Verschwinden ihres Großvaters?«

»Mein Sohn Marc war am Boden zerstört. Er stand Großpapa Chelli sehr nahe und besuchte ihn fast jeden Tag. Er konnte sich einfach nicht vorstellen, warum irgendjemand ihm etwas zuleide tun sollte. Das kann er immer noch nicht.« Pauls Stimme wurde lauter. »Dieser Mann hat meine Familie zerstört und versucht, meinen Sohn zu töten.«

»Was ist mit den anderen Familienmitgliedern?«

»Sie waren alle sehr aufgeregt«, antwortete Paul. »Die Erwachsenen wussten, dass mein Vater im Sterben lag. Den Kindern hatten wir gesagt, dass er sehr krank wäre. Zunächst dachten wir, dass man ihn ins Krankenhaus gebracht hätte, aber das haben wir schnell nachgeprüft. Wir waren allesamt ganz außer uns. Es war entsetzlich.«

»Haben Sie ihn schließlich gefunden?«

»Nein«, gab Paul mit schneidender Stimme zurück. »Ich habe ihn nicht mehr gefunden. Ich habe seine Leiche gefunden. Ich bin nur froh, dass mein Sohn nicht bei uns war, als wir Papas Leiche fanden.«

»Ich habe keine weiteren Fragen.«

Langsam erhob sich Abe von seinem Platz und sah Paul Prandus tief in seine blauen Augen. Er war sich noch nicht ganz sicher, welchen Weg er mit diesem Zeugen einschlagen sollte. Für gewöhnlich nahm er die Kinder von Opfern nicht ins Kreuzverhör; aus Furcht, noch mehr Sympathie für sie zu erwecken. Abe hatte etwas in Paul Prandus gespürt. Aber er hatte nicht die Möglichkeit gehabt, seine Instinkte durch ein Gespräch unmittelbar vor dem Prozess zu überprüfen, da Paul ein Zeuge der Anklage war und der Ankläger womöglich ein Riesentheater veranstaltet und behauptet hätte, Abe wollte einen Zeugen der Anklage beeinflussen. Auch hatte Abe keine ausgewachsene Untersuchung über Paul Prandus anstellen wollen. Sein kurzes Gespräch mit Freddy Burns hatte Abe einige Einsichten über den jungen Prandus verschafft, zudem hatte er Rendi dazu gebracht, einige Informationen über Pauls Vergangenheit und Hintergrund in Erfahrung zu bringen – Dinge, die in offiziellen Dokumenten standen. Vor allem aber hatte Abe Paul bei jeder Gelegenheit beobachtet.

Allmählich kristallisierte sich ein interessantes Bild heraus. Es war das Bild eines Menschen, der sehr eingeschnürt war, den man im Kreuzverhör entweder zum Zusammenbruch bringen konnte oder dahin, dass er sich fügte. Abe musste sich jetzt entscheiden. Er beschloss, seinem Instinkt zu folgen und die Regeln des Kreuzverhörs, wie er sie während seiner Ausbildung gelernt hatte, zu vergessen. Beispielsweise die Regel, die vor Fragen warnten, deren Antwort er nicht schon kannte. Durch schmerzliche Erfahrungen hatte Abe gelernt, dass jede allgemeine Regel ihre Ausnahmen hatte, und jetzt hatte er das Gefühl, dass hier eine solche Ausnahme vorlag.

»Mr Prandus, erzählen Sie uns bitte von Ihrer Familie.« Eine Frage mit offener Antwort – ein leichter Ball, den Paul Prandus jederzeit aus dem Spielfeld schlagen konnte.

»Vor dem Tod meines Vaters hatten wir ein wundervolles Familienleben. Alle lebten wir im Umkreis von einer Meile zusammen. Mein Bruder und seine Frau, seine Tochter, meine Frau und mein Sohn. All das hörte mit Papas Tod auf.«

Abe konnte in aller Ruhe einen weiteren dieser harmlosen Bälle spielen. »War die Ehe Ihres Vaters glücklich?«

»Er und Mama liebten einander sehr.«

»Hat er seine Kinder gut behandelt?«

»Er konnte ein wenig altmodisch und streng sein, aber er liebte uns sehr und wir liebten ihn.«

Max wurde sichtlich erregter angesichts der Fragen und Pauls Antworten. Er reichte Abe einen Zettel, auf dem stand: »Du weckst Sympathien für Marcelus Prandus. Wieso?«

Abe sah kurz auf den Zettel, bat den Richter, sich einen kurzen Moment mit seinem Klienten besprechen zu dürfen, und flüsterte Max dann zu: »Vertraue mir, jetzt säe ich erst einmal etwas aus. Du wirst schon sehen, wie es sich nachher auszahlt, wenn wir unsere Sache vortragen. Ich weiß schon, was ich tue.«

»Das will ich hoffen, weil die Geschworenen sich nämlich schon in Marcelus Prandus verlieben.«

»Dann funktioniert mein Plan glänzend«, sagte Abe und nahm seine behutsame Befragung von Paul Prandus wieder auf.

»Hat Ihr Vater in all den Jahren, an die Sie sich erinnern können, immer ein glückliches Leben geführt?«

»Mein Vater war voller Leben. Er lachte, hatte viele Freunde und er hatte die Familie um sich. Er hatte auch seine unglücklichen, traurigen Momente – als Mama starb. Oder als einer seiner Enkel mit hohem Fieber ins Krankenhaus kam. Als er erfuhr, dass er Krebs hatte. Aber im Allgemeinen war sein Leben in Amerika sehr glücklich.«

Nun ging Abe zu einem anderen Thema über, legte aber eine kleine Pause ein, damit sich die bisherige Aussage bei den Geschworenen setzen konnte.

»Welches waren Ihre Gefühle gegenüber Max Menuchen, als Sie erfuhren, dass er es war, der Ihren Vater entführt hatte?«, wollte Abe wissen.

»Ich war zornig und wütend. Er hatte meinen Vater kaltblütig ermordet. Das sind auch jetzt noch meine Gefühle, aber anders als Ihr Mandant war ich in der Lage, mich zu beherrschen«, sagte Paul und lehnte sich heftig im Zeugenstuhl zurück.

»Als Sie erfuhren, wer Ihren Vater getötet hat, was haben Sie da gemacht?«

»Wir haben die Polizei verständigt.«

»Ist sie gekommen?«

»Ja, selbstverständlich.«

»Sie sagen ›selbstverständlich‹. Können Sie sich vorstellen, dass die Polizei auf Ihren Anruf hin nicht gekommen wäre?«

»Nein, natürlich nicht. Mein Vater war entführt und getötet worden. Das war doch ein Fall für die Polizei.«

»Was wäre gewesen, wenn die Polizei es abgelehnt hätte, zu kommen?«

»Sie konnte es nicht ablehnen.«

»Bitte stellen Sie sich einmal die Situation vor, Sie hätten die Polizei angerufen und die Entführung und Tötung Ihres Vaters angezeigt und die Polizei hätte gesagt, sie sei zu beschäftigt.«

»Einspruch, Euer Ehren!«, rief Cox. »Das ist alles spekulativ und hypothetisch. Dieser Mann ist kein erfahrener Zeuge, sondern der hinterbliebene Sohn des Opfers. Man sollte ihm keine lächerlichen hypothetischen Fragen stellen.«

»Bitte gewähren Sie mir einen gewissen Spielraum bei meinem Kreuzverhör, Euer Ehren. Die Anklage hat diesen Zeugen nach seiner Gemütsverfassung befragt, deshalb möchte ich seine Antworten durch Hypothesen überprüfen.«

»In Ordnung, Mr Ringel. Ich gebe Ihnen diesen Spielraum, missbrauchen Sie ihn bitte nicht. Kommen Sie bald auf den Punkt.«

»Ich danke Ihnen, Euer Ehren. Mr Prandus, erzählen Sie jetzt bitte den Geschworenen – nach bestem Wissen und Gewissen –, was Sie gedacht hätten, wenn die Polizei sich geweigert hätte, auf Ihren Anruf zu reagieren.«

»Dann wäre meine Wut noch größer geworden.«

»Was wäre, wenn der Mann, von dem Sie glauben, dass er Ihren Vater umbrachte, einfach als freier Mann diesen Saal verließe und zu seinem gewohnten Leben zurückkehrte?«

»Einspruch, Euer Ehren, er lässt sein Schlussplädoyer durch den Zeugen vornehmen. Das ist nicht fair. Gebieten Sie ihm Einhalt.«

»Sie geraten allmählich etwas weit ab vom Schuss, Mr Ringel. Zügeln Sie sich und kommen Sie zur Sache«, warnte der Richter. »Aber Sie dürfen antworten, Mr Prandus.«

»Ich wäre außer mir.«

»So weit, dass Sie ihn daran hindern würden, einfach wegzugehen?«

»Ja, vermutlich.«

»Auch wenn es gegen das Gesetz wäre?«

»Na ja, ich hätte versucht, die Polizei zu holen, das Gesetz anzurufen – aber Sie haben mich ja gebeten, mir vorzustellen, dass die Polizei nicht käme.«

»Das trifft zu. Nun möchte ich, dass Sie sich noch etwas Extremeres vorstellen.«

Stille.

»Stellen Sie sich vor, die Polizei würde zu Ihnen sagen: ›Wir kommen deshalb nicht, weil Ihre Familie aus Litauen stammt. Auf Verbrechen, die gegen Litauer begangen wurden, reagieren wir nicht.‹«

»Einspruch. Das hier ist absurd. Er spielt die ethnische Karte aus. Sie müssen ihn bändigen, Euer Ehren. Das ist alles irrelevant.«

»Nein, Mr Cox. Es wird alles sehr interessant und auch sehr relevant«, antwortete der Richter. »Ich weiß jetzt, auf was Mr Ringel hinauswill. Sie dürfen fortfahren, aber nur noch für ein paar wenige Fragen.«

»Ich danke Ihnen, Euer Ehren. Nun, Mr Prandus, könnte man also sagen, dass Ihre Wut noch stärker geworden wäre, wenn die Polizei die Hilfe verweigert hätte, weil Sie Litauer sind?«

Paul schäumte vor Wut. Er sah genau, was Abe tat, war aber entschlossen, Ruhe zu bewahren. »Ich kann mir nicht vorstellen, dass das passieren würde; aber falls doch, falls es so wäre, dann würde ich noch wütender.«

»Sie sagen, Sie können sich ›nicht vorstellen, dass das passieren würde‹. Haben Sie im Studium gelernt, was in Litauen während des Zweiten Weltkrieges geschah?«

»Ja, das habe ich.«

»Ist die Polizei damals erschienen, um den Juden zu helfen?«

»Nein, sie erschien nicht.«

»Hat die Polizei geholfen, Juden zu töten?«

»Ich weiß es nicht, vielleicht haben einige dabei geholfen.«

»War Ihr Vater ein Mitglied der Miliz?«

»Ja, das stimmt.«

»Hat er den jüdischen Bürgern Litauens geholfen?«

»Das weiß ich nicht.«

»Hat er bei der Tötung der unschuldigen jüdischen Bürger Litauens geholfen?«

»Einspruch, Euer Ehren. Der Zeuge steht hier nicht vor Gericht und sein verstorbener Vater auch nicht.«

»Abgelehnt. Er darf antworten, wenn er es weiß.«

»Keine Ahnung«, sagte Paul Prandus wütend.

»Ich habe noch ein paar abschließende Fragen«, erklärte Abe und zeigte auf die Videokassetten auf dem Tisch des Anklägers. »Haben Sie die Videobänder gesehen, die man Ihrem Vater vorgeführt hat?«

»Ja, das habe ich.«

»Es muss für Sie sehr schmerzlich gewesen sein, als Sie die Bilder sahen, wie Ihr Kind getötet wurde.«

»Es war eine Qual. Ihr Mandant ist sehr grausam und sadistisch.«

»Können Sie sich etwas Schrecklicheres vorstellen, als sich diese Videos anzuschauen?«

»Ja!«, rief Paul. »Sie anzusehen und dabei zu glauben, dass sie echt sind – so wie Ihr Mandant meinen Vater sie ansehen ließ und so wie ich sie sah, ehe ich erfuhr, dass sie eine Fälschung sind.«

»Was wäre, wenn die Videos tatsächlich echt gewesen wären?«, fragte Abe mit sanfter Stimme.

»Für meinen Vater waren sie echt«, antwortete Paul, und seine Stimme wurde immer lauter, »so wie sie für mich ein paar entsetzliche Minuten echt waren.«

»Was aber, wenn sie sich tatsächlich als echt herausgestellt hätten?«

»Das waren sie aber nicht, Gott sei Dank«, sagte Paul und bekreuzigte sich.

»Wenn sie echt gewesen wären – wenn mein Mandant tatsächlich Ihren Sohn umgebracht hätte –, hätten Sie ihm dann auch sein Leben genommen?«

»Ja, das hätte wohl sein können«, gab Paul Prandus zu und sah Abe direkt in die Augen. Dabei konnte er sich gerade noch zurückhalten zu sagen: »Was führt Sie zu der Annahme, dass ich das jetzt nicht mehr tun würde?«

»Eine letzte Frage noch. Falls wir zu der Überzeugung gelangen sollten, dass Ihr Vater aktiv bei der Tötung unschuldiger Juden geholfen hat und niemals wegen dieser Verbrechen zur Rechenschaft gezogen worden ist, würden Sie dann die Wut eines überlebenden Familienmitglieds aus dem Kreis seiner Opfer verstehen?«

»Einspruch.«

»Stattgegeben.«

»Ich könnte sie verstehen, aber ich hätte dennoch niemals das tun können, was dieser Mann getan hat«, sagte Paul, der das Urteil des Richters missachtete und auf Max zeigte.

»Ich habe keine weiteren Fragen.«

»Noch eine Zusatzfrage, Euer Ehren«, sagte Cox und fuhr mit seinem Rollstuhl zu Paul Prandus. »Können Sie sich vorstellen, wie Sie einen hilflosen alten Mann umbringen, der an einen Stuhl gefesselt ist?«

»Nein. Ich denke, das könnte ich nicht.«

»Eine Gegenfrage auch von der Verteidigung.«

»Bitte.«

Abe ging ein wenig auf den Zeugenstand zu und sah Paul wieder in seine blauen Augen. »Auch nicht, wenn Sie soeben erfahren hätten, dass dieser an den Stuhl gefesselte Mann Ihren Sohn umgebracht hat?«

Paul machte eine kurze Pause und sah dann Max an – und nicht Abe.

»Vielleicht hätte ich ihn dann umgebracht.«

»Auch wenn er an einen Stuhl gefesselt wäre?«

»Auch wenn er an einen Stuhl gefesselt wäre.«

»Hat eine der Parteien die Absicht, diesen Zeugen noch einmal aufzurufen?«, wollte Richter Tree wissen, als sich Paul Prandus aus dem Zeugenstand erhob. Normalerweise hätte sich Abe bei einem Zeugen der Gegenseite alle Optionen offen gehalten und geantwortet, dass er ihn vielleicht noch einmal aufrufen würde. Das hätte bedeutet, dass der Zeuge vom Rest des Verfahrens ausgeschlossen würde, damit er nicht andere Zeugen hören und seine Aussage der Anklagetaktik anpassen konnte. Aber Abe hatte bei Paul Prandus ein bestimmtes Gefühl und er wollte, dass er auch die anderen Zeugen hörte. Von diesem Augenblick an würde Abe Paul Prandus so behandeln, als wäre er der Geschworene, den er auf seine Seite ziehen wollte.

»Nein, Euer Ehren. Wir haben keine Einwände dagegen, dass der Zeuge während des übrigen Prozessverlaufs im Gerichtssaal bleibt.«

Paul Prandus setzte sich in die erste Reihe der Zuschauerbänke, ganz nahe bei Freddy Burns und direkt hinter Erskine Cox.

Cox schloss damit, dass er der Jury die Videobänder vorspielte, die Danielle gemacht hatte. Die Geschworenen schnappten hörbar nach Luft, als sie sahen, wie sämtliche Nachfahren von Marcelus Prandus getötet wurden. Nach diesen beunruhigend realistischen Aufnahmen konnte man sich leicht vorstellen, wie Marcelus Prandus zu der Überzeugung gelangt sein musste, dass seine Familie ausgelöscht worden war. Es war das dramatische Ende dessen, was eine glasklare Sache für die Anklage zu sein schien – vor allem, nachdem Abe Ringel auf das Kreuzverhör verzichtet hatte. Die Verteidigung selbst schien die wichtigsten Punkte des Verbrechens, das hier verhandelt wurde, zuzugeben.

An jenem Abend wurde Abe Ringel auf Court TV und in Radiotalkshows wegen seiner nachlässigen Verteidigung einer offenkundig von der Staatsanwaltschaft gut vorgetragenen Anklage in ganz Amerika an den Pranger gestellt. Joseph Genevese, ein ehemaliger Ankläger, bezichtigte Ringel, Max' Fall vorsätzlich dranzugeben, um Danielle vor einem Prozess zu bewahren.

Lori Levenberg, CBS-Rechtsexpertin, sagte voraus, am folgenden Tag würde es nur noch schlimmer werden, wenn Abe mit seiner Verteidigung begann.

Kapitel 40

Die Verteidigung

Obwohl er es schon Tausende Male gemacht hatte, war Abe zu Beginn einer Verteidigung immer nervös. Er wusste, dass er vom Gesetz her nichts zu beweisen hatte. Diese Last lag ganz allein bei der Anklage. Aber schon früh in seiner Karriere hatte er gelernt, dass die Bürde der Anklage eher in der Theorie lag, die der Verteidigung dagegen in der Praxis. Die meisten Geschworenen gingen davon aus – wenn auch vielleicht nur unbewusst –, dass Angeklagte schuldig waren. Warum sonst stünden sie vor Gericht? Und generell stimmte es ja auch: Die große Mehrheit der eines Verbrechens Angeklagten war tatsächlich schuldig. So war die Realität und Abe wusste das. In seinen Vorlesungen pflegte er zu sagen: »Gott sei Dank sind die meisten Angeklagten in diesem Land schuldig. Oder möchte vielleicht jemand in einem Land leben, in dem die meisten, denen man eine Tat zur Last legt, in Wahrheit unschuldig sind? Das mag im Irak oder in China zutreffen, aber nicht in den USA – und um diesen Zustand aufrechtzuerhalten, brauchen wir eifrige Strafverteidiger, die bereit sind, sowohl die Schuldigen als auch die Unschuldigen zu verteidigen.«

Da aber Abe zumeist Unschuldige verteidigte, spürte er, um wie viel größer die Last war, die er damit auf seine Schultern lud. Bei einem Schuldigen den Prozess zu verlieren, war nicht schwer zu ertragen – es war ja letztlich die Schuld des Angeklagten. Den Fall eines Unschuldigen zu verlieren, war Schuld des Verteidigers. Aber den Prozess eines alten Freundes zu verlieren, wäre unerträglich. Und Abe wusste, dass die Chancen, Max' Fall zu verlieren, beträchtlich waren. Zumal er sein Eingangsplädoyer im Wesentlichen damit beginnen musste, dass Max die Taten, die den Tatbestand der Entführung und des Verbrechens mit Todesfolge erfüllten, tatsächlich begangen hatte.

»Meine Damen und Herren Geschworenen, ich habe die Beweisführung der Anklage in diesem Fall nicht angezweifelt, weil sie den Tatsachen entspricht – zumindest so weit, wie sie ausgeführt wurde. Aber in unserer Darstellung werden Sie die vollständige Wahrheit erfahren. Zudem möchte ich zwei interessante und zwingende Fragen über Ursächlichkeit stellen. Die erste: Kann man von einem Angeklagten sagen, er habe den Tod des Opfers verursacht, wenn sich das Opfer selbst – durch eigenen und freien Willen – das Leben genommen hat? Aber das ist noch nicht alles, worum es hier geht. Es geht noch um eine andere Art von Kausalität. Was kann denn einen gesetzestreuen fünfundsiebzigjährigen Bibelforscher – einen Mann des Friedens, nicht der Gewalt; einen Mann des Geistes, nicht des Schwertes –, was kann diesen Mann dazu gebracht haben, sich diesen teuflischen Plan auszuhecken, den mein Mandant Max Menuchen laut Anklage erdacht und ausgeführt hat?

Die Anklage hat absichtlich vermieden, diese Frage zu stellen, weil sie Angst hatte vor der Antwort, vor der *Wahrheit*, die doch bei einem Prozess ans Licht kommen soll. Wir werden also die vollständige Wahrheit präsentieren – nicht nur *was* geschah, sondern *warum* es geschah. Max Menuchen wird nicht davor zurückschrecken, exakt das zuzugeben, was er getan hat, aber wenn Sie erfahren, warum er es getan hat – und was er zu tun erwogen, aber eben nicht getan hat –, dann werden Sie sich selbst fragen: Was hätte ich getan, wenn ich in seiner Haut stecken würde? Ich beschwöre jeden Einzelnen von Ihnen, sich, während Sie unserer Verteidigung zuhören, selber zu fragen, was Sie getan hätten, wenn Sie durchgemacht hätten, was Max Menuchen hatte durchmachen müssen.

Der Richter wird Sie über das Gesetz belehren, dem Sie zu entsprechen haben. Er wird Ihnen sagen, dass keine Tat jemals schon für sich ein Verbrechen ist. Zu einem Verbrechen gehört noch eine böse Absicht und das Fehlen einer akzeptablen Rechtfertigung. Es wird in Ihrer Verantwortung liegen, das Gesetz anzuwenden, das der Richter in Ihre Hände legt. Es wird Ihre Verantwortung sein, den Tatsachen zu entsprechen, so wie Sie sie vorfinden – und dann müssen Sie entscheiden, ob das, was Max Menuchen tat, ein Verbrechen war oder ob es gerechtfertigt und entschuldbar ist.«

Noch ehe er sich gesetzt hatte, erhob Cox Einspruch.

»Euer Ehren, das Gesetz verbietet eine auf Rechtfertigung ausgelegte Verteidigung in einer derartigen Situation. Wenn so etwas zulässig wäre, dann könnte ein jeder beschließen, das Gesetz selbst in die Hand zu nehmen, falls er mit dem unzufrieden ist, was vor Gericht geschah. Ich weiß von keinem einzigen Fall, der Mr Ringels Art der Verteidigung unterstützt, daher mein Einspruch.«

Richter Tree nickte in offenkundiger Zustimmung. »Haben Sie für Ihr Vorgehen irgendeinen Präzedenzfall? Falls ja, dann zeigen Sie ihn mir – in meinem Amtszimmer.«

»Ich habe einen solchen Fall, Euer Ehren«, sagte Abe,

blätterte ein wenig in seinen Unterlagen und winkte seiner Tochter Emma zu, die in der ersten Reihe der Zuschauerbänke saß. Sie war es, die sich an diesen Fall erinnert hatte, den sie in einem Geschichtskurs an der Barnard Law School durchgenommen hatte: *Amerikanischer Radikalismus in den 1960er, 1970er und 1980er Jahren.* Sie hatte den Fall recherchiert und Abe die Unterlagten besorgt, die er nun zu Max' Verteidigung benutzte.

Sobald Abe das Richterzimmer betreten hatte, begann er mit seiner Erklärung: »Der Fall, um den es geht, betraf Präsident Carters Tochter Amy, und zwar hier in Massachusetts«, sagte er. »Amy Carter wurde mit einigen anderen protestierenden Studenten einschließlich der verstorbenen Abbie Hoffmann des unbefugten Betretens und des ungebührlichen Benehmens angeklagt, weil sie ein Gebäude der University of Massachusetts besetzt hatten, in dem ein CIA-Anwerber potentielle Kandidaten interviewte. Die Angeklagten behaupteten, diese Tat sei ›nötig‹ gewesen, um das größere Unrecht der CIA-Aktionen zu verhindern. Der Richter gestand der Jury zu, eine Verteidigung im Sinne der Notwendigkeit gemäß dem in Massachusetts geltenden Recht in Betracht zu ziehen. Und tatsächlich haben die Geschworenen die Angeklagten freigesprochen. Hier, ich habe die Anweisungen des Richters dabei.« Abe gab Richter Tree und Erskine Cox eine zehnseitige Fotokopie. »Unser Fall hier ist sogar noch weit zwingender als der von Amy Carter.«

»Das ist doch lächerlich, Euer Ehren«, sagte Cox, wobei er immer lauter wurde. »Das war Richter Browning aus Tanglewood. Der war doch ein Hippie. Es war damals eine verrückte Zeit. Für die neunziger Jahre ist das in diesem Sinne kein Präzedenzfall. Wenn Sie Ringel die gleiche Verteidigung wie bei Abbie Hoffmann gestatten, dann machen Sie aus diesem Fall noch einen weiteren Fall nach Art der ›Chicago Seven‹.«

»Ganz sicher nicht, Mr Cox. In meinem Gerichtssaal werde ich die Ordnung aufrechterhalten und Mr Ringel erlauben, die Sache der Verteidigung vorzutragen. Wir können nicht ein Gesetz eigens für die Präsidententochter und ein weiteres für uns alle anderen haben. Sie können Ihre Sicht den Geschworenen vortragen, Mr Cox, aber ich werde die Jury nicht davon abhalten, auch die Verteidigung anzuhören, was auch immer meine persönlichen Gefühle dabei sind.«

Als die drei in den Gerichtssaal zurückkamen, verkündete der Richter, dass die Verteidigung fortfahren könne.

»Ich rufe Max Menuchen als meinen ersten Zeugen auf.«

Langsam ging Max zum Zeugenstand; er sah älter aus als fünfundsiebzig. Sein sanftes Lächeln war verflogen und sein Gesicht war noch bleicher als gewöhnlich. Im Gerichtssaal fühlte er sich unwohl, vor allem, als er sich dem Zeugenstuhl näherte. Als Hochschullehrer war er es gewohnt, selbst Fragen zu stellen, und nicht, darauf zu antworten. Keines der Spiele, die die beiden Parteien zu spielen schienen, mochte er und er war sich auch nicht sicher, was von ihm erwartet wurde. Alles, was er wusste, war, dass seine Freiheit – und, ebenso wichtig, seine Integrität – auf dem Spiel stand. Abe hatte ihm gesagt, er möge sich entspannen und die Wahrheit sagen – »unsere Wahrheit«. Max beteuerte lieber, als dass er auf die Bibel schwor. Er saß bereits im Zeugenstand und nippte an einem Glas Wasser, als Abe ihn bat, seinen Ausbildungsweg zu erklären. Nach ungefähr zehn Minuten war Max mit seiner Antwort fertig und Abe fuhr fort.

»Professor Menuchen, bitte erzählen Sie den Geschworenen, wann und wo Sie geboren wurden.«

»In Wilna in Litauen, 1924.«

»Würden Sie bitte der Jury berichten, was am 2. April 1942 geschah?«

Abe wartete auf einen möglichen Einspruch von Cox, aber der gestattete Menuchen gerne, das Motiv seiner kriminellen Handlungen auszubreiten. Dies würde den einzig wichtigen Punkt noch unterstreichen: dass er sie nämlich tatsächlich begangen hatte.

Max sah jedem der Geschworenen in die Augen, während er die Ereignisse jenes Tages schilderte, wobei er mit dem Passahmahl anfing und mit dem Mord an seiner gesamten Familie schloss. Er sprach ruhig und versuchte, seine Gefühle unter Kontrolle zu halten. Die Geschworenen hörten aufmerksam zu. Einige schluchzten, andere blickten schockiert. Auch Richter Tree war gebannt.

Paul Prandus, der hinter den Anklägern in der ersten Reihe saß und als Einziger aus der Opferfamilie im Gerichtssaal anwesend war, schien durch Max' Zeugnis wie betäubt. Es war eine Sache, die bereinigte Version dessen, was sein Vater getan hatte, aus dem Mund eines Freundes seines Vaters zu hören, aber eine ganz andere, nun dem ungeschminkten Bericht eines überlebenden Opfers zu lauschen. Paul legte den Kopf in die Hände. Er fühlte die Augen aller hier im Gerichtssaal auf sich ruhen, die ihn still zu fragen schienen, wie er es ertragen konnte, der Sohn eines Monsters zu sein. Etwas in ihm wollte jedem im Saal erzählen, dass sein Vater ihm alle diese schrecklichen Dinge verschwiegen hatte. Ein anderer Teil wollte seinen Vater verteidigen. Sein Hass auf Max wurde noch größer, weil der ihn in diese Lage gebracht hatte.

Als Max seinen Bericht über den Mord im Ponary-

Wald beenden wollte, stand hinten im Saal ein Mann auf und rief: »Lügner! Es gab keinen Holocaust! Tod diesem jüdischen Mörder und seinem jüdischen Anwalt!« Als die Polizisten im Saal sich auf diesen Neonazi stürzten, rief ein anderer: »Wir wollen, dass der jüdische Anwalt unsere Redefreiheit verteidigt!« Er lachte und zeigte Abe den erhobenen Mittelfinger.

Ebenfalls hinten im Saal lächelten Peter Vovus und der Mann im Rollstuhl, Marcelus Prandus' Freunde aus dem Litauischen Verein.

Richter Tree schlug mit seinem Hammer auf den Tisch und rief: »Pause!« Alle im Saal versuchten, allmählich die Selbstbeherrschung wiederzugewinnen. Paul saß so still da wie die, die mit ihm im Gerichtssaal geblieben waren.

In der Pause fasste Max Abe bei der Schulter und sagte: »Ich muss dir eine Frage stellen. Du würdest doch nicht wirklich das Recht dieser Neonazis verteidigen, zu sagen, was sie sagen wollen, oder doch?«

»Nicht vor einem Gericht, Max, aber an der Straßenecke ja.«

»Das ist falsch. So falsch wie das, was die da sagen. Sie haben kein Recht zu sagen, dass es keinen Holocaust gab.«

»Das ist das wichtigste Recht von allen, Max – das Recht, im Irrtum zu sein.«

»Da stimme ich dir nicht zu, Abe, aber ich liebe dich trotzdem.«

Nach der Pause befragte Abe Max weiter und konzentrierte sich dabei auf die Kriegsjahre, auf die Zeit im Vertriebenenlager, die Zeit, die Max in Israel verbracht hatte, dann auf Doris Selbstmord und schließlich auf seinen Umzug in die Vereinigten Staaten.

Dann endlich sagte er: »Professor Menuchen, erzählen

Sie den Geschworenen bitte so deutlich wie möglich, welche Gedanken Ihnen all die Jahre über Marcelus Prandus durch den Kopf gingen.«

»Jeden Tag meines Lebens habe ich an ihn gedacht, seit der Zeit im Ponary-Wald bis zu dem Tag, an dem er starb. Erst dann musste ich nicht mehr an ihn denken.«

»Was genau dachten Sie?«

»Dass er nie zur Rechenschaft gezogen wurde. Dass überhaupt nur so wenige von seinesgleichen zur Rechenschaft gezogen wurden.«

»Einspruch!«, rief Cox. »Es ist nicht relevant, was anderen Menschen passiert ist. Er soll bei Marcelus Prandus bleiben.«

»Einspruch stattgegeben«, stimmte der Richter zu. »Beschränken Sie sich nur auf das Opfer.«

»Sehr gut«, gab Abe zurück, wobei er die Antwort auch an Max richtete.

»Wenn Sie sich bitte nur auf Marcelus Prandus beschränken wollen: Wann dachten Sie das erste Mal an Rache?«

»Wahrscheinlich, als ich da im Grab lag. Und seither ständig. Viele Jahre lang konnte ich meine Rachegelüste unter Kontrolle halten, weil ich nicht wusste, wo Prandus war, und weil ich immer noch die Hoffnung hatte, dass er der Justiz ausgeliefert würde.«

»Wann haben Sie diese Hoffnung verloren?«

»Es ging schrittweise. Endgültig wurde es, als ich erfuhr, dass meine Schwester tot war und dass Marcelus Prandus nicht einmal ausgewiesen werden konnte und daher friedlich im Kreis seiner Familie sterben würde.«

»Was beschlossen Sie daraufhin zu tun?«

»Ich beschloss, seinen ältesten Enkel zu töten.«

Mehrere der Geschworenen mussten tief Luft holen.

Obwohl der Ankläger von dem Plan, Marc zu überfahren, gehört hatte, hatte man beschlossen, Max damit nicht zu konfrontieren, da Max selbst ihn hatte fallen lassen. Jetzt aber teilte der Angeklagte der Jury höchstpersönlich mit, was er um ein Haar getan hätte.

Abe ließ Max ausführlich beschreiben, wie er zunächst auf Marc zugesteuert war und seinen Wagen dann doch gegen die Leitplanke gelenkt hatte.

»War das ein Unfall?«

»Nein. Ich habe zwar allen Leuten erzählt, es wäre einer gewesen, aber tatsächlich war es die einzige Möglichkeit, den Jungen nicht zu erwischen. Ich konnte es einfach nicht tun.«

»Was wollten Sie dann tun?«

»Ich habe tatsächlich erwogen, die ganze Familie Prandus zu töten. Ich dachte, es wäre leichter, eine Bombe in eine Gruppe von Leuten zu werfen, als ein kleines Kind zu überfahren. Ich weiß nicht, ob ich das je geschafft hätte. Dann erst ist der perfekte Plan einer gerechten Bestrafung entstanden, die ausschließlich auf den Mann gerichtet war, der meine Familie umgebracht hatte, und dieser Plan entsprach auch irgendwie dem, was dieser Mann selbst getan hatte.«

»Einspruch«, sagte Cox. »Ich beantrage, das Wort *gerecht* aus der vorherigen Antwort zu streichen.«

»Stattgegeben.«

Abe fuhr fort: »Und wie sollte eine solche Bestrafung aussehen?«

Max beschrieb, wie diese Bestrafung dem Todeskampf gleichkommen sollte, dem seine Familie ausgesetzt gewesen war, ehe sie starb, ohne den unschuldigen Prandus-Nachkommen ungebührlichen Schmerz zuzufügen. Anschließend berichtete er, wie er Danielle Grant gebeten hatte, ihm zu helfen, und wie sie nach der Lektüre des Maimonides-Kommentars zum Buch Hiob ihren Plan entwickelt hatte. »Es war meine eigene Entscheidung, diesen abstrakten Plan in die Tat umzusetzen«, erklärte Max.

»Professor Menuchen, hätten Sie es vorgezogen, wenn von Seiten einer Regierung Gerechtigkeit ausgeübt worden wäre?«

»Einspruch, Euer Ehren. Was er vorgezogen hätte, steht nicht zur Verhandlung. Sondern nur das, was er tatsächlich getan hat.«

»Ich lasse ihn das, was er getan hat, in seinem ganzen Zusammenhang darstellen. Abgelehnt. Sie dürfen antworten.«

»Ja, es wäre mir in jedem Fall lieber gewesen. Darauf hatte ich die ganze Zeit gehofft.«

»Was hat Sie zu der Einschätzung gebracht, dass Sie das Gesetz selbst in die Hand nehmen mussten?«

Cox hüpfte fast aus seinem Rollstuhl. »Einspruch, Einspruch! Er ›musste‹ nicht irgendetwas tun! Er hat sich entschlossen, seine private Rache zu nehmen.«

»Nein, Euer Ehren«, gab Abe zurück. »Unsere Position ist gerade die, dass er keine andere Wahl hatte – dass er einfach Rache nehmen musste. Lassen Sie ihn aussagen.«

»Bitte fragen Sie noch einmal, Mr Ringel.«

»Gerne. Wann haben Sie beschlossen, sich nicht mehr auf das Gesetz zu verlassen?«

»Wie ich schon gesagt habe: Es ging schrittweise, aber als ich erfuhr, dass Prandus an Krebs stirbt und nicht mehr ausgewiesen werden kann, wusste ich, dass es nun keine Chance mehr gab, juristisch für Gerechtigkeit zu sorgen. Und dann erfuhr ich auch noch, was Prandus mit meiner Schwester gemacht hatte. Das beseitigte meine letzten Zweifel.«

»Was haben Sie über das Schicksal Ihrer Schwester erfahren?«

»Ich erfuhr, dass Marcelus Prandus meine sechzehnjährige Schwester entführt und vergewaltigt und sie danach einem Nazigeneral als Geschenk übergeben hatte, der sie ebenfalls missbrauchte. Als der General mit ihr fertig war, schickte er sie nach Auschwitz.«

Max fing an zu schluchzen und zu zittern, während er seine Antwort zu Ende führte. Paul, der im Zuschauerbereich saß, stand auf und schrie: »Mein Vater war kein Vergewaltiger!« Richter Tree schlug mit seinem Holzhammer auf den Richtertisch und ermahnte Paul, sich zu setzen und Ruhe zu bewahren. Für Abe war dies die Gelegenheit, seinen Mandanten dem Ankläger zum Kreuzverhör zu überlassen, weshalb er sich mit einem kaum gehauchten »Keine weiteren Fragen« setzte. Der Richter vertagte den Prozess auf morgen.

Kapitel 41

Marc und Emma

»Warum hat der Mann Großpapa Chelli getötet, Daddy? Und warum hat er versucht, mich zu überfahren?« Marc Prandus sah Max Menuchen direkt an, als er und sein Vater Paul ihre Plätze hinter dem Tisch der Anklage einnahmen.

Paul hatte diese Frage seines Sohnes erwartet, nun, da er beschlossen hatte, ihn zum Prozess mitzunehmen. Zu Beginn hatte er gedacht, er könnte sein neugieriges Kind von der hässlichen Wahrheit fern halten, die den Tod seines Vaters umgab. Aber der Prozess hatte längst Schlagzeilen gemacht und die Fernsehkommentatoren sprachen vom verstorbenen Marcelus Prandus als einem »Nazi-Massenmörder«, einem »Kindermörder« und einem »Vergewaltiger«. Der Prozess war *das* Gesprächsthema von Marcs Klassenkameraden und der Rektor hatte angerufen, um Marcs Eltern darauf aufmerksam zu machen. Also war es höchste Zeit, mit Marc zu sprechen – um die Taten seines Großvaters in einen einigermaßen verständlichen Zusammenhang zu bringen.

Marc hatte schon früh im Verlauf des Prozesses gebeten, mit ins Gericht kommen zu dürfen. Paul hatte aber nicht gewollt, dass er Max Menuchens schauerliche Aussage mitbekam. Zum Glück hatte er ihn nicht schon gestern mitgenommen, dachte er. Heute aber sollte Menuchen von Cox ins Kreuzverhör genommen werden – der richtige Tag, um Marc mitzunehmen. Einen Tag gemeinsam im Gericht zu verbringen und über Großvater Chelli zu reden, bot vielleicht eine gute Gelegenheit für ein Gespräch zwischen Vater und Sohn.

Paul hatte beschlossen, einige Minuten früher da zu sein, damit er Marc erklären könnte, was hier vorging und warum Max Menuchen diese schrecklichen Dinge getan hatte, wegen derer er hier nun angeklagt war. Paul wusste, es würde nicht leicht sein, ein angemessenes Gleichgewicht zu finden: Was Marcs Großvater getan hatte, konnte er nicht verteidigen, aber er wollte auch nicht zulassen, dass sein Sohn den verstorbenen Großvater für ein Ungeheuer hielt.

»Dein Großvater war ein guter Mann. Er hat dich geliebt. Er hat uns alle geliebt. Aber er hat schlimme Dinge getan. Viele, viele Jahre ehe du geboren wurdest, sogar ehe ich geboren wurde.« Paul hatte seinen Arm um Marc gelegt und flüsterte ihm zu, als sich der Gerichtssaal mit Journalisten, Richtern und ausgewählten Prozessbeobachtern füllte. Emma Ringel und Rendi nahmen ihre Plätze in der ersten Reihe hinter der Verteidigung ein, jenseits des Ganges, auf der Höhe von Marc und Paul Prandus.

»Ich habe Großpapa so sehr geliebt, Daddy. Mir ist egal, was vor einer Million Jahren war. Warum musste der alte Mann ihn töten?«, flüsterte Marc und hatte dabei Tränen in den Augen.

»Er war im Unrecht. Aber das ist eine komplizierte Geschichte. Ich weiß nicht, ob ich sie dir erklären kann.«

»Ich verstehe mehr, als du denkst. Meine Freunde in der Schule reden schon darüber.«

»Was sagen sie denn?«

»Dennis hat mir gesagt, dass der alte Mann ein Jude ist,

der Rache für irgendetwas brauchte, das Großpapa getan hat. Er meinte, den Juden hat man nicht beigebracht, dass sie vergeben sollen.«

»Na ja, so würde ich das nicht sagen. Ich will es dir ein wenig anders erklären. Weißt du, was es heißt, ein Patriot zu sein?«

»Klar. Die Flagge und all so was.«

»Großpapa war ein litauischer Patriot.«

»Ich weiß«, meinte Marc. »Er hat mir immer erzählt, wie schön Vilnius war. Er hat mich sogar einmal in den Litauischen Verein mitgenommen. Er hat mir aber gesagt, ich soll es dir nicht erzählen.«

»Dann stell dir nur mal vor, wie entsetzlich es für ihn gewesen sein muss, als Hitler es eroberte.«

»Hat Großpapa für Hitler gearbeitet?«

»Alle in Litauen haben für Hitler gearbeitet.«

»Was sollte Großpapa denn für Hitler tun?«

»Einige schreckliche Dinge – wie zum Beispiel, die Juden zu verletzen.«

»Wollte Großpapa denn die Juden verletzen?«

»Das ist genau die Sache, die du vielleicht nicht verstehst.«

»Doch, ich verstehe es.«

»Was haben euch denn eure Lehrer über die Juden erzählt, Marc?«

»In der Schule haben sie uns erzählt, dass Jesus ein Jude war und dass das Judentum der ältere Bruder des Christentums ist.«

»Das ist aber nicht das, was die Lehrer von Großpapa ihm erzählt haben. Sie sagten ihm, dass die Juden Jesus getötet hätten.«

»Das stimmt aber nicht. Die Römer haben Jesus getötet. Die Juden waren seine Jünger.«

»Du hast Recht. Aber es ist nicht das, was Lehrer, Priester und seine Eltern ihm erzählt haben. Sie haben ihm gesagt, er dürfe die Juden nicht lieb haben. Und dann ist etwas mit Großvaters Vater passiert, das alles nur noch schlimmer machte.« Paul erzählte Marc die Geschichte vom Tod seines Urgroßvaters in der Bar und wie alle diese Tat auf die Juden schoben.

»Großpapa dachte, dass er, wenn er den Juden etwas zuleide tat, den Tod seines Vaters rächen würde. So haben die Leute damals eben gedacht. Als Hitler deinem Großvater befahl, die Juden festzunehmen, war Großpapa einer Meinung mit Hitler.«

»Die Kinder in der Schule sagen, dass Großpapa die Juden nicht bloß festgenommen hat. Er hat auch geholfen, ein paar umzubringen.«

»Großpapa glaubte eben, dass das richtig war.«

»Dann war es also nicht richtig, dass der alte Mann Großpapa umgebracht hat, oder?«

»Nein, das war nicht richtig.«

»Und es war doch sicher auch nicht richtig von ihm, dass er versucht hat, mich zu überfahren. Was hatte er gegen mich? Ich war ja noch nicht einmal geboren, als Hitler da war.«

»Er wusste, wie sehr Großpapa dich liebte, und er stellte sich vor, dass er Großpapa treffen würde, wenn er dir etwas antäte.«

»Das ist nicht fair. Er ist ein schrecklicher Mensch, dieser alte Mann.«

»Ja, das stimmt und ich hoffe, er muss ins Gefängnis.«

»Ich hoffe, dass er stirbt«, sagte Marc verächtlich. »Kann das Gericht ihn zum Tode verurteilen, weil er Großpapa umgebracht hat?«

»Nein. Hier in Massachusetts haben wir keine Todesstrafe. Wahrscheinlich muss er ins Gefängnis, aber es ist auch möglich, dass er freikommt.«

»Er darf nicht freikommen. Er hat Großpapa umgebracht und beinahe auch mich. Er darf nicht freikommen. Das wäre nicht fair«, sagte Marc, wobei er immer lauter sprach.

So konnten Emma und Rendi hören, was das Kind sagte. Aber sie taten so, als setzten sie einfach nur ihre Unterhaltung über Cox' bald beginnendes Kreuzverhör fort.

»Dieser Mann ist Anwalt, genau wie ich«, sagte Paul und zeigte auf Abe, der gerade den Gerichtssaal betrat. »Er versucht, die Geschworenen zu überzeugen, dass der alte Mann nichts Falsches getan hat.«

»Ganz schön krass. Der Anwalt weiß doch, dass es falsch von dem alten Mann war, Großpapa zu töten.«

»Er tut nur seinen Job.«

»Du meinst, wie Großpapa.«

»Würde ich sagen, ja«, meinte Paul, ohne lange über seine Antwort nachzudenken.

Emma aber konnte nicht mehr so tun, als hätte sie den letzten Wortwechsel nicht gehört. Sie schoss von ihrem Sitz hoch und baute sich vor Paul Prandus auf. »Wie können Sie es wagen, Ihrem Sohn zu sagen, dass das, was sein Großvater der Familie von Max angetan hat, so etwas Ähnliches wie das ist, was mein Vater hier im Gerichtssaal tut?«

»Ich hatte keinen solchen Vergleich im Sinn, junge Frau. Und was ich meinem Sohn sage, ist unsere Angelegenheit. Lassen Sie uns bitte allein.«

»Es wird aber zu meiner Angelegenheit, wenn Sie Ihren und meinen Vater im selben Atemzug nennen.«

»Bitte, keine solchen Diskussionen vor meinem Sohn.«

»Warum? Wovor haben Sie Angst? Dass er die Wahrheit über seinen Großvater erfährt, dass er nämlich ein Mörder war?«, sagte Emma spitz. Als Rendi sie wegzog, drehte Emma sich noch einmal zu Marc Prandus um und flüsterte: »Dein Großvater hat nicht nur seinen Job gemacht. Er hat unschuldige Menschen umgebracht.«

»Seien Sie still!«, rief Paul. »Er ist doch noch ein Kind. Ich versuche, ihm bloß ungefähr zu sagen, was sein Großvater getan hat. Marc hat seinen Großvater sehr geliebt.«

»Max hat seinen kleinen Sohn ebenfalls geliebt. Haben Sie Ihrem Sohn erzählt, was sein Großvater mit dem kleinen Sohn von Max und seiner schwangeren Frau getan hat? Haben Sie das? Gestern bei der Zeugenaussage habe ich ihn nicht im Gericht gesehen.«

»Halten Sie Ihren Mund!«, rief Paul, und die Adern schwollen ihm im Nacken an.

»Beruhigen Sie sich«, sagte Rendi und drängte sich zwischen Paul und Emma.

»Kümmern Sie sich um Ihren eigenen Kram!«, fuhr Prandus Rendi an und flüsterte ein leises »Alte Hexe« hinterher.

»Sehr passende Worte für den Sohn eines Mannes, der junge Mädchen vergewaltigt hat«, zischte Emma.

»Komm, wir gehen weg von hier«, sagte Paul, zog seinen verängstigten Sohn von seinem Stuhl und schob ihn zur Tür hinaus. Dabei drehte sich Marc zu seinem Vater um und fragte. »Was ist, wenn die gewinnen?«

»Dann können wir nichts daran ändern.«

»Doch, können wir.« Mit entschlossenem Blick klammerte Marc sich an seinen Vater. »Wir können ihn umbringen.«

Kapitel 42

Pauls Entscheidung

Diese Nacht konnte Paul nicht schlafen. Was bin ich nur für ein Mensch?, dachte er. Er war wütend auf Abe Ringel wegen der Art und Weise, wie er ihn beim Kreuzverhör regelrecht benutzt hatte. Und er war auf Rendi und Emma wütend, weil sie ihn vor seinem Sohn gedemütigt hatten. Aber am meisten war er auf sich selber wütend, weil er angesichts einer derart konzertierten Attacke auf seine Familie so passiv blieb.

Tief aus seinem Innern kam diese Wut allmählich hoch. Er wollte schreien, jemanden zusammenschlagen. Er sehnte sich nach den Tagen seiner Jugend, als er seinen Frust dadurch bekämpft hatte, dass er handelte. Paul verfluchte sein Erwachsenendasein, seine Verantwortung, die Notwendigkeit, sich zu beherrschen. Auf einer rationalen Ebene wusste er natürlich, dass sein kindisches Benehmen unangebracht war. Trotzdem hatte er die Idee, Max etwas anzutun.

Paul dachte an seinen toten Vater, der ein echter Mann gewesen war. Er hätte gewusst, was jetzt zu tun wäre. Er hätte gehandelt wie der Pate einer Familie, die man ungerecht behandelt hatte, und nicht wie ein verweichlichter Anwalt.

Mit einem Mal wurde Paul alles klar. Er wusste, was er zu tun hatte. In seiner Vorstellung wurde der Plan immer deutlicher und seine Lippen verzogen sich zu einem zufriedenen Lächeln, als er endlich in Schlaf fiel.

Am nächsten Morgen um sieben trafen sich Paul und Freddy im Ring des örtlichen Fitnesscenters, um ein paar Runden zu boxen. Paul boxte sehr gern. Es war ein so herrlich untypischer Sport für einen Anwalt. Seine Sparringspartner waren Polizisten, Mechaniker und Fabrikarbeiter – Männer, die mit ihren Händen arbeiteten und schwitzten, so wie es schon sein Vater getan hatte. Vor seiner Verletzung war auch Freddy ein guter Boxer gewesen. Nun stand er nur plattfüßig herum, während Paul um ihn herumtanzte und gelegentlich eine Gerade gegen seinen Handschuh landete. Es war ein gutes Training und bot den beiden Freunden die Gelegenheit, von Mann zu Mann zu sprechen.

»Marc meint, ich soll ihn umbringen, falls er freigesprochen wird«, erzählte Paul und landete einen linken Haken an Freddys Boxhandschuh. »Ich muss irgendetwas unternehmen. Mein Sohn hält mich für einen Waschlappen.«

»Red nicht so 'n Zeug. Das ist doch lächerlich. Hat Marc das wirklich gesagt?«

»Hat er, ja. Er war wütend wegen dem, was gestern im Gericht passiert ist.«

»Das war doch nur Kindergerede, Paul. Vergiss es.«

»Kann ich aber nicht. Vielleicht hat Marc ja Recht.«

»Hör auf damit. Willst du den Rest deiner Tage im Knast verbringen, nur um dir zu beweisen, dass du ein Kerl bist?«

»Wieso bist du so sicher, dass ich verurteilt würde? Wenn er davonkommt, obwohl er *meinen* Vater umgebracht hat, weil zuerst mein Vater seine gesamte Familie getötet hat, dann kann ich seine Argumente doch auch zu meiner Verteidigung übernehmen. Wenn er das kann, wieso nicht ich?«

»Weil so die Welt nicht funktioniert, Paul. Das weißt du auch. Du denkst im Moment nicht wie ein Anwalt, sondern wie ein Sohn. Schlag dir das aus dem Kopf. Er wird nicht freigesprochen werden und wenn doch, dann wirst du mit deinem Leben so weitermachen wie bisher. Du bist jung, du hast Marc, deine Frau, eine Zukunft – alles Dinge, die Max Menuchen nicht hat.«

»Er hat aber meinen Vater umgebracht.«

»Weil dein Vater seinen umgebracht hat. Irgendwann muss das mal aufhören. Ihr könnt nicht ständig so weitermachen und euch gegenseitig umlegen. Eure Familien werden sonst noch zu Hartfields und McCoys.«

»Es kann aber nicht damit aufhören, dass er einfach davonkommt, Freddy. So darf es nicht enden. Wenn er freigesprochen wird, muss ich etwas unternehmen. Was würdest du tun?«

»Na ja, ich würde an etwas denken, das mich nicht in Schwierigkeiten bringt. Ich habe keine Lust, meine Wochenenden damit zu verbringen, dich in irgendeinem gottverlassenen Knast zu besuchen.«

Die beiden Männer beendeten ihren Boxkampf und Paul Prandus schlüpfte wieder in sein »Anwaltskostüm«, wie er es nannte. Aber als Paul Prandus das Fitnesscenter verließ, spürte Freddy, dass sein Freund dennoch nicht wieder wie ein Anwalt fühlte und dachte.

Kapitel 43

Max im Kreuzverhör

Erskine Cox manövrierte seinen Rollstuhl so, dass er zwischen den Geschworenen und dem Zeugen zum Stehen kam. Dann drehte er ihn zum Zeugenstand und fragte Max mit scharfer Stimme: »Haben Sie tatsächlich gesehen, wie Marcelus Prandus andere Menschen außer Ihrer Frau und Ihrem Kind erschoss?«

»Nein, natürlich nicht. Er hat mich ja direkt danach erschossen. Ich war bewusstlos.«

»Woher wissen Sie dann, ob er noch andere erschossen hat?«

»Ich habe die Gräber gesehen. Und ich fand den Leichnam meiner Großmutter.«

»Woher wissen Sie, dass sie nicht von jemand anderem erschossen worden sind?«

»Wo ist der Unterschied, wer sie erschossen hat? Prandus hatte die Verantwortung.«

»Das wird die Jury entscheiden, ob es einen Unterschied macht. Sind Sie sicher, dass es Prandus war, der auf Sie schoss?«

»Ich werde nie vergessen, wie er auf meine schwangere Frau und mein Baby abfeuerte. Dann feuerte er auf mich.«

»Sie sagen, die Kugel traf Sie im Kopf und machte Sie bewusstlos.«

»Das stimmt.«

»Haben Sie je etwas von retrograder Amnesie gehört?«

»Ja. Sie tritt auf, wenn man traumatisiert wurde. Man erinnert sich nicht mehr an das, was unmittelbar vor dem Trauma geschah.«

»Glauben Sie, dass so etwas zuweilen geschieht?«

»Ich habe keinen Grund, an dem, was erfahrene Mediziner sagen, zu zweifeln.«

Dann erhob sich Cox aus seinem Rollstuhl und fragte: »Würden Sie mir glauben, wenn ich Ihnen erzähle, dass ich keine Erinnerung an das habe, was in den Stunden vor meinem Tauchunfall passierte, der mich bewusstlos machte und mir die Fähigkeit zu gehen nahm?«

»Einspruch, Euer Ehren«, warf Abe ein. »Das ist eine Aussage, keine Frage.«

»Stattgegeben. Bleiben Sie bei dem, was Professor Menuchen passiert ist.«

»Kennen Sie den medizinischen Ausdruck Konfabulation?«

»Ungefähr.«

»Wissen Sie, was er bedeutet?«

»Ich glaube, es bedeutet, dass ein Mensch mit Erinnerungslücken die Leerstellen füllt, indem sich sein Gehirn Ereignisse ausdenkt.«

»Könnte es also nicht sein, dass Sie zwar glauben, sich tatsächlich daran zu erinnern, wie Marcelus Prandus Ihre Frau und Ihr Kind erschoss, während Sie diese Ereignisse in Wahrheit nur konfabulieren?«

»Nein, das könnte nicht sein. Ich erinnere mich genau«, sagte Max mit lauter werdender Stimme.

»Vielleicht erinnern Sie sich an Ihre Konfabulation.«

»Einspruch. Das ist keine Frage.«

»Stattgegeben. Formulieren Sie es als Frage, Mr Cox.«

»Ich glaube, ich bin damit durch. Ich werde nun zu

einem Ereignis fortschreiten, an das sich der Zeuge klar erinnert.

Erinnern Sie sich, dass Sie Marcelus Prandus entführt haben, oder nicht?«

Max wischte sich die Augen und antwortete mit fester Stimme: »Ich erinnere mich.«

Cox fuhr in rascher Folge fort: »Erinnern Sie sich, ihn in eine abgelegene Jagdhütte gebracht zu haben, oder nicht?«

»Ich erinnere mich.«

»Erinnern Sie sich, ihn an einen Stuhl festgebunden zu haben, oder nicht?«

»Ich erinnere mich.«

»Erinnern Sie sich, dass Sie ihn Videos anschauen ließen, die zu zeigen schienen, wie seine Familie getötet wurde, oder nicht?«

»Ich erinnere mich.«

»Sie haben doch geplant, dass er sterben sollte, ohne zu erfahren, dass seine Familie noch lebte, oder nicht?«

»Ja, das habe ich.«

»Er hat sich selbst das Leben genommen, nachdem man ihm die Videos gezeigt hatte und während er noch unter Ihrer Kontrolle stand, oder nicht?«

»Doch, das stimmt.«

»Keine weiteren Fragen.«

»Nur noch ein paar Gegenfragen, Euer Ehren«, sagte Abe und erhob sich.

»Wäre Marcelus Prandus von irgendeiner Regierung für das bestraft worden, was er Ihrer Familie angetan hat, hätten Sie ihn dann entführt?«

»Einspruch. Er fordert den Zeugen zur Spekulation auf.«

»Ich werde ihn antworten lassen«, entschied Richter Tree.

»Nein, dann hätte ich ihn nicht entführt. Ich bin kein gewalttätiger Mensch.«

»Noch eine Frage«, verkündete Abe und sah dabei Paul Prandus an. »Nachdem Sie Ihre Rache gestillt hatten, wie ging es Ihnen da?«

»Einspruch. Das ist hier nicht die *Oprah Winfrey Show.*«

»Abgelehnt. Reue ist immer relevant. Sie dürfen antworten, aber kurz.«

»Ich fühlte keine Reue wegen dem, wozu ich Marcelus Prandus getrieben hatte, aber mich überkam Reue für das, was ich den anderen Familienmitgliedern angetan habe. Ich hatte auch kein Vergnügen daran, Prandus leiden zu sehen. Es war nicht wirklich befriedigend. Es hinterließ einen bitteren Nachgeschmack.«

»Ich habe keine weiteren Fragen an diesen Zeugen«, sagte Abe, und Max erhob sich.

»Gut. Den Rest des Tages werden wir uns um die verschiedenen Anträge kümmern und morgen um Punkt neun setzen wir die Befragung der Zeugen fort«, verkündete Richter Tree.

An diesem Abend prügelten die Experten weiter auf Abe Ringel ein, weil er die Abbie-Hoffman-Verteidigung herangezogen hatte. »Das wird in den späten neunziger Jahren niemals mehr funktionieren«, unkte der Rechtskommentator Joe Genevese im Brustton der Überzeugung.

Kapitel 44

Emmas Reise

»Ich habe dir ja vorausgesagt, dass der Schuss nach hinten losgehen würde«, meinte Emma, während sie und Abe sich im Fernsehen *Larry King live* ansahen.

»Die Geschworenen gucken doch *Friends*. Was Genevese sagt, kümmert die nicht«, gab Abe zurück und es klang dabei irgendwie defensiv.

»Aber vielleicht denken sie genauso. Und ein paar von ihnen fragen sich vielleicht, ob Max – wie hieß das Wort noch mal?«

»Konfabulierte.«

»Cox hat da etwas ausgesät – dieses Schwein. Das war nicht fair, vor allem, dass er auch noch über seine eigene Verletzung gesprochen hat.«

»Der Richter hat ihn ja aufgehalten«, sagte Abe.

»Aber erst hinterher. Hast du die Geschworenen gesehen?«, fragte Emma. Es war eine rhetorische Frage.

»Natürlich. Die interessieren sich immer für die menschlichen Seiten.«

»Du musst einfach gewinnen, Daddy. Ich ertrage den Gedanken nicht, dass Max nach allem, was er schon durchgemacht hat, auch noch im Gefängnis stirbt.«

»Ich weiß nicht so recht, mein Engel ... Irgendetwas fehlt noch bei unsrer Sache. Noch ist sie irgendwie nicht vollständig. Ich mache mir Sorgen.«

»Kann ich denn irgendetwas dafür tun?«

»Nicht dass ich wüsste. Es ist alles dem Schicksal überlassen – und meinem Schlussplädoyer.«

»Kannst du dann ein Wochenende ohne mich auskommen? Ich habe Jacob versprochen, mit ihm nach Amsterdam zu fahren, um seine Familie kennen zu lernen. Sein Vater wird siebzig. Jacob will mich allen Leuten vorstellen. Du weißt ja, dass wir eigentlich schon vor ein paar Monaten rüberwollten, aber dann lieber für dich recherchiert haben. Und dies ist unsere letzte Gelegenheit, ehe die Uni wieder anfängt.«

»Fahr nur, Kleine. Ich komme schon ohne dich klar.«

»Ich bin auch nur fünf Tage weg. Vor dem Schlussplädoyer bin ich zurück.«

»Sehr gut. Ich werde es an dir ausprobieren. Soll ich dich zum Flughafen fahren?«

»Jacob kommt vorbei. Wir fahren zusammen. Bereite dich lieber weiter vor. Du wirst deine Zeit brauchen.«

»Ich danke dir für das Vertrauen.«

Kapitel 45

In der Zelle

»Na, wie haben wir uns bisher geschlagen? Werde ich den Rest meines Lebens in diesen Klamotten verbringen müssen?«, fragte Max, während er einen Haferbrei unbestimmbaren Geschmacks aß.

»Ich muss ehrlich zu dir sein, Max. Wir werden wohl verlieren. Ich sehe es in den Augen der Geschworenen. Pullmann sagt das Gleiche. Irgendetwas fehlt noch.«

»Wir haben doch die Wahrheit erzählt. Mehr können wir nicht tun«, gab Max zurück.

»Aber vielleicht haben wir den Geschworenen nicht die ganze Wahrheit erzählt – weil wir die ganze Wahrheit nicht kennen. Das ist vermutlich genau das, was der Ankläger beweisen wird. Er hat mir vorhin gesagt, dass er heute Vormittag noch kurz einen Widerlegungszeugen befragen wird, einen Arzt namens Wolfram Gutheil.«

»Ich kenne einen solchen Arzt nicht.«

»Er ist ein Seelenklempner. Wahrscheinlich werden sie ihn nach der Konfabulation befragen.«

»Ich habe aber das, was im Ponary-Wald passiert ist, nicht erfunden. Wie kann der Staatsanwalt es wagen, mir das zu unterstellen! Er erinnert mich an die entsetzlichen Leute, die den Holocaust leugnen.«

»Du meinst die, über die ich gesagt habe, dass ich auf der Straße ihre Redefreiheit verteidigen würde?«

»In was für einer Welt leben wir bloß! Das wird allmählich alles etwas zu verwirrend für mein müdes, altes Hirn«, sagte Max, wobei er den Kopf schüttelte.

»Lass uns noch mal auf die Konfabulation zurückkommen, Max. Das musst du im Zusammenhang sehen. Cox ist keiner von denen, die den Holocaust leugnen. Er ist nur ein Anwalt, der seinen Job tut. Konfabulation kommt vor, das ist nun mal eine Tatsache. Ich habe schon selbst bei meinen Kreuzverhören damit gearbeitet. Das Schöne daran – aus Sicht des Anwalts – ist, dass, gleichgültig wie ehrlich der Zeuge ist und wie sicher, sich an alles zu erinnern, es immer die Möglichkeit gibt, dass die Erinnerung nichts anderes als eine unbewusste Konfabulation ist. Es bleibt immer ein Zweifel zurück.«

»Es sei denn, es gibt Augenzeugen.«

»Stimmt. Erzähl mir jetzt bitte nicht, du wusstest von einem Augenzeugen für die Sache im Ponary-Wald.«

»Ich wollte, es hätte einen gegeben. Die einzigen sonstigen Zeugen waren Sarah Chava und die Mörder selbst«, sagte Max traurig.

»Es tut mir Leid. Ich hätte das nicht sagen sollen«, sagte Abe. Er hatte soeben sein Frühstück beendet und richtete sich die Krawatte für die Verhandlung. »Wollen wir doch erst mal sehen, was Dr. Gutheil anzubieten hat.«

»Abe, ich vertraue dir. Ich verstehe dich bloß nicht ganz.«

»Dass tut kaum jemand«, sagte Abe, und ein leichtes Lächeln huschte über sein Gesicht. »Du kannst Rendi und Emma fragen.«

»Ich danke dir, Abe, gleichgültig wie es ausgeht. Ich danke dir, dass du mein Freund bist.«

Kapitel 46

Konfabulation

Der kleine Mann mit schütterem Haar und dem weißen Spitzbart nahm den Platz im Zeugenstand ein und schwor mit seinem deutlichen Wiener Akzent, die Wahrheit zu sagen.

»Sind Sie Experte auf dem Gebiet des Gedächtnisverlusts?«

»Ja. Ich erforsche dieses Thema seit vierzig Jahren.«

»Ich kenne Dr. Gutheils Sachkenntnis, da ich ihn bei mehreren Gelegenheiten als Zeugen aufgerufen habe«, sagte Abe. »Ich stelle seinen Sachverstand außer Streit.«

»Haben Sie auch mit Überlebenden des Holocaust gearbeitet?«

»Ja. Und ich bin auch selbst ein Überlebender. Theresienstadt«, sagte Dr. Gutheil und rollte den Ärmel seines Jacketts nach oben, um die eintätowierte Nummer über seinem Handgelenk zu zeigen.

»Haben Sie auch spezielle Studien über die Erinnerung von Holocaust-Opfern betrieben, die traumatisiert wurden?«

»Ja, das stimmt.«

»Würden Sie den Geschworenen bitte von Ihren Ergebnissen berichten?«

»Ich habe unterschiedliche Gruppen erforscht. Die erste bestand aus Überlebenden, die etwas getan haben, wofür sie sich später schämten: zum Beispiel als Capo gearbeitet oder den Nazis auf andere Art gedient, schwächeren Gefangenen Essen weggenommen oder ihre Familien verlassen. Nach ihrer Befreiung haben einige dieser Leute ehrlich und wirklich vergessen, was sie getan hatten, und stattdessen die Geschichten anderer Menschen übernommen, die etwas Lobenswertes getan hatten.«

»Einspruch. Es gibt keinen Hinweis darauf, dass Max Menuchen etwas getan hätte, dessen er sich schämte. Diese Aussage ist irrelevant.«

»Ich werde gleich die noch losen Enden verknüpfen, Euer Ehren. Geben Sie mir noch eine Minute«, bat Cox.

»Gut. Verknüpfen Sie sie mit diesem Angeklagten oder lassen Sie sie fallen.«

»Stimmt es, dass die meisten Überlebenden sich schämten, weil sie überlebt haben, während ihre Familienmitglieder umgekommen sind – auch wenn sie selber nichts getan haben, dessen sie sich schämen müssten?«

»Ja. Viele glaubten, sie hätten noch mehr tun können – dass sie wegen ihrer Selbstsucht überlebt hätten.«

»Auch wenn dies gar nicht der Fall war?«

»Korrekt.«

»Haben Sie auch über jene Überlebenden geforscht, die ernsthaft verletzt wurden, beispielsweise durch Schüsse?«

»Ja. Viele von ihnen hatten eine retrograde Amnesie in Verbindung mit Konfabulation.«

»Erklären Sie das bitte.«

»Sie haben ihre tatsächliche Erinnerung an das, was vor der Verletzung geschah, verloren und dann die Ereignisse ausführlich rekonstruiert.«

»Was meinen Sie damit?«

»Sie haben die Leerstellen mit der Annahme bestimmter Ereignisse geschlossen.«

»Ich möchte Ihnen eine hypothetische Frage stellen:

Angenommen, ein Achtzehnjähriger wurde in den Kopf geschossen und wurde dadurch bewusstlos. Dann wacht er später auf und sieht mehrere seiner Familienmitglieder, die tot sind. Ist es dann wahrscheinlich, dass er eine retrograde Amnesie in Bezug auf die Ereignisse entwickelt, die seiner Verletzung unmittelbar vorausgingen?«

»Das ist sehr wahrscheinlich.«

»Ist es auch wahrscheinlich, dass er konfabuliert, was sich abgespielt haben muss?«

»Ja.«

»Würde er merken, dass er konfabuliert?«

»Vermutlich nicht. Das ist ja das Gemeine an der Konfabulation. Auch wenn der Patient ehrlich glaubt, dass er sich an reale Vorkommnisse erinnert, erinnert er sich womöglich nur an die Konfabulation. Das können wir ohne äußere Beweise niemals mit Bestimmtheit wissen.«

»Es ist also in meinem hypothetischen Fall, auch wenn sich der Patient ›erinnert‹, dass ein ganz bestimmter Mensch ihn und seine Familie erschossen hat, durchaus möglich, dass in Wahrheit ein anderer Mensch diese Tötungen vorgenommen hat?«

»Das ist absolut möglich. Ohne andere Zeugen – eine unabhängige Person, die dasselbe Ereignis sah und sich genauso daran erinnert – kann man dies nicht zweifelsfrei ausschließen.«

»Keine weiteren Fragen.«

»Kreuzverhör?«, fragte der Richter Abe.

»Einige wenige Fragen, Euer Ehren. Dr. Gutheil, wenn jemand ernsthaft glaubt, dass er einen ganz bestimmten Menschen gesehen hat, wie der seine schwangere Frau und sein Baby ermordete, wäre dann sein dringlicher Wunsch nach Gerechtigkeit gleich groß, egal ob es sich um eine echte Erinnerung oder um eine Konfabulation handelt?«

»Das weiß ich nicht. Dieser Frage bin ich bisher nie nachgegangen. Es ist eine interessante Frage, aber ich fürchte, dass ich Ihnen hier nicht helfen kann.«

»Warum versuchen Sie es nicht? Wir wollen die Sache ganz logisch betrachten. Ob wahre Erinnerung oder Konfabulation, im Verständnis des Opfers ist dieser Jemand ein Mörder. Folgt daraus nicht, dass der Wunsch nach Gerechtigkeit in beiden Fällen gleich groß ist?«

»Logischerweise vielleicht, falls der Verstand immer logisch arbeitet. Leidenschaft ist so sehr eine Funktion des Unbewusstseins wie des Bewusstseins. Wenn das Unbewusste ›weiß‹, dass die Erinnerung konfabuliert ist, dann ist der Wunsch möglicherweise weniger dringlich.«

»Das ist bloße Spekulation, oder?«

»Ja, aber das trifft auch für das Gegenteil zu.«

»Keine weiteren Fragen.«

»Die Anklage enthält sich.«

»Hat die Verteidigung ihrerseits einen Erwiderungszeugen?«

»Darf ich das bis Dienstagmorgen entscheiden, Euer Ehren? Dr. Gutheil war ein Überraschungszeuge. Ich möchte die Auswirkung dieses Zeugen einschätzen können, ehe ich entscheide, ob ich mich enthalte oder gleichfalls einen Überraschungszeugen aufrufe.«

»In Ordnung. Geben Sie mir Dienstag früh um neun Bescheid. Ich wünsche allen einen schönen Ersten Mai.«

Abe bluffte. Er hatte keinen Überraschungszeugen in der Hinterhand und wollte das lange Wochenende nutzen, um darüber nachzusinnen, ob er versuchen sollte, einen solchen aufzutreiben.

Kapitel 47

Der Überraschungszeuge

Der Bus, der die Gefangenen transportierte, hatte am Dienstagmorgen Verspätung. Einer der Gefangenen hatte auf dem Weg vom Gefängnis zum Gericht einen Schlaganfall erlitten, weshalb der Bus einen Umweg über das Gefängniskrankenhaus machen musste. Die Geschworenen saßen bereits und alle warteten darauf, dass der Gefangene endlich einträfe.

So hatte Abe auch keine Zeit mehr, um Max zu sagen, dass er keinen weiteren Zeugen hatte, den er aufrufen konnte. Der Fall würde an die Geschworenen übergeben werden, zu einem Zeitpunkt, da Abe das unbestimmte Gefühl hatte, dass die Sache unvollständig war, und die Anklage die Saat der Konfabulation frisch ausgestreut hatte. Pullmann sagte bereits eine Verurteilung in beiden Anklagepunkten voraus.

Kaum war Max im Gerichtssaal angekommen, sagte Richter Tree mit schneidender Stimme: »Rufen Sie Ihren nächsten Zeugen auf, Mr Ringel, wenn Sie einen haben. Die Geschworenen haben lang genug gewartet.«

Abe blieb still, was untypisch für ihn war.

»Haben Sie einen Experten für Ihre Widerlegung, Mr Ringel? Oder wollen Sie sich enthalten?«

Abe sah den Richter voller Enttäuschung an. Er hatte sich gegen einen weiteren Experten entschieden, nachdem er mit mehreren Neuropsychologen und Psychiatern gesprochen hatte. Kein seriöser Fachmann würde Dr. Gutheil widersprechen. Natürlich könnte Abe in seinem Schlussplädoyer argumentieren, dass es nicht wirklich eine Rolle spielte, ob tatsächlich Marcelus Prandus abgedrückt hatte, solange Max im festen Glauben war, es wäre so gewesen. Doch Abe hatte die Befürchtung, dass einige der Geschworenen über das, was geschehen war, anders dachten, bis bewiesen wäre, dass Prandus tatsächlich geschossen hatte.

Wie konnte er diesen Kreis schließen? Diese Frage stellte sich Abe noch, als plötzlich Emma, seine Tochter, durch die Tür des Gerichtssaales hereinplatzte und zu ihrem Vater rannte. Sie keuchte und schnaufte und brachte gerade noch hervor: »Daddy, bitte um eine Unterbrechung.«

»Wieso?«

»Bitte darum. Es ist wichtig. Wir müssen reden. Mach schon. Ich habe jemand gefunden.«

»Euer Ehren, meine Tochter sagt mir gerade, dass ich um eine Unterbrechung bitten soll, ehe ich entscheide, ob ich mich enthalte. Und ich habe gelernt, meiner Tochter niemals zu widersprechen. Darf ich also die Nachsicht des Gerichts für einen weiteren Moment beanspruchen?«

»Ich habe auch eine Tochter, Mr Ringel. Sie haben zwei Minuten Zeit, um mit ihr zu reden und sich zu entscheiden, ob Sie sich enthalten oder einen Zeugen aufrufen wollen. Zwei Minuten.«

Abe und Emma hasteten in eine Ecke des Saales. »Das muss jetzt aber wirklich sitzen«, flüsterte Abe. »Was hast du? Einen Augenzeugen?«

»Nicht ganz, Daddy. Wir haben einen Brief gefunden, den Sarah Chava kurz vor ihrem Tod geschrieben hat. Sie beschreibt darin alles, was sie im Ponary-Wald beobachtet hat. Das stimmt haargenau mit dem überein, was Max erzählt hat. Er hat nicht konfabuliert. Seine Erinnerung gibt die Wahrheit wieder. Der Brief beweist das.«

»Wie hast du diesen Brief gefunden, mein Engel? Und was jetzt noch wichtiger ist: Wie können wir belegen, dass sie ihn geschrieben hat? Richter Tree wird sich nicht allein auf unser Wort verlassen.«

»Wir haben auch noch einen lebenden Zeugen. Er ist draußen bei Jacob. Ich bin schon vorgelaufen. Wir haben ihn gestern am späten Abend gefunden und sind mit ihm hierher geflogen. Ich habe auch schon versucht, dich heute Morgen anzurufen, hab dich aber nicht erreicht. Ich habe nur das Büro des Protokollführers erwischt. Dort hat man mir gesagt, dass der Prozess schon angefangen hätte. Da bin ich hierher gekommen. Du musst ihn als Zeugen aufrufen. Ich habe ihn schon vorbereitet. Hier sind meine Aufzeichnungen.«

Als Emma ihrem Vater gerade das Papier der Fluggesellschaft übergab, auf das sie ihre Notizen gekritzelt hatte, schlug der Richter mit seinem Holzhammer auf den Tisch. »Die Zeit ist um, Mr Ringel. Rufen Sie jetzt Ihren Zeugen auf oder enthalten Sie sich.«

»Ich habe einen abschließenden Zeugen«, verkündete Abe und drehte sich um, um einen großen, blonden Mann durch die Tür hinten im Gerichtssaal eintreten zu sehen. Als er zwischen den Zuschauerbänken hindurch nach vorne ging, sahen ihm alle ins Gesicht – und sahen seine tiefblauen Augen, die hohen Wangenknochen, sein gewelltes, blondes Haar, den blassen Teint. Der Überraschungszeuge hatte nun die erste Reihe der Zuschauer erreicht und wandte sich nach rechts. Seine Augen fixierten den Mann, der während des gesamten Prozesses in der Reihe hinter der Bank der Anklage gesessen hatte. Die beiden Männer starrten einander an und beide waren sie schockiert. Die übrigen Anwesenden im Saal fingen an zu murmeln und zu flüstern, als sie bemerkten, dass der Mann, der als Zeuge aufgerufen werden sollte, kein Fremder war. Peter Vovus war in ein hitziges Gespräch mit dem Mann im Rollstuhl verwickelt, der wild gestikulierend auf den Mann im Zeugenstand zeigte.

Das Herz von Max Menuchen setzte für einen Schlag aus: Aus seiner Sicht ähnelten die Gesichtszüge dieses Mannes denen der Mörder in Litauen, die seine Alpträume bevölkert hatten, aber um seine Augen gab es etwas, das ihm wesentlich vertrauter vorkam. Wer war dieser Mann, der eine derartige Gefühlsverwirrung in ihm hervorrief?

Mit fester Stimme sagte Abe: »Als meinen letzten Zeugen rufe ich auf: Max Menuchen.« Ein Schaudern ging durch den Gerichtssaal, durchbrochen nur durch den schrillen Einspruch des Anklägers. »Das ist nicht Max Menuchen!«, bellte Cox. »Er macht diese Verhandlung lächerlich.«

»In Kürze wird alles geklärt sein«, versicherte Abe dem Richter. »Mit Erlaubnis des Gerichts würde ich jetzt gerne den Zeugen befragen. Meine Tochter sagte mir, dass er keinen Dolmetscher braucht.«

»Fahren Sie fort«, ordnete der Richter an. Er war ebenso begierig, das Geheimnis gelüftet zu sehen, wie alle Anwesenden im Saal.

»Wie heißen Sie?«, fragte Max den fremden, großen Mann.

»Mein Name ist Max Menuchen«, sagte der Mann mit deutlich europäischem Akzent.

»Woher haben Sie den Namen Max Menuchen?«

»Meine Mutter gab mir diesen Namen bei meiner Geburt.«

»Wer war Ihre Mutter?«

»Meine Mutter war Sarah Chava Menuchen.«

Noch ehe der Zeuge seine Antwort ganz ausgesprochen hatte, schoss der ältere Max Menuchen aus seinem Sitz empor und rannte auf den Zeugen zu. Ein Gerichtsdiener folgte ihm. »Du bist Sarah Chavas Sohn? Oh *gottenyu*. Lebt sie noch? Sag es, bitte«, flehte er.

Als Richter Tree seinen Hammer aufschlug und nach Ordnung rief, erklärte der Zeuge traurig: »Nein, meine Mutter ist schon seit mehr als fünfzig Jahren tot. Ich war noch ein Kind, als man sie umbrachte.«

»Ich denke, es ist Zeit für eine Unterbrechung«, verkündete der Richter. »Wir werden hier nicht weitermachen, solange sich die beiden nicht kurz begrüßt haben. Eine Viertelstunde, dann kommen wir wieder zusammen.«

Kapitel 48

Wiedergeburt

Die beiden Max Menuchens wurden in das angrenzende Beratungszimmer geleitet, das man für Abes Team und für die Befragung von Zeugen der Verteidigung reserviert hatte.

»Du bist wirklich Sarah Chavas Sohn – mein Neffe?«, fragte der alte Mann unbeholfen, während ihm Tränen in die Augen traten.

»Ich bin Sarah Chava Menuchens Sohn. Aber sie hat in ihren Briefen geschrieben, ihr Bruder Max wäre im Ponary-Wald erschossen worden, zusammen mit dem Rest der Familie. Ich hatte immer geglaubt – bis gestern Abend –, dass ich der einzige Überlebende der Familie Menuchen wäre.«

»Deine Mutter hat gesehen, wie ich im Ponary-Wald erschossen wurde. Sie hatte allen Grund zur Annahme, dass ich mit dem Rest der Familie gestorben war. Ich habe aber wie durch ein Wunder überlebt und hatte keine Ahnung, dass Sarah Chava lange genug am Leben war, um noch ein Kind zu haben. Ich danke Gott. Ich danke Gott!«, rief der alte Mann und ging auf seinen Neffen zu. Still umarmten sie sich einen Augenblick, bis auch der jüngere Mann zu weinen begann.

»Hast du Kinder?«, fragte Max seinen Neffen.

»Nein, habe ich nicht«, antwortete der Jüngere.

Abe, Emma und Rendi standen im Hintergrund und

beobachteten, wie sich die beiden Männer tief in die Augen sahen.

Endlich brach der jüngere Mann das kurze Schweigen: »Meine Mutter hat mich nach dir benannt. Sie liebte dich mehr als alles auf der Welt. In ihren Briefen steht, dass sie die Erinnerung an dich aufrechterhalten wollte, indem sie mich nach dir benannte. Ich fühle mich geehrt.«

»Und ich fühle mich geehrt, meinen Namen mit dir zu teilen«, sagte der ältere Max.

»Ich fürchte, den Rest der Geschichte werden wir alle aus dem Zeugenstand erfahren«, meinte Abe. »Der Gerichtsdiener sagt, wir sollen zurück in den Gerichtssaal.«

Die beiden Männer, die auf den Namen Max Menuchen hörten, gingen Seite an Seite in den Saal zurück, während der ältere gegenüber seinem Neffen in Erinnerungen an seine geliebte Schwester schwelgte. Er zog das alte Foto von Sarah Chava aus der Tasche und zeigte es ihrem Sohn, der noch nie ein Bild von ihr gesehen hatte. Er hatte sich immer nur vorgestellt, wie sie ausgesehen haben mochte. »Sie war noch schöner als in meinen Träumen«, sagte der Jüngere und nahm die Fotografie in die Hand.

Abe ging neben Emma her. »Wie hast du ihn gefunden?«

»Ein bisschen Recherche und viel Glück«, sagte Emma lächelnd.

»Du hast doch gesagt, dass du nach Amsterdam fahren würdest, um Jacobs Eltern kennen zu lernen.«

»Das sind wir auch. Beim Sabbatessen zusammen mit Jacobs Eltern habe ich erzählt, wie Max all die Jahre nach Sarah Chava gesucht hatte, ohne je eine Spur zu finden. Jacobs Mutter fragte mich, ob Max auch in den Klöstern um Auschwitz gesucht hätte, weil einer ihrer Freunde von Karmeliterinnen aus Auschwitz gerettet worden war. Wer wäre auch darauf gekommen, ausgerechnet dort nachzuforschen? Max hatte an lauter falschen Orten gesucht: in Wilna, Israel, den Vertriebenenlagern. Also haben wir uns entschlossen, in der Höhle des Löwen nachzusehen – in den Klöstern um Auschwitz. Ich habe einen Kommilitonen – Donny, falls du dich noch erinnerst, Daddy –, der mitgeholfen hat, ein jüdisches Zentrum in Auschwitz zu bauen. Den habe ich angerufen und gebeten, in ein paar der örtlichen Klöster zu gehen und dort nachzufragen.«

»Und er hat Max gefunden?«

»Nicht direkt. Im dritten Kloster, in dem er seine Frage stellte, hat man ihm von einem jungen Mädchen erzählt, das von den Nonnen aus dem Konzentrationslager befreit und bis zur Befreiung vom Naziregime im Kloster versteckt worden war. Sie war schwanger gewesen. Die Nazis töteten alle Frauen, sobald sie schwanger wurden, weil sie keine jüdischen Babys wollten. Die Nonnen schmuggelten sie in einem Sarg heraus. Sie musste sich neben eine Nonne legen, die an Typhus gestorben war. Sie beschloss, im Kloster zu bleiben, weil sie sonst nirgendwo hinkonnte. Sie war gerade sechzehn Jahre alt. Die Nonnen halfen bei der Geburt des Babys und aus Dankbarkeit arbeitete sie für die Nonnen. Sie hat für sie geputzt, gekocht und alles getan, was sie wollten. Als der Krieg vorbei war, beschloss sie, das Kloster zu verlassen und zu versuchen, draußen weiterzuleben. Sie zog in eine Stadt nicht weit von Auschwitz und blieb mit den Nonnen in Kontakt. Nachdem sie gestorben war, nahmen die Nonnen Max wieder zu sich, der ja nun ein kleiner Waisenjunge war. Sie kümmerten sich um ihn, bis auch er alt genug war fortzugehen. Aber auch er ist mit ihnen in Verbindung geblieben. Die Nonnen wussten, wo er in Krakau wohnte, und Donny hat ihn gestern Abend ausfindig gemacht. Anschließend ließ er noch ein paar Beziehungen spielen und heute Morgen ist Max aus Warschau losgeflogen. Jacob und ich sind aus Amsterdam gekommen und wir haben uns alle drei erst vor einer Stunde in Logan getroffen. Ich habe Max kurz im Taxi vom Flughafen ausgefragt und ein bisschen was notiert. So weit die Kurzversion. Ich bin mir sicher, dass du von diesem Zeugen den Rest zu hören kriegst.«

»Du bist fantastisch, Engelchen. Ich kann es kaum glauben, dass du das tatsächlich fertig gebracht hast. Beim nächsten Mal gib mir aber bitte einen kleinen Hinweis«, sagte Abe und umarmte seine Tochter.

»Ich wollte dir nichts davon sagen, bis ich sicher war, dass er hier sein könnte«, brachte Emma zu ihrer Entschuldigung vor.

»Kein Problem, solange du den Zeugen schon vorbereitet hast.«

»Ich habe getan, was ich konnte, Daddy.«

»Darf ich nun fortfahren, den Zeugen zu befragen, Euer Ehren?«, fragte Abe den Richter.

»Ja, aber bitte keine weiteren Ausbrüche. Der letzte war noch verständlich. Der nächste wird bestraft werden. Noch ist dies hier eine Gerichtsverhandlung. Haben Sie das verstanden?«

»Ja, Euer Ehren, wir verstehen«, versicherte Abe und blickte zum Angeklagten. Dann wandte er sich an den Zeugen und nahm die Befragung wieder auf.

»Wie alt waren Sie, als Ihre Mutter starb?«

»Drei Jahre.«

»Erinnern Sie sich an ihren Tod?«

»Nein. Aber sie hat über die Ereignisse, die schließlich mit ihrem Tod endeten, in einem Brief an mich geschrieben.«

»Wie haben Sie diesen Brief erhalten?«

»Sie hat ihn mir an die Jacke geheftet.«

»Ich beantrage, diesen Brief als Beweisstück zuzulassen.«

»Einspruch, Euer Ehren«, warf Cox ein.

»Aus welchem Grund?«

»Aus zwei Gründen, Euer Ehren. Erstens ist bisher alles nur Hörensagen. Zweitens wurde der Brief noch nicht für echt befunden.«

»Mr Ringel, Sie haben das Wort.«

»Erstens, zum Hörensagen: Obwohl wir anerkennen, dass es sich bislang nur um Hörensagen handelt, werden wir beweisen, dass der Brief im Angesicht des Todes geschrieben wurde, und solche Briefe sind von der Regel des Hörensagens ausgenommen, weil sie alle Anzeichen der Wahrhaftigkeit tragen. Man lügt nicht auf dem Sterbebett.«

»Er hat Recht, Mr Cox«, sagte Richter Tree lächelnd. »Es gibt eine solche Ausnahme. Wir alle haben das während unserer juristischen Ausbildung gelernt. Und dies ist tatsächlich das erste Mal, dass ich einen solchen Brief, der auf dem Sterbebett geschrieben wurde, zu sehen bekomme. Ich werde ihn zulassen, vorausgesetzt, Sie können die Echtheit belegen.«

»Das können wir, Euer Ehren. Der Angeklagte erkennt die Handschrift seiner Schwester wieder. Außerdem hat er ein Bild mit der Handschrift seiner Schwester«, verkündete Abe und zeigte die Rückseite eines alten Fotos. »Wir können damit belegen, dass die Handschriften übereinstimmen.«

»Ich werde Mr Ringels Darstellung akzeptieren und ziehe meinen Einspruch zurück, Euer Ehren.«

»Sehr großzügig von Ihnen, Mr Cox. Ich hätte ohnehin gegen Sie entschieden. Der Brief ist zugelassen. In welcher Sprache ist er verfasst?«

»Auf Jiddisch. Ich werde ihn vom Zeugen übersetzen lassen.«

»Einwände?«

»Keine, Euer Ehren.«

»Sie können fortfahren.«

»Haben Sie den Brief gelesen?«

»Hunderte von Malen. Er war ja die einzige wirkliche Verbindung zu meiner Mutter – bis heute.« Als der jüngere Mann diese Worte aussprach, blickte er seinen Onkel nervös an.

»Haben Sie den Brief dabei?«

»Ich trage ihn stets bei mir.«

»Könnten Sie diesen Brief bitte dem Gericht und den Geschworenen vorlesen und übersetzen?«

»Ja«, sagte Max und holte den Brief aus einem ledernen Futteral, das er in der Tasche trug.

Mein liebster Sohn Max,

bald werde ich sterben und muss dir deshalb diesen Brief schreiben, damit du weißt, wer du bist und wie sehr ich dich liebe. Ich war sechzehn Jahre alt, als die Tragödie anfing. Als Folge dieser Tragödie bist du geboren worden und die drei Jahre mit dir waren wundervoll. Es tut mir so Leid, dass ich dich nun zurücklasse, ohne Familie; so wie auch ich zurückgelassen wurde. Ich hoffe und bete, dass die Nonnen, die so freundlich zu mir gewesen sind, auch dich aufnehmen – worum ich sie gebeten habe. Du bist ein kräftiger und hübscher Junge und ich weiß, dass du aus dir etwas machen wirst.

Dein Name ist Max Menuchen. Es ist ein bedeutender Name. Du bist nach meinem Bruder benannt, der im Ponary-Wald ermordet wurde. Sein Mörder war Marcelus Prandus, der mich zusehen ließ, als er alle Mitglieder meiner Familie erschoss. Alle. Er erklärte mir, dass er die Ehre haben wollte, die Befehle des Führers persönlich auszuführen.

Während der jüngere Max diese Worte las, beobachtete Abe, wie mehrere Geschworene den Kopf schüttelten. Dies erhärtete die Verteidigung. Max übersetzte weiter.

Ich habe die Nonnen auch gebeten, dir diesen Brief zu zeigen, wenn du dreizehn Jahre alt bist. Ich muss dir die Wahrheit sagen, so schmerzlich sie für dich auch sein mag. Das Schicksal meiner Familie im Ponary-Wald blieb mir einzig deshalb erspart, weil ich ein junges Mädchen war. Marcelus Prandus vergewaltigte mich und übergab mich dann einem Gestapo-General. Als auch der mit mir fertig war, setzte man mich in einen Zug – ich war halb tot – und schickte mich nach Auschwitz, damit ich dort den deutschen Wachen zu Diensten wäre. Eine Nonne sollte mich auf Krankheiten untersuchen und merkte, dass ich schwanger war. Sie hat es geschafft, mich aus Auschwitz heraus in ihr Karmeliterinnenkloster zu schmuggeln, wo ich dich zur Welt brachte. Sobald ich dich sah, wusste ich, dass Marcelus Prandus dein Vater sein musste. Als du älter wurdest, wurde die Ähnlichkeit immer größer. Es gab keinen Zweifel mehr, dass der Mann, der die ganze Familie Menuchen mit Ausnahme von mir umgebracht hatte, zum Vater des letzten Menuchen geworden war. Jedes Mal, wenn ich dich ansehe, werde ich an den Mann erinnert, der meine Familie getötet hat. Dennoch liebe ich dich jedes Mal, wenn ich dich ansehe, mehr und mehr.

Bei diesen Worten ging der Blick des Zeugen zu seinem Halbbruder Paul Prandus. Emma hatte den jüngeren Max kurz über seinen Halbbruder informiert und ihm gesagt, wo im Gerichtssaal er für gewöhnlich saß. Beinahe reflexartig drehte sich Paul weg. Doch dann drehte er sich wieder zurück und sah direkt den Mann an, der halb ein Prandus und halb ein Menuchen war; der Sohn eines Mörders und dessen Opfers.

Sosehr die Halbbrüder sich äußerlich ähneln mochten, so wenig schienen sie sonst gemein zu haben. Paul Prandus war unergründlich. Seine Erscheinung wirkte kontrolliert, verschlossen, streng – Gefühle wurden versteckt. Im krassen Gegensatz dazu sah der jüngere Max Paul ganz offen an und war dabei offenkundig neugierig. Als er sprach, auch als er den Brief seiner Mutter las und übersetzte, gestikulierte er mit dem ganzen Körper und sein Gesicht wurde zu einer Sinfonie voller Ausdruck. Ab und zu huschte ein ironisches Lächeln über sein Gesicht, das Abe an den älteren Max erinnerte.

Abe bat Max, den Brief zu Ende vorzulesen, als die wortlose Kommunikation zwischen dem Zeugen, seinem Halbbruder und seinem Onkel noch im Gange war. Die drei waren nicht allein durch eine schreckliche Geschichte, sondern auch durch ein genetisches Band miteinander verbunden.

Ich habe Angst, dass du versuchen wirst, dich an deinem biologischen Vater zu rächen. Um ihn mache ich mir keine Sorgen, aber dafür umso mehr um dich. Ich weiß, dass es dich zerstören wird, wenn du den Mann tötest, der dir das Leben gab. Suche vielmehr Gerechtigkeit dadurch, dass du ein Menuchen wirst und die Saat der Menuchen am Leben erhältst. Dein eigenes Leben lehrt dich Erneuerung und Vergebung. Ich kann meinem Tod nur ins Ange-

sicht sehen, wenn ich daran glaube, dass du ein langes und gutes Leben führen wirst, mein geliebter Sohn. Halte diesen Brief bei dir als Erinnerung an eine Mutter, die dir so zärtlich zugetan ist und die so gerne bei dir bleiben würde.

In ewiger Liebe, deine Mutter

Die Augen aller im Gerichtssaal waren feucht, als Abe den Zeugen nach Einzelheiten fragte, die nicht im Brief erwähnt worden waren.

»Erzählen Sie uns, was geschah, nachdem Ihre Mutter das Kloster verlassen hatte«, bat Abe mit sanfter Stimme.

»Meine Mutter hatte gehört, dass einige überlebende Juden in eine Stadt mit dem Namen Kielce gezogen waren, nicht weit nördlich von Auschwitz. Dorthin sind auch wir gezogen. Die Nonnen haben mir später erzählt, dass meine Mutter relativ glücklich in Kielce gewesen ist, obwohl sie dort niemanden getroffen hat, den sie kannte. Nach Wilna zurück wollte sie nicht, weil die Erinnerung daran so schlimm war.«

Obwohl Cox Einspruch wegen Hörensagens hätte einlegen können, gestattete er Max die Antwort, da er spürte, dass die Geschworenen jegliche Einmischung übel nehmen würden, nachdem sie den Rest von Sarah Chavas tragischer Geschichte erfahren hatten.

»Wie lange lebten Sie mit Ihrer Mutter in Kielce?«

»Von März 1945 bis Juli 1946.«

»Was geschah dann im Juli 1946?«

»Das Massaker von Kielce«, sagte Max mit schneidender Stimme.

»Was war das Massaker von Kielce?«

»Eine große Gruppe polnischer Nationalisten, die es störte, dass die Juden zurück in ihre Häuser nach Kielce kamen, begann zu randalieren.«

»Gegen wen?«

»Gegen die ungefähr hundert Juden, die es geschafft hatten, die Nazis zu überleben. Vor dem Krieg hatten fünfundzwanzigtausend Juden in Kielce gelebt. Ein paar der Überlebenden zogen mit anderen, wie zum Beispiel meiner Mutter, in Häuser, die Juden gehört hatten.«

»Und was geschah dann?«

»Die polnischen Nationalisten hatten es geschafft, dass die Polizei die wenigen Waffen konfiszierte, die die Juden zu ihrer eigenen Verteidigung zusammengesucht hatten. Und am nächsten Tag ermordete ein bewaffneter Haufen zweiundvierzig jüdische Überlebende und verwundete ein paar Dutzend weitere. Viele davon waren Frauen und Kinder. Das alles geschah, nachdem die Nazis weg waren«, betonte Max kopfschüttelnd. »Jetzt fingen plötzlich die Polen an, Juden umzubringen.«

»Was geschah mit Ihrer Mutter?«

»Sie nahm mich mit in einen Keller, in dem wir uns versteckten. Noch am gleichen Abend fand uns eine Gruppe halbwüchsiger Jungen, die Messer bei sich trugen, und stach auf uns ein«, fuhr Max erregt fort. »Meine Wunde war nicht schlimm, aber meiner Mutter haben sie in den Bauch gestochen.«

»Wie lange lebte sie noch?«

»Man brachte uns in ein improvisiertes Krankenhaus in der Synagoge, wo meine Mutter noch vier Tage lebte.« Tränen traten Max in die Augen, als er weitersprach. »Dann entzündete sich ihre Bauchwunde und es gab ja keine Medizin.«

»Und sie hat gewusst, dass sie sterben würde.«

»Ja, sie wusste es. Und deshalb hat sie diesen Brief geschrieben, damit ich meine Geschichte nachlesen konnte – meine Familiengeschichte. Sie hat ihn mir an die

Jacke geheftet, zusammen mit einem Brief an die Nonnen im Kloster.«

»Warum an die Nonnen?«

»Sämtliche Juden in Kielce waren entweder tot oder lagen im Sterben oder waren geflohen. Meine Mutter war der Meinung, dass alle überlebenden Juden, so wenige sie ja nur noch waren, von den Polen umgebracht würden. Die Nonnen waren die einzigen Menschen, die meine Mutter kannte, denen sie vertraute. Als sie starb, war sie neunzehn, ohne Familie oder Freunde. Sie hatte nur die Nonnen, die mich aufnahmen, bis ich dreizehn war.«

»Was geschah danach mit Ihnen?«

»Ich zog nach Krakau und fand eine Stelle als Elektrikerlehrling. Außerdem habe ich mich zum Englischunterricht angemeldet. 1985 schloss ich mich der Solidarność an und wurde der örtliche Vertreter. Zweimal wurde ich von den Kommunisten wegen politischer Aktivitäten ins Gefängnis gesteckt. Als Solidarność die Regierung übernahm, bewarb ich mich um einen Sitz im Parlament. Ich verlor aber, nachdem mein Widersacher Judensterne auf meine Wahlplakate gesprüht hatte. Ich hatte ja nie die Tatsache verborgen, dass ich Jude bin, aber mein Gegner tat so, als würde ich irgendein grässliches Geheimnis aus meiner Vergangenheit verbergen.«

»Was machten Sie, nachdem Sie die Wahl verloren hatten?«

»Ich wurde wieder Elektriker. Und ich fing an, Hebräisch zu lernen.«

»Haben Sie jemals geheiratet?«

»Nein.«

»Warum nicht?«

»Weil ich keine Kinder haben möchte.«

»Warum nicht?«

»Wegen all dieser Grausamkeiten und auch wegen meinem Vater. Ich will nicht noch mehr Prandusse in die Welt setzen.« Bei diesen Worten sah der jüngere Max Paul Prandus an. Paul wandt sich auf seinem Stuhl. Mehr Reaktion zeigte er nicht. Der ältere Max sah seinen Neffen an, gleichsam voller Enttäuschung und Verständnis.

Abe sah Tränen in den Augen mehrerer Geschworener, als er seine Zeugenbefragung mit dem gewohnten »Ich habe keine weiteren Fragen; die Verteidigung ist bereit, den Fall abzuschließen« beendete.

»Wird ein Kreuzverhör gewünscht?«, fragte Richter Tree, der die Antwort bereits kannte.

»Nein, Euer Ehren«, antwortete Cox erwartungsgemäß. »Auch die Anklage enthält sich.«

Kapitel 49

Emmas Idee

»Was für ein Tag, Daddy. Wie können wir das noch krönen?«, sagte Emma stolz, als sie ihren Vater aus dem Gerichtssaal führte.

»Das werden wir wohl müssen, mein Engel. Überraschungszeugen wie Max junior kommen wohl in die Schlagzeilen, aber für die Geschworenen werde ich alles noch einmal zu einem überzeugenden Schlussplädoyer zusammenfassen müssen. Immerhin gilt nach wie vor, dass Max senior das getan hat, was ihm zur Last gelegt wird, und das war weiß Gott nicht so ganz nach dem Gesetzbuch.«

»Ich schere mich einen Dreck um Gesetzbücher. Was Onkel Max getan hat, war technisch gesehen vielleicht ein Verbrechen, aber moralisch gerechtfertigt. Wir müssen einfach gewinnen. Onkel Max darf nicht im Gefängnis sterben. Das könnte ich nicht ertragen.«

An dieser Stelle konnte Abe nicht anders, als seine Tochter zu kneifen. »Eine höchst interessante Unterscheidung, die ausgerechnet von der Jurastudentin kommt, die mir das Versprechen abgerungen hat, nie mehr jemanden zu verteidigen, der schuldig ist.«

»Hör schon auf, dich wie ein Juraprofessor zu benehmen, der gerade seine Studentin bei einem Widerspruch ertappt hat. Okay, von mir aus kannst du jeden Angeklagten verteidigen, der moralisch unschuldig ist und dem Gesetz nach schuldig.«

»Du siehst also, meine Süße, dass die Sache doch noch etwas komplexer ist als mein simpler Grundsatz, keine schuldigen Angeklagten mehr zu verteidigen. Oft gibt es neben dem Gesetz noch so etwas wie ein moralisches Kontinuum. Und wir beide stimmen wohl überein, dass Max am guten Ende dieses Kontinuums steht. Und es gibt eine Menge von Angeklagten, die sich irgendwo in der Mitte aufhalten.«

»Das ist doch Blödsinn und das weißt du auch. Joe Campbell war nicht einmal *irgendwo* auf deinem blöden Kontinuum. Aber du hast trotzdem einen Riesenaufstand gemacht, damit du ihn verteidigen konntest. So lange, bis er fast deine eigene Tochter umgebracht hätte.«

»Hör mal, mein Engel«, sagte Abe sanft und griff nach der Hand seiner Tochter. »Du weißt, dass ich dachte, Campbell könnte unschuldig sein, als ich seinen Fall übernahm. Man kann einen Mandanten nicht einfach mitten im Prozess fallen lassen, nur weil man inzwischen den Verdacht kriegt, er könnte doch schuldig sein.«

»Deshalb könnte ich ja auch nie jemanden verteidigen, der vielleicht schuldig ist. Und ich würde nicht damit klarkommen, dass ein schuldiger Angeklagter freigesprochen wird.«

»Außer natürlich, er wäre nach deiner unvoreingenommenen Meinung unschuldig – wie eben Max.«

»Ja, wie Max. Wie kann sich überhaupt noch jemand darum kümmern, was diesem Monster Prandus passiert ist, nach allem, was er der Familie Menuchen und vor allem Sarah Chava angetan hat?«

»Cox scheint sich darum zu kümmern. Der Richter scheint sich darum zu kümmern. Die Geschworenen scheinen sich darum zu kümmern. Und das Gesetz hat sich selbst um das verachtenswerteste Opfer zu kümmern.«

»Deswegen ist das Gesetz ja auch ein Scheiß. Wie kann das Gesetz ein paar arme afroamerikanische Drogendealer verurteilen, wenn Massenmörder wie Marcelus Prandus nicht einmal verfolgt wurden? Ich weiß nicht, ob ich einen schwarzen Dealer überhaupt schuldig sprechen könnte, wenn ich eine schwarze Geschworene wäre.«

»Das wäre rassistisch, Emma.«

»Ja, aber was meinst du denn, was das war, was da vor dreißig Jahren die vollständig weiße Jury geritten hatte, die Thomas Coleman freisprach, obwohl er zugegeben hatte, einen Bürgerrechtskämpfer kaltblütig ermordet zu haben? Den Fall haben wir in Rechtsgeschichte durchgenommen.«

»Und warum heißt es deiner Meinung nach wohl Geschichte? Das war vor langer Zeit.«

»Unsere Professorin hat uns neulich Colemans Nachruf aus der *Times* gezeigt. Er wurde sechsundachtzig Jahre alt, spielte jeden Tag im Gericht Domino mit seinen Freunden und starb friedlich im Kreis seiner Familie. Eine tolle Gerechtigkeit, wirklich.«

»Ich fürchte, dass die vollkommene Ungerechtigkeit leider viel verbreiteter ist als die vollkommene Gerechtigkeit«, seufzte Abe.

»Ich würde mich ja nur zu gerne schon mit unvollkommener Gerechtigkeit zufrieden geben, Daddy, aber nicht mal *die* sehe ich. Es ist so verdammt scheinheilig von den Leuten, sich wegen ›Recht und Ordnung‹ in Pose zu werfen und wegen der Forderung, dass ›die Strafe dem Verbrechen entsprechen soll‹, solange noch Tausende der übelsten Verbrecher auf der Welt herumlaufen. Gerechtigkeit ist doch ein Witz, Daddy, und kein besonders spaßiger.«

»Sie ist kein Witz, wenn man Opfer ist. Haskell hat mir

mal ein Buch über Nazimörder gegeben – über die Mörder seiner Familie und andere, die später ein Leben ohne Schuld und voller Ansehen führten. Haskell hat zwei Phasen im Kampf mit diesem ärgerlichen Thema durchgemacht. Zuerst hat er sich nach Kräften bemüht, auch die gemeinsten Verbrecher zu verteidigen, da er meinte, dass, egal wie schrecklich ihre Verbrechen auch waren, sie immer noch nicht mit dem zu vergleichen seien, womit andere durchgekommen waren. Später dann verwendete er seine ganze Energie darauf, dafür zu sorgen, dass alle Naziverbrechen – auch die alten – bestraft würden.«

»Ich kann mir gut vorstellen, Nazis zu verfolgen, aber nicht, dass ich mich abarbeite, um irgendeinen gewöhnlichen Kriminellen in den Knast zu bringen, wo noch so viele Nazimörder frei rumlaufen.«

»Weißt du noch, wie du dich gefühlt hast, als Joe Campbell ins Gefängnis kam?«

»Das war etwas anderes. Er hat versucht, mich umzubringen.«

»Man könnte aber denken: ›Was macht das schon, wenn ein Joe Campbell davonkommt. Schließlich sind doch auch eine Menge Nazimörder auf freiem Fuß?‹ Wir können die Nazis nicht aus unserem Rechtssystem einen Witz machen lassen.«

»Du hast wohl Recht«, seufzte Emma. »Es ist nur so verdammt frustrierend zu sehen, wie Max im Gefängnis leidet, nur weil er etwas getan hat, was das Rechtssystem nicht leisten konnte. Das Rechtssystem hat seinen Vertrag mit Max gebrochen. Es hat seine Familie nicht geschützt und später die, die diese Familie getötet haben, nicht einmal bestraft. Und jetzt verlangt es auch noch nach seinem Pfund Fleisch.«

»Aha«, meinte Abe.

»Habe ich dir ein Aha-Erlebnis verschafft, Daddy?«

Aha war bei den Ringels zu einem Codewort geworden für den Stil, den Abe im Lauf der Jahre entwickelt hatte, in denen er während seiner Ausführungen jede Menge rhetorischer Fragen stellte. Auf diese Weise trat er mit der Jury in Interaktion. Er war der festen Überzeugung, dass die wirkungsvollste Fürsprache nicht darin bestand, den Geschworenen ein Argument mehr oder weniger in den Rachen zu stopfen, sondern ihnen die Möglichkeit zu geben, selbst auf dieses Argument zu kommen – oder ihnen zumindest das Gefühl zu geben, dass es ihre eigene Erkenntnis wäre. Auf diese Weise wurde der einzelne Geschworene in die Verteidigung quasi mit einbezogen. Abe nannte dies seine »Aha-Verteidigungstheorie«, frei nach einem Witz, den Haskell ihm früher mal erzählt hatte. Ein Jude isst seit Jahren im selben Restaurant zu Abend und bestellt immer Hühnersuppe. Eines Abends sieht der Kellner, dass der Gast nichts anrührt, weshalb er fragt: »Ist die Suppe zu heiß?« Keine Antwort. »Zu kalt?« Keine Antwort. »Ist eine Fliege drin?« Keine Antwort. Endlich meint der enttäuschte Kellner: »Ich werde sie selber probieren und sehen, was nicht stimmt.« Der Kellner will also probieren – aber es ist kein Löffel da. Der Gast sieht den Kellner an und meint: »Aha.«

Für Abe waren die Geschworenen wie der Kellner. Sie müssten von sich aus herausfinden, was nicht stimmte. Und dann könnte er wieder »Aha« sagen.

»Was ist das ›Aha‹ in dem, was ich gerade gesagt habe, Daddy?«

»Du wirst schon mein Plädoyer abwarten müssen. Dann wirst du es sehen.«

Kapitel 50

Schlussplädoyer: Die Anklage

Die Zeit der Schlussplädoyers war gekommen – wenn die Anwälte noch einmal ihr ganzes Zeug ausbreiten und sich zum Redner aufschwingen. Das war's dann – die letzten Worte, die die Geschworenen aus dem Mund der Anwälte hörten, ehe sie sich berieten.

Cox positionierte seinen Stuhl so, dass er zur Jury stand.

Wieder pickte er sich eine Geschworene heraus – dieses Mal Sandy Kelley, die nie ihr Lächeln verlor, so grausam die Aussagen auch gewesen sein mochten.

»Meine Damen und Herren Geschworenen, Sie haben viele emotionale Aussagen gehört. Es gab einen Überraschungszeugen. Auch ich musste meine Tränen zurückhalten, als der Neffe des Angeklagten zu Wort kam. Gestatten Sie Ihren Gefühlen aber nicht, dass sie Ihrer Verantwortung im Wege stehen – der Verantwortung, das kalte Gesetz auf die harten Tatsachen anzuwenden. Lässt man die Gefühle beiseite, ist dieser Fall klar und eindeutig. Sie könnten alles außer Acht lassen, was die Anklage vorgebracht hat, und sich allein auf die Aussage konzentrieren, die von der Verteidigung präsentiert wurde – in der Tat, von der Verteidigung –, und es wäre immer noch ein eindeutiger Fall. Max Menuchen hat es Ihnen gestanden. Er hat zugegeben, das Opfer entführt, an den Stuhl gefesselt, ihm Videos gezeigt zu haben, wo zu sehen war, wie seine gesamte Familie getötet wurde. Dann half er dem Opfer, sich das Leben zu nehmen. Alle Teile des Verbrechens der Entführung und des Verbrechens mit Todesfolge hat er gestanden. Glauben Sie ihm. Er sagt die Wahrheit. Und wenn Sie ihm glauben, dann haben Sie keine andere Wahl, als ihn schuldig zu sprechen. Das Gesetz verlangt nichts Geringeres als das. Sie mögen durchaus verstehen, warum der Angeklagte diese Taten begangen hat – ich denke, das tue auch ich, nachdem ich ihn und seinen Neffen angehört habe –, aber zu verstehen bedeutet nicht zu vergeben. Wenn Sie zu dem Urteil kommen, dass die kriminellen Taten des Angeklagten zu rechtfertigen sind, dann würden Sie eine entsetzliche Botschaft der Gesetzlosigkeit aussenden – eine Einladung an jeden geschädigten Bürger, das Gesetz in die eigene Hand zu nehmen.«

Cox beobachtete, wie Sandy Kelley auf seine Worte reagierte. Immer noch lächelte sie, aber sie schien auch zustimmend mit dem Kopf zu nicken. Cox wandte sich an Faith Gramaldi und fuhr fort: »Wenn Sie diesen schuldigen Mörder freisprechen, würden Sie damit zugleich einen der schlimmsten Missbräuche des Rechtssystems unterstützen – das tote Opfer vor Gericht zu stellen. Marcelus Prandus kann sich nicht verteidigen. Sicherlich werde ich hier jetzt nicht verteidigen, was er vor fünfzig Jahren getan haben mag, noch werde ich weiter die Erinnerung des Angeklagten in Frage stellen, nachdem ich gehört habe, was in dem Brief seiner verstorbenen Schwester steht. Aber was immer Marcelus Prandus getan hat, rechtfertigt nicht, dass dieser Angeklagte sich zu seinem Richter, seiner Jury und seinem Henker macht.«

Als Paul Prandus hörte, wie der Ankläger es ablehnte, seinen Vater zu verteidigen, fragte er sich, ob sein ermordeter Vater hier eigentlich ebenso vor Gericht stand wie der Angeklagte. Warum hatte sein Vater dann niemanden, der hier für ihn sprach? Marcelus hatte mal zu ihm gesagt, dass man nichts verstehen könnte, wenn man nicht selbst dabei gewesen war. Wie konnten diese Geschworenen auch nur einen Hauch davon verstehen?

Cox fuhr fort: »Keine Gesellschaft darf diese gesetzwidrige Art der persönlichen Rache zulassen, wie sie der Angeklagte ausgeübt hat.«

Im Anschluss ging Cox im Stakkato seine Strichliste mit all den Geständnissen durch, die sich aus Max' Antworten im Kreuzverhör ergeben hatten. Er beschwor die Jury, das Gesetz anzuwenden, jenseits von Gefühl oder Wohlwollen. Nach nur fünfzehn Minuten fuhr er seinen Rollstuhl wieder hinter den Tisch der Anklagevertretung und verkündete unterwegs ein weiteres Mal, dies sei »ein eindeutiger und glasklarer Fall. Und nichts, was Mr Ringel Ihnen sagen wird, kann daran etwas ändern.«

Kapitel 51

Schlussplädoyer: Die Verteidigung

Nun war Abe an der Reihe. Er hatte keine Strichliste. Er hatte nur ein paar Fakten und herzlich wenig Gesetz auf seiner Seite. Ihm fiel der alte Juristenspruch ein: »Wenn du die Fakten auf deiner Seite hast, poch auf die Fakten. Wenn du das Gesetz auf deiner Seite hast, poch auf das Gesetz. Wenn du keines von beiden hast, hau auf den Tisch.« Aber Abe war niemand, der auf den Tisch haute. Er war zu einem Teil Chirurg, zum anderen Psychologe und zum dritten Teil war er Rabbi. Er musste es schaffen, dass die Geschworenen sich in Max' Situation versetzten. Er brauchte die richtige Balance von Gefühl und Logik, um die Geschworenen davon zu überzeugen, dass das, was Max getan hatte, sehr wohl vor dem Gesetz zu rechtfertigen war. Zumindest brauchte er ein oder zwei Geschworene, die vom Bauch her spürten, dass sie nicht den ersten Stein gegen Max' Verzweiflungstaten werfen würden – die den Satz fühlten: »Nur durch Gottes Gnade lebe ich fort.« Abe begann gemächlich, beinahe akademisch langsam.

»Liebe Mitglieder der Jury, wieso haben wir das Gesetz? Wir haben das Gesetz, weil die einzelnen Menschen einen Gesellschaftsvertrag geschlossen haben. In diesem Vertrag gibt ein jedes Individuum sein oder ihr eigenes Recht auf, sich und die eigene Familie zu beschützen und persönlich Gerechtigkeit herbeizuführen, im Tausch gegen das Versprechen der Regierung, für Schutz und Gerechtigkeit zu sorgen.« Bei dem Wort *Vertrag* sah er Emma an und lächelte dankbar.

»Ein großer französischer Philosoph namens Rousseau prägte den Begriff des Gesellschaftsvertrages und ein großer amerikanischer Jurist namens Oliver Wendell Holms hat diesen Begriff allgemein verständlich erklärt: ›Die Menschen würden außerhalb des Gesetzes ihren Rachedurst stillen, wenn das Gesetz sie im Stich ließe.‹ Wir alle wissen, wie mächtig das Bedürfnis ist zu sehen, dass diese Gerechtigkeit auch geschieht. Das Gesetz erkennt dieses Bedürfnis auf mannigfache Weise an. Deshalb haben wir eine Reihe von Verteidigern, die die Möglichkeit in Betracht ziehen, dass das Gesetz nicht immer in der Lage ist, seine Seite der Vereinbarung des Gesellschaftsvertrages einzuhalten.«

Abe bemerkte, dass er mit seinen abstrakten, philosophischen Erörterungen einige der Geschworenen zu verlieren begann. Joe Parola unterdrückte ein Gähnen und Sandy Kelley rutschte auf ihrem Stuhl hin und her. Es wurde also Zeit, mehr ins Detail zu gehen.

»Notwehr«, sagte Abe im vertraulichen Tonfall. »Davon haben Sie schon gehört, oder?« Parola und Kelley nickten. Abe hatte sie wieder zurückgeholt – für den Augenblick zumindest.

»Nachdem Max Menuchen erfahren hatte, dass der Mörder seiner Familie ganz in seiner Nähe lebte, wurde dies für ihn zu einer Sache auf Leben und Tod: Hätte Max Menuchen Marcelus Prandus nicht der Gerechtigkeit überführt, hätte er sich getötet. Entweder musste der Massenmörder sterben oder das Opfer würde sterben müssen. Und da nun einmal diese tragische Entscheidung anstand: Stimmen Sie mir nicht zu, dass es ein weit größeres Unrecht gewesen wäre, wenn sich Max Menuchen selber das Leben genommen hätte anstelle von Marcelus Prandus? Denken Sie an das sechzehnjährige Mädchen, das sich lieber aus dem Fenster stürzte, als sich vergewaltigen zu lassen. Mr Cox hat Ihnen von diesem Mädchen in seinem Eingangsplädoyer berichtet.«

Einige Geschworene nickten. »Ich wette, dass Mr Cox wünschte, er hätte diesen Fall nie erwähnt angesichts dessen, was der sechzehnjährigen Schwester von Max Menuchen passiert ist. Wäre es denn nicht besser gewesen, diese Sechzehnjährige hätte eher den Mann getötet anstatt sich selbst? Und ist es nicht auch besser, dass Marcelus Prandus einige Monate eher starb, als er wegen seiner Krankheit gestorben wäre, statt dass sich sein einziges überlebendes Opfer das Leben genommen hätte?«

Paul hörte Abes Ausführungen aufmerksam zu und wurde von Minute zu Minute wütender. »Er spielt Gott«, flüsterte er Freddy zu. »Woher weiß er denn, welches Leben wertvoller war – ein Vater und Großvater, der von seiner Familie geliebt und gebraucht wurde, oder ein verbitterter, kinderloser alter Mann, der keine Familie und nur wenig Freunde hatte?«

Abe fuhr fort. »Ehe Sie denken, dass ich über die Möglichkeit, Max Menuchen hätte Selbstmord begangen, bloß spekuliere, erinnern Sie sich bitte daran, wie viele Holocaust-Überlebende exakt dies getan haben: einige Berühmtheiten, wie Primo Levi, Jerzy Kosinsky, Bruno Bettelheim, Tadeusz Borowsky und Paul Celan, aber auch Unbekannte, wie zum Beispiel Max' bester Freund Dori Bloom.«

Abe machte eine kleine Pause, um diesen letzten Hinweis auf Dori Bloom sacken zu lassen. Dann ging er zum nächsten Teil seiner Argumentation über.

»Das Gesetz sagt, dass die Möglichkeit der Rechtfertigung von ›den Geschworenen auf eine Weise in Betracht gezogen werden muss, als würden sie die Schuhe des Angeklagten tragen.‹ Ich bitte Sie nun, diese schmerzhaften Schuhe anzuprobieren.« Bei diesen Worten schlüpfte Abe kaum merkbar aus einem seiner Schuhe, glitt aber sofort wieder hinein. »Stellen Sie sich vor, Sie wären der junge Max Menuchen, der zusehen muss, wie seine Familie einer nach dem anderen erschossen wird, der selbst erschossen wird und auf wundersame Weise überlebt. Dann stellen Sie sich bitte vor, Sie wären der alte Max Menuchen, der erfährt, dass der Mörder seiner Familie als freier und geachteter Bürger im Kreise seiner Familie weiterlebt und für seine schrecklichen Verbrechen gegen Ihre Familie niemals vor Gericht gestellt wurde. Und schließlich«, sagte Abe, wobei er nun leiser sprach, »stellen Sie sich vor, Sie erfahren, dass Ihre sechzehnjährige Schwester vergewaltigt worden ist, ehe sie ins Todeslager verschleppt wurde, dass sie – wovon Sie nichts wussten – dennoch überlebt hat, um dann nur vier Jahre später ermordet zu werden, nachdem sie das Kind ihres Vergewaltigers zur Welt gebracht hatte. Wären Sie danach tatsächlich noch der Auffassung, die Regierung hätte hier ihre Seite des Gesellschaftsvertrages erfüllt?«

Abe schwieg volle dreißig Sekunden lang, um den Geschworenen Gelegenheit zu geben, sich diese Frage selbst zu beantworten. Aha, dachte er, als er sah, wie verschiedene Geschworene tatsächlich mit dem Kopf nickten, weil sie offensichtlich zustimmten. Dann machte er weiter, wobei er sich Patricia McGinnity zuwandte, der älteren Frau.

»Sie alle haben schon von solchen Fällen gehört, wo eine Frau zum wiederholten Male von ihrem Mann oder

Freund misshandelt wird. Sie ruft die Polizei. Die tut aber nichts. Also misshandelt der Mann die Frau weiter. Sie sucht weiter nach Hilfe, immer noch innerhalb des Systems. Das System lässt sie aber allein. Endlich, als sie merkt, dass sie keine Hilfe bekommt, tötet sie ihren Peiniger im Schlaf.« Abe sah, wie Emma bei seiner Analogie die Stirn runzelte, und hoffte, dass keiner der Geschworenen dies bemerkt hatte. Dann ging er zum Aha-Teil seiner Beweisführung über. »Notwehr? Nein. Nicht nach dem, was Ihnen Mr Cox erzählt hat, weil sie ja weiterhin die Polizei hätte anrufen können. Sie wusste aber, dass die Polizei ihr nicht helfen würde. Also half sie sich selbst. Sie rettete ihr Leben, weil ihr sonst niemand helfen wollte. War sie im Unrecht? Ist sie eine Verbrecherin? Im ganzen Land haben Geschworene sich geweigert, solche Frauen zu verurteilen, und wenn sie es doch taten, haben die Gouverneure diese Frauen begnadigt oder die Urteile umgewandelt. Warum? Weil sie verstanden, dass immer dann, wenn die gesetzliche Gerechtigkeit ausbleibt, die persönliche unvermeidlich wird.«

»Einspruch, Euer Ehren!«, rief Cox mit lauter Stimme. »Ich hasse es, meinen Kollegen bei seinem Schlussplädoyer zu unterbrechen, aber er bittet die Geschworenen, gegen das Gesetz zu verstoßen und sich mehr oder weniger für überflüssig zu erklären. Das ist nicht richtig.«

»Er hat nicht Unrecht, Mr Ringel. Halten Sie sich ans Gesetz.«

»Okay. Reden wir also darüber, was das Gesetz zum Thema Entführung sagt. Ziel der Handlungen des Angeklagten war nicht, Marcelus Prandus zu entführen. Es gab keine Lösegeldforderung. Ziel war es, Marcelus Prandus erfahren zu lassen, was er die Familie von Max Menuchen hat erfahren lassen. Nicht mehr, nicht weniger. Kein Unschuldiger wurde verletzt. Und es wurde keine unnötige Gewalt angewendet.«

Abe meinte, ein leichtes Nicken bei Sandy Kelley zu bemerken.

Hätte er Paul Prandus beobachtet, wäre ihm die straff gespannte Haut und die blanke Wut in seinen Augen aufgefallen. Paul erinnerte sich gerade daran, wie er als unschuldiger Prandus hatte leiden müssen, als er beim Ansehen des Videos glauben musste, wenn auch nur für einige Minuten, sein Sohn sei tot.

»Wenn Sie sich in die Schuhe von Max Menuchen begeben, dann werden Sie ihn nicht wegen Mordes verurteilen können. Marcelus Prandus nahm sich eigenhändig das Leben. Es war seine eigene Tat. Niemand hat ihn gezwungen, sich zu töten. Er tat es, weil er wusste, dass letztlich er die Verantwortung trug für das, was seiner Familie, wie er glaubte, zugestoßen war.« Abe ging einige Sekunden lang vor den Geschworenen auf und ab, während er im Kopf sein nächstes Argument vorbereitete.

»Marcelus Prandus verdiente es, bestraft zu werden. Er verdiente nicht, ein Leben ohne jede Vergeltung für seine grausamen Taten zu Ende leben zu dürfen. Ja, es wäre in der Tat besser gewesen, wenn die Gesellschaft Marcelus Prandus bestraft hätte, aber dazu kam es eben nie. Wenn aber Regierungen keine Gerechtigkeit walten lassen, wird der Gesellschaftsvertrag gebrochen und der einzelne Bürger oder die Bürgerin quasi auf den Stand vor der Existenz solcher Verträge zurückgeworfen, sozusagen auf den Stand der Natur, wo das Naturrecht herrscht.«

Das Naturrecht, dachte Paul im Stillen. Werde ich davon Gebrauch machen, wenn die Geschworenen den Mörder meines Vaters freisprechen? Wenn dem Angeklagten das Recht auf eine der Tat gemäße Rache zustand, weil das Gesetz versagt hatte, warum habe ich dann nicht das gleiche Recht?

Abe stand nun direkt vor Patricia McGinnity, als er das Naturrecht erklärte. »Das Naturrecht verlangt, dass über den Mörder einer Familie gerichtet wird. Wie ein sehr bekannter amerikanischer Jurist unlängst sagte: ›Wenn das Gesetz nichts tut, wird die Privatrache zur unvermeidlichen Pflicht.‹«

Wieder horchte Paul auf, als Abe fortfuhr: »Ich frage Sie: War das Gesetz für Max Menuchen tätig? Nein! Und deshalb wurde es seine unvermeidliche Pflicht, private Gerechtigkeit zu üben. Hätten Sie etwas anderes getan?«

Kann ich etwas anderes tun?, dachte Paul.

Wieder machte Abe eine Pause, die den Geschworenen die Möglichkeit gab, sich selbst eine Antwort zu überlegen. Dann fuhr er fort:

»Der bedeutende Harvard-Philosoph Robert Nozick hat auf eine wichtige Unterscheidung zwischen Vergeltung und Rache hingewiesen. Vergeltung richtet sich gegen eine kriminelle Tat und befriedigt die Bedürfnisse der Gesellschaft. Rache dagegen ist eine rein persönliche Angelegenheit und kann gegen Kränkungen oder Beleidigungen gerichtet sein. Vergeltung geschieht ohne persönliche Befriedigung. Rache dagegen bezieht ihre Befriedigung aus dem Schmerz des Feindes.

Wieder frage ich Sie nun: Hat Max Menuchen irgendeine Befriedigung aus dem bezogen, was er Marcelus Prandus antat? Nein, das hat er nicht. Er hat es Ihnen selbst gesagt. Und Mr Cox bat Sie, ihm zu glauben. Max Menuchen hat die Rache gekostet und ihr Nachgeschmack war bitter. Und in der Tat können Sie auf diese Art und Weise einen guten Menschen von einem schlechten unterscheiden: Ein schlechter Mensch genießt die

Rache; ein guter Mensch sinnt auf Vergeltung, obwohl sie ihm keine Befriedigung verschafft.

Ich beschwöre Sie deshalb, die Kette der Gewalt zu beenden und endlich Max Menuchen und seiner Familie Gerechtigkeit widerfahren zu lassen, indem Sie den Angeklagten für nicht schuldig befinden.«

Während Abe zu seinem Stuhl zurückging, hielt er die Augen fest auf die Geschworenenbank gerichtet. Er suchte nach einer Reaktion auf seine letzten Worte. Aber alles, was er sah, war das allgegenwärtige Lächeln von Sandy Kelley.

Kapitel 52

Schlussplädoyer: Erwiderung

Nun war es an Erskine Cox, das letzte Wort zu haben – die zusammenfassende Erwiderung, die von vielen Juristen als wichtigster Teil eines Prozesses angesehen wird, weil sie von der Gegenseite nicht mehr beantwortet werden kann. Für diese kurze Rede tauschte Cox seinen Rollstuhl gegen ein Paar Krücken aus und stand nun grimassierend vor der Geschworenenbank. Die Geschworenen sollten sehen, dass er keine Entschuldigungen vorbrachte und um keine besondere Rücksichtnahme bat wegen dem, was ihm zugestoßen war. Abe konnte nicht anders – er bewunderte Cox für diese stumme Untermauerung seiner Sicht der Dinge.

»Es gibt nur einen Weg, die Kette der Gewalt zu beenden – nur einen Weg, Gerechtigkeit zu üben: nämlich das Gesetz auf alle Menschen gleich anzuwenden«, begann Cox. »Nicht so, wie es Marcelus Prandus tat, und auch nicht so, wie es Max Menuchen tat.« Cox zeigte auf den Angeklagten. »Private Rache mag zwar verständlich sein, aber nach dem Gesetz ist sie eben nicht hinnehmbar. Tatsächlich ist es ja Aufgabe des Gesetzes – wie Mr Ringel korrekt ausführte –, die private Rache zu ersetzen. Wenn das Gesetz versagt, dann lasst uns das Gesetz verbessern, aber lasst es uns nicht durch private Rache ersetzen. Denn sonst geben wir jedem Einzelnen die Macht, zu entscheiden, ob und wann er oder sie jemanden töten darf.«

Mit unsicheren Schritten entfernte sich Cox von der Geschworenenbank und ging zum Tisch der Verteidigung. Er benötigte eine volle Minute, bis er sich vor dem Angeklagten aufgebaut hatte und fortfuhr. »Nicht alle, die das erduldet haben, was Max Menuchen durchgemacht hat, hielten es für nötig, Rache zu üben, indem sie diejenigen töteten, die ihre Familienmitglieder umbrachten. Elie Wiesel hat Bücher geschrieben – bedeutende Bücher. Simon Wiesenthal überführte Nazis der Gerechtigkeit – der gesetzlichen Gerechtigkeit. Sie töteten nicht und sie begingen auch keinen Selbstmord. Im Leben haben wir die Wahl. Manche ziehen es vor, von der Vergangenheit besessen zu sein, während andere die Karten ausspielen, die man ihnen gegeben hat, und das Beste aus der Situation machen.«

Zur Betonung seiner Worte machte Cox einen mühsamen Schritt. Dann drehte er sich zum Angeklagten und sprach weiter. »Und nicht jeder ist ein Max Menuchen. Manch einer, der zur Gewalt neigt, wird einen Freispruch in diesem Fall als Einladung auffassen, in Zukunft auf jeden Affront besonders heftig zu reagieren. Denken Sie nur daran, was auf unseren Autobahnen passiert: Ein Wagen schneidet einen anderen, der Fahrer dieses anderen Wagens antwortet mit einer obszönen Geste und schon werden Waffen gezogen. Schüsse fallen, bis einer tot liegen bleibt. Im Namen wessen? Der Rache? Der Philosoph Robert Nozick mag den feinen Unterschied zwischen Rache und Vergeltung kennen«, sagte Cox spöttisch, »aber kennt ihn auch der betrunkene Autofahrer mit seinem geladenen Revolver? Sicher nicht.«

Cox bemerkte zustimmendes Kopfnicken bei einigen Geschworenen.

»Kein Wunder, dass Francis Bacon die Rache als eine ›Art wilder Justiz‹ bezeichnet hat. Und was er darüber noch gesagt hat, sollte Ihre Entscheidung leiten: ›Je mehr des Menschen Natur der Rache zustrebt, desto mehr sollte das Gesetz dies ausmerzen.‹ Genau das ist nun Ihre Aufgabe, meine Damen und Herren Geschworenen: Rache auszumerzen, indem Sie diesen Selbstjustiz verübenden Mörder und Kidnapper verurteilen.«

Damit war die Vormittagssitzung beendet und Richter Tree unterbrach das Verfahren bis zum Nachmittag. Beim Verlassen des Gerichtssaal ging Abe auf Freddy Burns zu und fing ein Gespräch an. »Paul ist mir ein Rätsel. Ich verstehe ihn einfach nicht. Du hängst doch ziemlich viel mit ihm rum, oder? Da weiß ich zumindest, dass er eine schlechte Menschenkenntnis hat«, zog Abe ihn auf.

»Mit wem soll er denn sonst rumhängen? Mit dir etwa? Er hasst dich doch. Ich habe ihm schon gesagt, dass du nicht so schlecht wärst – für einen Anwalt. Aber du weißt ja, wie das ist. Er denkt, dass du die ganze Sache mit der Gegenüberstellung zusammen mit deiner Tochter inszeniert hast, damit er die Beherrschung verliert. Er ist sicher, dass du es warst, der das Drehbuch für den Auftritt des Überraschungszeugen geschrieben hat. Und er ist wirklich stinkwütend, weil er von seinem Halbbruder erst im Zeugenstand erfahren hat. Ich glaube nicht, dass er damit gut umgehen kann.«

»Ja, kann ich mir vorstellen. Isst du einen Happen mit?«

»Tut mir Leid. Ich darf mich doch nicht dabei erwischen lassen, wie ich mit dem Feind esse.«

»Okay. Wir sehen uns später im Gericht.«

Als Abe fortging, sah er gerade noch, wie Paul Prandus auf Freddy zusteuerte. Paul flüsterte etwas zu Freddy und dieser reagierte, indem er Paul am Arm fasste und sagte:

»Das kannst du nicht machen.« Darauf folgte eine lebhafte und gestenreiche Diskussion. Die einzelnen Worte verstand Abe nicht. Mit einem Mal stürmte Paul davon. Irgendetwas war los, dachte Abe und sah der sich entfernenden Gestalt nach.

Kapitel 53

Der Richter instruiert die Jury

Nun war Richter Tree an der Reihe. Er würde für die Geschworenen die Verhandlung und die Beweisergebnisse zusammenfassen und sie über das Gesetz belehren. Anders als die meisten seiner Kollegen, die bloß die oft unverständlichen Standarddefinitionen des betreffenden Verbrechens und die anzuwendenden Regeln und Gesetze vorlasen, hielt es sich Richter Tree zugute, dass er zu den Geschworenen in einer Sprache redete, die sie verstehen konnten.

»Ich will Ihnen eine Geschichte erzählen«, fing der Richter an, während er auf dem Geländer der Geschworenenbank saß wie ein alter Freund, der gerade vorbeigekommen war.

»Es war einmal ein alter König, der sein Land wie ein Tyrann regierte. Seine Untertanen verlangten nach Gesetzen, damit sie wüssten, was sie tun durften und was nicht. Der König wollte die Gesetze aber geheim halten, damit er sie ganz nach seiner Laune anwenden konnte. So holte er einen Haufen von Anwälten, die die Gesetze niederschreiben sollten, und zwar so, dass keiner außer diesen Anwälten sie verstehen könnte. Das, meine Damen und Herren, war der Anfang der Juristensprache – der unverständlichsten aller Sprachen.« Einige der Geschworenen und der Zuschauer kicherten.

»In dieser Sprache werde ich nicht zu Ihnen reden. Ich

werde versuchen, ganz normal zu reden, weil ich will, dass Sie das Gesetz verstehen. Und wenn ich etwas sage, das Sie nicht verstehen, unterbrechen sie mich und ich versuche, es anders zu erklären. Einverstanden?«

»Ja«, schallte es im Chor zurück.

»Fangen wir also mit dem Mord an. In diesem Fall hier geht es um zwei Arten von Mord. Zum einen vorsätzlicher Mord – ein Mafiakiller legt einen Rivalen um.

Die zweite Art ist komplizierter. Man nennt sie Verbrechen mit Todesfolge, und wie der Name schon sagt, geschieht ein solcher Mord während eines Verbrechens, in diesem Fall während einer Entführung. Wenn Sie ohne jeden berechtigten Zweifel befinden – und ich werde gleich erklären, was darunter zu verstehen ist –, dass der Angeklagte Marcelus Prandus gegen seinen Willen für eine beträchtliche Zeit festgehalten hat, dann ist dies eine Entführung. Unabhängig davon, ob es eine Lösegeldforderung gab. Wenn nun Prandus als Folge der Entführung starb, dann hat sich der Entführer eines Verbrechens mit Todesfolge schuldig gemacht, selbst wenn er nicht wollte, dass der Entführte stirbt. Wenn er wollte, dass der Entführte stirbt, dann ist die Sache noch klarer. Die entscheidende Frage in diesem Fall hier lautet: Was ist, wenn Prandus sich selbst getötet hätte? Es liegt an Ihnen zu entscheiden, ob es die Entführung war, die ihn dazu veranlasst hat, das Gift zu schlucken. Diese Entscheidung muss Ihrem Urteil zugrunde liegen. Aber denken Sie daran, Sie können erst dann ja oder nein sagen, wenn Sie ohne berechtigten Zweifel davon überzeugt sind. Bis jetzt irgendwelche Fragen?«

Keine Hand ging in die Höhe.

»Sehr gut, und jetzt zum berechtigten Zweifel. Das ist eine harte Nuss. Eigentlich weiß niemand so recht, was genau damit gemeint ist, auch das Oberste Gericht wird uns hier nicht weiterhelfen. Ich werde dennoch versuchen, Ihnen etwas an die Hand zu geben. Normalerweise trifft man im Leben Entscheidungen auf der Basis dessen, das am wahrscheinlichsten ist. Es gibt zwei Wege, von diesem Gerichtsgebäude aus nach Hause zu kommen. Der eine ist etwas kürzer, sicherer und auch malerischer. Also nehmen Sie diesen Weg. In unserem Fall aber liegen die Dinge anders. Denn hier müssen Sie, falls Sie zu dem Schluss kommen, dass es wahrscheinlicher ist, dass der Angeklagte schuldig ist, als dass er nicht schuldig ist, ihn dennoch für nicht schuldig befinden. Denn nicht schuldig heißt nicht unschuldig.

Ein Urteilsspruch, der auf nicht schuldig lautet, besagt nur, dass die Beweisführung der Anklage nicht alle berechtigten Zweifel ausräumen konnte. Sie haben weiterhin das ungute Gefühl, der Angeklagte könnte nicht schuldig sein. Doch wenn Sie andererseits zu dem Schluss kommen, dass alle berechtigten Zweifel an der Schuld des Angeklagten tatsächlich ausgeräumt wurden, müssen Sie ihn verurteilen und dürfen sich nicht von Ihren Gefühlen davon abhalten lassen.

Irgendwelche Fragen?« Wieder keine erhobene Hand.

Paul Prandus wünschte, er wäre Geschworener, sodass er seine Hand heben und die nahe liegende Frage stellen dürfte: Wie kann es überhaupt noch einen Zweifel geben? Hat denn Max Menuchen nicht zugegeben, dass er Pauls Vater entführt und ermordet hat? Wenn die Geschworenen ihn freiließen, dann könnte das nur aus Sympathie geschehen und nicht aus Gerechtigkeit.

»Gut. An dieser Stelle muss ich noch einen Punkt mit den Anwälten klären, ehe ich meine Ausführungen zu Ende bringe. Noch einmal zu Ihren Plädoyers, meine Herren.

Ich bin mir immer noch nicht über die von Ihnen vorgeschlagene Belehrung im Klaren, Mr Ringel. Sie haben mich gebeten, den Geschworenen zu sagen, sie seien das Gewissen der Gemeinschaft und es sei damit ihre Aufgabe, die Tatsachen herauszufinden. Dann aber wollen Sie, dass ich sage, wenn die Geschworenen das Gesetz auf die Tatsachen anwenden, sollten sie sich von ihrem eigenen Gerechtigkeitsgefühl leiten lassen. Das zu sagen bin ich nicht geneigt, bin aber gewillt, es noch einmal kurz von Ihnen zu hören.«

»Ich danke Ihnen, Euer Ehren. Die Jury ist das Gewissen der Gemeinschaft. Genau das war die Botschaft aus dem berühmten John-Peter-Zenger-Prozess – lange bevor wir eine Nation wurden. Damals haben sich die Geschworenen geweigert, einen New Yorker Verleger der Verleumdung schuldig zu sprechen, obwohl das Kolonialrecht seine Verurteilung verlangte. In den Jahrhunderten, die seit diesem Prozess vergangen sind, haben Jurys immer wieder als Gewissen der Gemeinschaft gehandelt. Es gibt keinen Grund, ihnen nicht zu sagen, was ihr Job ist.«

»Mr Cox, ich bin sicher, Sie stimmen dem nicht zu.«

»Ich widerspreche keineswegs Mr Ringels Beschreibung dessen, was Geschworene immer wieder getan haben – zum Guten oder Schlechten. Geschworene in den Südstaaten haben Weiße freigelassen, die schwarze Bürgerrechtskämpfer ermordet hatten, und andere Geschworene haben sich geweigert, die zu verurteilen, die tatsächlich verdienten, freigesprochen zu werden. Aber ich bestreite, dass es angemessen wäre, wenn Sie, Euer Ehren, die Geschworenen ausdrücklich bitten, sich quasi selbst für überflüssig zu erklären. Sie sollten sie nicht zum Rechtsbruch ermuntern.«

»Das hier ist eine Sache mit sehr wenig Spielraum«,

sagte Richter Tree. »Beide Seiten haben nicht Unrecht. Ich mag die Instruktionen an die Jury nicht, aus Gründen, die Mr Cox so gekonnt vorgetragen hat, besonders in einem Fall wie diesem, in dem wir so viele emotionale Aussagen hatten. Aber ich bin der Meinung, dass Zweifel über Instruktionen dieser Art zugunsten des Angeklagten beseitigt werden sollten. Ich werde meine abschließende Instruktion, wenn auch nicht exakt, wie von Mr Ringel vorgeschlagen, so doch in seinem Sinne geben. Ich weise die Geschworenen an, sich von ihrem Gerechtigkeitssinn leiten zu lassen.«

»Einspruch, Euer Ehren«, sagte Cox ohne Hoffnung, damit durchzukommen.

»Gebührend zur Kenntnis genommen, Mr Cox.«

Dann brachte Richter Tree seine Ausführungen zum Abschluss und die Geschworenen begannen mit ihrer Beratung.

Es würde nun eine lange Wartezeit geben für Max Menuchen, nicht anders als für Paul Prandus, für Abe Ringel – und ebenso für die neugierige Öffentlichkeit, die nicht aufhörte, das Pro und Kontra von Max Menuchens ungewöhnlichen Maßnahmen zur Durchsetzung der Gerechtigkeit zu diskutieren.

An diesem Abend wurde auch in den Fernseh-Talkshows die unvermeidliche Frage gestellt: »Sind Sie der Ansicht, dass der Angeklagte Max Menuchen sich richtig verhalten hat?« Die Experten sagten so gut wie alle nein. Bei den befragten Laien aber hielten sich beide Seiten die Waage.

Teil VIII

Gerechtigkeit?

Kapitel 54

Die Geschworenen beraten sich

Abe sah zu, wie die Geschworenen außer Sicht gerieten. Wie gern hätte er jetzt bei ihren Beratungen Mäuschen gespielt. Natürlich wusste er, warum die Geschworenen unter sich und hinter verschlossenen Türen über die Beweisführung nachdenken mussten. Dennoch wollte er zu gerne erfahren, ob seine Argumente – seine Ahas – ihre Wirkung getan hatten.

Die zwölf Geschworenen betraten den fensterlosen Raum und gingen unsicher um den großen Tisch. Sie wussten nicht recht, wohin sie sich setzen oder wie sie ihre Beratungen beginnen sollten. Sie wussten nicht einmal, wie sie ihren Sprecher oder die Sprecherin zu wählen hatten.

Sandy Kelley war eine kleine, lebhafte, warmherzige Irin in den späten Vierzigern, mit der alle gut auskamen. Jim Hamilton sprach laut aus, was alle Geschworenen dachten: »Warum machen wir Sandy nicht zur Sprecherin?« Die anderen nickten zustimmend.

»Okay, fangen wir also mit der Entführung an. Sie haben sich ihn geschnappt, gefesselt und ihm diese fürchterlichen Videos gezeigt. Wenn das keine Entführung ist, was dann?«

»Es gab aber keine Lösegeldforderung«, warf Janet Gold ein.

»Der Richter hat gesagt, das wäre auch nicht notwendig«, gab Sandy zurück.

»Mag sein, aber er hat auch gesagt, wir sollen unseren gesunden Menschenverstand gebrauchen – unseren Gerechtigkeitssinn, so hat er es wohl genannt«, warf Joe Parola ein und streckte dabei seine langen Arme.

»Und was ist mit Mord?«, fragte Sandy.

»Ich kann einem Urteil wegen Mord nicht zustimmen«, sagte Joe Parola. »Der Dreckskerl hat sich doch selbst umgebracht und er hat gekriegt, was ihm zustand.«

»Das ist doch lächerlich«, warf Faith Gramaldi ein. »Prandus hätte sich niemals das Leben genommen, wenn ihn der Professor nicht die Videos hätte anschauen lassen.«

»Der Professor hätte ihn nie die Videos anschauen lassen, wenn Prandus nicht seine ganze Familie ausgelöscht hätte«, erwiderte Gold.

»Der Dreckskerl hat gekriegt, was ihm zustand«, wiederholte Parola.

»Niemand hat aber das Recht, Gott zu spielen«, sagte John Dolan.

»Was meinen Sie denn, was man hier gerade von uns verlangt?«, gab Janet Gold zurück.

Parola stand auf, inzwischen deutlich aufgeregter. »Wie viele von Ihnen können mir in die Augen sehen und mir erzählen, dass Sie nicht vielleicht noch Schlimmeres getan hätten, wenn dieses Schwein Ihre ganze Familie umgelegt hätte?«

»Würden Sie bitte aufhören, ihn als Schwein und Dreckskerl zu bezeichnen?!«, sagte Muriel Baker. »Er ist tot, deshalb fühle ich mich nicht wohl dabei.«

»Okay; aber wer unter euch ohne Schuld ist, der werfe den ersten Stein.«

»Ich werde den ersten Stein werfen«, sagte Charles Duncan. »Ich weiß, dass ich niemals einen Menschen töten könnte, der an einen Stuhl gefesselt ist.«

»Sie meinen, wie auf einem elektrischen Stuhl?«, unterbrach Parola.

»Sie wissen sehr wohl, dass das nicht das Gleiche ist«, schoss Duncan zurück.

Die Älteste der Runde, Patricia McGinnity, hatte bislang noch nichts gesagt. Sandy wies auf sie, nachdem sie ordentlich ihre Hand erhoben hatte.

»Ich bin jetzt sechsundsiebzig Jahre alt und lebe damit etwas länger als Sie alle. Das macht mich nicht eben hübscher, aber auch nicht blöder.

Ich dachte bisher immer, dass Gott alles richten würde. Mein Neffe, der Jesuitenpater ist, hat mir etwas gesagt, das ich mit Ihnen teilen möchte. Er sagte, es gebe zwei Gelegenheiten im Leben, während derer man sich wie ein Atheist benehmen sollte. Bei denen man sich also aufführen sollte, als gäbe es keinen Gott. Die erste dieser Gelegenheiten sei die, wenn man um eine milde Gabe gebeten werde. Da solle man geben, als wäre kein Gott da, der helfen könnte. Die zweite Gelegenheit sei die, wenn man in einer Geschworenenjury sitzt. Auch dann soll man entscheiden, als gäbe es keinen Gott und kein Jenseits. Ich werde also nicht Gott spielen, sondern die alte Patricia McGinnity bleiben, eine gottesfürchtige Frau, die zur Kirche geht und die diesen Fall entscheiden wird, als gäbe es weder einen Gott noch ein Jenseits.«

Einen Moment lang herrschte Schweigen, dann ging die Diskussion weiter.

Man hatte Max gestattet, im Gerichtssaal zu bleiben, während die Geschworenen sich weiter berieten. Richter Tree war extrem nachsichtig, was Besuche anging, und er ließ den Gerichtssaal bis acht Uhr abends offen, falls die Geschworenen Hilfe und Anleitung brauchten. Die einzigen Menschen im Gerichtssaal waren Max der ältere und Max der jüngere. Gelegentlich kam Abe vorbei, manchmal auch zusammen mit Rendi. Emma und Jacob hatten wieder ihre Kurse begonnen. Und Danielle hatte man gebeten, wegzubleiben, für den Fall, dass sie selbst vor Gericht gestellt würde.

Diese Tage im leeren Verhandlungssaal halfen Max, eine Verbindung mit seinem neu gefundenen Neffen aufzubauen. Die beiden saßen stundenlang zusammen und redeten. Max war pessimistisch, was den Ausgang des Prozesses betraf, erst recht, als nach mehreren Tagen noch kein Urteil gesprochen war. Abe hatte ihm nämlich gesagt, dass ein schnelles Urteil meist Freispruch bedeutete, ein langsames dagegen eher Unannehmlichkeiten. Aber Max fühlte auch, unabhängig davon, wie der Prozess ausginge, dass er gewonnen hatte. Der Tod von Prandus schien Max dabei zu helfen, die Vergangenheit hinter sich zu lassen, und hatte ihm zudem noch einen neuen Menuchen beschert. Max der jüngere ging hin und her. Die Fernsehexperten sagten allesamt eine Verurteilung in beiden Punkten der Anklage voraus.

Kapitel 55

Das Urteil

Am dritten Tag der Beratung wurde das Geschrei im Geschworenenzimmer so laut, dass die Reporter tatsächlich einige der Worte verstehen konnten. Die Gerichtsdiener berichteten dies Richter Tree, der daraufhin die Geschworenen wieder in den Saal bat.

»Zeit für den Weckruf«, flüsterte der Richter den Anwälten zu. Dies war die Bezeichnung für eine weitere Ansprache an die Geschworenen, die den Zweck hatte, eine offensichtlich festgefahrene Jury wieder zu lockern. Richter Tree wandte sich an die Geschworenen, von denen nun keiner mehr lächelte. »Ich möchte, dass Sie jetzt gleich wieder zurückgehen und versuchen, zu einem Urteil zu kommen. Wer von Ihnen nicht nachgeben kann oder möchte, der soll den anderen sorgfältig zuhören. Wenn die Sie dann überzeugen, ändern Sie Ihre Meinung, wenn nicht, bleiben Sie bei Ihrer eigenen.«

»Was hat das zu bedeuten?«, fragte Max Abe.

»Das bedeutet, dass der Richter keine nicht entscheidungsfähige Jury haben will, weil das nämlich hieße, dass alles noch einmal von vorne anfängt.«

»Heißt das, wir müssten den ganzen Prozess noch mal von vorne aufrollen? Ist das nicht doppelt gefährlich?«, fragte Max niedergeschlagen.

»Nein. Eine Jury, die sich nicht entscheiden kann, macht das ganze Gerichtsverfahren ungültig. Im Sport würde man sagen: Es kommt zu einem Wiederholungsspiel. Wir würden dann mit einer komplett neuen Geschworenenriege noch einmal neu beginnen. Die Richter hassen nicht entscheidungsfähige Jurys; weil sie ein Hinweis sind, dass etwas fehlgelaufen ist. Und es erweckt den Anschein, dass der erste Prozess Zeit- und Geldverschwendung war.«

»Was ist mit den Anwälten? Was würdest du von einer solchen entscheidungsunfähigen Jury in diesem Fall denken?«

»Es ist, als ob du deine eigene Cousine küsst – einerseits ist es zwar eine Belastung, andererseits aber um einiges besser als eine Verurteilung.«

»Glaubst du denn, Abe, dass man mich verurteilen wird?«

»Ich weiß es nicht. Möglich ist es. Der Weckruf hat für gewöhnlich die Eigenschaft, die unnachgiebigen Geschworenen dazu zu bringen, sich der Mehrheit anzuschließen. Und wenn sie bald zurückkommen, kann das ein schlechtes Zeichen sein.«

Während Abe noch diesen Gedanken vervollständigte, verkündete der Gerichtsdiener: »Die Geschworenen haben ihre Beratungen abgeschlossen.«

»Oha«, sagte Abe nur und legte seinen Arm um Max.

Die Mitglieder der Jury gingen einer nach dem anderen zurück auf ihre Plätze im Gerichtssaal. Einigen stand der Zorn ins Gesicht geschrieben.

»Meine Frage an die Sprecherin: Haben Sie ein Urteil zu einem der beiden oder zu beiden Anklagepunkten gefunden?«, fragte Richter Tree.

Im Verhandlungssaal herrschte absolute Stille.

»In beiden Anklagepunkten sind wir hoffnungslos festgefahren«, sagte Sandy Kelley und warf ihre Arme aufgebracht empor. »Niemand will nachgeben. Wir geben auf.«

Ein allgemeines Stöhnen kam von den Zuschauerrängen und beide Anwälte ließen niedergeschlagen die Köpfe sinken.

»Dann werden wir wohl noch mal von vorne mit einer neuen Jury anfangen müssen«, verkündete der Richter und schüttelte enttäuscht den Kopf.

Paul saß ganz still und schockiert da, nachdem ihm die Bedeutung einer nicht entscheidungsfähigen Jury klar wurde. Er hatte die ganze Zeit gewusst, was er im Falle einer Verurteilung tun würde. Auch hatte er die ganze Zeit über gewusst, wovon er geträumt hatte, was er tun würde, hätten die Geschworenen den Angeklagten freigesprochen. Aber nun das – eine Jury, die zu keinem Urteil kam. Das löste gar nichts. Die Geschworenen hatten ihren Job nicht getan. Das Rechtssystem hatte ihn und seinen Vater im Stich gelassen.

Während Paul halbherzig dem Richter und den Anwälten zuhörte, wie sie ihre zunehmend irrelevanten juristischen Aktivitäten verrichteten, war er vor allem darum bemüht, ruhig zu bleiben.

Der Richter verkündete, dass er den zweiten Prozess innerhalb der nächsten zwei Wochen ansetzen würde.

Paul beobachtete, wie Abe sich erhob, um zu antworten. Er sah, wie Max seinem Anwalt etwas ins Ohr flüsterte. Alles schien wie in Zeitlupe und mit abgeschaltetem Ton abzulaufen. Pauls Hirn pochte vor widerstreitender Gefühle. Der Prandus in ihm schrie nach Rache.

Paul sah Abe Ringel in die Augen, als der um eine Kaution für seinen Mandanten bat. Er empfand nichts als Hass für seinen Anwaltskollegen. Denn es war Ringels Schuld – diese Jury ohne Schuldspruch. Dieses Unrecht durch Unsicherheit. Die Notwendigkeit, sämtliche Gefühle und Verletzungen eines Prozesses noch einmal zu durchlaufen.

Dann sah Paul den Mann an, der seinen Vater zum Selbstmord getrieben hatte, und er fühlte noch größeren Hass. Schließlich war dies der Mann, der in Erwägung gezogen hatte, seinen unschuldigen achtjährigen Sohn umzubringen. Dies war der Mann, der seinen Vater – und ihn selbst – gequält hatte, indem er dieses teuflische Video geschaffen hatte. Paul dachte an das Gesicht seines Vaters, wie er ihn auf dem Stahltisch im Leichenschauhaus hatte liegen sehen. Den Vater, den er liebte, dessen Untaten er nicht begreifen konnte. Den Vater, dessen Tod nach Rache schrie. Paul erinnerte sich, dass sein eigener Sohn nach Gerechtigkeit verlangt hatte. Nun musste er, Paul, etwas tun, um die Bilanz wieder auszugleichen.

Plötzlich verbündeten sich Pauls widerstreitende Gedanken und drängten gemeinsam zur Tat. Er griff unter die Bank und öffnete die große Prozess-Aktentasche, die er in den Verhandlungssaal geschmuggelt hatte. Als Anwalt, der den Sicherheitsbeamten wohl bekannt war, hatte man ihn um den Metalldetektor herumgewunken. Auch er gehörte einem Rechtssystem an, das auf gewaltlose Konfliktlösung eingeschworen war. Diese Ironie entging Paul nicht, als er ganz langsam in die Aktentasche griff. Seine Hand fand darin einen Karton von der Größe einer Milchtüte. Schnell zog er ihn heraus und versteckte ihn unter dem Arm. Dann stand er auf und huschte durch die niedrige Schwingtür, die die Zuschauer von den Mitwirkenden des Prozesses trennte. Viel zu lange hatte er jetzt schon die Rolle des bloßen Zuschauers gespielt. Jetzt würde er wieder zum Mitwirkenden werden. Paul rannte auf den Tisch der Verteidigung zu, als Freddy rief: »Tu es nicht, Paul! Denk an deinen Sohn!«

Ein übergewichtiger Gerichtsdiener packte Paul, aber der athletische jüngere Mann machte sich mit Leichtigkeit los, wobei er den erschreckten Gerichtsdiener zu Boden schlug. Im nächsten Augenblick stand Paul von Angesicht zu Angesicht vor Max und sah ihm in die Augen. Alles geschah sehr schnell.

Max sagte kein Wort. Auch sein Gesichtsausdruck bat nicht um Mitleid. Nach allem, was gewesen war, blickte er in die Augen eines Prandus – eines anderen Prandus zwar, aber dennoch eines Prandus. Max erinnerte sich an die stahlblauen Augen des Mannes, der ihn erschossen hatte. Sie sahen genauso aus.

Mit einer schnellen Bewegung öffnete Paul die Schachtel, nahm einen merkwürdig geformten Metallgegenstand heraus und schleuderte ihn in Max' Richtung.

In genau dem Moment, als Paul in seine Prozesstasche griff, geschah auch hinten im Verhandlungssaal etwas. Der alte Litauer im Rollstuhl, der jeden Tag im Gericht gewesen war, griff hinter sich und öffnete den Behälter, in dem sich der Motor seines Rollstuhls befand. Blitzschnell zog er die Pistole vom Kaliber achtunddreißig heraus, die er dort an diesem Morgen versteckt hatte. Der alte Mann sah nicht, wie Paul durch die Schwingtür eilte, als er seinen Arm hob und sorgfältig auf Max Menuchen zielte, den Mann, der seinen besten Freund getötet hatte. Als der Alte abdrückte, rief er »Kerstas!«, das litauische Wort für »Rache«.

Der alte Mann hatte gerade ein einziges Mal schießen können, als Peter Vovus sich schon auf ihn stürzte, die Waffe wegschlug und ihn auf Litauisch verfluchte.

Das tödliche Geschoss war direkt auf Max' Herz zugeflogen. Einen Augenblick früher hätte es seine lebenswichtigen Organe zerschmettert. Stattdessen prallte die Kugel nun aber gegen den metallenen Gegenstand, den Paul gerade in Max' Richtung geschleudert hatte, verursachte dabei ein unheimliches, durchdringend klirrendes Geräusch und landete schließlich in der Wand. Max wurde zu Boden geschleudert. Einen Moment lang meinte er, von Paul Prandus angegriffen worden zu sein. Dann bemerkte er, dass der Metallgegenstand, der ihm das Leben gerettet hatte, nichts anderes als der Marrano-Kelch war – der Kelch, den Marcelus Prandus seiner Familie genommen hatte, zusammen mit deren Leben.

Im Gerichtssaal war die Hölle los, als die Gerichtsdiener den alten Mann in seinem Rollstuhl hinausfuhren. Abe half Max auf die Füße und der erschütterte Richter versuchte mit seinem Holzhammer für Ordnung zu sorgen. Zwei Gerichtsdiener hatten Paul Prandus fest im Griff.

»Der Kelch gehört Ihrer Familie, nicht meiner«, sagte Paul.

Dann verkündete er laut: »Ich will keinen zweiten Prozess. Keine Jury wird diesen Mann verurteilen und diese unentschlossene Jury ist besser als ein Freispruch. Kein Prozess mehr. Wir hatten schon genug davon.«

»Wollen Sie denn diesen Mann« – Cox wies auf Max – »nicht der Gerichtsbarkeit überstellt sehen?«

Richter Tree fuhr dazwischen. »Ich will wissen, und zwar sofort, wie eine Waffe durch die Sicherheitsschleuse gelangen konnte.«

Ein verlegener Wachmann versuchte eine Erklärung. »Rollstühle durchsuchen wir nie, Euer Ehren.«

»Von jetzt an wird sogar der Papst durchsucht und mir

ist es egal, ob er dabei im Rollstuhl kommt. Und jetzt zurück zu dem, was hier im Moment anliegt. Mr Prandus, mit Ihrem Benehmen werden wir uns später zu beschäftigen haben. Führen Sie erst mal zu Ende, was Sie zu sagen haben.«

»Wenn die Geschworenen diesen Mann freigesprochen hätten, dann weiß ich nicht, was ich …« Paul brach mitten im Satz ab, stand hoch aufgerichtet vor Max und fuhr flüsternd fort:

»Der Kreis der Rache muss ein Ende haben, ehe er noch meinen Sohn auffrisst. Wir brauchen keine weiteren Anwälte, Richter und Geschworenen mehr, die über diesen Fall urteilen. Er ist zu kompliziert für das Gesetz. Er muss außerhalb des Gerichts gelöst werden. Ich will Rache, keine Gerechtigkeit, aber meine Religion lehrt mich, dass ich kein Recht auf Rache habe. Die Anklagen gegen Max Menuchen und Danielle Grant sollten fallen gelassen werden.«

Der jüngere wie der ältere Max standen sprachlos da, als sie beobachteten, wie Paul Prandus einfach wegging. Zum ersten Mal seit dem Ponary-Wald begriff Max Menuchen, dass Gerechtigkeit von einem Menschen kommen konnte, dessen Vater sich solch grausamer Taten schuldig gemacht hatte. Zum ersten Mal, seit Max der jüngere erfahren hatte, wer sein biologischer Vater war, machte es ihm keine Angst mehr, ein Prandus zu sein. Zum ersten Mal, seit sie von ihrem Großvater vergewaltigt worden war, sah Danielle Grant, die hinten im Gerichtsaal saß, weil sie den Urteilsspruch hören wollte, den machtvollen Beweis dafür, dass das Schlechte ebenso wie das Gute allein an den betreffenden Menschen gebunden und nicht erblich war.

Max war wie benommen, während sich um ihn herum

alles in Windeseile abspielte. Erskine Cox verkündete, dass er Pauls Wünschen nachkomme und die Anklage fallen lasse. Richter Tree ordnete an, dass die Anklageerhebung aufgehoben wurde, und verkündete, Max und Danielle stehe es »frei, zu gehen«. Inzwischen war Max wieder weit genug bei sich, um sich bei Abe zu bedanken, wandte sich dann aber gleich seinem Neffen zu. Abe ging hinüber zu Freddy Burns und flüsterte: »Danke für alles, was du getan hast.«

Freddy lächelte und meinte: »Ich hatte keine Ahnung, was er vorhatte. Offen gestanden, hatte ich die Hosen voll vor Angst, er könnte versuchen, Max etwas anzutun – oder dir. Stattdessen hat er Max sogar das Leben gerettet – vor diesem Idioten im Rollstuhl.«

»Zufällig«, warf Abe ein.

»Falls du an Zufälle glaubst«, gab Freddy zurück und sah in Richtung Himmel. »Paul ist ein Mann voller Konflikte«, fuhr er fort. »Seine gute Seite hat gewonnen, dank deiner und ein wenig Hilfe von oben.«

»Warum dank meiner? Er hasst mich doch.«

»Ja, das stimmt. Aber ich denke, dass deine Argumente ihn schließlich doch erreicht haben – auf irgendeiner Ebene. Das war doch ohnehin die ganze Zeit dein Plan, oder? Paul war der Geschworene, den du überzeugen musstest, hab ich nicht Recht? Deshalb hast du ihm doch erlaubt, nach seiner Aussage im Gerichtssaal zu bleiben.«

»Schuldig im Sinne der Anklage«, gab Abe mit trockenem Lächeln zu.

Der jüngere und der ältere Max umarmten einander innig und Tränen flossen ihnen die Wangen herab. Als der jüngere Max den Brief seiner Mutter aus der Brieftasche nahm und ihn küsste, dachte Abe an den talmudischen Ausspruch, den Haskell Levine immer auf seinem

Schreibtisch stehen hatte: »Wenn einer nur einen Menschen tötet, ist das so, als tötete er die ganze Welt. Wenn einer nur einen Menschen rettet, ist das so, als rettete er die ganze Welt.« Dem fügte Abe im Stillen hinzu: »Wenn einer die vollkommene Gerechtigkeit für auch nur einen Menschen erreicht, ist das so, als erreichte er sie für die ganze Welt.« Dabei dachte Abe an Paul Prandus ebenso wie an Max Menuchen.

Epilog

Das nächste Passahfest
Cambridge, Massachusetts
Sieben Monate später: April 2000

»Dieser Seder ist um einiges besser als der vom letzten Jahr«, meinte Max und erhob sein Weinglas. »Auf Abe Ringel, den besten Anwalt seit dem echten Abraham.«

»Lass den Quatsch, Max. Mandanten wie du lassen meinen Job zum reinen Vergnügen werden, obwohl ich zugeben muss, dass ich mir an manchen Tagen fast sämtliche Nägel hätte abbeißen können.«

Es war ein großer Seder, der Max an die große Menuchen-Tradition in seiner alten Heimat erinnerte. Außer Abe, Rendi, Emma und Max – die alle schon beim letzten, so ereignisreichen Seder dabei gewesen waren – waren auch Max der jüngere und dessen neue Frau Rachel anwesend. Rachel war die Enkelin eines Überlebenden, der nach dem Krieg in Warschau geblieben war. Schon seit längerem war sie mit dem jüngeren Max befreundet, aber die Freundschaft war bald zur Romanze und schließlich zur Heirat aufgeblüht, nachdem Max im Anschluss an den Prozess nach Polen zurückgekehrt war. Jetzt war sie schwanger und erwartete ein Baby. Sie standen kurz vor der Entscheidung, ob sie sich in den USA oder Israel niederlassen sollten.

Auch der ältere Max zog eine Rückkehr nach Israel in Erwägung, nachdem er sich am Ende des Semesters von

Harvard verabschiedet und eine einjährige Gastprofessur an der Hebrew University angenommen hatte.

Nur Emma war allein. Kurz nach dem Prozess hatte sie mit Jacob Schluss gemacht. Obwohl sich Abe darüber aufgeregt hatte, freute sich Max, dass Emma sich für neue Beziehungen öffnete.

»Komm mich doch im Sommer in Israel besuchen«, schlug Max vor. »Es gibt da jede Menge toller junger Männer, die dich Jacob schnell vergessen lassen.«

»Kommt nicht in Frage«, fuhr Abe eilig dazwischen, bevor Emma eine Chance hatte, selbst zu antworten. »Ich möchte sie hier in Cambridge haben. Warum kommst du nicht diesen Sommer her und arbeitest für mich?«, flehte er sie an. »Ich werde dir nur unschuldige Angeklagte geben.«

»Kommt nicht in Frage, Daddy. Für mich war's das mit Strafrecht. Das ist mir zu grausam. Zu viel Schmerz, zu wenig Gerechtigkeit.«

»Hat denn die Verteidigung deines Vaters im Prozess gegen Max dein Vertrauen in das Strafrechtsverfahren nicht wieder etwas gestärkt?«

»Kann schon sein, trotzdem habe ich von Strafrecht die Nase voll. Ich brauche etwas, bei dem ich mich jeden Tag gut fühle.«

»Was macht denn Angie in diesem Sommer?«, wollte Rendi wissen.

»Ich habe schon befürchtet, dass du das fragst«, gab Emma verlegen zurück.

»Ich wusste es doch«, mischte sich Abe ein. »Sie arbeitet für Cravath, Wall Street.«

»Noch schlimmer. Sie geht nach Hollywood. Eine Anwaltsfirma, die sich auf das Showgewerbe spezialisiert hat. Sie vertreten unter anderen Leonardo Di Caprio, Michael

Jackson und John Grisham – alle Superstars. Angie ist wirklich völlig durchgeknallt. Sie will Filme produzieren. Ich habe ein Angebot von derselben Firma und war auch ganz schön in Versuchung. Aber das ist alles nicht real genug für mich.«

»Und was hast du sonst noch für Angebote?«, fragte Rendi.

»Von der Frauen-Basketball-Liga. Als Anwältin, leider nicht als Spielerin. Das ist mir auch nicht real genug. Und es würde mich auch ständig an Joe Campbell erinnern.«

»Also, komm schon, arbeite mit mir zusammen, mein Engel«, bat Abe noch einmal. »Ich werde meine Strafrechtspraxis aufgeben und werde Zivilrechtler, nur für dich.«

»Du hörst dich ganz schön verzweifelt an, Daddy. Eine schlechte Verteidigung.«

»Also noch mal, was gedenkst du in diesem Sommer zu tun?«, fragte Rendi.

»Ich habe ein Angebot, bei Professor Stith als Forschungsassistentin zu arbeiten. Sie will mich dem Obersten Gericht empfehlen, wo sie als Beraterin tätig war. Sie sagte mir, sie glaubt, dass ich eine sehr gute Beraterin abgeben würde.«

»Du wärest eine sehr gute Was-auch-immer, mein Engel. Worüber würdest du denn bei Professor Stith arbeiten?«

»Ich werde einen Artikel schreiben: ›Eine illoyale Tochter deckt sämtliche kleinen schmutzigen Geheimnisse ihres Strafverteidiger-Vaters auf.‹«

»Das würdest du nie tun«, schoss Abe zurück.

»War nur ein Witz, Daddy. Deine Geheimnisse sind bei mir in Sicherheit«, erwiderte Emma und umarmte ihren Vater. »Solange du weiter nur gute Menschen wie Onkel Max verteidigst.«

Die Seder-Wiedervereinigung ging damit weiter, dass Max der ältere seine Geschichten erzählte, Max der jüngere ein paar Toasts zu viel ausbrachte und Abe weiter mit Emma über ihre Zukunft plänkelte. Obwohl dieser Seder mehr eine Zusammenkunft als eine religiöse Angelegenheit war, bestand Abe zumindest auf die wichtigen Riten.

»Es ist Zeit, Elias willkommen zu heißen. Du bist dran, Emma.«

Als sich Emma von der Seder-Tafel erhob, um die Tür zu öffnen, warf sie einen besorgten Blick in Max' Richtung und fragte sich, wie er wohl reagieren würde. Max aber lächelte und sagte: »Geh schon, Emma. Die Geister sind alle weg. Jetzt ist nur noch Elias draußen.«

Emma öffnete die Tür zur kalten Nachtluft.

Ein großer blonder Mann im Regenmantel stand draußen im leichten Nieselregen. Emma wich erschrocken zurück. Max sah das Gesicht des Mannes und ging schnell zu Emma.

Der Mann an der Tür war Paul Prandus. »Ich habe draußen gewartet, bis Ihre Feier vorbei ist. Ich dachte mir, dass Sie heute alle zusammen wären. Ich wollte mich nicht aufdrängen, aber ich muss mit Ihnen allen reden.« Paul sah Max an, der zwischen ihm und Emma stand.

»Sie haben mir das Leben gerettet. Sie sind kein Eindringling«, sagte der alte Mann eher höflich als freundlich und führte Paul ins Haus.

»Ich wollte Ihnen vergeben, was Sie meinem Vater angetan haben«, erklärte Paul fast flüsternd. »Und ich wollte Sie um Vergebung bitten für die Gedanken, die ich hatte, bezüglich dessen, was ich Ihnen antun würde, falls die Geschworenen Sie für nicht schuldig befänden.«

»Was hatten Sie denn im Sinn?«, fragte Max.

»Ich war bereit, Sie zu töten«, sagte Paul schlicht. »In meinem Herzen war ich schon des Mordes schuldig. Nachdem die Jury zu keiner Entscheidung kam, habe ich das Gleiche, eben auch eine unentschlossene Jury, in meinem Inneren gespürt. Genau da habe ich verstanden, dass eine nicht entscheidungsfähige Jury genau das richtige Urteil war. Niemand konnte ein eindeutiges Urteil haben über das, was geschehen ist. Das Gesetz ist ein stumpfes Instrument. Für einen Fall wie diesen ist es nicht fein genug.«

Max nickte. »Auch ich habe erkannt, dass eine unentschiedene Jury das richtige Urteil darstellt. Ich habe es nicht verdient, für nicht schuldig befunden zu werden. Vor dem Gesetz war ich schuldig, aber ich glaube, dass ich moralisch nicht schuldig war.«

Paul nickte zustimmend, als Max ihm tief in die Augen sah und meinte: »Sie sind nicht Marcelus Prandus. Ihnen kann ich vergeben.«

»Ich danke Ihnen«, sagte Paul und senkte seine Stimme. »Ihre Vergebung ist mir wichtig. Ich hoffe, man kann mir gleichfalls das vergeben, was ich über Sie gesagt und gedacht habe«, sagte Paul und sah zuerst Abe an und dann Emma. Beide nickten.

»Ich muss Ihnen eine Frage stellen, wenn ich darf«, sagte Max. »Wenn Sie doch bereit waren, mich zu töten, warum haben Sie dann den Marrano-Kelch in den Gerichtssaal mitgebracht?«

»Weil er Ihrer Familie gehörte, nicht meiner. Ganz egal was ich Ihnen antun wollte, ich konnte ihn nicht behalten. Es hätte mich immer an das erinnert, was mein Vater Ihrer Familie angetan hat.«

Paul stand verlegen da und sagte kein Wort mehr, als sie ihn alle anschauten und jeder seinen eigenen Gedanken nachging. Als dann Max der ältere in Richtung der Tür ging, um sie für Paul zu öffnen, trat der zu Max dem jüngeren und verkündete schüchtern: »Ich würde gerne meinen Bruder kennen lernen.«

Wieder herrschte verlegenes Schweigen im Raum. Dann stand Max der jüngere auf und nahm die Hand von Paul in seine beiden Hände. Ganz leise sagte er: »Mein Bruder.«

Der ältere Max ergriff den Marrano-Kelch und reichte ihn dem jüngeren Max. »Ich möchte, dass du ihn behältst. Er ist ein Menuchen-Familienerbstück und du bist die Zukunft der Familie Menuchen. Gib ihn an dein Kind weiter, danach an deine Enkel. Aber zuerst lasst uns auf die Zukunft trinken, ohne dass wir die Vergangenheit vergessen.«

Er füllte den Weinpokal und reichte ihn herum. Paul Prandus nahm den letzten Schluck.